KB057316

메밀꽃 필 무렵

대한민국 스토리DNA 020
메밀꽃 필 무렵

초판 1쇄 발행 | 2018년 3월 14일
초판 6쇄 발행 | 2023년 9월 1일

지은이 이효석
발행인 한명선

주소 서울시 종로구 평창길 329(우편번호 03003)
문의전화 02-394-1037(편집) 02-394-1047(마케팅)
팩스 02-394-1029
전자우편 saeum98@hanmail.net
블로그 blog.naver.com/saeumpub
페이스북 facebook.com/saeumbooks
인스타그램 instagram.com/saeumbooks

발행처 (주)새움출판사
출판등록 1998년 8월 28일(제10-1633호)

ⓒ 새움출판사, 2018
ISBN 979-11-87192-83-1 04810
       978-89-93964-94-3 (세트)

대한민국
스토리DNA
020

메밀꽃 필 무렵

이효석 작품 선집

새움

차례

콩트

수필

소설의 형식으로 시를 읊은 작가, 이효석

'대한민국 스토리DNA' 스무 번째 시리즈로 출간되는 『메밀꽃 필 무렵』은 근현대 한국문학을 대표하는 작가 이효석의 작품 선집입니다. 이효석은 비록 35세라는 이른 나이에 세상을 떠났지만, 시, 소설, 수필, 콩트, 시나리오, 평론, 번역 등 다양한 분야에서 빛나는 글들을 내놓았습니다. 그의 작품들은 일찍이 초·중·고등학교 교과서에 실리면서 한국인의 감수성과 정서에 심대한 영향을 미쳤습니다.

"(이효석) 씨의 작품을 관류하는 아름다운 詩 정신을 이해함이 없이는 무의미에 가까운 말밖에는 아닐 것이다. 실제로 씨는 소설의 형식을 가지고 詩를 읊은 작가라고 나는 생각한다."

이효석의 친우이자 문인이었던 유진오(兪鎭午)의 「이효석론」입니다. 그는 이효석의 세심한 문장들 속에서 '시(詩)'를 발견하고 감탄했습니다. 그의 소설에 깊이 파고든 감각적 묘사와 암시와 상징은, 산문 정신과 시 영혼의 진기한 융합을 독자들에게 보여 줍니다.

「메밀꽃 필 무렵」 하면 떠오르는 풍경…… 푸근한 달빛이 하얀 메밀꽃을 비추는 호젓한 시골 들길의 이미지. 읽는 내내 오감(五感)을 자극하는 그의 산문을 앞에 두고 수많은 독자들이 우리 글과 정서의 아름다움에 반했습니다. 인간의 근원적인 애욕과 혈육에 대한 그리움을, 그토록 절제된 구성과 아름다운 문장에 담아 낸 작가가 고금을 통틀어 또 있을까요? 「메밀꽃 필 무렵」의 독보적 경지를, 한국 문학사의 기념비적 성취로 보는 것은 그런 이유입니다.

이 책 『메밀꽃 필 무렵』에는 이효석 작품 세계의 전반을 살필 수 있는 27편의 작품을 엄선했습니다. 초기작인 「도시와 유령」 「노령근해」 「돈(豚)」, 대표작으로 꼽히는 「분녀」 「들」 「메밀꽃 필 무렵」 「장미 병들다」 「해바라기」 「향수」 등 18편의 단편소설을 발표된 연

대순으로 수록했고, 수필 6편과 함께 등단하기 전에 쓴 콩트 3편
도 발굴해 수록했습니다. 이효석이 생활에서 얻은 영감이 어떻게
문학에 반영되어 나타나는지, 이효석의 발상과 문장이 각각의 작
품들에서 어떻게 무르익어 가는지 살펴본다면 또 다른 재미를 찾
을 수 있을 것입니다.

이제 이효석 문학의 향기에 흠뻑 취해 보시길 바랍니다.

2018년 3월
대한민국 스토리DNA 연구소

단편소설

도시와 유령

    어슴푸레한 저녁, 몇 리를 걸어도 사람의 그림자 하나 찾아볼 수 없는 무인지경인 산골짝 비탈길, 여우의 밥이 다 되어 버린 해골덩이가 똘똘 구르는 무덤 옆, 혹은 비가 축축이 뿌리는 버덩의 다 쓰러져 가는 물레방앗간, 또 혹은 몇백 년이나 묵은 듯한 우중충한 늪가!

    거기에는 흔히 도깨비나 귀신이 나타난다 한다. 그럴 것이다. 고요하고, 축축하고, 우중충하고. 그리고 그것이 정칙일 것이다. 그러나 나는 아직도 그런 곳에서 그런 것을 본 적은 없다. 따라서 그런 것에 관하여서는 아무 지식도 가지지 못하였다. 하나 나는—자랑이 아니라—더 놀라운 유령을 보았다. 그리고 그것이 적어도 문명의 도시인 서울이니 놀라웁단 말이다. 나는 그래도 문명을 자랑하는 서울에서 유령을 목격하였다. 거짓말이라구?

메밀꽃 필 무렵

아니다. 거짓말도 아니고 환영도 아니었다. 세상 사람이 말하여 '유령'이라는 것을 나는 이 두 눈을 가지고 확실히 보았다.

어떻든 길게 말할 것 없이 다음 이야기를 읽으면 알 것이다.

동대문 밖에 상업학교가 가제(假製)될 무렵이었다. 나는 날마다 학교 집터에 '미장이'로 다니면서 일을 하였다. 남과 같이 버젓하게 일정한 노동을 못 하고 밤낮 뜨내기 벌이꾼으로밖에는 돌아다니지 못하는 나에게는 그래도 몇 달 동안은 입에 풀칠을 할 수 있었다마는 과격한 노동이었다. 그러므로 하루라도 쉬어 본 일은커녕 한 번이라도 늦게 가본 적도 없었다. 원수같이 지글지글 타 내리는 여름 태양 아래에서 이른 아침부터 저녁때까지 감독의 말 한마디 거스르는 법 없이 고분고분히 일을 하였다. 체로 모래를 쳐라, 불같은 태양 아래에 새까맣게 타는 석탄으로 '노리*'를 끓여라, 시멘트에다 모래를 섞어라, 그것을 노리로 반죽하여라 하여 쉴 새 없는 기계같이 휘몰아쳤다. 그 열매인지 선물인지는 알 수 없으나 우리들이 다지는 시멘트가 몇백 간의 벌집 같은 방으로 변하고 친구들의 쨍쨍 울리는 끌 소리가 여러 층의 웅장한 건축으로 변함을 볼 때에 미상불 우리의 위대한 힘을 또 한번 자랑하지 않을 수 없었다. 어리석은 미련둥이들이라…… 그것이 우리의 피를 빨아먹고 나날이 자라가는 괴물일 줄은 꿈에도 생각지 못하고. 어떻든 콧구멍이 다 턱턱 막히는

* のり(糊). 옛날 시멘트 반죽에 쓰인 해초풀.

시멘트 가루를 전신에 보얗게 뒤집어쓰고 매캐한 노린 냄새와 더구나 전신을 한바탕 쪽 씻어 내리는 땀 냄새를 맡으면서 온종일 들볶아치고 나면 저녁 물에는 정말이지 전신이 나른하였다. 그래도 집안 식구들을 생각하고 끼닛거리를 생각하면 마지막 힘이 났다. 일을 마치고 정신을 가다듬어 가지고 일인(日人) 감독의 집으로 간다. 삯전을 얻어 가지고 그길로 바로 술집에 가서 한잔 빨고 나면 그제야 겨우 제 세상인 듯싶었던 것이다.

술! 사실 술처럼 고마운 것은 없었다. 버쩍버쩍 상하는 속, 말할 수 없는 피로를 잠시라도 잊게 하는 것은 그래도 술의 힘이었다.

그날도 나는 술김에 얼근하였었다. 다른 때와 같이 역시 맨꽁무니에 떨어진 김 서방과 나는 삯전을 받아 들고 나서자마자 행길 옆 술집에서 만판* 먹어 댔다.

술집을 나와 보니 벌써 밤은 꽤 저물었었다. 잠을 자도 한잠 너그러지게 잤을 판이었다. 잠이라니 말이지 종일 피곤하였던 판에 주기조차 돌아 놓으니 사실이지 글자대로 눈이 스르르 내려 감겼다. 김 서방과 나는 즉시 잠자리로 향하였다.

잠자리라니 보들보들한 아름다운 계집이 기다리고 있는 분홍 모기장 속 두툼한 요 위인 줄은 알지 말아라. 그렇다고 어둠침침한 행랑방으로 알라는 것도 아니다. 비록 빈대에는 뜯길망정 어둠침침한 행랑방 하나 나에게는 없었다. 단지 내 몸뚱이 하나인

* 마음껏 넉넉하고 흐뭇하게.

메밀꽃 필 무렵

나는 서울 안을 못 돌아다닐 데 없이 돌아다니면서 노숙을 하였던 것이다. (그래도 그것이 여름이었으니 말이지 겨울이었던들 꼼짝 없이 얼어 죽었을 것이다.) 따라서 세상에 못 볼 것을 다 보고 겪어 왔었다. 참말이지 별별 야릇하고 말 못할 일이 많았다. 여기에 쓰는 이야기 같은 것은 말하자면 그중에서 가장 온당한 이야기의 하나에 지나지 못한다.

어떻든 김 서방—도 이미 늦었으니 행랑 구석에 가서 빈대에게 뜯기는 것보다는 오히려 노숙하기를 좋아하였다—과 나는 도수장(屠獸場)께를 지나서 동묘 앞까지 갔었다.

어느 결엔지 가는 비가 보실보실 뿌리기 시작하였다. 축축한 어둠 속에 칙칙한 동묘가 그 윤곽을 감추고 있었다. 사방은 고요하였다.

"이놈들 게 있거라!"

별안간에 땅에서 솟은 듯이 이런 음성이 들렸다. 나는 깜짝 놀라—는 대신에 빙긋 웃었다.

"이래 보여두 한여름 동안을 이런 데루 댕기면서 잠자는 놈이다. 그렇게 쉽게 놀래겠니."

하는 담찬 소리를 남겨 놓고 동묘 대문께로 갔다. 예기한 바와 다름없이 거기에는 벌써 우리 따위의 친구들이 잠자리를 차지하고 있었다. 그래도 꽤 넓은 대문간이지만 그 속에 그득하게 고기새끼 모양으로 오르르 차 있었다. 이리로 눕고 저리로 눕고 허리를 베고 발치에 코를 박고 드르렁드르렁 코를 골고.

"이놈들 게 있거라!"

"아이그 그년……."

"이런 경칠 자식 보게."

엎치락뒤치락 연해연방 잠꼬대 소리가 뒤를 이었다. 그러면 이쪽에서는,

"술맛 좋다!"

하고 입맛을 쩍쩍 다시는 사람도 있었다. 그 바람에 나도 끌려서 어느 결에 쩍쩍 다시려던 입을 꾹 다물어 버리고 나는 어이가 없어 웃으면서 김 서방을 둘러보았다.

"어떡할려나?"

"가세!"

"가다니?"

"아 아무 데래두 가 자야지."

김 서방 역시 웃으면서 두 손으로 졸린 눈을 비볐다.

"이 세상에선 빠른 게 첫째야. 이 잠자리두 이젠 세가 나네그려.* 허허허."

하면서 발꿈치를 돌리려 할 때이다. 나는 으레 닫혀 있어야 할 동묘 안으로 통한 문이 어쩐 일인지 반쯤 열려 있는 것을 발견하였다. 나는 앞선 김 서방의 어깨를 탁 쳤다.

"여보게, 저리로 들어가세."

"어대루 말인가?"

김 서방은 시원치 않은 듯이 역시 눈만 비볐다.

---

* 세가 나다 : 그것을 원하는 사람이 많아서 인기가 있거나 잘 팔리다.

"저 안으로 말야. 지금 가면 어딜 간단 말인가. 아무 데래두 쓰러져 한잠 자면 됐지."

"그래두."

"머, 고지기한테 들킬까 봐 말인가? 상관있나 그까짓 거 낼 식전에 일찍이 달아나면 그만이지."

그래도 시원치 않은 듯이 머리를 긁는 김 서방의 등을 밀치면서 나는 안으로 들어갔다. 중문턱까지 들어서니 더한층 고요하였다. 여러 해 동안 버려두었던 빈집 터같이 어둠 속으로 보아도 길이 넘는 잡풀이 숲속같이 우거져 있고 낮에 보아도 칙칙한 단청이 어둠에 물들어 더한층 우중충하고 게다가 비에 젖어서 말할 수 없이 구중중한 느낌을 주었다. 똑바로 말이지 청 안에 안치한 그림 속에서 무서운 장사가 뛰어 내닫지나 않을까 하고 생각할 때에 머리끝이 쭈뼛하여지는 것을 어찌할 수 없었다.

거진 옷을 적실 만하게 된 빗발을 피하여 앞뜰을 지나 넓은 처마 밑에 이르렀다. 그 자리에 그대로 푹 주저앉아 겨우 안심한 듯이 숨을 내쉬었다.

그때이었다.

"에그, 저게 뭔가 이 사람!"

김 서방은 선뜻 나의 팔을 꽉 잡았다. 그가 가리키는 곳에 시선을 옮긴 나는 새삼스럽게 놀라지 않을 수 없었다. 별안간에 소름이 쪽 돋고 머리끝이 또다시 쭈뼛하였다.

불과 몇 간 안 되는 건너편 정전(正殿) 옆에! 두어 개의 불덩어리가 번쩍번쩍하였다. 정신의 탓이었던지 파랗게 보이는 불넝이

가 땅을 휘휘 기다가는 훌쩍 날고 날다가는 꺼져 버렸다. 어디선
지 또 생겨서는 또 날다가 또 꺼졌다.

무섬 잘 타기로 유명한 왕눈이 김 서방은 숨을 죽이고 살려
달라는 듯이 나에게로 바짝 붙었다.

"하 하 하 하……."

나는 모든 것을 다 이해하였다는 듯이 활연히 웃고 땀을 빠지
지 흘리고 있는 김 서방을 보았다.

"미쳤나, 이 사람!"

오히려 화가 버럭 난 김 서방은 말끝도 채 못 마쳤다.

"하하하 속았네, 속았어."

"……"

"속았어, 개똥불을 보고 속았단 말야, 하하하."

"머 개똥불?"

김 서방은 그래도 못 미덥다는 듯이 그 큰 눈을 아직도 휘둥
그렇게 뜨고 있었다.

"그래 개똥불야, 이거 볼려나?"

하고 나는 손에 잡히는 작은 돌멩이를 하나 집어 들었다. 그리
고 두어 걸음 저벅저벅 뜰 앞까지 나가서 역시 반짝거리는 개똥
불을 겨누고 돌을 던졌다.

하나 나는 짜징* 놀랐다. 돌을 던지면 헤어져야 할 개똥불이
헤어지긴커녕 요번에는 도리어 한군데 모여서 움직이지도 않고

* 과연 정말로.

그 무슨 정세를 살피는 듯이 고요히 이쪽을 노리고 있지 않은가!

나는 또 숨을 죽이고 그곳을 들여다보았다. 오—그때에 나는 더 놀라운 것을 발견하였다! 꺼졌다 또 생긴 불에 비쳐 협수룩한 산발과 똑똑치 못한 희끄무레한 자태가 완연히 드러났다. 그제야 "흥 흥" 하는 후렴 없는 신음 소리조차 들려오는 줄을 알았다.

"에그머니!"

나는 순식간에 달팽이같이 오므라졌다. 그리고 또 부끄러운 말이지만 겨우 정신을 차렸을 때에 나는 동묘 밖 버드나무 밑에 쓰러져 있는 나 자신을 발견하였었다. 사실 꿈에서나 깨어난 듯하였다. 곁에는 보나 안 보나 파랗게 질린 김 서방이 신장대 모양으로 벌벌 떨고 있었다.

밤이 이슥하였는데 집으로 돌아가기도 무엇하니 나머지 밤을 동대문께 가서 새우자고 김 서방이 제언하였다.

비는 여전히 뿌리고 있었다. 뒤에서 무어가 쫓아오는 듯하여 연해연방 뒤를 돌려보면서 큰 행길에 나섰을 때에는 파출소 붉은 전등만 보아도 산 듯싶었다.

허둥허둥 동대문 담 옆까지 갔었다.

고요한 담 밑에는 아무것도 없었다. 모든 것을 집어삼킨 캄캄한 어둠밖에는—물론 파란 도깨비불도 없다.

'애초에 이리로 왔더라면 아무 일두 없었을걸.'

후회 비슷하게 탄식하고 어디가 어디인지 분간할 수 없어서 "에라 아무 데나" 하고 그 자리에 푹 주저앉았다. 하자—

나는 늘다기 진에 긴이 씨늘해졌다. 도톤도톤한 주약돌이나 그렇지 않으면 축축한 흙이 깔려 있어야만 할 엉덩이 밑에—하나님 맙소서!—나는 부드럽고도 물큰한 촉감을 받았다.

뿐이 아니다. 버들껑하는 동작과 함께 날카로운 소리가 독살스러운 땡삐*같이 나의 귀를 툭 쏘았다.

"어떤 놈야 이게!"

나는 고무공같이 벌떡 뛰었다. 그러고는 쏜살같이—그 꼴이야말로 필연코 미친놈 모양이었을 것이다—줄행랑을 놓았다.

김 서방도 내 뒤에서 헐레벌떡거렸다.

"제발 사람을 죽이지 마라."

김 서방은 거의 울음 겨운 목소리로 부르짖었다.

"이놈의 서울이 사람 사는 곳이 아니구 도깨비굴이었던가."

나 역시 나중에는 맡길 데 없는 분기가 솟아올랐다.

그러나 또 한편으로는 한없이 어리석고 못생긴 우리의 꼴들을 비웃고도 싶었다. 잘 알지는 못하지만 세상에 원 도깨비나 귀신치고 몸뚱어리가 보들보들하고 물큰물큰하고—아니 그건 그렇다고 해 두더라도 '어떤 놈야 이게!' 하고 땡삐 소리를 치다니 그게 원…… 하고 의심하여 볼 때에는 더구나 단단치 못하게 겁을 집어먹은 것이 짝 없이** 어리석게 생각되었다. 그렇다고 그 자리에서 또 발을 돌려 그 정체를 탐지하러 갈 용기가 있었느냐 하면 그렇지도 못하였다.

하는 수 없이 보슬비를 맞으면서 시구문 밖 김 서방네 행랑방

* '땅벌'의 방언.
** 짝(이) 없다 : 서로 비교할 만한 상대가 없을 만큼 대단하거나 매우 심하다.

메밀꽃 필 무렵

까지 가지 않으면 안 되었다. 가제*나 덕실덕실 끓는 식구 틈에 끼여서 하룻밤의 폐를 끼쳤다—고 하여도 불과 두어 시간의 폐일 것이다—막 한잠 자려고 드러누웠을 때에는 벌써 날이 훤히 새었으니까.

이렇게 하여 나는 원 무엇이 씌었던지 하룻밤에 두 번씩이나 도깨빈지 귀신한테 혼이 났었다. 사실 몇 해 수는 감하였을 것이다. 그러나 대체 누구를 원망하면 좋았으리요? 술 먹고 늑장을 댄 나 자신일까, 노숙하지 않으면 아니 된 나의 운명일까, 혹은 도깨비나 귀신 그것일까, 그렇지 않으면 그 외의 무엇일까…… 나는 이제야 겨우 이 중의 어느 것을 원망하는 것이 마땅하다는 것을 똑똑히 깨달았다.

어떻든 유령 이야기는 이만이다. 하나 참 이야기는 이로부터다.

잠 못 자 곤한 것도 무릅쓰고 나는 열심으로 일을 하였다. 비는 어느 결에 개 버렸던지 또 푹푹 내리쬐는 태양 아래에서 시멘트 가루를 보얗게 뒤집어쓰고 줄줄 흐르는 땀에 젖어 가면서.

그러는 동안에도 나는 전날 밤에 당한 무서운 경험을 머릿속으로 되풀이하여 보지 않을 수 없었다. 도깨비면 도깨빈가 보다 하고만 생각하여 두면 그만이었지마는 그래도 그것을 그렇게 단순하게 썩 닦아 버릴 수는 없었다.

* '갓'의 방언. 이제 막.

'대체 원 도깨비가……'

하고 요리조리로 무한히 생각하였다. 하나 아무리 생각한다 하더라도 결국 나에게는 풀지 못할 수수께끼에 지나지 못하였다.

하는 수 없이 나는 점심시간을 타서 친구들에게 그 이야기를 하였다. 모두들 적지 않은 흥미를 가지고 들었다.

"머 도깨비?"

이층 꼭대기에 시멘트를 갖다 주고 내려온 맹꽁이 유 서방은 등에 매었던 통을 내려놓기도 전에 눈을 휘둥그렇게 떴다.

"내가 있었더라면 그까짓 걸 그저……"

벤또를 박박 긁던 덜렁이 최 서방은 이렇게 뽐냈다.

그러나 가장 침착하게 담배를 폭폭 피우던 대머리 박 서방만은 그다지 신통치 않은 듯이,

"그래 그것한테 그렇게 혼이 났단 말인가…… 딴은 왕눈이 따위니까."

하면서 믿지 않게 싱글싱글 웃으면서 김 서방과 나를 등분으로 건너보았다. 그리고,

"도깨비 도깨비 해두 나같이 밤마다야 보겠나."

하고 빨던 담배를 툭툭 털더니 이야기를 꺼냈다.

"바로 우리집 옆에 빈집이 하나 있네. 지금 있는 행랑에 든 지가 몇 달 안 되어 모르긴 모르겠으나 어떻게 된 놈의 집이 원 사람이 들었던 집인지 안 들었던 집인지 벽은 다 떨어지구 문짝 하나 없단 말야. 그런데 그 빈집에 말일세."

메밀꽃 필 무렵

여기서 박 서방은 소리를 한층 높였다.

"저녁을 먹구 인제 골목쟁이를 거닐지 않겠나. 그러면 그때일세. 별안간 고요하던 빈집에 불이 하나씩 둘씩 꺼졌다 켜졌다 하겠지. 그것이 진 서방(나를 가리켜 하는 말이다) 말마따나 무엇을 찾는 듯이 슬슬 기다는 꺼지고 꺼졌단 또 생긴단 말야. 그런데 그런 불이 차차 늘어 가겠지. 그러곤 무언지 지껄지껄하는 소리가 나자 한쪽에서는 돈을 세는지 은방망이로 장난을 하는지 절걱절걱하다간 또 무엇을 먹는지 쭉쭉 하는 소리까지 들리데. 그나 그뿐인가. 어떤 날은 저희끼리 싸움을 하는지 씨름을 하는지 후당탕하면서 욕지거리, 웃음소리 참 야단이지. 그러다가두 밤중만 되면 고요해지지만 그때면 또 별 괴괴망측한 소리가 다 들려오데."

박 서방은 여기서 말을 문득 끊더니,

"어때 재미들 있나?"

하고 좌중을 둘러보면서 싱글싱글 웃었다.

"정말유 그게?"

웅크리고 앉았던 덜렁이 최 서방은 겨우 숨을 크게 쉬면서 눈을 까불까불하였다.

"그럼 정말 아니구. 내가 그래 자네들을 데리구 실없는 소리를 하겠나."

하면서 박 서방은 말을 이었다.

"하나 너무 속지들은 말게. 그런 도깨비는 비단 그 빈집에나 진 서방들 혼난 데만 있는 것이 아닐세. 위선 밤에 동관이나 혹은 종묘께만 가보게. 시글시글할 테니."

나의 도깨비 이야기를 하여 의심을 풀려던 나는 박 서방의 도
깨비 이야기로 하여 그 의심을 더한층 높였을 따름이었다. 더구
나 뼈 있는 그의 말과 뜻 있는 듯한 그의 웃음은 더한층 알지 못
할 수수께끼였다.

"그럼 대체 그 도깨비가 무엇이란 말유?"

"내가 이 자리에서 길다랗게 말할 것 없이 자네가 오늘 저녁
에 또 한번 가서 찬찬히 살펴보게. 그러면 모든 것이 얼음장같
이……."

할 때에 박 서방의 곁에 시커먼 것이 나타났다.

"무슨 얘기 했소?"

일인 감독의 일할 시간이 왔다는 것을 고하는 듯한 소리였다.

"오소 오소 일을 해야지."

모두들 툭툭 털고 일어났다.

나도 하는 수 없이 박 서방에게 더 캐묻지도 못하고 자리를
일어나서 나 맡은 일터로 갔다.

그날 저녁이다.

결국 나는 또 한번 거기를 가보기로 작정하였다. 물론 김 서
방은 뺑소니를 치고 나 혼자다. 뻔히 도깨비가 있는 줄 알면서
또 가기는 사실 속이 켕겼다. 하나 또 모든 의심을 풀어 버리고
그 진상을 알려 하는 나의 욕망은 그보다 크면 컸지 적지는 않
았다.

　　　　　　　　　　　　　　　　　　메밀꽃 필 무렵

나는 장차 닥쳐올 모험에 가슴을 벌떡이면서 발에다 용기를 주었다.

"그까짓 거 여차직하면 이걸로."

하고 손에 든 몽둥이—나는 만일의 경우를 염려하여 몽둥이 하나를 준비하였던 것이다—를 번쩍 들 때에 나는 저절로 흘러나오는 미소를 금할 수 없었다. 도깨비를 정복하러 가는 유령장군같이도 생각되어서 사실 한다하는 ×자 놈들이면 몰라도 무엇을 못 먹겠다고 하필 가난뱅이 노숙자들을 못살게 굴고 위협과 불안을 주는 유령을 정복하여 버리는 것은 사실 뜻 있고도 용맹스러운 사업일 것이다—고 나는 생각하였다.

어떻든 장차 닥쳐올 모험에 가슴을 벌떡이면서 발에다 용기를 주었다.

어두워 가는 황혼 속에 음침한 동묘는 여전히 우중충하였다.

좀 이르다고 생각하였으나 나오기를 기다리면 되지 하고 제멋대로 후둑후둑 뛰는 가슴을 가라앉히고 아직도 열려 있는 대문을 서슴지 않고 들어섰다.

중문을 들어서 정전 앞으로 몇 발짝 걸어갔을 때이다.

전날 밤에 나타났던 정전 옆 바로 그 자리에 헙수룩하게 산발한 두 개의 그림자가 있었다. 그러나 나는 벌써 어리석은 전날 밤의 나는 아니었다.

'원 요런 놈의 도깨비가……'

몽둥이를 번쩍 들고 사실 장군다운 담을 가지고 나는 그 자리까지 달려갔다.

하나!

나의 손에서는 만신의 힘이 맺혔던 몽둥이가 힘없이 굴러 떨어졌다―유령장군이 금시에 미치광이 광대새끼로 변하여 버렸던 것이다.

'원 이런 놈의……'

틀림없던 도깨비가 순식간에 두 모자의 거지로 변하다니! 이런 기막힌 일이 어디 있단 말인가.

다음 순간 그 무엇을 번쩍 돌려 생각한 나는 또다시 몽둥이를 번쩍 들었다.

"요게 정말 도깨비장난이란 것야."

하나 도깨비란 소리에 영문을 모르는 두 모자는 손을 모으고 썩썩 빌었다.

"아이구, 왜 이럽니까?"

이건 틀림없는 사람의 목소리였다.

"나가라면 그저 나가라든지 그래 이 병신을 죽이시렵니까. 감히 못 들어올 덴 줄은 알면서도 헐수할수없이……"

눈물겨운 목소리로 이렇게 사죄를 하면서 여인네는 일어나려고 무한히 애를 썼다. 어린애는 울면서 그를 붙들었다.

역시 광대에 지나지 못한 나는 너무도 경홀(輕忽)한 나의 행동을 꾸짖고 겨우 입을 열었다.

"아니우, 앉아 계시우. 나는 고지기두 아무것두 아니니."

"네?"

모자는 안심한 듯한 동시에 감사에 넘치는 눈으로 나를 쳐다보았다.

"어젯밤에 여기에 아무것도 나오지 않았소?"

무어가 무언지 분간할 수 없는 나는 이렇게 물었다.

"네? 나오다니요? 아무것두 나오지는 않았습니다. 그리구 단지 우리 모자밖에는 여기 아무것두 없었습니다."

여인네는 어사무사하여서 이렇게 대답하였다.

"그럼 대체 그 불은?"

나는 그래도 속으로 의심하면서 주위로 눈을 휘둘렀다.

"무슨 일이나 생겼습니까? 정말 저희들밖에는 아무것두 없었습니다. 그리구 저희는 저지른 것두 없습니다. 밤중은 돼서 다리가 하두 아프길래 약을 발르랴고 찾으니 생전 있어야지유. 그래 그것을 찾느라구 성냥 한 갑을 다 그어내 버린 일밖에는 아무것도 없었습니다."

하고 여인네는 한쪽 다리를 훌떡 걷었다. 그리고 눈물이 그 다리 위에 뚝뚝 떨어지기 시작하였다.

나는 모든 것을 얼음장 풀리듯이 해득하기는 하였으나 여기서 또한 참혹한 그림을 보지 않으면 안 되었다. 그의 훌떡 걷은 한편 다리! 그야말로 눈으로는 차마 보지 못할 것이었다. 발목은 끊어져 달아나고 장딴지는 나뭇개비같이 마르고 채 아물지 않은 자리가 시퍼렇게 질려 있었다.

"그놈의 원수의 자동차…… 그나마 얻어먹지도 못하게 이렇게 병신을 맨들어 놓고……."

여인네는 올 음에 느끼기 시작하였다.

"자동차에요?"

"네, 공원 앞에서 그놈의 자동차에⋯⋯."

나는 문득 어슴푸레한 나의 기억의 한 귀퉁이를 번개같이 되풀이하였다.

달포 전.

어느 날 밤이었다.

그날도 나는 이유 없이—가 아니라 바로 말하면 바람 쏘이러—밤 장안을 헤매고 있었다. 장안의 여름밤은 아름다웠다.

낮 동안에 이글이글 타는 해에 익은 몸뚱어리에 여름밤은 둘 없이 고마운 선물이었다. 여름의 장안 백성들에게는 욱신욱신한 거리를 고무풍선같이 떠다니는 파라솔이 있고, 땀을 들여 주는 선풍기가 있고, 타는 목을 식혀 주는 맥주 거품이 있고, 은접시에 담긴 아이스크림이 있다. 그리고 또 산 차고 물 맑은 피서지 삼방이 있고, 석왕사가 있고, 인천이 있고, 원산이 있다. 그러나 그런 것은 꿈에도 못 보는 나에게는 머루알 빛 같은 밤하늘만 쳐다보아도 차디찬 얼음 냄새가 흘러오는 듯하였다. 이것만 하더라도 밤 장안을 헤매는 것은 무의미한 일은 아니었다. 게다가 무엇보다도 거리 위에 납거미새끼같이 흩어진 계집의 얼굴—은새로에 분 냄새만 맡을 수 있는 것만 하여도 사실 밤 장안을 헤매는 값은 훌륭히 될 것이었다.

그러나 장안의 여름밤을 아름다운 꿈으로만 생각하는 것은 큰 실수이다. 거기에는 생활의 무거운 짐이 있다. 잔칫집 마당같

메밀꽃 필 무렵

이 들볶아치는 야시에는 하루면 스물네 시간의 끊임없는 생활의 지긋지긋한 그림이 벌어져 있었다. 거기에는 낮과 다름없이 역시 부르짖음이 있고 싸움이 있고 땀이 있었다.

그러나 아무튼지 간에 가슴을 씻어 주는 시원한 맛은 싫은 것은 아니었다. 여름밤은 아름다웠다. 그런고로 나는 공원 앞 큰 행길 옆에 사람이 파도를 일으키면서 요란히 수물거리는 것은 구태여 볼 것 없이 술김에 얼근한 주객이나 그렇지 않으면 야시의 음악가 깽깽이 타는 친구를 둘러싸고 있는 것이려니 생각하고,

'흥 여름밤이니까!'

혼자 중얼거리면서 무심코 그곳을 지나려 하였다.

그러나 사람들의 수물거리는 품이 주정꾼이나 혹은 깽깽이꾼의 경우와는 달랐다.

그리고 무엇보다도,

　노자 노자

　젊어 노자

　먹구 마시구

　만판 노자

하는 주객의 노래는 안 들렸다. 그렇다고 밤 사람을 취하게 하는 '아름다운' 깽깽이 노래도 들려오지는 않았다.

'그러문 대체……'

나의 발길은 부지중에 그리로 향하였다.

'머? 겨우 요술꾼 약장수야!'

나는 거의 실망에 가까운 어조로 이렇게 중얼거리고 대수롭지 않은 듯이 발길을 돌이키려 할 때이다. 사람들의 수물거리는 틈으로 나는 무서운 것을 보았다.

군중의 숲에 싸여서 안 보이던 한 채의 자동차와 그 밑에 깔린 여인네 하나를 보았다. 바퀴 밑에는 선혈이 임리(淋漓)하고 그 옆에는 거지 아이 하나가 목을 놓고 울면서 쓰러져 있었다.

'자동차 안에는.'

하고 보니 아니나 다를까 불량배와 기생년들이 그득하였다.

"오라질 연놈들!"

"자동찰 타니 신이 나서 사람까지 치니."

"원 끔찍두 해라."

이런 말마디를 주우면서 나는 어느 결에 그 자리를 밀려져 나왔었다.

"그래 당신이 그⋯⋯."

나는 되풀이하던 기억의 끝을 문뜩 돌려 이렇게 물었다.

"네, 그렇답니다. 달포 전에 그 원수의 자동차에 치여 가지구 병원엔지 무엔지를 끌구 가니 생전 저 어린것이 보구 싶어 견딜 수 있어야지유. 그래 한 달두 채 못 돼 도루 나오지 않았어요. 그랬더니 이놈의 다리가 또 아프기 시작해서 배길 수 있어야지유. 다리만 성하문야 그래두 돌아댕기면서 얻어먹을 수는 있지만⋯⋯."

여인네는 차마 더 볼 수 없는 다리를 두 손으로 만지면서 울음에 느꼈다.

나는 그의 과거를 더 캐물으려고도 하지 않았다. 아니 묻지 않아도 그의 대답은 뻔한 것이었다.

'집이 원래 가난했습니다. 그런 데다가 남편이 죽구 나니……'

비록 이런 대답은 안 할지라도 그 운명이 그 운명이지 무슨 더 행복스러운 과거를 찾아낼 수 있었으리요.

나의 눈에는 어느 결엔지 눈물이 그득히 고였다. '동정은 우월 감의 반쪽'일는지 아닐는지는 모른다. 하나 나는 나도 모르는 동안에 주머니 속에 든 대로의 돈을 모두 움켜서 뚝 떨어지는 눈물과 같이 그의 손에 쥐어 주었다. 그러고는 아무 말 없이 부리나케 그 자리를 뛰어나왔다.

이야기는 이만이다.

독자여 이만하면 유령의 정체를 똑똑히 알았겠지. 사실 나도 이제는 동대문이나 동관이나 종묘나 또 박 서방 말한 빈집 터에 더 가볼 것 없이 박 서방의 뼈 있는 말과 뜻 있는 웃음을 명백히 이해하였다.

그리고 나는 모두 나와 같은 운명을 가진 애매한 친구들을 유령으로 생각하고 어리석게 군 나를 실컷 웃어도 보고 뉘우쳐 보기도 하였다.

독자여 뭐? 그래도 유령이라고? 그래 그럼 유령이라고 해 두자 그렇게 말하면 사실 유령일 것이다. 살기는 살았어두 기신 죽어 있는 셈이니!

어떻든 유령이라고 해 두고 독자여 생각하여 보아라. 이 서울 안에 그런 유령이 얼마나 많이 늘어 가는가를!

늘어 간다고 하면 말이다. 또 되풀이하는 것 같지만 첫 페이지로 돌아가서—.

어슴푸레한 저녁, 몇 리를 걸어도 사람의 그림자 하나 찾아볼 수 없는 무인지경인 산골짝 비탈길, 여우의 밥이 다 되어 버린 해골덩이가 똘똘 구르는 무덤 옆, 혹은 비가 축축이 뿌리는 버덩의 다 쓰러져 가는 물레방앗간, 또 혹은 몇백 년이나 묵은 듯한 우중충한 늪가!

거기에 흔히 나타나는 유령이 적어도 문명의 도시인 서울에 오히려 꺼림 없이 나타나고 또 서울이 나날이 커가고 번창하여 가면 갈수록 유령도 거기에 정비례하여 점점 늘어 가니 이게 무슨 뼈저린 현상이냐! 그리고 그 얼마나 비논리적 마술적 알지 못할 사실이냐! 맹랑하고도 기막힌 일이다. 두말할 것 없이 이런 비논리적 유령은 결코 있어서는 안 될 것이다.

그러면 어떻게 하면 이 유령을 늘어 가지 못하게 하고 아니 근본적으로 생기지 못하게 할 것인가?

현명한 독자여! 무엇을 주저하는가. 이 중하고도 큰 문제는 독자의 자각과 지혜와 힘을 기다리고 있지 않은가!

1928년 7월, 《조선지광》

메밀꽃 필 무렵

노령근해[*]

동해안의 마지막 항구를 떠나 북으로 북으로! 밤을 새우고 날을 지나니 바다는 더욱 푸르다.

하늘은 차고 수평선은 멀고.

뱃전을 물어뜯는 파도의 흰 이빨을 차면서 배는 비장한 행진을 계속하고 있다.

마스트 위에 깃발이 높이 날리고 연기가 찬바람에 가리가리 찢겨 날린다.

두만강 넓은 하구를 건너 국경선을 넘어서니 노령 연해의 연봉이 바라보인다―하얗게 눈을 쓰고 북국 석양에 우뚝우뚝 빛나는 금자색 연봉이.

[*] 露領近海. 러시아 영토(露領)의 앞바다.

저물어 가는 갑판 위는 고요하다.

살롱에서 술타령하는 일등 선객들의 웃음소리가 간간이 새어 나올 뿐이요 그 외에는 인기척조차 없다.

배꼬리 살롱 뒤 갑판 은은한 뱃전에 의지하여 무언지 의논하는 두 사람의 선객이 있다—한 사람은 대모테* 쓴 청년이요 한 사람은 코 높은 마우재**이다.

낙타 빛 가죽 셔츠 위에 띤 검은 에나멜 혁대며 온 세상을 구를 만한 굵은 발소리를 생각게 하는 툽툽한 구두가 챙 바른 모자와 아울러 그를 한층 영웅적으로 보이게 한다.

연해주의 각지를 위시하여 네르친스크, 치타 방면을 끊임없이 휘돌아치느니만큼 그들에게는 슬라브족다운 큼직한, 호활한 풍모가 떠돈다.

마우재는 대모테 청년과 조선말 아닌 말로 은은히 지껄인다.

냄새 잘 맡는 ××는 빨빨거리며 어디든지 안 쫓아오는 곳이 없다.

정신없이 의논하다가도 그들은 가끔 말을 그치고 살롱 쪽을 흘끗흘끗 돌아본다.

—거기에는 확실히 ××에서 쫓아오는 친구가 있을 것이다.

푸른 바다는 안개 속으로 저물어 간다.

어디서 나타났는지 흰 갈매기 두어 마리 끽끽 소리치며 배 앞을 건너 안개 속으로 사라진다.

---

* 바다거북 등껍질(玳瑁甲)로 만든 안경테.
** '러시아 사람'의 함경도 방언.

갈매기 소리 사라지니 갑판 위는 더한층 고요하다.

페인트 냄새 새로운 살롱에서는 육지 부럽지 않은 잔치가 열렸다.

국경선을 넘어서 외지에 한 걸음 들여놓았을 때에 꺼릴 것 없이 진탕으로 마시고 얼근히 취하는 것이 그들의 하는 상습이다.

흰 탁자 위에는 고기와 과일접시가 수없이 놓였고 술병과 유리잔이 쉴 새 없이 돌아다닌다.

대개가 상인인 만치 그들 사이에는 주권(株券) 이야기, 미두* 이야기가 꽃피었다.

그들에게는 모든 것이 유리한 시장에서 어떻게 하면 싫도록 돈을 짜내 볼까 하는 것이 대머리를 기름지게 번쩍이는 그들의 똑같은 공론이다.

'서의 명령이니 쫓아만 오면 그만이지 바득바득 애쓰며 직무를 다할 것은 없다'고 생각하는 ××의 친구도 한편 구석에서 은근히 어떻게 하면 배를 좀 불려 볼까 하는 생각에 똑같이 취하고 있다.

유쾌한 취흥과 '유쾌한' 생각에 그들은 마음껏 즐거웁다.

술병이 쉴 새 없이 거품을 쏟는다.

유리잔이 쉴 새 없이 기울어진다.

흰옷 입은 보이가 쉴 새 없이 휘돌아친다.

* 米豆. 현물 없이 쌀이 시세를 이용하여 약수요르만 거래하는 일종이 투기 행위.

"놈들 도야지같이 처먹기도 한다."

취사장에서 요리접시를 나르던 보이는 중얼거리며 윈치 옆을 돌아올 때에 남몰래 요리접시 두엇을 감쪽같이 빼서 윈치 뒤에 감춰 두었다.

"놈들의 양을 줄여서 나의 동무를 살려야겠다."

살롱 갑판에서 몇 길 밑 쇠줄사다리를 타고 내려간 곳에 기관실이 있다.

흰 식탁 위에 술이 있고 해가 비치고 페인트 냄새 새로운 선창에 푸른 바다가 보이고 간혹 달빛조차 비끼는 살롱이 선경이라면 초열과 암흑의 기관실은 온전히 지옥이다—육지의 이 그릇된 대조를 바다 위의 이 작은 집합 안에서도 역시 똑같이 노골적으로 드러내 놓고 있다.

어둡고 숨차고 보일러의 열로 찌는 듯한 이 지옥은 이브를 꼬이다가 아흐레 동안이나 아래로 아래로 떨어진 사탄의 귀양 간 불비 오는 지옥에야 스스로 비길 바가 아니겠지만 그러나 또한 이 시인의 환영으로 짜 놓은 상상의 지옥이 이 세상의 간교로 짜 놓은 현실의 지옥에야 어찌 비길 바 되랴.

얼굴을 익혀 가며 아궁 앞에서 불 때는 화부(火夫)들, 마치 지옥에서 불장난치는 악마들같이도 보이고 어둠 속에 웅크린 반나체의 그들은 마치 원시림 속에 웅크린 고릴라와도 흡사하다.

교체한 지 몇 분이 못 되어 살은 이그러지고 땀은 멋대로 쏟아진다.

메밀꽃 필 무렵

폭이 두 간에 남지 않은 좁은 데서 두 간에 남는 긴 화저로 아궁을 쑤시면 화기와 석탄재가 보얗게 화실을 덮는다.

다 탄 끄트러기를 바케쓰*에 그뜩그뜩 담아내고 그 뒤에 삽으로 석탄을 퍼 던지면 널름거리는 독사의 혀끝 같은 불꽃이 확확 붙어 오른다.

둘째 아궁과 셋째 아궁마저 이렇게 조절하여 놓으면 기관실은 온전히 불붙는 지옥이다.

아궁 위의 여섯 개의 보일러는 백 파운드에 넘는 증기를 올리면서 용솟음친다.

불을 쑤시고 또 석탄을 넣고……

땀은 쏟아지고 전신을 글자대로 빨갛게 익는다.

양동이에 떠 온 물이 세 사람의 화부 사이에서 볼 동안에 사라지고 만다. 사실 물이라도 안 마시면 잠시라도 견뎌 나갈 수가 없다.

북국의 바다 오히려 이러하니 적도 직하의 인도양을 넘을 때에야 오죽하랴.

─이렇게 하여 배는 움직이는 것이다. 살롱은 취흥을 돋우리만치 경쾌하게 흔들리는 것이다.

교체한 지 반 시간만 넘으면 화부의 체력은 낙지다리같이 느른해진다. 부삽 하나 쳐들 기맥조차 없어진다. 보일러의 파운드가 내리기 시작한다.

---

* bucket(양동이)의 일본말.

브리지에서 항구의 계집을 몽상하던 선장은 전화통으로 소리친다.

"기관에 주의!"

"속력을 늘려라!"

역시 항구 계집의 젖가슴을 환상하던 기관장은 이 명령에 벌떡 일어나 화실로 쫓아온다.

"무엇들 하느냐!"

화부는 느릿느릿 아궁에 석탄을 집어넣는다.

'무엇 해 일하지. 너희들같이 편한 줄 아니.'

그러나 이것이 입 밖에 나오지는 않았다. 폭발은 마땅한 때를 얻어야 할 것이다.

"부지런히 해라 이놈들아!"

기관장의 무서운 시선이 화부들의 등날을 채찍질한다.

'부삽으로 쳐서 아궁 속에 태워 버릴까. 삼 분이 못 되어 재가 되어 버릴 것이다.'

이 똑같은 생각이 세 사람의 머릿속에 똑같이 솟아올랐다.

깊은 암흑.

이 세상과는 인연을 끊어 놓은 듯한 암흑의 공간.

─철벽으로 네모지게 이 세상을 막은 석탄고 속은 영원의 밤이다.

간단없는 동요(動搖), 기관 소리가 어렴풋이 흘러올 따름.

이 죽음 속에 확실히 허부적거리는 동체가 있다. 허부적거릴 때마다 석탄덩이가 와르르 흩어진다.

"으—."

"아—."

이 원시적 모음의 발성은 구원을 부르는 소리라느니보다는 자기의 목소리를 시험하려는, 즉 생명이 아직 남아 있나 없나를 시험하여 보려는 듯한 목소리이다.

"으—."

"아—."

기맥이 쇠진하여 그 자리에 쓰러졌는지 잠시 고요하다가 와르르 흩어지는 석탄더미 위에 성냥불이 켜졌다.

푸른 인광은 석탄더미 위에 네 활개를 펴고 엎드린 청년의 초췌한 얼굴을 비추인다.

허벅숭이* 밑에 끄스른 얼굴은 푸른빛을 받아 처참하고 저 혼자 살아 있는 듯한 말뚱한 눈동자에는 찬바람이 휙휙 돈다.

"물!"

절망적으로 외치면서 다시 불을 그었다.

불빛에 조각조각 부서진 빵 조각과 물병이 보인다.

흔드는 물병 속에는 한 방울의 물도 없다.

물병을 던지고 천년은 허둥지둥 일어서 또 외친다.

"물!"

"물!"

* '끄끄기락'의 방언.

"물—ㅅ!"

어둠 속에서 미친놈같이 그는 싸움의 대상도 없이 혼자 날뛴다. 아니 싸움의 대상이 없는 것은 아니다. ××이 없는 것은 아니다. 그러나 눈앞에 보이는 것은 어둠뿐이요 기갈뿐이다.

석탄덩이가 어둠 속에서 날린다.

두 주먹으로 철벽을 두드리는 소리가 난다.

그러나 세상과 담쌓은 이 암흑의 공간에서 아무리 들볶아친다 하여도 그것은 결국 이 버림받은 공간에서의 헛된 노력에 지나지 못할 것이다—독에 빠진 쥐의 필사적 노력이 독 밖의 세상과는 아무 인연을 가지지 못한 것같이.

"아—ㅅ!"

"물 물 무—ㅅ!"

그는 몸을 철벽에 부딪치면서 마지막 힘을 내었다.

급한 걸음으로 쇠줄사다리를 타고 내려오는 발자취가 있다.

발자취 소리는 석탄고 앞에서 그쳤다.

회중전등의 광선이 달덩이 같은 윤곽을 석탄고 문 위에 어지럽게 던진다.

광선은 칠 벗은 검붉은 페인트 위에 한 점을 노리더니 그곳이 마침 열쇠로 열렸다.

찬바람이 얼굴을 스치고 어둠이 앞을 협박한다. 회중전등의 광선이 석탄고 속을 어지럽게 비추더니 나중에 한가운데에 쓰러져 있는 처참한 청년의 얼굴 위에 머물렀다.

"물!"

　　　　　　　　　　　　　메밀꽃 필 무렵

"물!"

두 팔을 내밀면서 그는 부르짖는다.

세상과 인연 끊겼던 이 암흑의 공간에 한 줄기의 광명을 인도한 사람은 살롱의 보이였다.

"미안하이."

하면서 그는 청년을 붙들고 그의 입에 물병을 기울인다.

"술을 따러라 잔을 날러라 하면서 놈들이 잠시라도 놓아야지."

보이는 사과하는 듯이 그를 위로한다.

정신없이 물을 켜던 청년은 입을 씻고 숨을 내쉬인다.

"정신을 차리고 이것을 먹게!"

보이는 가져왔던 바스켓을 열고 가지가지의 먹을 것을 낸다.

고기, 빵, 과일, 그리고 금빛 레테르* 붙은 이름 모를 고급 양주—일등 선객의 요리를 감춘 것이니 범연할 리 없다.

"그들의 한 때의 양을 줄이면 우리의 열 때의 양은 찰 걸세."

고마운 권고에 청년은 신선한 식욕으로 빵 조각을 뜯으면서 동무에게 묻는다.

"대관절 몇 리나 남았나?"

"눈 꾹 감고 하루만 더 참게."

"또 하루?"

"하루만 참으면 목적한 곳에, 그리고 자네 일상 꿈꾸던 나라

* letter, 라벨(label)과 같은 말.

에 감쪽같이 내리게 되네."

"오— 그 나라에!"

청년은 빵 조각을 떨어뜨리고 비장한 미소를 띠우면서 꿈꾸는 듯이 잠시 명상에 잠겼다가 감동에 넘쳐 흘러내리는 한 줄기 눈물을 부끄러운 듯이 손등으로 씻는다.

"그곳에 가면 나도 이놈의 옷을 벗어버리고 이제까지의 생활을 버리겠네."

"아! 그곳에 가면 동무가 있다. 마우재와 같이 일하는 동무가 있다!"

울려오는 배의 동요에 석탄덩이가 굴러 내린다.

파도 소리와 기관 소리가 새롭게 울려 온다.

"그럼 난 그만 가 보겠네. 종일 동안만은 충실해야 하잖겠나."

동무는 자리를 일어선다.

"하루! 배나 든든히 채우고 하루만 꾹 참게. 틈나는 대로 그들의 눈을 피해 내 또 한번 오리."

회중전등을 청년의 손에 쥐고 입었던 속옷을 한 꺼풀 벗어 몸을 둘러 주고는 그는 석탄고를 나갔다.

두 층으로 된 삼등 선실은 층 위나 층 아래가 다 만원이다.

오래지 않은 항해이지만 동요와 괴롬에 지친 수많은 얼굴들이 생기를 잃고 떡잎같이 시들었다.

누덕감발에 머리를 질끈 동이고 '돈 벌러' 가는 사람이 있다—돈 벌기 좋다던 '부령 청진 가신 낭군'이 이제 또다시 '돈 벌

42   메밀꽃 필 무렵

기 좋은' 북으로 가는 것이다. 미주 동부 사람들이 금 나는 서부 캘리포니아를 꿈꾸듯이 그는 막연히 '금덩이 구는' 북국을 환상하고 있다.

'부자도 없고 가난한 사람도 없고 다 같이 살기 좋은 나라'를 막연히 찾아가는 사람도 많다. 그중에는 '삼 년 동안이나 한 잎두 잎 모아 두었던 동전'으로 마지막 뱃삯을 삼아서 떠난 오십이 넘은 노인도 있다.

'서울로 공부 간다고 집 떠난 지 열세 해 만에 아라사*에 가서 객사한' 아들의 뼈를 추리러 가는 불쌍한 어머니도 있다.

색달리 옷 입고 분 바른 젊은 여자는 역시 '돈 벌기 좋은 항구'를 찾아가는 항구의 여자이다. '돈 많은 마우재는 빛깔 다른 조선 계집을 유달리 좋아한다'니 '그런 나그네는 하룻밤에 둘만 겪어도 한 달 먹을 것은 넉넉히 생긴다'는 '돈 많은 항구'를 찾아가는 여자이다.

이 여러 가지 층의 사람 숲에 섞여서 입으로 무엇인지 중얼중얼 외는 청년이 있다.

품에 지닌 만국지도 한 권과 손에 든 노서아어**의 회화책 한권이 그의 전 재산이다.

거개 배에 취하여 악취에 코를 박고 드러누운 그 가운데에서 그만은 말끔한 정신을 가지고 노서아어 단어를 한 마디 한 마디

---

* 러시아. 중국과 러시아 간 통역을 맡은 몽골인들이 러시아를 가리켜 쓰던 말(Oros)을 한자로 음역한 것.
** 露西亞語. 러시아어.

외어 간다.

'가난한 노동자'—'베드니 라보치.'

'역사'—'이스토—리야'

'전쟁'—'보이나'

책을 덮고 눈을 감고 다시 한 마디 한 마디 속으로 외어 간다.

'깃발'—'즈나—먀'

'아름다운 내일'—'크라시비 자브트라'

창구멍같이 뻥 뚫린 선창에는 파고다 출렁출렁 들이친다.

흐린 유리창 밖으로 안개 깊은 수평선을 바라보는 젊은 여자, 그에게는 며칠 전 항구를 떠날 때의 생각이 가슴속에 떠오른다.

—윈치가 덜컥덜컥 닻 감는 소리 항구 안에 요란히 울렸다. 닻이 감기자 출범의 기적소리 뚜— 하고 길게 울리며 배가 고요히 움직이기 시작하니 부두와 갑판에서 보내고 가는 사람 손 흔들며 소리 지르며 수건 날렸다. 어머니도 오빠도 이웃 사람도 자기를 보내는 사람은 아무도 없었으나 배와 부두의 거리가 멀어지자 그에게는 눈물이 푹 솟았다. 어쩐지 다시 돌아오지 못할 길을 마지막으로 떠나는 것 같아서 배가 항구를 벗어나 산모롱이를 돌 때까지 정든 산천을 돌아보며 그는 눈물지었다. 눈물지었다! 눈물을 담뿍 뿜은 깊은 안개 선창 밖에 서리었고 개일 줄 모르는 애수 흐린 가슴속에 서리었다.

대모테와 마우재는 무언지 여전히 은근히 지껄이며 삼등 선실 안으로 들어와 각각 자리로 간다.

노서아어에 정신 없던 청년은 마우재를 보자 웃음을 띠우며 무언지 말하고 싶은 충동을 금할 수 없는 듯하다.

"루스키 하라쇼!*"

"루스키 하라쇼!"

능치 못한 말로 되구말구 그는 이렇게 호의를 표한다.

마우재 역시 반가운 듯이 웃음을 띠우며 그에게로 손을 내민다.

밤은 깊었다.

바다도 깊고 하늘도 깊고.

깊은 하늘 먼 한편에 별 하나 반짝반짝.

연해의 하늘에 굽이친 연봉도 깊은 잠 속에 그의 윤곽을 감추었다.

높은 마스트 위의 붉은 불 푸른 불이 잠자는 밤의 아련한 숨소리같이 날 뿐이요 갑판 위는 고요하다. 고요한 갑판 난간에 의지하여 얕은 목소리로 수군거리는 두 개의 그림자가 있으니 대모테와 마우재이다.

인기척 없고 발자취 소리 끊어진 갑판 위에서 그래도 그들은 가끔 뒤를 둘러보며 무언지 은근히 의논한다.

뱃전을 고요히 스치는 파도 소리가 때때로 그들의 회화를 끊을 뿐이다.

1930년 1월, 《조선강단》

---

* "Pγ'ooн|пй'хороишо́!(러시아 좋습니다!)"

오리온과 능금

1

나오미가 입회한 지는 두 주일밖에 안 되었고, 따라서 그가 연구회에 출석하기는 단 두 번임에 불구하고 어느덧 그의 태도가 전연 예측치 아니하였던 방향으로 흐름을 알았을 때에 나는 놀라지 않을 수 없었다. 사람의 감정의 움직임이란 예측하기 어려운 것이지만 짧은 시간에 그가 나에게 대하여 그러한 정서를 품게 되었다는 것은 도무지 뜻밖의 일이었음을 나는 놀라는 한편 현혹한 느낌을 마지않았던 것이다.

하기는 나오미가 S의 소개로 입회하게 된 첫날부터 벌써 나는 그에게서 '동지'라는 느낌보다도 '여자'라는 느낌을 더 많이 받았다. 그것은 나오미가 현재 어떤 백화점의 여점원이요 따라서 몸치장이 다소 사치한 까닭이라는 것보다도 대체로 그의 육체와 용모의 인상이 너무도 연하고 사치한 까닭이었다. 몸이 몹시 가늘고 입이 가볍고 눈의 표정이 너무도 풍부하였다. 그의 먼촌 아저씨가 과거에 있어서 한 사람의 굳건한 ××으로서 현재 영어*의 몸이 되어 있다는 소식도 S를 통하여 가끔 들은 나였만은 그러한 나의 지식과 나오미의 인상과의 사이에는 한 점의 부합의 연상도 없고 물에 뜬 기름 모양으로 서로 동떨어진 것이었다. 그것은 마치 같은 가지에 붉은 꽃과 푸른 꽃의 이 전연 색다른 두 송이의 꽃이 천연스럽게 맺히는 것과도 같은 격이었다. 그러나 연약한 인상이라고 그의 미래를 약속하지 못하는 법은 없을 것이다.

그러므로 진실한 회원이요 믿음직한 동지인 S가 그를 소개하였을 때에 우리는 그의 입회를 승낙하기에 조금도 인색하지 않았던 것이다.

그러나 차차 그를 만나게 될수록 '동지'라는 느낌은 사르어 가고 '여자'라는 느낌이 그에게서 받는 느낌의 거의 전부였다.

한편 나에게 대한 그의 태도와 행동은 심히 암시적이었다. 내가 그것을 깨닫게 된 것은 물론 다음과 같은 일이 있은 후로부터였지만.

나오미가 입회한 후 두 번째 연구회에 출석하던 날이었다. 오륙 인 되는 회원들이 S의 여공(女工)임을 비롯하여 학생 점원 등

* 囹圄. 감옥에 갇힘.

층층을 망라한 관계상 자연 모이는 시간이 엄수되지 못하였고, 또 독일어의 번역과 대조하여 읽고 토의하여 가던 「××××」에 어려운 대문이 많았던 까닭에 분량이 많이 나가지 못하는 데다가 회를 마치고 나면 모두 피곤하여지는 까닭에 될 수 있는 대로 초저녁에 모여서 밤이 깊기 전에 파하는 것이 일쑤였다. 그날 밤도 일찍이 파하고 S의 집을 나오니 집에의 방향이 같은 관계상 나는 또 나오미와 동행이 되었다.

"어떻소. 우리들의 기분을 대강은 이해할 만하게 되었소?"

회원들 가운데에서 피를 달리한 사람은 나오미 한 사람뿐이므로 낯익지 않은 그룹 속에 들어와서 거북한 부조화와 고독을 느끼지 않는가를 염려하여 오던 나는 어두운 골목을 걸어 나오면서 그의 생각도 들어 보고 또 그를 위로도 할 겸 이런 말을 던졌다.

"이해하고말고요. 그리고 저는 이 분위기를 대단히 좋아해요. 저를 맞아 주는 동무들의 심정도 좋고 선생님께 대하여서는 더구나 친밀한 느낌을 더 많이 품게 되었어요."

"그렇다면 다행이외다—혈족에 대한 그릇된 편견으로 인하여 잘못을 범하는 예가 아직도 간간이 있으니까요."

"깨달음이 부족한 까닭이겠지요—어떻든 저는 우리 회합에서 한 점의 거북한 부자유도 느끼지 않아요—마음이 이렇게 즐겁고 좋아요."

진실로 즐거운 듯이 나오미는 몸을 가늘게 요동하며 목소리를 내서 웃었다.

미묘하게 움직이는 그의 시선을 옆얼굴에 인식하면서 골목을 벗어나오니 네거리에 나섰다.

늘 하는 버릇으로 모퉁이 서점에 들려 신간을 한 바퀴 살펴본 후 다시 서점을 나올 그때까지 나오미의 미소는 꺼지지 않았다.

서점 옆 과일점 앞을 지날 때에 나오미는 그 미소를 정면으로 나에게 던지면서 복잡한 표정으로 나를 쳐다보며 제의하였다.

"능금이 먹고 싶어요!"

"능금이?"

의외의 제의인 까닭에 나는 반문하면서 그를 바라보았다.

"신선한 능금, 한입 먹었으면!"

나오미는 마치 내 자신이 한 개의 능금인 것같이 과일점의 능금 대신에 나를 똑바로 쳐다보며 바싹 나에게로 붙었다.

나는 은전 몇 닢을 던져 주고 받은 능금 봉지를 나오미에게 쥐어 주었다.

걸으면서 나오미는 밝은 거리를 꺼리는 법 없이 새빨간 능금을 껍질채 버적버적 먹었다.

"대담하군요."

"어때요 행길에서—능금—프롤레타리아답지 않아요?"

나오미의 하아얀 이빨이 웃음 띠우며 능금 속에 빛났다.

"금욕은 프롤레타리아의 도덕이 아니에요—솔직한 감정을 정직하게 표현하는 것이 프롤레타리아가 아닐까요?"

그러나 밝은 밤거리에서 아름다운 여자가 능금을 버적버적 먹는 풍경은 프롤레타리아답다느니보다는 차라리 한 폭이 아름다운 '모던' 풍경이었다. 그만큼 아름다운 나오미의 자태에는 프롤레타리아다운 점은 한 점도 없으며 미래에도 그가 얼마나 한 정도의 프롤레타리아 투사가 될까도 자못 의문이었다—너무도 아름답고 사치하고 '모던'한 나오미였다.

"능금 좋아하세요?"

"싫어하는 사람이 어데 있겠소. 모다 아담의 아들이요 이브의 딸이니까요."

"자, 그럼 한 개 잡수세요."

나오미는 여전히 미소하면서 능금 한 개를 나의 손에 쥐어 주었다.

"그렇지요. 조상 때부터 좋아하던 능금과 우리는 인연을 끊을 수는 없어요. 능금은 누구나 좋아하는 것이고 또 영원히 좋은 것이겠지요—공간과 시간을 초월하여 높게 빛나는 능금이지요. 마치 저 하늘의 오리온과도 같이 길이길이 빛나는 것이에요."

"능금의 철학?"

"이라고 해도 좋지요—그러니까 프롤레타리아 투사에게라고 결코 능금이 금단의 과일이 아니겠지요. 밥을 먹지 않으면 안 되는 투사가 능금을 먹지 말라는 법이 어데 있어요."

나오미의 암시가 나에게는 노골적 고백으로 들렸다. 그러므로 나는 예민하게 나의 방패를 내들지 않을 수 없었다.

"그것이 진리임은 사실이나 문제는 가치와 효과에 있을 것이오. 그리고 또 우리에게는 일정한 체계와 절제가 있어야겠지요.

메밀꽃 필 무렵

아무리 아름다운 능금이기로 난식을 하여서 그것이 도리어 계급적 사업에 해를 끼치게 된다면 그것은 값없는 짓이 아니겠소."

2

이런 일이 있은 후로부터는 나는 웬일인지 항상 나오미와 능금을 연상하게 되어서 그를 생각할 때에나 만날 때에는 반드시 먼저 능금의 연상이 머릿속을 스치게 되었다. 그렇게 하여 때로는 그가 마치 능금의 화신같이 생각되는 때도 있었다. 물론 다음과 같은 일이 있은 후로부터는 그런 인상은 더욱 두터워 갔다.

두 주일가량 후이었을까. 오랫동안 생각 중에 있던 어떤 행동에 있어서의 다른 어떤 회와의 합류 문제가 돌연한 결정을 지었던 까닭에 그 뜻을 회원들에게 급히 알려야 할 필요상 나는 그 보고를 가지고 회원의 집을 일일이 방문하지 않으면 안 되었다. 그날 저녁때 마지막으로 찾은 것이 나오미였다. 직접 그의 숙소가 아니요 그의 일터인 백화점으로 찾은 까닭에 그 자리에서 그에게 장황한 소식도 말할 수 없는 터이므로 진열되어 있는 화장품 사이로 간단한 보고만을 몇 마디 입재게 전하여 줄 따름이었다.

그러나 낯설은 손님도 아니요 그렇다고 동지도 아니요 마치 정다운 애인을 대하는 듯이 귀여운 미소를 띠우며 귀를 바싹 대고 나의 보고를 고요히 듣고 섰던 나오미는 나의 말이 끝나자 은근한 눈짓을 하고 그 자리를 떠나면서 나에게 그의 뒤를 따르기를 청하였다. 영문을 모르는 나는 의아하면서도 시침을 떼고 그의 뒤를 따라 같이 올라가는 승강기를 탔다. 위층에서 승강기를 버린 나오미는 층층대를 올라가 옥상 정원에까지 나섰을 때에 다시 은근한 한편 구석 철난간으로 나를 인도하였다.

"무슨 일요?"

심상치 않은 일이 있는 것같이 예측되었기에 그곳까지 이르자 나는 조급하게 물었다.

"선생님께 드릴 것이 있어서요."

철난간에 피곤한 몸을 의지하여 흐트러진 머리카락을 쓸어 올리는 나오미는 조금도 조급한 기색은 없이 천천히 대답하면서 나를 듬짓이* 바라보았다.

"무엇이란 말요?"

"무엇인 듯해요?"

"글쎄─."

그러나 나오미는 거기서 곧 대답은 하지 않고 피곤한 듯한 손짓으로 이지러진 옷자락과 모양을 고치면서 탄식하였다.

"하루에 열 시간 이상의 노동을 하려니까 피곤해서 못 배기겠어요."

"그러니까 부르짖게 되지요."

"십 시간 이상 노동 절대 반대─그러나 지내 보니까 이 속에는

* 듬짓하다 : '듬직하다'의 방언.

메밀꽃 필 무렵

한 사람도 똑똑한 아이가 없어요. 결국 이런 곳의 조직의 필요성은 아직 제 시기에 이르지 못한 것 같아요."

"그것은 그렇다고 해두고 지금 나에게 줄 것이 대체 무엇이란 말요?"

"참, 드릴 것을 드려야지요."

하면서 나오미는 새까만 원피스 주머니 속에 손을 넣었다.

"일전에 제가 선생님께서 능금을 받았지요—그러니까 저도 능금을 드려야지요."

그의 바른손에는 한 개의 새빨간 능금이 들려 있었다.

"능금."

"왜 실망하세요. 능금같이 귀한 것이 세상에 또 있을까요?"

동의를 구하려는 듯이 나오미는 나를 반듯이 바라보았다.

"저곳을 내려다보세요. 번잡한 거리에서 헤매고 꾸물거리는 저 많은 사람들의 찾는 것이 결국 무엇일까요—한 그릇의 밥과 한 개의 능금이 아닌가요. 번잡한 이 거리의 부감도(俯瞰圖)는 아름다운 능금의 탐색도(探索圖)인 것 같아요."

하면서 나오미는 거리로 향한 몸을 엇비슷이 틀면서 손에 든 능금을 높이 쳐들었다. 두어 오리 흐트러진 머리카락과 옆얼굴의 윤곽과 부드러운 다리와 손에 든 능금에 찬란한 석양이 반사되어 완연 그의 전신에서 황금빛 햇발이 발사되는 듯도 하여 그의 자태는 마치 능금을 든 이브와도 같이 성스럽고 신비로운 한 폭의 그림같이 보였다.

"능금을 받으세요."

원피스를 떨쳐입은 '모던' 이브는 단 한 개의 능금을 나의 앞에 내밀었다. 그의 자태와 행동에 너무도 현혹하여 묵묵히 서 있으려니 그는 어떻게 생각하였던지 한 개의 능금을 두 손 사이에 넣고 힘을 썼다.

"코카서스' 지방에서는 결혼할 때에 한 개의 능금을 두 쪽을 내어서 신랑 신부가 그 자리에서 한 쪽씩 먹는다지요."

하면서 나오미는 두 쪽으로 낸 능금의 한 쪽을 나의 손에 쥐어 주고 나머지 한 쪽을 그의 입으로 가져갔다.

철난간에 의지하여 곁눈으로 저물어 가는 거리의 부감도를 내려다보며 반쪽의 능금을 먹는 나오미의 자태는 아까의 성스러운 그림과는 정반대로 속되고 평범한 지상적(地上的) 풍경으로밖에는 보이지 않았다.

3

"그래 나오미는 어떻게 생각하오?"

"콜론타이* 자신 말예요?"

"보다도 바실리사**에 대해서 말요."

"가지가지의 붉은 사랑을 맺어 가는 바실리사의 가슴속에는 물론 든든한 이지의 조종도 있었겠지만 보다도 뛰는 피와 감정

* 알렉산드라 미하일로브나 콜론타이(1872~1952). 구소련의 여성 정치가 · 운동가.
** 콜론타이가 지은 소설 『적연(赤戀)』의 주인공.

　　　　　　　　　　　　　메밀꽃 필 무렵

에 순종함이 더 많았겠지요—이런 점에 있어서 저도 바실리사를 좋아하고 찬미할 수 있어요."

"사업 제일, 연애 제이, 어디까지든지 이 신조를 굽히지 않고 나간 것이 용감하지 않소."

"그러나 사업 제일이라는 것은 결국 바실리사에게는 한 개의 방패와 이유에 지나지 못하는 것이 아닐까요. 한 사람의 사나이로부터 다른 사나이에게 옮아 갈 때 거기에는 사업이라는 아름다운 표면의 간판보다도 먼저 일의적인 좋고 싫다는 감정의 시킴이 있을 것이 아닌가요. 결국 근본에 있어서는 감정 제일 사업 제이일 것예요. 사랑은—그것이 장난이 아니고 사랑인 이상—도저히 사업을 통하여서만은 들 수 없는 것이요 무엇보다도 먼저 피차의 시각(視覺)을 통해서 드는 것이니까요."

"그렇다고 바실리사의 행동을 갖다가 곧 감정 제일 사업 제이로 판단하는 것은 좀 심하지 않소."

"그것이 솔직한 판단이지요. 그렇게 판단하지 않고는 바실리사의 행동을 이해하기는 어려울 것예요. 그리고 바실리사 자신의 본심으로 실상은 그런 판단을 받는 것이 본의가 아닐까요—결국 바실리사는 능금을 대단히 좋아하였고 그 좋아하는 감정을 솔직하게 표현하였다고 할 수 있지요. 다만 그는 심히 약고 영리한 까닭에 그것을 표현함에 사업이라는 방패를 써서 교묘하게 그 자신을 카무프라주*하고 그의 체면을 보존하려고 하였을

---

* 카무플라주([프]camouflage). 불리하거나 부끄러운 것을 드러나지 아니하도록 의도적으로 꾸미는 일.

뿐이지요."

감격된 구변으로 인하여 상기된 나오미의 얼굴은 책상 위에 촛불을 받아 더한층 타는 듯이 보였다. 진한 눈썹 밑에 열정을 그득히 담은 눈동자는 마치 동물과 같이 교교한 광채를 던지고 불빛에 물든 머리카락은 그 주위에 붉은 열정의 윤곽을 뚜렷이 발상하고 있지 않는가!

"결국 능금이구료."

"그러믄요. 능금이 아니고는 모든 것을 설명할 수 없지요."

"아, 능금—."

나는 내 자신의 의견과 판단도 있었지만 그것을 장황하게 말하기를 피하고 그 이야기에는 그만 끝을 맺어 버리려고 이렇게 짧은 탄식을 하면서 거짓 하품을 하려 할 때에 문득 나의 팔의 시계가 눈에 띄었다.

"시간이 훨씬 넘었는데 웬일일까."

"글쎄요. 아마 공장에 무슨 변이 있나 보군요."

"다른 회원들은 웬일일고."

연구회의 시작될 시간이 훨씬 넘었고, 또 그곳이 S의 방임에 불구하고 회원인 나오미와 나 두 사람이 먼저 와서 기다리고 있는지도 이미 오래이고 콜론타이의 화제가 끝났을 그때까지도 S 자신은새로에 다른 회원들의 자태가 아직 한 사람도 안 보임이 이상하여서 나는 궁금한 한편 초조한 마음을 금할 수 없었다.

"공장의 폭발한 기세가 농후하여졌다더니 기어코 폭발되었나 부군요."

"글쎄, S는 그래서 늦는 것 같은데—."

나는 초조한 한편 또 무료도 하여서 중얼거리며 S가 펴 놓고
간 책상 위의 로자* 전기(傳記)에 무심코 시선을 던지고 무의미
하게 훑어 내려갔다.

"능금이라니 말이지 로자도—."

같이 쏠려 역시 로자의 전기 위에 시선을 던진 나오미는 이렇
게 화제를 돌리며 말을 이었다.

"그가 본국에 돌아올 때에 사업을 위한 정책상 하는 수 없이
기묘한 연극을 하여 뜻에 없는 능금을 딴 일이 있었지만 그것도
실상은 속의 속을 캐어 보면 전연 뜻에 없는 능금은 아니었겠지
요—적어도 저는 그렇게 생각하고 싶어요."

나오미의 말에 끌려 새삼스럽게 나는 그와 같이 시선을 책상
위편 벽에 걸린 로자의 초상으로—전등을 끊기우고 할 수 없이
희미한 촛불 속에 뚜렷이 가난한 방 안과 그 속에서 로자를 말
하고 있는 젊은 여자를 듣짓이 내려다보고 있는 로자의 초상으
로—무심코 던지지 않을 수 없었다.

그러자 웬일인지 돌연히! 의외에도 로자의 초상이 우리들의
시선을 거부하는 듯이 걸렸던 그 자리를 떠나서 별안간 책상 위
에 떨어졌던 것이다.

순간, 책상 모서리에 부딪친 초상화판의 유리가 바싹 부서지
고 같은 순간에 화판 밑에 깔리운 촛불이 쓰러지며 방 안은 별

---

* 로자 룩셈부르크(1871~1919). 독일에서 활동한 폴란드 출신의 여성 사회주의 이론가이자
혁명가.

안간 어둠 속에 잠겨 버렸다.

"에그머니!"

돌연히 놀란 나오미는 반사적으로 나에게 바싹 붙었다.

"그에게 대하여 공연히 불손한 언사를 희롱한 것을 노여함이
아닌가."

돌연한 변에 뜨끔하여서 이렇게 직각적으로 느끼며 어찌할
바를 몰라 잠시 잠자코 있던 나는 그러나 더 놀라운 것을 당하
였다—별안간 목덜미와 얼굴 위에 의외의 따뜻하고 부드러운 촉
감을 받았던 것이다. 그리고 피의 향기가 나의 전신을 후끈하게
둘러쌌다.

다음 순간 목덜미의 부드럽던 촉감은 든든한 압박감으로 변
하고 얼굴에는 전면 뜨거운 피를 끼얹는 듯한 화끈한 김과 향기
가 숨차게 흘러오고—입술에는 타는 입술이 와서 맞닿았다.

그리고 물론 동시에 다음과 같은 떨리는 나오미의 애원하는
목소리가 후둑이는 그의 염통의 고동과 함께 구절구절 찢기면
서 나의 귀를 스쳤던 것이다.

"안아 주세요! 저를 힘껏 힘껏 좀 안아 주세요."

1932년 3월, 《삼천리》

돈豚

옛성 모롱이 버드나무 까치둥우리 위에 푸르둥둥한 하늘이
얄게 드리웠다. 토끼우리에서는 하아얀 양토끼가 고슴도치 모양
으로 까칠하게 웅크리고 있다. 능금나무 가지를 간들간들 흔들
면서 벌판을 불어오는 바닷바람이 채 녹지 않은 눈 속에 덮인
종묘장(種苗場) 보리밭에 휩쓸려 도야지우리에 모질게 부딪친다.

우리 밖 네 귀의 말뚝 안에 얽어 매인 암토야지는 바람을 맞
으면서 유난히 소리를 친다. 말뚝을 싸고도는 종묘장 씨돝(種豚)
은 시뻘건 입에 거품을 품으면서 말뚝의 뒤로 돌아 그 위에 덥석
앞다리를 걸었다. 시꺼먼 바위 밑에 눌린 자라 모양인 암토야지
는 날카로운 비명을 올리며 전신을 요동한다. 미끄러진 씨돝은
게걸덕거리며 다시 말뚝을 싸고돈다. 앞뒤 우리에서 웅하는 도
야지들 고함에 오후의 종묘장 안은 떠들썩한다.

반시간이 넘어도 여의치 않았다. 둘러싸고 보던 사람들도 흥이 식어서 주춤주춤 움직인다. 여러 번째 말뚝 위에 덮쳤을 때에 육중한 힘에 말뚝이 와싹 무지러지면서 그 바람에 밑에 깔렸던 도야지는 말뚝의 테두리를 벗어져서 뛰어나왔다.

"어려서 안 되겠군."

종묘장 기수(技手)가 껄껄 웃는다.

"황소 앞에 암탉 같으니 쟁그러워서 볼 수 있나."

"겁을 먹고 달아나는데."

농부는 날쌔게 우리 옆을 돌아 뛰어가는 도야지의 앞을 막았다.

"달포 전에 한번 왔다 갔으나 씨가 붙지 않아서 또 끌고 왔는데요."

식이는 겸연쩍어서 얼굴이 붉어졌다.

"아무리 짐승이기로 저렇게 어리구야 씨가 붙을 수 있나."

농부의 말에 식이는 다시 얼굴을 붉혔다.

"빌어먹을 놈의 짐승."

무안도 무안이려니와 귀치않게 구는 짐승에 식이는 화를 버럭 내면서 농부를 부축하여 달아나는 도야지의 뒤를 쫓는다. 고무신이 진창에 빠지고 바지춤이 흘러내린다.

도야지의 허리를 맨 바를 붙들었을 때에 그는 홧김에 바를 뒤로 잡아 나꾸며 기운껏 매질한다. 어린 짐승은 바들바들 뛰면서 비명을 올린다. 농가 일 년의 생명선—좀 있으면 나올 제1기분 세금과 첫여름 감자가 나올 때까지의 가족의 양식의 예산의 부담을 맡은 어린 짐승에 대한 측은한 뉘우침이 나중에는 필연코 나련마는 종묘장 사람들 숲에서의 무안을 못 이겨 식이의 흔드는 매는 자연 가련한 짐승 위에 잦게 내렸다.

"그만 갖다 매시오."

말뚝을 고쳐 든든히 박고 난 농부는 식이에게 손짓한다.

겁과 불안에 떨며 허둥거리는 짐승을 이번에는 한결 더 든든히 말뚝 안에 욱여넣고 나뭇대를 가로질러 배까지 떠받쳐 올려 꼼짝 요동하지 못하게 탐탁하게 얽어매었다.

털몸을 근실근실 부딪치며 그의 곁을 궁싯궁싯* 굼도는 씨돝은 미처 식이의 손이 떨어지기도 전에 화차(火車)와도 같이 말뚝 위를 엄습한다. 시뻘건 입이 욕심에 목메어서 풀무같이 요란히 울린다. 깔린 암돝은 목이 찢어져라 날카롭게 고함친다.

둘러선 좌중은 일제히 웃음소리를 멈추고 일시 농담조차 잊은 듯하였다.

문득 분이의 자태가 눈앞에 떠오른다. 식이는 말뚝에서 시선을 돌려 딴전을 보았다.

'분이 고것 지금엔 어데 가 있는구.'

제2기분은 새로에 1기분 세금조차 밀려오는 농가의 형편에 도야지보다 나은 부업이 없었다. 한 마리를 일 년 동안 충실히 기르면 세금도 세금이려니와 잔돈푼의 가용돈쯤은 훌륭히 우러나왔다. 이 도야지의 공용(供用)을 잘 아는 식이다. 푼푼이 모은

---

* 궁싯거리다 ; 어찌할 바를 몰라 이리저리 머뭇거리다.

돈으로 마을 사람들의 본을 받아 종묘장에서 가제 난 양도야지 한 자웅을 사온 것이 지난여름이었다. 기름이 자르르 흐르는 새까만 자웅을 식이는 사람보다도 더 귀히 여겨 가제 사왔던 무렵에는 우리에 넣기가 아까워 그의 방 한구석에 짚을 펴고 그 위에 재우게까지 하던 것이 젖이 그리워서인지 한 달도 못 돼서 수놈이 죽었다. 나머지의 암놈을 식이는 애지중지하여 단 한 벌의 그의 밥그릇에 물을 받아 먹이기까지 하였다. 물도 먹지 않고 꿀꿀 앓을 때에는 그는 나무하러 가는 것도 그만두고 종일 짐승의 시중을 들었다. 여섯 달을 기르니 겨우 암토야지 티가 났다. 달포 전에 식이는 첫 시험으로 십 리가 넘는 읍내 종묘장까지 끌고 왔었다. 핏돈* 오십 전이나 내서 씨를 받은 것이 종시 붙지 않았다. 식이는 화가 났다. 때마침 정을 두고 지내던 이웃집 분이가 어디론지 도망을 갔다. 식이는 속이 상해서 며칠 동안 일이 손에 잡히지 않았다. 늘 뾰로통해서 쌀쌀하게 대꾸하더니 그 고운 살을 한 번도 허락하지 않고 늙은 아비를 혼자 둔 채 기어코 도망을 가 버렸구나 생각하니 분이가 괘씸하였다. 그러나 속 깊은 박초시의 일이니 자기 딸 조처에 무슨 꿍꿍 수작을 대었는지 도무지 모를 노릇이었다. 청진으로 갔느니 서울로 갔느니 며칠 전에 박 초시에게 돈 십 원이 왔느니 소문은 갈피갈피였으나 하나도 종잡을 수 없었다. 이래저래 상할 대로 속이 상했다. 능금꽃 같은 두 볼을 잘강잘강 씹어 먹고 싶던 분이인 만큼 식이는 오늘까

---

* 피같이 소중한 돈.

지 솟아오르는 심화를 억제할 수 없었다.

"다 됐군."

딴전만 보고 섰던 식이는 농부의 목소리에 그쪽을 보았다. 씨돝은 만족한 듯이 여전히 꿀꿀 짖으면서 그곳을 떠나지 않고 빙빙 돈다.

파장 후의 광경이건만 분이의 그림자가 눈앞에 어른거리는 식이는 몹시도 겸연쩍었다. 잠자코 섰던 까칠한 암토야지와 분이의 자태가 서로 얽혀서 그의 머릿속에 추근하게 떠올랐다. 음란한 잡담과 허리 꺾는 웃음소리에 얼굴이 더한층 붉어졌다. 환영을 떨쳐 버리려고 애쓰면서 식이는 얽어매었던 도야지를 풀기 시작하였다. 농부는 여전히 게걸떡거리며 어른어른 싸도는 욕심 많은 씨돝을 몰아 우리 속에 가두었다.

"이번에는 틀림없겠지."

장부에 이름을 올리고 오십 전을 치러 주고 종묘장을 나오니 오후의 해가 느지막하였다. 능금밭 건너편 양옥 관사의 지붕이 흐린 석양에 푸르둥둥하게 빛난다. 옛 성 어귀에는 드나드는 장꾼의 그림자가 어른어른한다. 성안에서 한 채의 버스가 나오더니 폭 넓은 이등 도로를 요란히 달려온다. 도야지를 몰고 길 왼편 가로 피한 식이는 퍼뜩 지나는 버스 안을 흘끗 살펴본다. 분이를 잃은 후로부터는 그는 달아나는 버스 안까지 조심스럽게 살피게 되었다. 일전에 나남*에서 버스 차장 시험이 있었다더니

* 羅南. 함경북도 청진시의 한 구역.

그런 데로나 뽑혀 들어가지 않았을까? 분이의 간 길을 이렇게도 상상하여 보았기 때문이다.

'장이나 한 바퀴 돌아올까?'

북문 어귀 성 밑 돌 틈에 도야지를 매 놓고 식이는 성을 들어가 남문 거리로 향하였다.

분이가 없는 이제 장꾼의 눈을 피하여 으슥한 가게 앞에 가서 겸연쩍은 태도로 매화분을 살 필요도 없어진 식이는 석유 한 병과 마른 명태 몇 마리를 사들고 장판을 오르락내리락하였다. 한 동리 사람의 그림자도 눈에 뜨이지 않기에 그는 곧게 성 밖으로 나와 마을로 향하였다.

어기적거리며 도야지의 걸음이 올 때만큼 재지 못하였다. 그러나 이제 매질할 용기는 없었다.

철로를 끼고 올라가 정거장 앞을 지나 오촌포 행길에 나서니 장 보고 돌아가는 사람의 그림자가 드문드문 보인다. 산모롱이가 바닷바람을 막아 아늑한 저녁 빛이 행길 위를 덮었다. 먼 산위에는 전기의 고가선이 솟고 산 밑을 물줄기가 돌아내렸다. 온천 가는 넓은 도로가 철로와 나란히 누워서 남쪽으로 줄기차게 뻗쳤다. 저물어 가는 강산 속에 아득하게 뻗친 이 두 줄의 길이 새삼스럽게 식이의 마음을 끌었다. 걸어가는 그의 등 뒤에서는 산모롱이를 돌아오는 기차 소리가 아련히 들린다. 별안간 식이에게는 이상한 생각이 들었다.

'이 길로 아무 데로나 달아날까.'

장에 가서 도야지를 팔면 노자가 되겠지. 차 타고 노자 자라는 곳까지 달아나면 그곳에 곧 분이가 있지 않을까. 어디서 들었는지 공장에 들어가기가 분이의 소원이더니, 그곳에서 여직공 노릇 하는 분이와 만나 나도 '노동자'가 되어 같이 살면 오죽 재미있을까. 공장에서 버는 돈을 달마다 고향에 부치면 아버지도 더 고생하실 것 없겠지. 도야지를 방에서 기르지 않아도 좋고 세금 못 냈다고 면소 서기들한테 밥솥을 뺏길 염려도 없을 터이지. 농사같이 초라한 업이 세상에 또 있을까. 아무리 부지런히 일해도 못살기는 일반이니…… 분이 있는 곳이 어데인가…… 도야지를 팔면 얼마나 받을까─암토야지 양도야지…….

"앗!"

날카로운 소리에 번쩍 정신이 깨었다.

찬바람이 휙 앞을 스치고 불시에 일신이 딴세상에 뜬 것 같았다. 눈 보이지 않고, 귀 들리지 않고, 잠시간 전신이 죽고 감각이 없어졌다. 캄캄하던 눈앞이 차차 밝아지며 거물거물 움직이는 것이 보이고 귀가 뚫리며 요란한 음향이 전신을 쓸어 없앨 듯이 우렁차게 들렸다. 우레 소리가…… 바닷소리가…… 바퀴 소리가……. 별안간 눈앞이 환해지더니 열차의 마지막 바퀴가 쏜살같이 눈앞을 달아났다.

"앗, 기차!"

다 지나간 이제 식이는 정신이 아찔하며 몸이 부르르 떨린다.

진땀이 나는 대신 소름이 쭉 돋는다. 전신이 불시에 비인 듯이 거뿐하다. 글자대로 전신은 비었다. 한쪽 팔에 들었던 석유병 노 넝태 나리*도 긴 곳이 없고 비른손으로 이끌던 도야지두 종적이 없다.

"아, 도야지!"

"도야지구 무어구 미친놈이지, 어디라구 후미키리**를 막 건너."

따귀를 철썩 맞고 바라보니 철로 망보는 사람이 성난 얼굴로 그를 노리고 섰다.

"도야지는 어찌 됐단 말이오."

"어젯밤 꿈 잘 꾸었지. 네 몸 안 치인 것이 다행이다."

"아니 그럼 도야지가 치었단 말요."

"다음부터 차에 주의해!"

독하게 쏘아붙이면서 철로 망꾼은 식이의 팔을 잡아 나꿔 후미키리 밖으로 끌어냈다.

"아, 도야지가 치였다니 두 번이나 종묘장에 가서 씨받은 내 도야지 암토야지 양도야지……."

엉겁결에 외치면서 훑어보았으나 피 한 방울 찾아볼 수 없다.

흔적조차 없다니—기차가 달룽 들고 간 것 같아서 아득한 철로 위를 바라보았으나 기차는 벌써 그림자조차 없다.

"한방에서 잠재우고, 한그릇에 물 먹여서 기른 도야지, 불쌍한 도야지……."

정신이 아찔하고 일신이 허전하여서 식이는 금시에 그 자리에 푹 쓰러질 것도 같았다.

1933년 10월, 《조선문학》

---

* (동물의 이름과 같이 쓰여) '약간의 그것'이라는 뜻을 나타냄.
** '건널목'의 일본말.

산

1

    나무하던 손을 쉬고 중실은 발밑의 깨금나무* 포기를 들췄다. 지천으로 떨어지는 깨금알이 손안에 오르르 들었다. 익을 대로 익은 제철의 열매가 어금니 사이에서 오도독 두 쪽으로 갈라졌다.

    돌을 집어던지면 깨금알같이 오도독 깨어질 듯한 맑은 하늘, 물고기 등같이 푸르다. 높게 뜬 조각구름 떼가 해변에 뿌려진 조개껍질같이 유난스럽게도 한편에 옹졸봉졸 몰려들 있다. 높은 산등이라 하늘이 가까우련만 마을에서 볼 때와 일반으로 멀다.

---

* '개암나무'의 전라도 방언.

구만 리일까 십만 리일까. 골짜기에서의 생각으로는 산기슭에만 오르면 만져질 듯하던 것이 산허리에 나서면 단번에 구만 리를 내빼는 가을 하늘.

산속의 아침나절은 졸고 있는 짐승같이 막막은 하나 숨결이 은근하다. 휘엿한 산등은 누워 있는 황소의 등어리요 바람결도 없는데 쉴 새 없이 파르르 나부끼는 사시나무 잎새는 산의 숨소리다. 첫눈에 띄는 하아얗게 분장한 자작나무는 산속의 일색. 아무리 단장한대야 사람의 살결이 그렇게 흴 수 있을까. 수북 들어선 나무는 마을의 인총*보다도 많고 사람의 성보다도 종자가 흔하다. 고요하게 무럭무럭 걱정 없이 잘들 자란다. 산오리나무, 물오리나무, 가락나무, 참나무, 졸참나무, 박달나무, 사스래나무, 떡갈나무, 피나무, 물가리나무, 싸리나무, 고로쇠나무. 골짜기에는 신나무, 아그배나무, 갈매나무, 개옻나무, 엄나무. 산등에 간간이 섞여 어느 때나 푸르고 향기로운 소나무, 잣나무, 전나무, 노간주나무─걱정 없이 무럭무럭 잘들 자라는─산속은 고요하나 웅숭한 아름다운 세상이다. 과실같이 싱싱한 기운과 향기. 나무 향기, 흙냄새, 하늘 향기. 마을에서는 찾아볼 수 없는 향기다.

낙엽 속에 파묻혀 앉아 깨금을 알뜰히 바수는 중실은, 이제 새삼스럽게 그 향기를 생각하고 나무를 살피고 하늘을 바라보는 것이 아니었다. 그런 것은 한데 합쳐서 몸에 함빡 젖어들어 전신을 가지고 모르는 결에 그것을 느낄 뿐이다. 산과 몸이 빈틈

---

* 人叢. 한곳에 많이 모인 사람의 무리.

없이 한데 어울린 것이다. 눈에는 어느 결엔지 푸른 하늘이 물들었고 피부에는 산 냄새가 배었다. 바심*할 때의 짚북데기보다도 부드러운 나뭇잎—여러 자 깊이로 쌓이고 쌓인 깨금잎, 가락잎, 떡갈잎의 부드러운 보료—속에 몸을 파묻고 있으면 몸뚱어리가 마치 땅에서 솟아난 한 포기의 나무와도 같은 느낌이다. 소나무, 참나무, 총중**의 한 대의 나무다. 두 발은 뿌리요 두 팔은 가지다. 살을 베이면 피 대신에 나뭇진이 흐를 듯하다. 잠자코 섰는 나무들의 주고받는 은근한 말을, 나뭇가지의 고갯짓하는 뜻을, 나뭇잎의 수군거리는 속심을 총중의 한 포기로서 넉넉히 짐작할 수 있다. 해가 쪼일 때에 즐거워하고, 바람 불 때 농탕치고, 날 흐릴 때 얼굴을 찡그리는 나무들의 풍속과 비밀을 역력히 번역해 낼 수 있다. 몸은 한 포기의 나무다.

별안간 부드득 솟아오르는 힘을 느끼고 중실은 벌떡 뛰어 일어났다. 쭉 펴는 네 활개에 힘이 뻗쳐 금시에 그대로 하늘에라도 오를 듯싶다. 넘치는 힘을 보낼 곳 없어 할 수 없이 입을 크게 벌리고 하늘이 울려라 고함을 쳤다. 땅에서 솟는 산 정기의 힘찬 단순한 목소리다. 산이 대답하고 나뭇가지가 고갯짓한다. 또 하나 그 소리에 대답한 것은 맞은편 산허리에서 불시에 푸드득 날아 뜨는 한 자웅의 꿩이었다. 살진 까투리의 꽁지를 물고 나는 장끼의 오색 날개가 맑은 하늘에 찬란하게 빛났다.

살진 꿩을 보고 중실은 문득 배가 허출함을 깨달았다. 아래편

* 타작.
'' 한 떼의 가운데.

골짜기 개울 옆에 간직하여 둔 노루 고기와 가랑잎에 싸 둔 개
꿀이 있음을 생각하고 다시 낫을 집어 들었다. 첫 참 때까지에는
한 짐을 채워 놓아야 파장되기 전에 읍내에 다다르겠고, 팔아
가지고는 어둡기 전에 다시 산으로 돌아와야 할 것이다. 한참 쉰
뒤라 팔에는 기운이 남았다. 버스럭거리는 나뭇잎 소리가 품 안
에 요란하고 맑은 기운이 몸을 한바탕 먹 감긴 것 같다. 산은 마
을보다 몇 곱절 살기가 좋은가. 산에 들어오기를 잘했다고 중실
은 생각하였다.

2

세상에 머슴살이같이 잇속 적은 생업은 없다.

싸울래 싸운 것이 아니라 김 영감 편에서 투정을 건 셈이다.
지금 와 보면 처음부터 쫓아낼 의사였던 것이 확실하다. 중실은
머슴 산 지 칠 년에 아무것도 쥔 것 없이 맨주먹으로 살던 집을
쫓겨났다. 원통은 하였으나 애통하지는 않았다.

해마다 새경을 또박또박 받아 본 일 없다. 옷 한 벌 버젓하게
얻어 입은 적 없다. 명절에는 놀이할 돈도 푼푼이 없이 늘 개 보
름 쇠듯 하였다.* 장가들이고 집 사고 살림을 내준다는 것도 헛

---

* 정월대보름에 개에게 음식을 주면 그해 여름에 파리가 꾀고 개가 마른다고 믿어 개를 굶
기는 풍속에서 유래된 것으로, '남들은 다 잘 먹고 지내는 명절에 제대로 먹지도 못하고
지냄'을 뜻한다.

소리였다. 첩을 건드렸다는 생뚱 같은 다짐이었으나, 그것은 처음부터 계책한 억지요 졸색의 둥글개 따위에는 손댈 염도 없었던 것이다. 빨래하러 갔던 첩과 동구 밖에서 마주쳐 나뭇짐을 지고 앞서고 뒷서서 돌아왔다고 의심받을 법은 없다. 첩과 수상한 놈팡이는 도리어 다른 곳에 있는 것을, 애매한 중실에게 엉뚱한 분풀이가 돌아온 셈이었다. 가살스러운 첩의 행실을 휘어잡지 못하고 늘그막 판에 속 태우는 영감의 신세가 하기는 가엾기는 하다. 더욱 얼크러질 앞일을 생각하고 중실은 차라리 하직하고 나온 것이었다.

넓은 하늘 밑임에도 갈 곳이 없다. 제일 친한 곳이 늘 나무하러 가던 산이었다. 짚북데기보다도 부드러운 두툼한 나뭇잎의 맛이 생각났다. 그 넓은 세상은 사람을 배반할 것 같지는 않았다. 빈 지게만을 걸머지고 산으로 들어갔다. 그 속에서 얼마 동안이나 견딜 수 있을까가 한 시험도 되었다.

박중골에서도 오 리나 들어간, 마을과 사람과는 인연이 먼 산협이다. 산등이 펑퍼짐하고 양지쪽에 해가 잘 쬐고, 골짜기에 개울이 흐르고, 개울가에 나무 열매가 지천으로 열려 있는 곳이다. 양지쪽에서는 나무하러 왔다 낮잠을 잔 적도 여러 번이었다. 개울가에 불을 피우고 밭에서 뜯어온 옥수수 이삭을 구웠다. 수풀 속에서 찾은 으름과 나뭇가지에 익어 시든 아그배와 산사로 배가 불렀다. 나뭇잎을 모아 그 속에 푹 파고 든 잠자리도 그다지 춥지는 않았다.

이튿날 산을 헤매다 공교롭게도 쥐엄나무 가지에 아트막하게 달린 벌집을 찾아냈다. 담배 연기를 피워 벌떼를 어지러뜨리고 감쪽같이 집을 들어냈다. 속에는 맑은 꿀이 차 있었다. 사람은 살라고 마련인 듯싶다. 꿀은 조금으로도 요기가 되었다. 개와 함께 여러 날 양식이 되었다.

꿀이 다 떨어지지도 않은 그저께 밤에는 맞은편 심산에 산불이 보였다. 백일홍같이 새빨간 불꽃이 어둠 속에 가깝게 솟아올랐다. 낮부터 타기 시작한 것이 밤에 들어가서 겨우 알려진 것이다. 누에에게 먹히는 뽕잎같이 아물아물해지는 것 같으나, 기실은 한자리에서 아롱아롱 타는 것이었다. 아귀의 혀끝같이 널름거리는 불꽃이 세상에도 아름다웠다. 울 밑에 꽃보다도, 비단결보다도, 무지개보다도, 수탉의 맨드라미*보다도 곱고 장하다. 중실은 알 수 없이 신이 나서 몽둥이를 들고 산등을 따라 오르고 골짜기를 건너 불붙는 곳으로 끌려 들어갔다. 가깝게 보이던 것과는 딴판으로 꽤 멀었다. 불은 산등에서 산등으로 둘러붙어 골짜기로 타 내려갔다. 화기가 확확 치뛰어 가까이 갈 수 없었다. 후끈후끈 무더웠다. 나무뿌리가 탁탁 튀며 땅이 쨍쨍 울렸다. 민출한 자작나무는 가지가지에 불이 피어올라 한 포기의 산호수 같은 불나무로 변하였다. 헛되이 타는 모두가 아까웠다. 중실은 어쩌는 수 없이 몽둥이를 쓸데없이 휘두르며 불 테두리를 빙빙 돌 뿐이었다. 불은 힘에 부치는 것이었다.

확실히 간 보람은 있었다. 그을려 쓰러진 노루 한 마리를 얻은

---

* 닭의 볏을 이름. 맨드라미꽃의 다른 이름은 계관화(鷄冠花).

것이다. 불 테두리를 뚫고 나오지 못한 노루는 산골짝에서 뱅뱅 돌다 결국 불벼락을 맞은 것이다. 물론 그것을 얻은 때는 불도 거의 다 탄 새벽녘이었으나, 외로운 짐승이 몹시 가여웠다. 그러나 이미 죽은 후의 고기라 중실은 그것을 짊어지고 산으로 돌아갔다. 사람을 살리자는 신의 뜻이라고 비위 좋게 생각하면 그만이었다. 여러 날 동안의 흐뭇한* 양식이 되었다. 다만 한 가지 그리운 것이 있었다. 짠맛―소금이었다. 사람은 그립지 않으나 소금이 그리웠다. 그것을 얻자는 생각으로만 마을이 그리웠다.

3

힘이 자라는 데까지 지었다.

이십 리 길을 부지런히 걸으려니 잔등에 땀이 내뱄다. 걸음을 따라 나뭇짐이 휘춘휘춘 앞으로 휘었다.

간신히 파장 전에 대었다.

나무를 판 때의 마음이 이날같이 즐거운 적은 없었다.

물건을 산 때의 마음도 이날같이 즐거운 적은 없었다.

그것은 짜장 필요한 물건이기 때문이다.

나무 판 돈으로 중실은 감자 말과 좁쌀 되와 소금과 냄비를 샀다.

* 흐뭇하다 : 마족스러워 매우 넉넉하다.

산속의 호젓한 살림에는 이것으로써 족하리라고 생각되었다.

목숨을 이어 가는 데 해어(海魚)쯤이 없으면 어떨까도 생각되었다.

올 때보다 짐이 단출하여 지게가 가벼웠다.

거리의 살림은 전과 다름없이 어수선하고 지지부레하였다. 더 나아진 것도 없으려니와 못해진 것도 없다.

술집 골방에서 왁자지껄하고 싸우는 것도 전과 다름없다.

이상스러운 것은 그런 거리의 살림살이가 도무지 마음을 당기지 않는 것이다. 앙상한 사람들의 얼굴이 그다지 그리운 것이 아니었다.

무슨 까닭으로 산이 이렇게도 그리울까. 편벽된 마음을 의심도 하여 보았다. 그러나 별로 이치도 없었다. 덮어놓고 양지쪽이 좋고, 자작나무가 눈에 들고, 떡갈잎이 마음을 끄는 것이다. 평생 산에서 살도록 태어났는지도 모른다.

김 영감의 그 후의 소식은 물어 낼 필요도 없었으나 거리에서 만난 박 서방 입에서 우연히 한 구절 얻어듣게 되었다.

둥글개첩은 기어코 병든 김 영감의 눈을 감춰 최 서기와 줄행랑을 놓았다. 종적을 수색 중이나 아직도 오리무중이라 한다.

사랑방에서 고시랑고시랑 잠을 못 이룰 육십 노인의 꼴이 측은하게 눈에 떠올랐다. 애매한 머슴을 내쫓았음을 뉘우치리라고 생각되었다. 그러나 중실에게는 물론 다시 살러 들어갈 뜻도, 노인을 위로하고 싶은 친절도 가지기 싫었다.

다만 거리의 살림이라는 것이 더한층 어수선하게 여겨질 뿐

메밀꽃 필 무렵

이었다.

산으로 향하는 저녁길이 한결 개운하다.

4

개울가에 냄비를 걸고 서투른 솜씨로 지은 저녁을 마쳤을 때에는 밤이 저으기* 어두웠다.

깊은 하늘에 별이 총총 돋고 초생달이 나뭇가지를 올가미 지웠다.

새들도 깃들이고 바람도 자고 개울물만이 쫄쫄쫄쫄 숨 쉰다. 검은 산등은 잠든 황소다.

등걸불이 탁탁 튄다. 나뭇잎 타는 냄새가 몸을 휩싸며 구수하다. 불을 쪼이며 담배를 피우니 몸이 훈훈하다. 더 바랄 것 없이 마음이 만족스럽다.

한 가지 욕심이 솟아올랐다.

밥 짓는 일이란 머슴애 할 일이 못 된다. 사내자식은 역시 밭 갈고 나무하는 것이 옳은 것이다. 장가를 들려면 이웃집 용녀만한 색시는 없다. 용녀를 집어다 밥 일을 맡길 수밖에는 없다고 생각하였다.

용녀를 생각만 하여도 즐겁다. 궁리가 차례차례로 솔솔 풀렸

* 적이. 꽤 어지간히.

다.

굵은 나무를 베어다 껍질째 토막을 내 양지쪽에 쌓아 올려 단 간의 조촐한 오두막을 짓겠다. 펑퍼짐한 산허리를 일궈 밭을 만 들고 봄부터 감자와 귀리를 갈 작정이다. 오랍뜰*에 우리를 세우 고 염소와 돼지와 닭을 칠 터. 산에서 노루를 산 채로 붙들면 우 리 속에 같이 기르고. 용녀가 집일을 하는 동안에 밭을 가꾸고 나무를 할 것이며, 아이를 낳으면 소같이 산같이 튼튼하게 자라 렷다. 용녀가 만약 말을 안 들으면 밤중에 내려가 가만히 업어 올걸. 한번 산에만 들어오면 별수 없지─.

불이 거의거의 아스러지고 물소리가 더한층 맑다.

별들이 어지럽게 깜박거린다.

달이 다른 나뭇가지에 걸렸다.

나머지 등걸불을 발로 비벼 끄니 골짜기는 더한층 막막하다.

어느 땀 때인지 산속에서는 때도 분별할 수 없다.

자기가 이른지 늦은지도 모르면서 나무 밑 잠자리로 향하였 다.

낟가리같이 두두룩하게 쌓인 낙엽 속에 몸을 송두리째 파묻 고 얼굴만을 빼꼼히 내놓았다.

몸이 차차 푸근하여 온다.

하늘의 별이 와르르 얼굴 위에 쏟아질 듯싶게 가까웠다 멀어 졌다 한다.

* '오래뜰(대문 안에 있는 뜰)'의 강원도 방언.

메밀꽃 필 무렵

별 하나 나 하나, 별 둘 나 둘, 별 셋 나 셋—.

어느 결엔지 별을 세고 있었다. 눈이 아물아물하고 입이 뒤바뀌어 수효가 틀려지면 다시 목소리를 높여 처음부터 고쳐 세곤 하였다.

별 하나 나 하나, 별 둘 나 둘, 별 셋 나 셋—.

세는 동안에 중실은 제 몸이 스스로 별이 됨을 느꼈다.

1936년 1월, 《삼천리》

분녀

1

우리도 없는 농장에 아닌 때 웬일인가들 의아하게 여기고 있는 동안에 집채 같은 도야지는 헛간 앞을 지나 묘포밭*으로 달아온다. 산도야지 같기도 하고 마바리** 같기도 하여 보통 도야지는 아닌 데다가 뒤미처 난데없는 호개*** 한 마리가 거위영장**** 같이 껑충대고 쫓아오니 도야지는 불심지가 올라 갈팡질팡 밭 위로 욱여든다. 풀 뽑던 동무들은 간담이 써늘하여 꽁무니가 빠

---

* 묘목을 기르는 밭.
** 짐을 실은 말.
*** '호견(虎犬)'의 방언. 주로 사냥개로 이용.
**** 여위고 키가 크며 목이 긴 사람을 놀림조로 이르는 말.

메밀꽃 필 무렵

져라 산지사방으로 달아난다. 허구많은 지향 다 두고 도야지는 굳이 이쪽을 겨누고 윽박아 오는 것이다. 분녀는 기겁을 하고 도망을 하나 아무리 애써도 발이 재게 떨어지지 않는다. 신이 빠지고 허리가 휘는데 엎친 데 덮치기로 공칙히* 앞에는 넓은 토벽이 막혀 꼼짝부득이다. 옆으로 빗빼려고 하는 서슬에 도야지는 앞으로 왈칵 덮친다. 손가락 하나 놀릴 여유도 없다. 육중한 바위 밑에서 금시에 육신이 터지고 사지가 떨어지는 것 같다.

팔을 꼼짝달싹할 수 없고 고함을 치려야 입이 움직이지 않는다.

분녀는 질색하여 눈을 떴다.

허리가 뻐근하며 몸이 통세난다.**

문득 짜장 놀라서 엉겁결에 소리를 치나 소리는 나오지 않는다. 입안에는 무엇인지 틀어 막히고 수건으로 재갈을 물리어 있지 않은가. 손을 쓰려 하나 눌리었고 다리도 허리도 머리도 전신이 무거운 도야지 밑에 있는 것이다. 몸에 칼이 돋치기 전에는 이 몸도 적을 물리칠 수 없지 않은가.

어둠 속에서도 경풍할 변괴에 부끄러운 생각이 났다. 어머니 앞에서도 보인 법 없는 몸뚱이를 하고 옷으로 덮으려 하나 생각뿐이다. 어머니는—하고 가까스로 고개를 돌리니 윗목에 누웠고 그 너머로 동생의 코 고는 소리가 들린다. 같은 방에 세 사람씩이나 산 넋이 있으면서도 날도적을 들게 하다니 멀건 등신들

* 공교롭게도.
** '진통이 있다'는 뜻의 북한말.

이라고 원망할 수도 없는 것은 된 낮일에 노그라져서 함빡 단잠에 취하여 있는 것이다. 발로 차서 어머니를 깨우고도 싶으나 발이 닿기에는 동이 떴다.

삼경이 넘었을까, 밤은 막막하다. 열린 문으로는 바람 한숨 없고 방 안이나 문밖이 일반으로 까마득하다. 먼 하늘에는 별똥하나 안 흐른다.

"원망할 것 없다. 둘만 알고 있으면 그만야. 내가 누구든—아무에게나 다 마찬가진걸."

더운 날숨이 이마를 덮는다. 부스럭부스럭하더니 저고리 고름을 올가미 지어 매 주는 눈치다.

간단하고 감쪽같다. 도적은 흔적 없이 '훔칠 것'을 훔치고 늠실하고* 나가 버렸다.

몸이 풀리자 분녀는 뛰어 일어나 겨우 입봉창을 빼기는 하였으나 파장 후에 소리를 치기도 객적다.**

대체 웬 녀석인가. 뛰어나가 살폈으나 간 곳 없다. 목소리로 생각해 보아도 알 바 없고 맺혀진 옷고름을 만져 보는 건 뜻 없다. 하늘이 새까맣다. 그 새까만 하늘이 부끄럽고 디딘 땅이 부끄럽고 어두운 밤을 대하기조차 겸연스럽다.

몸이 무지근하다.*** 우물에서 물을 두어 두레 퍼 올려 얼굴을 씻고 방에 들어가 등잔에 불을 켰다. 어둠 속에서 비밀을 가진

* 늠실하다 : 부드럽고 조금 가볍게 움직이다.
** 객적다 : 객쩍다. 행동이나 말, 생각이 쓸데없고 싱겁다.
*** 머리가 띵하고 무겁거나 가슴, 팔다리 따위가 무엇에 눌리는 듯이 무겁다.

방 안은 밝을 때엔 천연스럽다. 땅 그 어느 한구석이 무질러* 떨어졌을 것 같다. 하늘의 별 한 개가 없어졌을 것 같다. 몸뚱이가 한구석 뭉척 이지러진 것 같다. 반쪽 거울을 찾아 들고 얼굴을 비추어 보았다. 코며 입이며 볼이며가 상하지 않고 제대로 있는 것이 도리어 신기하게 여겨졌다. 어차피 와야 할 것이겠지만 그것이 너무도 벼락으로 급작스레 어처구니없게 온 것이 분녀에게는 알 수 없이 겸연스러웠다.

얼굴과 몸을 어루만지며 어머니의 잠든 양을 물끄러미 바라보려니 별안간 소름이 치며 가슴이 떨린다. 무서운 생각이 선뜻 들며 어머니를 깨우고 싶다. 그러나 곤한 눈을 멀뚱하게 뜨고 상기된 눈방울로 이쪽을 바라보는 것을 보면 분녀는 딴소리밖엔 못 하였다.

"새까맣게 흐린 품이 천둥하고 비 올 것 같으우."

묘포 감독 박추의 짓일까. 데설데설하며** 엄부렁한*** 품이 아무 짓인들 못 할 것 같지 않다. 계집아이들 틈에 끼여 인부로 오는 명준의 짓일까. 눈질이 영매스러운 것이 보통 아이는 아니나 워낙 집안이 억판****인 까닭에 일껏 들어간 중등학교도 중도에서 퇴학하고 묘포 인부로 오는 것이 가엾긴 하다. 그러나 그라고 터

* 무지르다 : 한 부분을 잘라 버리다.
** 데설데설하다 : 성질이 털털하여 꼼꼼하지 못한 모양.
*** 엄부렁하다 : 마음이나 분위기 따위가 안정되지 아니하고 뒤숭숭하다.
**** 내수 가난한 서시.

놓고 을러멨다고 하면 응낙할 수 있었을까. 군청 급사 섭춘이나 아닐까. 행길에서도 소락소락 말을 거는 쥐알봉수* 그 초나나면 치가 떨려 어떻게 하나.

잠을 설군혀** 버린 분녀는 고시랑고시랑 생각에 밤을 샜다. 이튿날은 공교로이 궂은 까닭에 비를 칭탈하고 일을 쉬고 다음 날 비로소 묘포로 나갔다. 같은 생각이 머릿속에 뱅 돌아 사람을 만나기가 여간 겸연쩍지 않다. 사람마다 기연미연 혐의를 걸어 보기란 면난스러운*** 일이었다.

하늘이 제대로 개이고 땅이 이지러지지 않은 것이 차라리 시뻐스럽다.**** 천지는 사람의 일신의 괴변쯤은 익지 않은 과실이 벌레에게 긁히운 것만큼도 대수롭게 여기지 않는 모양이다. 하긴 다행이지. 몸의 변고가 일일이 하늘에 비치어진다면 귀분이, 순야, 옥녀, 모든 동무들에게 그것이 알려질 것이요 그들의 내정도 역시 속뽑히울 것이다. 이런 생각이 들자 별안간 그들은 대체 성할까 하는 의심이 불현듯이 솟아오르며 천연스러운 얼굴들이 능청스럽게 엿보였다.

박추와 명준에게만은 속내를 들리운 것 같아서 고개가 바로 쳐들리지 않았다. 다시 살펴도 가잠나룻이 듬성한 검센***** 박추.

* 잔졸하면서 약은 사람을 놀림조로 이르는 말.
** 설군하다 : '어수선하고 안정되지 않게 만들다'는 뜻의 북한말.
*** 면난스럽다 : 무안하거나 부끄럽다.
**** 시쁘다 : 마음에 차지 아니하여 시들하다.
***** 검세다 : 성질이 질기고 억세다.

메밀꽃 필 무렵

거드름부리는 들때밑,* 이 녀석한테 당하였다면 이 몸을 어쩌노. 잠자코 풀 뽑는 무죽한** 명준이, 새침한 몸집 어느 구석에 그런 부락부락한 힘이 들어 있을꼬. 사람은 외양으론 알 수 없다. 마치 그것이 명준이요 적어도 명준이었으면 하는 듯이 이렇게 생각은 하나 면상과 눈치로는 그가 근지 누가 근지 도무지 거니챌*** 수 없다. 이러다가는 평생 그 사람을 모르고 지내지나 않을까.

맡은 이랑의 풀을 뽑고 난 명준은 감독의 분부로 이깔 포기에 뿌릴 약재를 풀어 무자위로 치기 시작하였다. 한 손으로 물을 뿜으며 다른 손으로 물줄기를 흔들다가 고무줄이 빗나가는 서슬에 푸른 약물이 옥녀의 낯짝을 쏘았다. 옥녀는 기겁을 하여 농인 줄만 알고 저 녀석 얼뜨기같이 해 가지고 요새 무슨 곡절이 있어 하고 쏘아붙인다. 명준은 픽 웃으며 마침 손이 빈 분녀에게 고무줄을 쥐어 주고 뿌려 주기를 청하였다. 두 사람이 자연스럽게 한 무자위로 협력하게 되자 옥녀는 더 말이 없었다.

통의 것을 다 쳤을 때 다시 물을 길을 양으로 분녀는 명준의 뒤를 따라 도랑으로 내려갔다. 도랑은 풀이 가리어 밭에서 보이지는 않는다. 명준은 손가락으로 물탕을 치며 낯이 부드럽다.

"일하기 싫지 않니."

대번에 농조로,

* 세력 있는 집의 오만하고 고약한 하인을 이르는 말.
** 무죽하다 : '무거운 듯하다'는 뜻의 북한말.
*** 거니채다 · 어떤 일의 상황이나 분위기를 짐작하여 눈치를 채다.

"너 어떤 놈에게로 시집가련. 박추한테라도."

"미친것, 다따가.*"

"시집갔니, 안 갔니."

관자놀이가 금시에 빨개진 것을 민망히 여겨 곧 뒤를 이었다.

"평생 시집 안 갈 테냐."

"망할 녀석."

"난 이 고장에서 없어지겠다. 살 재미없어. 계집애들 틈에 끼어 일하기도 낯없다. 일한대야 부모를 살릴 수 없고 잔다란** 세금도 못 물어 드잡이를 당하는 판이 아니냐. 이까짓 고향 고맙잖어. 만주로 가겠다. 돌아다니며 금광이나 얻어 보련다. 엄청난 소리지. 그러나 사람의 운수를 알 수 있니."

"정말 가겠니."

"안 가고 무슨 수 있니. 이까짓 쭉쟁이 땅 파야 소용 있나. 거기도 하늘 밑이니 사람이 살지 설마 짐승만 살겠니."

물을 나르고 다시 도랑으로 내려왔을 때 명준은 다따가 분녀의 팔을 잡았다.

"금덩이를 지고 올 때까지 나를 기다려 주련."

눈앞에 찰락거리는 명준의 옷고름이 새삼스럽게 눈에 뜨이자 분녀는 번개같이 정신이 번쩍 들었다. 끝을 훑쳐맨 고름이 같은 꼴의 제 옷고름과 함께 나란히 드리운 것이다.

"네 짓이었구나."

---

* 난데없이 갑자기.

** 잔다랗다 : 자질구레하다.

분녀는 짧게 외치고 고개를 떨어뜨렸다.

"언제까지든지 나를 기다리고 있으련?"

박추의 소리가 나자 두 사람은 날쌔게 떨어져 밭으로 갔다. 분녀는 눈앞이 아찔하며 별안간 현기증이 났다.

그뿐 명준은 다시 묘포밭에 나타나지 않았다. 다음 날도 다음 날도. 며칠 후에 짜장 만주로 내뺐다는 소문이 들렸다. 분녀는 마음이 아득하고 산란하여 일을 쉬는 날이 많았다.

2

분녀는 그렇게 눈떴다.

인생의 고패*를 겪은 지 이태에 몸은 활짝 피어 지난 비밀의 자취도 어스레하다. 껍질에 새긴 글자가 나무가 자람을 따라 어느 결엔지 형적이 사라진 격이다.

이제 아닌 때 별안간 불풍나게 두 번째 경험을 당하려고 하는 자리에 문득 옛 생각이 떠오르지 않을 수 없었다. 흐르는 향기 같이 불시에 전신을 휩싼다. 피가 끓으며 세상이 무섭고 가슴이 두근거리며 손가락이 떨린다. 물동이를 깨뜨린 때와도 같이 겁이 목줄을 죄인다.

대체 어떻게 하여서 또 이 지경에 이르렀나 생각하면 눈앞이

* '고팽이'의 북안말. 팁 은 길의 모퉁이.

막막하다.

거리에 자주 비쭉거린 것이 잘못일까. 만갑이에게는 어찌 되어 이렇게 허름하게 보였을까. 돈도 없으면서 가가*에 들어가서 이것저것 탐내는 것부터 틀렸다. 집안이 들고날 판에 든벌**의 옷도 과람한데*** 단오빔은 다 무엇인가. 돈 있는 사람들의 단오놀이지 가난한 멀떠구니****의 아랑곳인가. 이곳 질숙 저곳 기웃 하며 만져 보고 물어보고 눈을 까고 한숨 쉬고 하는 동안에 엉큼한 딴꾼에게 온전히 깐보이고 감잡히었다. 만갑이는 가게에 사람이 비인 때를 가늠보아 미처 겨를 사이도 없게 몸째 덜렁 떠받들어 뒷방에 넣고 안으로 문을 잠근 것이다.

부락스러운 꼴이 사내란 모두 꿈에서 본 도야지요 엉큼한 날도적이다. 훔친 뒤에는 심드렁하다.

"가지고 싶은 것 말해 봐—무엇이든지 소용되는 대로 줄게."

"욕을 주어도 분수가 있지. 사람을 어떻게 알고 이 수작이야."

분녀는 새삼스럽게 짜증을 내며 보기 좋게 볼을 올려붙였다. 엄청난 짓을 당하면서 심상한***** 낯을 지닐 수도 없고 그렇게라도 할 수밖엔 없었다.

"미워 그랬나."

"몰라. 녀석."

* 假家. '가게'의 원말.
** 집 안에서만 입는 옷이나 신발 따위.
*** 과람하다 : 분수에 지나치다.
**** 새의 모이주머니. 가난뱅이를 빗대어 쓴 말.
***** 심상(尋常)하다 : 대수롭지 않고 예사롭다.

메밀꽃 필 무렵

쏘아붙이고는 팔로 눈을 받치고 다따가 울기 시작하였다. 사실 눈물도 나왔다. 첫 번에는 겁결에 울기란 생각도 안 나던 것이 지금엔 눈물이 솟는 것이다. 그 무엇을 잃은 것 같다. 다시 찾을 수 없을 것 같다. 안타까운 생각에 몸이 떨린다.

"울긴 왜. 사람은 다 그런 것이야. 단오에 들 것 한 벌 갖추어 줄게."

머리를 만지다 어깨를 지긋거리면서,

"삽삽하게만 굴면야 이 가가라도 반 노나 줄걸."

가게에 인기척이 나는 까닭에 분녀는 문득 울음을 그쳤다. 부르다 주인의 대답이 없으니 사람은 나가 버렸다. 만갑이는 급작스럽게 말을 이었다.

"여편네가 중풍으로 마저마저 거꾸러져 가는 판이니 그렇게만 된다면야 나는 분녀를 새로 맞다 가게를 맡길 작정인데 뜻이 어떤가?"

울면서도 분녀는 은연중 귀를 솔깃하고 있었다.

"잘 생각해 볼 일이야."

듬짓이 눌러 놓고 만갑이는 한 걸음 먼저 방을 나갔다. 손님을 보내기가 바쁘게 방문을 빼꼼이 열고 불러냈다.

"이것 넣어 둬."

소매 속에다 무엇인지를 틀어넣어 주는 것이다. 분녀는 어안이 벙벙하였다.

집에 돌아와 소매 갈피를 헤치니 지전 한 장이 떨어졌다. 항용 보던 것보다는 훨씬 넓고 푸르다. 과람한 것을 앞에 놓고 분녀는 저으기 마음이 누근하였다.* 군청 관사에 아침저녁으로 식모로 가서 버는 한 달 월급보다 많다. 월급이라야 단돈 사 원으로는 한 달 요(料)의 보탬도 못 된다. 화세(火稅)로 얻어 부치는 몇 뙈기의 밭을 그래도 어머니와 동생이 드세게 극성으로 가꾸는 덕에 제철 제철의 곡식이 요를 도우니 말이지, 그것도 없다면야 분녀의 월급으로는 코에 바를 나위도 없을 것이다. 왼 곳**에 가 있는 오빠가 좀 더 온전하다면 집안이 그처럼도 군색지는 않으련만 엉망인 집안에 사람조차 망나니여서 이웃 고을 목탄조합에 가 있어 또박또박 월급생애를 하면서도 한 푼 이렇다는 법 없었다. 제 처신이나 똑바로 하였으면 걱정이나 없으련만 과당하게 건들거리다 기어코 거덜나고야 말았다. 늦게 배운 오입에 수입을 탕갈하다 나중에 공금에까지 손찌검을 한 것이다. 탄로되었을 때에는 오백 소수나 감춰 낸 뒤였다. 즉시 그 고을 경찰에 구금되었다가 검사국으로 넘어간 것은 물론이거니와 신분보증을 선 종가에 배상액을 빗발같이 청구하므로 종가에서는 펏질 뛰어들어 야기***를 부리는 것이다. 집안은 망조를 만난 듯이 스산하고 을씨년스럽다.

불의의 수입을 앞에 놓고 분녀는 엄청나고 대견하였다. 어떻게 했으면 옳을까. 집안일에 보태자니 빚 없고 혼잣일에 쓰자니 끔찍하고 불안스럽다. 대체 집안사람들에게는 출처를 어떻게 말

* 누근하다 : 성질이나 태도가 딱딱하지 않고 부드럽다.
** 외처(外處), 본고장이 아닌 다른 곳.
*** 불만스러워서 야단하는 짓.

메밀꽃 필 무렵

하면 좋을까. 관사에서 얻어 내 왔다고 해서 곧이들을까. 가난에 과만은 도리어 무서운 일이다.

왈칵 겁도 났다. 술집 계집이나 하는 짓이 아닌가. 집안사람도 집안사람이려니와 명준에게 상구에게 들 낯이 있는가. 설사 만주에는 가 있다 하더라도 첫 몸을 준 명준이가 아닌가. 그야말로 불시에 금덩이나 짊어지고 오면 어떻게 되노.

그러나 명준이보다도 당장 날마다 만나게 되는 상구에게 대하여서는 어떻게 한단 말인가. 확실히 그를 깔보고 오기는 했다. 그렇기 때문에 벌써 피차에 정을 두고 지낸 지 반년이 넘는데도 몸하나 까딱 다치지 못하게 하여 왔다. 그 역* 몸은 다칠 염도 하지 않았다. 그러니 그는 깔보일 인금**인가. 명준이같이 역시 눈질이 보통 재물(才物)은 아니다. 학교도 같은 학교나 명준이같이 중도에서 폐학할 처지도 아니요 그것을 마치고는 서울 가서 윗학교를 치를 생각이라니 그렇게만 된다면야 취직도 한층 높아 고을 학교만을 졸업하고 삼종훈도로 나가거나 조합 견습생으로 뽑히는 것과는 격이 다르다. 다만 세월이 너무 장구한 것이 지리하다. 지금 학교를 마치재도 이태 윗학교까지 필함은 어느 천년일까. 그때까지에는 집안은 창이 날 것이다. 몸까지 허락하면 일이 됩데*** 틀어질 것 같아서 언약만 하여 놓고 손가락 하나 까딱 못하게 한 것이다. 상구 역시 그것을 원하지 않았고 공부에 유난스럽

* 亦. 역시, 또한.
** 사람의 가치나 인격적인 됨됨이.
*** '도리어'의 방언

게 힘을 들이는 모양이다. 그러는 동안에 이 꼴이 되고 말았다.

허랑한 몸으로 상구를 어찌 대하노. 그렇다고 그를 당장에 단념할 신세도 못 되고, 진 죄를 쏟아 놓고 울고 뗄 수는 더욱 없는 것이다.

생각과 겁과 부끄럼에 분녀는 정신이 섞갈린다.

3

학교가 바쁜지 여러 날이나 상구를 만날 수 없다. 눈앞에 면대하지 않으니 겁도 차차 으스러지고 도리어 마음은 허랑하게만 든다.

실상은 다음 날로라도 곧 가려 하였으나 겸연쩍은 마음에 그럴 수도 없어 며칠은 번겼다.* 그날 부랴부랴 그곳을 나오느라고 만갑이 가게에 물건을 잊어 둔 것이다. 물건도 물건이거니와 공칙히 손에 걸치는 옷가지인 까닭에 안 찾을 수도 없고 밤이 이슥하기를 기다려 분녀는 조심스러이 거리로 나갔다.

행길에는 사람들이 듬성듬성하다. 전과는 달라 한결 조물거리는 마음에 사방을 엿보며 가가로 들어가자 기다리고 있던 듯이 만갑이는 성큼 뛰어나온다.

"올 사람도 없을 듯하군."

---

* 번기다 : 때나 순서를 빼먹거나 건너뛰다.

메밀꽃 필 무렵

밀창을 드르렁드르렁 밀고 휘장을 치고 가가를 닫는 것이다.

"곧 갈 텐데."

"눈어림만 했더니 맞을까."

골방 문을 냉큼 열더니 만갑이는 상자를 집어낸다. 덮개를 여니 뾰족한 구두. 새까만 광채에 분녀는 눈이 어립다.

팔을 나꾸어 쪽마루로 이끈다.

분녀는 반갑기보다도 무섭다.

"그까짓 구두쯤."

불 하나를 끄니 가가 안은 어둑스레하다.

만갑이는 마루에 걸터앉자 강잉히 팔을 잡아끈다. 뿌리치고 빼다가 전대 모서리에서 붙들렸다.

"손가락 겨냥 좀 해볼까."

우격으로 끌리운다.

마루에 이르기 전에 만갑이는 날쌔게 남은 등불을 마저 죽여 버렸다.

어두운 속에서 분녀는 씨름꾼같이 왈칵 쓰러졌다. 더운 날숨이 목덜미를 엄습한다. 굵은 바로 얽어 매인 것같이 몸이 가쁘다.

"미친것."

즐겨서 들어온 것은 아니나 굳이 거역할 것이 없는 것은 몸이 떨리기는 하나 거듭하는 동안에 마음이 한결 유하여진 것이다. 무엇보다도 어둠에는 눈이 없는 까닭에 부끄러운 생각이 덜하다.

별안간 밀창을 흔드는 인기척에 달팽이같이 몸이 움츠러들었다. 시침을 떼려던 만갑이는 요란한 소리에 잠자코 있을 수 없어 소리를 친다.

"천수냐."

하는 수 없이 문을 여니 천수가,

"야단났어요."

어느 결엔지 들어와서,

"병환이 더해서 댁에서 곧 들어오시라구요."

"더하다니."

"풍이 나서 사람을 몰라봐요."

"곧 갈게, 어서 들어가."

천수가 약빠르게 불을 켜는 바람에 분녀는 별수 없이 어지러운 꼴을 등불 아래 드러냈다. 움츠러들며 외면하였으나 천수의 눈이 등에 와 붙은 것 같다.

"녀석 방정맞게."

만갑이의 호통에보다도 천수는 분녀의 꼴에 더 놀랐다.

이튿날 상구가 왔다.

임시 시험이라고는 칭탈하나 오월도 잡아들지 않았는데 모를 소리였다. 어떻든 그를 만나기는 퍽도 오래간만이다. 거의 하루 건너로 찾아오던 것이 문득 끊어지더니 두 장도막*을 넘긴 것이다. 하기는 전 모양 그 모양 지닌 책보도 전의 것 대로였다. 다만

* 한 장날로부터 다음 장날 사이의 동안을 세는 단위.

　　　　　　　　　　　　　메밀꽃 필 무렵

얼굴이 좀 그슬렸고 눈망울이 그 무슨 먼 생각에 멀뚱하다. 필연코 곡절이 있으련만—그것을 꼬싯꼬싯 묻기에 분녀는 심고를 하며 상구의 말과 눈치가 될 수 있는 대로 자기의 일신의 변화 위에 떨어지지 않도록 발뺌을 하느라고 애를 썼다. 속으로는 상구한테서 정이 벌써 이렇게도 떴나 하고 궁리 다른 제 심정을 민망하게도 여겼다. 거짓 없는 상구의 입을 쳐다보기도 죄만스럽다.

"시골학교 재미 적다. 서울로나 갈까 생각하는 중이다."

새삼스러운 소리에 분녀는 의아한 생각이 나서,

"아무 델 가면 시험 없나. 뚱딴지같이 다따가 서울은 왜."

"조사가 심해서 책도 맘대로 읽을 수 없어. 책권이나 뺏겼다. 서울 가면 책도 소원대로 읽을 거, 동무도 흔할 거."

"책 책 하니 학교 책이나 보면 됐지 밤낮 무슨 책이야."

책보를 끌러 활짝 헤치니 교과서 아닌 몇 권의 책이 굴러 나왔다. 영어책도 아니요 수학책도 아니요 그렇다고 소설책도 아닌 불그칙칙한 껍질의 두터운 책들이다. 분녀는 전부터도 약간은 상구가 그러스름한 책을 읽고 있는 것과 그것이 무슨 속인가를 짐작하여 행여나 하는 의심을 품고 오기는 왔다.

"집에 두면 귀치않겠기에 몇 권 추려 가져왔다. 소용될 때까지 간직했다 주렴."

"주제넘게 엉큼한 수작하다 망할 장본이야. 까딱하다 건수, 윤패 꼴 되려구."

"함부로 지껄이지 말아. 쥐뿔도 모르거든."

상구는 눈을 부르댔다.

"너 요새 수상하더라. 태도가 틀렸지."

소리를 치며 책을 냉큼 들어 분녀의 볼을 갈긴다.

"어떻게 알고 그런 주제넘은 대꾸야."

돌리는 얼굴을 또 한번 갈기다가 문득 고름 끝에 옭아 매인 반지를 보았다.

"웬 것야."

잡아채이니 고름이 떨어진다. 상구는 금시에 눈이 찢어져 올라가며 불이라도 토할 듯 무섭게 외친다.

"어느 놈팽이를 웃어 붙였니. 개차반. 천보."

머리채가 휘어 잡혔다. 볼이 얼얼하고 이빨이 솟는 듯하나 분녀는 아무 대답 없다. 모처럼의 기회에 차라리 죽지가 꺾이게 실컷 맞고 싶다. 미안한 심사가 약간이라도 풀려질 것 같다.

"숫제 그 손으로 죽여 주었으면."

실토였다. 눈물이 솟는다.

"큰 것 죽이지 네까짓 것 죽이러 생겨났겠."

결착을 내려는 듯이 몸째 차 박지르고 상구는 훌쩍 나가 버렸다.

어쩐지 마지막일 것 같아 분녀는 불현듯이 설워지며 공연히 그를 선굴힌 것을 뉘우쳤다.

저녁때 밭에서 돌아오기가 바쁘게 어머니는 황당하게 설렌다.

"들었니. 상구 말이다."

분녀의 얼굴에는 아직도 눈물 자국이 부숙부숙한 채로다.

"요새 더러 만나 봤니. 이상한 눈치 보이지 않든. 들어갔단다."

"네? 언제요."

분녀는 눈이 번쩍 뜨인다.

"망간 거리에서 소문 듣고 오는 길이다. 윤패, 건수들과 한 줄에 달릴 모양이다. 사람 일 모르겠다."

"낮쯤 와서 책까지 두고 갔는데요."

"낌새채고 하직 차로 왔나 보다. 멀건 소소리패*들과 휩쓸려 지내드니 아마도 그간 음특한 짓을 꾸민 게야."

"눈치가 이상은 하였으나 그렇게까지 되다니요."

사실 분녀는 거기까지는 어림하지 못하였다. 아까 상구와 끝내 말다툼까지 하다 그의 심사를 설군하게 된 것도 실상은 그의 말이 전과는 달라 수상하게 나온 까닭이었다.

"녀석들의 언걸입었거나** 그렇지 않으면 철모르고 덤볐거나 한 게야. 사람은 겉 볼 안이 아니구면. 이 일을 어쩌노."

어머니로서는 공연한 걱정이었다.

"윗학교는 애시당초 틀렸지. 초라니 같은 것. 사람 잘못 가렸어."

슬그머니 딸을 바라본다. 분녀의 얼굴은 안온한 것도 같고 아득한 것도 같다.

"사람과 생각이 다른 거야 하는 수 없지요."

"넌 어떻게 생각하느냐 말이다. 분하지 않으냐."

* 나이가 어리고 경망한 무리.
** 언걸입다 : 나는 사람 때문에 해를 낭하나.

"분하긴요."

먼숙한 얼굴을 은연중 바라보며 어머니는 은근한 목소리로,

"너희들 그간 아무 일 없었니."

분녀는 부끄러운 뜻에 화끈 얼굴이 달며 착살스러운* 어머니의 눈초리에서 외면하여 버렸다.

"있었다면 탈이다."

수삽스러운 생각에 어머니가 자리를 뜬 것이 얼마나 시원한지 알 수 없다. 어머니에게 대하여서보다도 애매한 상구에게 대하여 더 부끄럽다. 일신이 별안간 더럽고 께끔하다.**

어쩐지 어심아하여*** 밤이 늦었을 때 분녀는 골목을 나갔다. 남문거리에 가서 한 모퉁이에 서기만 하면 웬만한 그날 소식은 거의 귀에 들려온다. 행길 복판 게시판 옆에 두런두런 모여서들 지껄지껄하는 속에서 분녀는 영락없이 상구의 소문을 가달가달 훔쳐 낼 수 있었다.

건수가 괴수였다. 모여서 글 읽는 패를 모으려다가 들킨 것이다. 학교에서는 상구 외에도 두 사람, 거리에서는 건수와 윤패네세 사람. 상구는 건수에게서 책을 빌렸을 뿐이나 집을 속속들이도 수색당하고 학교에서는 나오는 대로 퇴학을 맞을 것이다.

상구도 이제는 앞길이 글렀구나 생각하면서 분녀는 발을 돌렸다. 이렇게 될 것을 예료하고 그를 숨기고 허랑하게 처신을 하

* 착살하다 : 하는 짓이나 말 따위가 잘고 순수하지 못하다.
** '께끄름하다'의 준말. 꺼림칙하여 마음이 내키지 않다.
*** 어심아(於心訝)하다 : 마음속으로 의심스럽고 이상해하다.

메밀꽃 필 무렵

여 온 것 같아 면목 없고 언짢다.

집에 돌아오니 상구의 두고 간 책이 유난스럽게 눈에 뜨인다. 그립기보다도 도리어 책망하는 원혼같이 보여서 쓸어 들고 아궁 앞으로 내려갔다.

"차라리 태워 버리는 것이 글거리가 남잖아 피차에 낫지."

불을 그어 대니 속장부터 부싯부싯 타기 시작한다. 먹과 종이 냄새가 나며 두터운 책이 삽시간에 불덩이가 된다. 어두운 부엌 안이 불길에 환하다. 상구와는 영영 작별 같다. 악착한 것 같아 분녀는 눈앞이 어질어질하다.

4

날이 지남을 따라 무겁던 마음도 차차 홀가분하여지고 상구에게 대하여 확실히 심드렁하게 된 것을 분녀는 매정한 탓일까 하고도 생각하였다. 굴레를 벗은 것같이 일신이 개운하다. 매일 곳 없으며 책할 사람 없다고 느끼는 동안에 마음이 활짝 열려 엉뚱한 딴사람으로 변한 것 같다.

어느 날 저녁 느직하게 도야지물을 주고 우리에 의지하여 하염없이 들여다보고 있을 때 문득 은근한 목소리에 주물트리고 돌아서니 삽작문* 어귀에 사람의 꼴이 어뜩한다. 홀태양복**을

* '사립문'의 방언.
** 통이 좁고 몸에 딱 맞는 양복.

입고 철 잃은 맥고*를 쓴 것이 갈데없는 만갑이다. 혹시 집안사람에게라도 들키면 하고 밖으로 손짓하며 뛰어갔다.

"동문 밖까지 와 줄 텐가. 성 밑에 기다리고 있을게."

만갑은 외면하여 돌아서며 다짜고짜로 부탁이다.

"의논할 일이 있어. 안 오면 낭패야."

대답할 여지도 없게 다짐하고는 얼굴도 똑똑히 보이지 않고 사람의 눈을 피하는 듯이 획 가 버린다. 어둠 속에 달아나는 꼴이 어령칙하다.** 약빠른 꼴이 믿음직은 하나 너무도 급작스러워서 분녀는 미심하게 뒷모양을 바라본다. 여편네 병이 위중한가.

방에 돌아와 망설이다가 행티가 이상한 까닭에 담보를 내서 가 보기로 하였다. 물론 그에게는 그만큼 마음이 익은 까닭도 있었다.

동문을 나서니 들판이 까마아득하고 늪이 우중충하다. 오 리 밖 바다가 보이는지 마는지 달 없는 그믐밤이 금시에 사람을 호릴 듯하다.

길 없는 둔덕으로 들어서 성곽 밑으로 다가서기가 섬뜩하고 께끔하다. 여우에게 홀리는 것은 이런 밤일까. 여우보다는 사람에게 홀리는 것이 그래도 낫겠지 하는 생각에 문득 성벽에 납작 붙은 만갑을 발견하였을 때에는 차라리 반가웠다.

사내는 성큼 뛰어와 날쌔게 몸을 끌었다. 무서운 판에 분녀는 뿌듯한 힘이 믿음직하여 애써 겨루려고도 하지 않고 두 팔에 몸

---

* 麥藁. 밀짚이나 보리짚을 결어 만든 여름용 모자.
** 기억이나 형상 따위가 긴가민가하여 뚜렷하지 아니하다.

을 맡겨 버렸다.

"분녀."

이름을 부를 뿐 다른 말도 없이 급작스레 허리를 조이더니 부락스럽게 밀친다.

"다짜고짜로 개처럼 무어야, 원."

분녀는 세부득 쓰러지면서 게정거리나 어기찬* 얼굴이 입을 덮는다. 팔이 떨리며 몸짓이 어색하다.

"말이 소용 있나."

목소리에 분녀는 웅끗하였다.

"녀석, 누구야."

소리를 지르나 입이 막힌다.

"만갑인 줄만 알았니. 어수룩하다."

"못된 것. 각다귀."

손으로 뺨을 하나 올려 쳤을 뿐 즉시 눌리어 꼼짝할 수도 없다.

"듣지 않을 듯해서 감쪽같이 만갑이로 변해 보았다. 계집을 속이기란 여반장이야. 맥고 쓰고 홀태양복만 입으면 그만이니."

천수도 사내라 당할 수 없이 빡세다.

"딴은 만갑이와 좋긴 좋구나. 여기까지 나오는 것 보니. 녀석도 여편네는 마저마저 거꾸러지는데 말 아니야. 물건을 낚시 삼아 거리의 계집애들 다 망쳐 놓으니."

* 어기차나 : 뜻을 굽히지 아니하고, 성질이 매우 굳세다.

천수의 심청은 생각할수록 괘씸하였으나 지난 후에야 자취조차 없으니 하릴없는 노릇이다. 마음속에 담고 있을 뿐 호소할 곳도 없으며 물론 말할 곳도 없다. 그러나 이상하게도 날을 지날수록 괘씸한 마음은 차차 스러져 갔다.

어차피 기구하게 시작된 팔자였다. 명준이 때나 천수 때나 누구인 줄도 모르고 강박으로 몸을 맡겼다. 당초에는 몸을 뜯고 울고 하였으나 지금 와 보면 명준이나 천수나 만갑이까지도—다 같다. 기운도 욕심도 감동도 사내란 사내는 다 일반이다. 마치 코가 하나요 팔이 둘인 것같이 뛰어나지 못한 사내도 나은 사내도 없고 몸을 가지고만 아는 한정에서는 그 누구가 굳이 싫은 것도 무서운 것도 없다. 명준에게 준 몸을 만갑에게 못 줄 것 없고 만갑에게 허락한 것을 천수에게 거절할 것이 없다.

다만 부끄러울 뿐이다. 벗은 몸을 본능적으로 가리게 되는 것과 같은 심정으로 그것은 여자의 한 투다.

문만 들어서면 세상의 사내는 다 정답다. 천수를 굳이 괘씸히 여길 것 없다.

분녀는 이렇게까지 생각하게 되었다. 마음이 허랑하여졌다고 할까. 확실히 새 세상을 알기 시작한 후로 심정이 활짝 열리기는 열렸다. 아무리 마음속을 노려보아도 이렇게밖엔 생각할 수 없다. 천수를 안된 놈이라고만 칭원할 수 없다.

정신이 산란하여 몸이 노곤하다. 살림은 나아지는 법 없고 일반인 데다가 어느 날 또 발등에 불이 떨어졌다. 이웃 고을 재판소에서 검사국으로 넘어갔던 오빠의 재판이 열리는 것이다. 조합 당사자들에게 호출이 왔을 것은 물론이나 경찰에서 참량하여 집에도 통지가 왔다. 들어간 후로는 꼴을 본 지도 하도 오랜 까닭에 어머니만이라도 참례하여 징역으로 넘어가기 전에 단 눈보기만이라도 하였으면 하나 재판을 내일같이 앞두고 기차로 불과 몇 시간이 안 걸리는 곳인데도 골육을 보러 갈 노자가 없는 것이다. 어머니는 딸을, 딸은 어머니를 쳐다만 보며 종일 동안 궁싯거릴 뿐이었다.

생각다 못해 분녀는 밤늦게 거리로 나갔다. 만갑이밖엔 생각나는 것이 없다. 통사정하면 물론 되기는 될 것이다. 말하기가 심히 거북하여서 주저될 뿐이다.

휑드렁한 가가에는 그러나 만갑의 꼴은 보이지 않는다. 구석에 박혀 있는 천수가 빈중빈중 웃으며 나올 뿐이다.

"만갑이 보러 왔니? 온천으로 놀러 갔다."

위인이 없다면 말도 할 수 없기에 얼빠진 것같이 우두커니 섰노라니 천수는 민망한 듯이 덜미를 친다.

"요전 일 노엽니?"

뒤를 이어,

"무슨 일인지 내게 말하렴. 났으니 말이지 만갑이에게 말해도 소용없을 줄이나 알어라. 네게서 벌써 맘 뜬 지 오래야. 요새는 남도집 월선이와 좋아 지내는 모양이더라. 여편네 병은 내일내일 하는데."

분녀는 불시에 뒤통수를 얻어맞은 것 같다. 눈앞이 아득하다.

"가가라도 빈 때이 주겠다고 꼬이지 않든, 여편네가 주으면 후

실로 들여 가가를 맡기겠다고 하지 않든. 누구에게든지 하는 소리. 그게 수란다."

기둥을 잃은 것 같다. 몸이 떨린다. 그를 장래까지 믿었던 것은 아니나 너무도 간특스럽게 속은 셈이다.

"만갑이처럼 능청스럽지는 못하나 네게 무엇을 속이겠니. 무슨 일이든 말하렴. 내 힘엔 부친단 말이냐?"

"아무것도 아니다."

"어떻게 생각할지 모르나 돈이라면 여기 잔돈푼이나 있다. 어떻게 여기지 말고 소용되는 대로 쓰려무나."

천수는 지갑을 내서 통째로 손에 쥐여 준다. 분녀는 알 수 없이 눈물이 솟는다. 예측도 못한 정미에 가슴이 듬뿍해서 도리어 슬프다.

5

어머니는 재판소에 갔다 온 날부터 심화가 나서 누웠다 일어났다 하였다. 홀렁바지를 입고 용수*를 쓴 오빠의 꼴이 눈앞에 어른거려 잠을 못 이루는 눈치다. 눈물이 마를 새 없고 눈시울이 부어서 벌겠었다. 몇 해 징역이나 될까. 판결이 궁금하다기보다 무섭다. 엄정한 재판장의 모양이 눈에 삼삼하다. 종가에서는

* 죄수의 얼굴을 보지 못하도록 머리에 씌우는 둥근 통 같은 기구.

발조차 일절 끊었다.

스산한 속에도 단오가 가까워 온다.

거리 앞 장대에서는 매년같이 시민운동회가 성대하게 열린다는 바람에 거리 사람들은 설렌다. 일 년에 한 번 오는 이 반가운 명절 때문에 사람들은 사는 보람이 있는 듯하다. 씨름이 있고 그네가 있고 활이 있고 자전거 경주가 있다. 사람들은 철시(撤市)하고 새 옷 입고 장대로 밀릴 것이다.

분녀는 정황은 못 되었으나 그래도 명절이 은근히 기다려진다. 제사 지낼 떡은 못 빚을지라도 만갑에게서 갖추어 얻은 것으로 이럭저럭 몸치장은 될 것이다. 무엇보다도 올에는 그네를 뛰어 상에 들 가망이 있는 것이다.

"자전거 경주에 또 나가 보겠다."

천수가 뽐내는 것을 들으면 분녀도 마음이 뛰놀았다.

"을손이를 지울 만하냐?"

"올에야 설마 짓고땡*이지 어데 갈랴구. 우승기 타들고 거리를 돌게 되면 나와 살겠니?"

"밤낮 살 공론이야."

이렇게 말한 것이 실상에 당일에는 어찌 된 일인지 도무지 신명이 나지 않았다.

못을 박은 듯이 빽빽이 선 사람 틈으로 자전거 경주를 들여다보고 있노라니 앞장서서 달아나던 천수는 꽁무니를 쫓는 을손

* 어느 일이 뜻대로 끝되어 가는 것을 속되게 이르는 말.

과 마주 스치더니 급작스러운 모서리를 돌 때 기어코 왈칵 쓰러져 일어나는 동안에는 벌써 맨 뒤에 떨어져 버렸다. 을손의 간악한 계교에 얼입히웠다고* 북새를 놓았으나 을손이 벌써 일등을 한 뒤라 공론이 천수에게 이롭지 못하였다. 조마조마 들여다보던 분녀는 낙심이 되어 차례가 와 그네에 올랐을 때에도 마음이 허전허전하였다.

나조차 마저 실패하면 어쩌노 생각하며 애써 힘을 주어 솟구기 시작하였다.

회똑거리던** 설개***도 차차 편편하여지고 두 손아귀의 바도 힘차고 탐탁하게 활같이 휘었다 펴졌다 한다. 그네와 몸이 알맞게 어울려 빨리 닫는 수레를 탄 것같이 유쾌하다. 나갈 때에는 눈앞이 휘연하고 치맛자락이 너볏이**** 나부낀다. 다리 밑에 울며줄며 선 사람들의 수천의 눈방울이 몸을 따라 왔다 갔다 한다. 하늘에 오를 것 같고 땅을 차지한 것도 같다. 땅 위의 걱정은 어디로 날아간 듯싶다.

바에 달린 줄이 휘엿이 뻗쳐 방울이 딸랑 울릴 때도 얼마 남지 않은 것 같다. 아래에서는 연방 추스르는 말과 힘을 메기는 고함이 들린다. 몸은 펴질 대로 펴지고 일 등도 머지않다.

그때였다. 들어왔다 마지막 힘을 불끈 내어 강물같이 후렷이

* 얼입다 : 남의 허물로 인하여 해를 받다.
** 회똑거리다 : 넘어질 듯이 자꾸 한쪽으로 조금 쏠리거나 이리저리 흔들리다.
*** 그네를 탈 때 발을 대는 판.
**** 너볏하다 : 나른하면서 느긋하다.

메밀꽃 필 무렵

솟아나갈 때 벌판으로 달리는 눈동자 속에 문득 맞은편 수풀 속의 요절할 한 점의 광경이 들어왔다. 순간 눈이 새까매지고 허리가 휘춘 꺾이며 힘이 푹 스러지는 것이었다.

'왕가일까.'

추측하며 재차 솟구며 나가 내려다보니 움직이지도 않고 그대로 서 있는 꼴이 개울 옆 수풀 그늘 아래 완연하다. 그 불측한 녀석은 참다못해 그 자리에 선 것이 아니요 확실히 일부러 그 꼴을 하고 서서 이쪽을 정신없이 쳐다보는 것이다. 아마도 오랫동안 그 목적으로 그 짓을 하고 섰던 것이 요행 주의를 끌어 눈에 뜨인 것이리라. 거리에서 드팀전을 하고 있는 중국인 왕가인 것이다.

'음칙한 것.'

속으로는 혀를 차면서도 이상하게도 한눈이 팔려 분녀는 노리는 동안에 팽팽하게 당기던 기운이 왈싹 잦아들며 그네가 줄기 시작하였다. 허리가 꺾이고 다리가 허전하여 드니 다시 힘을 줄래야 줄 수 없다. 팔이 떨려 바가 휘춘거리고 발에 맥이 풀려 설개가 위태스럽다. 벌써 자세가 빗나가고 몸과 그네가 틀리기 시작하였다. 거의 방울이 마저마저 울리려 하던 푯줄이 옴츠려들게만 되니 그네는 마지막이요 일 등은 날아갔다. 분녀는 아홉 소끔의 공을 한 소끔의 실책으로 단망할 수밖엔 없었다. 줄 아래 사람들은 공중의 비밀은 알 바 없어 혹은 탄식하고 혹은 소리치며 다만 분녀의 못 미치는 재주를 아까워하는 것이다.

이렇게 된 바에야 하고 분녀는 줄어드는 그네 위에서 담대스럽게 녀석을 노려서 물리치려고 하였다. 그러나 이상한 것은 노리는 동안에 그를 물리치기는커녕 이쪽의 자세가 어지러워질 뿐이다. 오금에 맥이 빠지고 나부끼는 치마폭이 부끄럽다.

일종의 유혹이었다. 천여 명 사람 속에서 왕가의 그 꼴을 보고 있는 것은 분녀뿐이다. 말하자면 두 사람은 많은 총중의 눈을 교묘하게 피하여 비밀히 만나고 있는 셈도 된다. 왕가의 간특스러운 손짓과 마주치는 분녀의 시선은 말 없는 대화인 셈이다. 분녀는 부끄러운 생각에 얼굴이 붉어졌다.

줄에서 내렸을 때까지도 좀체 흥분이 사라지지 않았다.

좀상*에는 들었으나 상보다도 기괴한 생각에 몸이 무덥다.

이 괴변을 누구에게 말하면 좋은가. 혼자만 알고 있는 것이 옳을까 생각하며 천수를 찾았으나 많은 눈 속에서 소락소락 말을 붙일 수도 없어서 집으로 돌아와서야 겨우 기회를 잡았으나 천수는 홧김에 술이 거나하게 취하여 있다.

"개울가로 나올련. 요절할 이야기 들려줄게."

"분해 못 견디겠다. 을손이 녀석."

분녀는 혼자 먼저 나갔으나 시납시납 거닐어도 천수의 나오는 꼴이 보이지 않았다. 분김에 을손과 맞붙어 싸우지나 않는가.

양버들 숲을 서성거리는 동안에 어두워졌다. 개울까지 나갔다 다시 수풀께로 돌아오면서 하릴없이 왕가의 생각에 잠겨 본다— 초라한 꼴로 거리에 온 지 오륙 년이나 될까. 처음에는 마병** 장

* 좀스러운 상.
** 오래된 헌 물건.

사를 하던 것이 차차 늘어 지금에는 드팀전으로도 제일 크다. 실속으로는 거리에서 첫째 부자라는 소리도 있으나 아직도 엄지락 총각*의 신세를 면하지 못하여 가끔 술집에 가서는 지전을 물 쓰듯 뿌린다고 한다. 중국 사람은 왜 장가가 늦을까. 여편네가 귀한 탓일까.

수풀 그늘 속으로 들어가려던 분녀는 기겁을 하고 머물렀다. 제 소리의 범이 있는 것이다. 왕가는 마치 그를 기다리고 있던 것같이 벙글벙글 웃으며 앞에 막아선다. 하기는 낮에 섰던 바로 그 자리이긴 하다. 도깨비에게 홀린 것도 같다. 쭈뼛 솟았던 머리끝이 가라앉기도 전에 몸이 왕가의 팔 안에 있다. 입을 벌리기에는 너무도 어처구니없고 삽시간이라 겨룰 틈도 없다.

'평생이 이다지도 기구할까.'

분녀는 혼자 앉았을 때 스스로 일신이 돌려 보였다.

수풀 속에서 왕가에게 강박을 당하였을 때 악을 다하여 겨뤘다면 겨루지 못하였을까. 가령 팔을 물어뜯는다든지 돌을 집어 얼굴을 찧는다든지 하였으면 당장을 모면할 수는 있지 않았던가. 그럼에도 그는 그것을 할 수 없었고 이상한 감동에 몸이 주저들자 기운도 의사도 사라져 버려 그뿐이었다.

마치 당시에는 함빡 술에라도 취하였던 것 싶다.

천수를 대할 꼴도 없다. 하기는 만갑과의 사이를 아는 그가

* 노총각.

왕가와의 사이인들 굳이 나무랄 이치도 없기는 하다. 천수는 만 갑에게서 그를 빼앗았고 차례로 왕가에게 빼앗긴 셈이다. 몸이 란 나루에서 나루로 멋대로 흘러가는 한 척의 배 같다. 하기는 만약 그날 저녁 약속한 천수가 어김없이 개울가로 나와 주었더 면 그렇게 신세가 빗나가지는 않았을 것이다. 천수를 한할까, 왕 가를 원망할까.

분녀는 길게 한숨지으며 생각에 눈이 흐리멍덩하다. 천수를 한할 바도 못 되거니와 왕가를 미워할 수도 없는 것이다.

생각하기도 부끄러운 일이나 사실 왕가는 특별한 인간이었다. 사내 이상의 것이라고 할까. 그로 말미암아 분녀는 완전히 눈을 뜨게 된 것이다.

왕가를 보는 눈이 전과는 갑자기 달라져서 은근히 그가 그리 운 날이 있었다. 피가 수물거려 몸이 덥고 골이 땅할 때조차 있 다. 그런 때에는 뜰 앞을 저적거리거나 성 밖에 나가 바람을 쏘 일 수밖에는 없었다. 그러나 그것만으로는 도무지 몸이 식지 않 는 때가 있다.

하룻밤은 성 밖까지 나갔다 돌아오는 길에 거리를 거쳤다. 눈 치를 보아 왕가와 만날 수가 있지나 않을까 하는 속심도 없는 비 아니었다.

두근거리는 마음에 남문을 지날 때 돌연히 천수를 만났다. 조 바심하는 탓으로 태도가 드러나 보였는지 천수는 어둠 속으로 소매를 이끌더니 첫마디에 싫은 소리였다.

"요새 꼴이 틀렸군."

메밀꽃 필 무렵

영문을 몰라 농를 붙여 맞장구를 쳤다.

"꼴이 틀렸다니 눈이 뒤집혔단 말이냐."

"눈도 뒤집혔는지 모르지."

"무슨 소리냐."

"요새 환장할 지경이지."

"또 술 취했구나. 을손이한테 지더니 밤낮 술이야."

"어물쩡하게 딴소리 그만둬."

쏘더니 목소리를 갈아,

"사람이 그렇게 헤프면 못쓴다. 아무리 너기로서니 천덕구니가 되면 마지막이야."

"무엇 말이냐?"

"그래도 시침을 떼니? 왕가와의 짓 말야."

분녀는 뜨끔하여 입이 막혀 버렸다.

"수풀 속에서 본 사람이 있어. 하늘은 속여도 사람의 눈은 못속인다."

따귀를 붙인다. 분녀는 주춤하며 자세가 휘었다.

"다시 그러면 왕가를 찔러라도 눕힐 테야. 치가 떨려 못살겠다."

한참이나 잠자코 섰던 분녀는 겨우 입을 열었다.

"너 옷섶이 얼마나 넓으냐? 내가 네게 매였단 말이냐. 왕가와 너와 못하고 나은 것이 무엇 있니?"

6

그 후로 천수와의 사이가 뜬 것은 물론이거니와 분녀에게는
여러 가지 궁리가 많아서 얼마간 거리와 일절 발을 끊었다. 아침
저녁으로 관사에 다니는 것도 일부러 궁벽한 딴 길을 골랐다. 관
사에서 일하는 이외의 여가는 전부 집에서 보냈다.

빈집을 지키며 울밑 콩포기도 가꾸고 우물물을 길어 몸도 핏
질 씻고 하는 동안에 열이 식어지고 마음도 차차 잡혔다. 몸이
깨끗하고 정신이 맑은 데다 뜰 앞의 조촐한 화초 포기를 바라보
고 있으면 지난 일이 꿈결같이밖에는 생각나지 않는다. 그 무슨
무더운 대병(大病)이나 치르고 난 것같이 몸이 거뿐하다. 모든
것이 지나간 꿈이었다면 차라리 다행이겠다고 생각해 보면 머
리채를 땋아 내린 몸으로 엄청난 짓을 한 것이 새삼스럽게 뉘우
쳐진다.

명준, 만갑, 천수, 왕가—머릿속에 차례로 떠오르는 환영을 힘
써 지워 버리려고 애쓰면서 날을 보냈다.

그러나 사람의 마음처럼 조화 많은 것은 없는 듯하다. 언제까
지든지 찬 우물물을 끼얹어 식히고 얼릴 수는 없었다. 견물생심
으로 다시 분녀의 마음을 움직이게 한 변괴가 생겼다. 망측스러
운 꼴이 눈에 불을 붙여 놓았다.

여름의 관사는 까딱하면 개망신처가 되기 쉽다. 문이란 문, 창
이란 창은 죄다 열어젖히고 대신에 얇은 발이 치이면 방 안의 변

　　　　　　　　　　　메밀꽃 필 무렵

(變)이 새기 맞춤이다. 문이란 벽 속의 비밀을 귀띔하는 입이다. 그 안에 사는 임자가 밤과 낮조차 구별할 주책이 없을 때에 벽은 즐겨 망신 주기를 좋아하는 것 같다.

그날 저녁 무렵은 유난히도 무더웠다. 더우면 사람들은 해변에서나 집 안에서나 옷 벗기를 즐겨 한다. 분녀는 이 역 유난스럽게도 일찍이 부엌일을 마치고는 목욕물을 가늠 보러 목욕간으로 들어갔다. 물줄을 틀어 더운 물을 맞추면서 한결같이 누구보다도 먼저 시원한 물속에 잠겼으면 하는 불측한 생각뿐이었다. 그러나 대체 주인 양주는 이때껏 무엇을 하고 있나 하고 빈지* 틈에 눈을 대었다. 이 괴망스러운 짓이 실수였는지도 모른다. 빈지 틈으로는 맞은편 건넌방이 또렷이 보인다. 분녀는 하는 수 없이 방 안의 행사를 일일이 보지 않을 수 없었다.

거의 숨을 죽였다. 피가 솟아 얼굴이 화끈 단다. 목구멍이 이따금 울린다. 전신의 신경을 살려 두 손을 펴고 도마뱀같이 빈지 위에 납작 붙었다.

수돗물이 쏟아질 대로 쏟아져 목욕통이 넘쳐나는 것도 잊어버리고 분녀는 어느 때까지나 정신없이 빈지에 붙어 앉았다. 더운 김에 서리어서인지 눈에 불이 붙어서인지 몸이 불덩이같이 덥다.

날이 지나도 흥분이 쉽사리 사라지지 않는다.

'그런 세상도 있구나.'

* '널빈지'의 준말. 한 짝씩 끼웠다 떼었다 할 수 있게 만든 문.

거기에 비하면 지금까지 겪은 세상은 너무도 단순하고 아무 것도 아닌—방 안의 세상이 아니요 문밖 세상 같은 생각이 든다. 가지가지의 경험을 죄진 것같이 여기던 무거운 생각도 어느 결엔지 개어지고 도리어 자연스럽고 그 위에 그 무엇이 부족하였다는 느낌조차 들었다.

관사의 광경은 확실히 커다란 꾀임이었다. 일시 잠자던 것이 다시 깨어나 이번에는 더 큰 힘으로 움직이기 시작하였다. 아무리 우물물을 퍼서 몸에 퍼부어도 쓸데없다. 한시도 침착하게 앉아 있을 수 없이 육신이 마치 신장대 모양으로 설레는 것이다.

만약 그날로 돌연히 상구가 눈앞에 나타나지 않았더면 분녀는 어떻게 일신을 정리하였을까.

요술과도 같이 뜻밖에 상구가 찾아왔다. 들어간 지 거의 달포 만이다. 얼굴은 부숭부숭 부었으나 어느 틈엔지 머리까지 깎은 후라 일신은 단정하다. 짜장 반가운 판에 분녀는 조금 수다스럽게 소리를 걸었다.

"고생했구나."

"맞았다! 동무들이 가엾다."

상구는 전과는 사람이 변한 것같이 속도 열리고 말도 걱실걱실 잘 받는 것이 분녀에게는 알 수 없이 반갑다.

"몸이 부은 것 같구나. 거북하지 않으냐."

"넌 내 생각 안 했니."

다짜고짜로 몸을 끌어당긴다. 분녀는 굳이 몸을 빼지 않았다.

"이번같이 그리운 때 없다."

"별안간 싼들한 것 같구나."

핑계 겸 일어서서 분녀는 방문을 닫았다.

상구에게 대한 지금까지의 불만도 뉘우침도 다 잊어버리고 상구의 하는 대로 몸을 맡겼다. 누구보다도 지금에는 상구가 가장 그리운 것이다. 지난날도 앞날도 없고 불붙는 몸에는 지금이 있을 뿐이다. 상구의 입술이 꽃같이 곱다.

다음 날 관사에 나갔을 때에 분녀는 천연스러운 양주의 얼굴을 속으로 우습게 여기는 한편 천연스러운 자신의 꼴을 한층 더 사특하게 여겼다.

그날 밤도 상구가 오기는 왔으나 간밤같이 기쁜 낯으로가 아니었다. 밤늦게 오면서도 그는 전과 같이 노여운 태도였다. 퉁명스러운 목소리였다.

"너를 잘못 알았다."

발을 구르며,

"네까짓 것한테 첫 몸을 준 것이 아까워."

이어,

"짐승 같은 것, 너를 또 찾은 내가 잘못이었지. 그렇게까지 된 줄이야 알았니."

기어코 볼을 갈긴다.

"소문 다 들었다."

"……."

"굳이 일일이 이름 들 것도 없겠지. 어떻든 난 쉬 떠나겠다."

7

상구는 말대로 가 버렸다. 차라리 실컷 얻어나 맞았다면 시원할 것을 더 말도 못 들어 보고 이튿날로 사라졌으니 하릴없다. 서울일까. 사람이란 눈앞에만 안 보이게 되면 왜 이리도 그리운가.

그러나 상구의 실종보다도 더 큰 변이 생기고야 말았다. 마을 갔던 어머니는 화급한 성질에 펄펄 뛰어들더니 손에 몽둥이를 집어 들었다.

"분녀야, 정말이냐."

분녀에게는 곡절이 번개같이 짐작되었다. 금시에 몸이 솟는 것 같더니 넋 없는 몸뚱이가 허공을 나는 것 같다.

"허구한 곳 다 두고 하필 종가에 가서 이 끔찍한 소문을 듣다니 무슨 망신이냐."

올 때가 왔구나 느끼며 숨을 죽였다.

"일일이 대 봐라, 행실머릴. 이 자리에서."

첫 매가 내렸다.

"만갑이, 천수, 또 누구냐, 대라. 치가 떨려 견딜 수 있나. 몸치장이 수상하더니 기어코 이 꼴이야."

물매가 내리기 시작하였다. 분녀는 소같이 잠자코만 있다가 견딜 수 없어서 매를 쥔 팔을 붙들었다. 어머니는 더욱 노여워할 뿐이다.

"이 고장에 살 수 없다. 차라리 죽어라."

메밀꽃 필 무렵

모진 매에 등줄기가 주저내리는 것 같다. 종아리에서는 피가 튄다. 분녀는 하는 수 없이 매를 벗어나서 집을 뛰어나왔다. 목소리는 나지 않고 눈물만이 바짓바짓 솟는다.

바다에라도 빠질까. 목이라도 맬까. 성문을 나서 환장할 듯한 심사에 정신없이 벌판을 달렸다. 큰길을 닫기도 부끄러워 옆길로 들었다. 허전거리다가 밭두둑에 쓰러졌다. 굳이 다시 일어날 맥도 없어 그 자리에 코를 박고 밤 되기를 기다렸다. 바다에까지 나가기도 귀찮아 풀포기에 쓰러진 채 밤을 새웠다.

다음 날도 집에 들어가지 않고 그렇다고 갈 곳도 없어 사람 눈에 안 띄게 종일이나 벌판을 헤매다가 밭 속 초막 안에서 잤다. 그런 지 나흘 만에 벌판으로 찾아 헤매는 식구의 눈에 띄어 하는 수 없이 집으로 끌려갔다. 어머니는 때리는 대신에 눈물을 흘렸다.

큰일이나 치르고 난 것 같다. 몸도 가다듬고 마음도 죄어졌다. 딴사람으로라도 태어난 것 같다. 관사에서 떨어진 후로는 들에 나가 밭일을 거들었다. 거리를 모르게 되고 밭과 친하였다.

여름이 짙어지자 벌써 가을 기색이었다. 들에는 곡식 냄새에 섞여 들깨 향기가 넘쳤다. 들깨 향기는 그윽한 먼 생각을 가져온다. 분녀는 날마다 들깨 향기에 젖어서 집에 돌아왔다. 그런 하룻날 돌연히 낯선 청년이 찾아왔다.

"날 모르겠어?"

아무리 뜯어보아도 알 듯 알 듯하면서 생각이 미처 돌지 않는다.

"명준이야."

듣고 보니 틀림없다. 반갑다. 삼 년 만인가.

"만주 갔다 오는 길야. 나도 변했지만 분녀도 무던히는 달라졌
군."

"금광은 찾았누."

"금광 대신에 사람놈이나 때려 죽였지."

명준은 빙그레 웃는다. 고생을 하였으련만 그다지 축나지도
않았다. 도리어 몸이 얼마간 인* 것 같다.

"고향은 그저 그 모양이군."

분녀는 변화 많은 그의 일신 위에 말이 뻗칠까 봐 날쎄게 말꼬
리를 돌렸다.

"어떻게 할 작정인구."

"밭뙈기나 얻어 갈아 볼까. 수틀리면 또 내빼구."

말투가 허황하면서도 듬직하다. 생각하면 명준은 첫사람이었
다. 귀치않은 금덩이를 가져오지 않은 것이 차라리 개운하다. 허
락만 한다면 그와 나 마음잡고 평생을 같이 하여 볼까 하고 분
녀는 생각하여 보았다.

1936년 2월, 《중앙》

---

* 일다 : 겉으로 부풀거나 위로 솟아오르다.

　　　　　　　　　　　　　　　　메밀꽃 필 무렵

들

1

꽃다지, 질경이, 나생이, 딸장이, 민들레, 솔구장이, 쇠민장이, 길오장이, 달래, 무릇, 시금초, 씀바귀, 돌나물, 비름, 는쟁이.

들은 온통 초록 천에 덮여 벌써 한 조각의 흙빛도 찾아볼 수 없다. 초록의 바다.

초록은 흙빛보다 찬란하고 눈빛보다 복잡하다. 눈이 보얗게 깔렸을 때에는 흰빛과 능금나무의 자줏빛과 그림자의 옥색 빛밖에는 없어 단순하기 옷 벗은 여인의 나체와 같은 것이—봄은 옷 입고 치장한 여인이다.

흙빛에서 초록으로—이 기막힌 신비에 다시 한번 놀라 볼 필요가 없을까. 땅은 어디서 어느 때 그렇게 많은 물감을 먹었길래

봄이 되면 한꺼번에 그것을 이렇게 지천으로 뱉어 놓을까. 바닷물을 고래같이 들이켰던가. 하늘의 푸른 정기를 모르는 결에 함빡 마셔 두었던가. 그것을 빗물에 풀어 시절이 되면 땅 위로 솟쳐 보내는 것일까. 그러나 한 포기의 풀을 뽑아 볼 때 잎새만이 푸를 뿐이지 뿌리와 흙에는 아무 물들인 자취도 없음은 웬일일까. 시험관 속 붉은 물에 약품을 넣으면 그것이 금시에 새파랗게 변하는 비밀─그것과도 흡사하다. 이 우주의 비밀의 약품─그것은 결국 알 바 없을까. 한 톨의 보리알이 열 낟으로 나는 이치는 가르치는 이 있어도 그 보리알에서 푸른 잎이 돋는 조화의 동기는 옳게 말하는 이 없는 듯하다. 사람의 지혜란 결국 신비의 테두리를 뱅뱅 돌 뿐이요 조화의 속의 속은 언제까지나 열리지 않는 판도라의 상자일 듯싶다. 초록 풀에 덮인 땅속의 뜻은 초록 옷을 입은 여자의 마음과도 같이 엿볼 수 없는 저 건너 세상이다.

얀들얀들 나부끼는 초목의 양자*는 부드럽게 솟는 음악. 줄기는 굵고 잎은 연한 멜로디의 마디마디이다. 부피 있는 대궁은 나팔 소리요 가는 가지는 거문고의 음률이라고도 할까. 알레그로가 지나고 안단테에 들어갔을 때의 감동─그것이 봄의 걸음이다. 풀 위에 누워 있으면 은근한 음악의 율동에 끌려 마음이 너볏너볏 나부낀다.

꽃다지, 질경이, 민들레…… 가지가지 풋나물을 뜯어 먹으면 몸이 초록으로 물들 것 같다. 물들어야 될 것 같다. 물들어야 옳

---

* 樣姿. 모양이나 자태.

　　　　　　　　　　　　　　메밀꽃 필 무렵

을 것 같다. 물들지 않음이 거짓말이다. 물들지 않으면 안 될 것
같다.

새가 지저귄다. 꾀꼬리일까.

지평선이 아롱거린다.

들은 내 세상이다.

2

언제까지든지 푸른 하늘을 우러러보고 있으면 나중에는 현기
증이 나며 눈이 둘러빠질 듯싶다. 두 눈을 뽑아서 푸른 물에 이
윽히 채웠다가 레모네이드 병 속의 구슬같이 차진 놈을 다시 살
속에 박아 넣은 것과도 같이 눈망울이 차고 어리어리하고 푸른
듯하다. 살과는 동떨어진 유리알이다. 그렇게도 하늘은 맑고 멀
다. 눈이 아픈 것은 그 하늘을 발칙하게도 오랫동안 우러러본 벌
인 듯싶다. 확실히 마음이 죄송스럽다. 반나절 동안 두려움 없이
하늘을 똑바로 치어다볼 수 있는 사람이란 세상에서도 가장 착
한 사람이거나 그렇지 않으면 가장 용기 있는 악한이어야 할 것
이다. 그렇게도 푸른 하늘은 거룩하다.

눈을 돌리면 눈물이 푹 쏟아진다. 벌판이 새파랗게 물들어
눈앞에 아물아물한다. 이런 때에는 웬일인지 구름 한 점도 없다.
곁에는 한 묶음의 꽃이 있다. 오랑캐꽃, 고들빼기, 노고초, 새고
시리, 꺼치무릇, 대게, 미티리, 미치광이*, 나는 그것들을 섞어

틀어 꽃다발을 겯기** 시작한다. 각색 꽃판과 꽃술이 무릎 위에 지천으로 떨어진다. 그것은 헤어지는 석류알보다도 많다…….

나는 들이 언제부터 이렇게 좋아졌는지를 모른다. 지금에는 한 그릇의 밥, 한 권의 책과 똑같은 지위를 마음속에 차지하게 되었다. 책에서 읽은 이론도 아니요 얻어들은 이치도 아니요 몇 해 동안 하는 일 없이 들과 벗하고 지내는 동안에 이유 없이 그 것은 살림 속에 푹 젖었던 것이다. 어릴 때에 동무들과 벌판을 헤매며 찔레를 꺾으러 가시덤불 속에 들어가고, 소똥버섯을 따 다 화로 속에 굽고, 메를 캐러 밭이랑을 들치며 골로 말을 만 들어 끌고 다니노라고 집에서보다도 들에서 더 많이 날을 지우 던—그때가 다시 부활하여 돌아온 셈이다. 사람은 들과 떼려야 뗄 수 없는 인연에 있는 것 같다.

자연과 벗하게 됨은 생활에서의 퇴각을 의미하는 것일까. 식 물적 애정은 반드시 동물적 열정이 진(盡)한 곳에 오는 것일까. 학교를 쫓겨나고 서울을 물러오게 된 까닭으로 자연을 사랑하 게 된 것일까. 그러나 동무들과 골방에서 만나고 눈기이어*** 거리 를 돌아치다 붙들리고 뛰다 잡히고 쫓기고—하였을 때의 열정이 나 지금에 들을 사랑하는 열정이나 일반이다. 지금의 이 기쁨은 그때의 그 기쁨과도 흡사한 것이다. 신념에 목숨을 바치는 영웅 이라고 인간 이상이 아닐 것과 같이 들을 사랑하는 졸부라고 인

* 가짓과의 여러해살이풀.
** 겯다 : 서로 어긋매끼게 엮어 짜다.
*** 눈기이다 : 옳지 못한 일을 남의 눈을 속여 슬쩍하다.

메밀꽃 필 무렵

간 이하는 아닐 것이다. 아직도 굳은 신념을 가지면서 지난날에 보던 책들을 들척거리다가도 문득 정신을 놓고 의미 없이 하늘을 우러러보는 때가 많다.

"학보, 이제는 고향이 마음에 붙는 모양이지."

마을 사람들은 조롱도 아니요 치사도 아닌 이런 말을 던지게 되었고, 동구 밖에서 만나는 이웃집 머슴은 인사 대신에 흔히,

"해동지 늪에 붕어 떼 많던가?"

라며 고기사냥 갈 궁리를 하거나 그렇지 않으면,

"십리정 보리 고개 숙었던가?"

하고 곡식의 소식을 묻게 되었다.

마을 사람들보다도 내가 더 들과 친하고 곡식의 소식을 잘 알게 되었다는 증거이다.

나는 책을 외우듯이 벌판의 구석구석을 샅샅이 외우고 있다. 마음속에는 들의 지도가 세밀히 박혀 있고 사철의 변화가 표같이 적혀 있다. 나는 들사람이요 들은 내 것과도 같다.

어느 논 두덩의 청대콩이 가장 진미이며 어느 이랑의 감자가 제일 굵다는 것을 알 수 있다. 새발고사리가 많이 피어 있는 진펄과 종달새 뜨는 보리밭을 짐작할 수 있다. 남대천 어느 모퉁이를 돌 때 가장 고기가 흔하다는 것도 알게 되었다. 개리, 쉬리, 불거지가 덕실덕실 끓는 여울과 메기, 뚜구뱅이가 잠겨 있는 웅덩이와 쏘가리 꺽지가 누워 있는 바위 밑과—매재와 고들매기를 잡으려면 철교께서도 몇 마장을 더 올라가야 한다는 것과 쇠치네와 기름종개를 뜨려면 얼마나 벌판을 나가야 될 것을 안다.

물 건너 귀룽나무 수풀과 방치골 으름덩굴 있는 곳을 아는 것은 아마도 나뿐일 듯싶다.

　학교를 퇴학 맞고 처음으로 도회를 쫓겨 내려왔을 때에 첫걸음으로 찾은 곳은 일갓집도 아니요 동무집도 아니요 실로 이 들이었다. 강가의 사시나무가 제대로 있고 버들 숲 둔덕의 잔디가 헐리지 않았으며 과수원의 모습이 그대로 남은 것을 보았을 때의 기쁨이란 형언할 수 없이 큰 것이었다. 고향을 그리워하는 마음이란 곧 산천을 사랑하고 벌판을 반가워하는 심정이 아닐까. 이런 자연의 풍물을 내놓고야 고향의 그림자가 어디에 알뜰히 남아 있는가. 헐리어 가는 초가지붕에 남아 있단 말인가. 고향을 꾸미는 것은 사람이면서도 그리운 것은 더 많이 들과 시냇물이다.

3

　시절은 만물을 허랑하게 만드는 듯하다.

　짐승은 드러내놓고 모든 것을 들의 품속에 맡긴다.

　새풀 숲에서 새 둥우리를 발견한 것을 나는 말할 수 없이 기쁘게 여겼다. 거룩한 것을—아름다운 것을—찾은 느낌이다. 집과 가족들을 송두리째 안심하고 땅에 맡기는 마음씨가 거룩하다. 풀과 깃을 모아 두툼하게 결은 둥우리 안에는 아직 까지 않은 알이 너덧 알 들어 있다. 아롱아롱 줄이 선 풋대추만큼씩 한 새알. 막 뛰어나려는 생명을 침착하게 간직하고 있는 얇은 껍질—금시에 딸깍 두 조각으로 깨뜨러질 모태—창조의 보금자리!

그 고요한 보금자리가 행여나 놀라고 어지럽혀질까를 두려워하여 둥우리 기슭에 손가락 하나 대기조차 주저되어 나는 다만 한참 동안이나 물끄러미 바라보고 섰다가 풀포기를 제대로 덮어놓고 감쪽같이 발을 옮겨 놓았다. 금시에 알이 쪼개어지며 생명이 돋아날 듯싶다. 등 뒤에서 새가 푸드득 날아 뜰 것 같다. 적막을 깨뜨리고 하늘과 들을 놀래며 푸드득 날았다—생각에 마음이 즐겁다.

그렇게 늦게 까는 것이 무슨 새일까. 청새일까. 덤불지일까. 고요하게 뛰노는 기쁜 마음을 걷잡을 수 없어 목소리를 내서 노래라도 부를까 느끼며 둑 아래로 발을 옮겨 놓으려다 문득 주춤하고 서 버렸다.

맹랑한 것이 눈에 뜨인 까닭이다. 껄껄 웃고 싶은 것을 참고 풀 위에 주저앉았다. 그 웃고 싶은 마음은 노래라도 부르고 싶던 마음의 연장인지도 모른다. 다시 말하면 그 맹랑한 풍경이 나의 마음을 결코 노엽히거나 모욕한 것이 아니요 도리어 아까와 똑같은 기쁨을 자아내게 한 것이다. 일반으로 창조의 기쁨을 보여준 것이다.

개울녘 풀밭에서 한 자웅의 개가 장난치고 있는 것이다. 하늘을 겁내지 않고 들을 부끄러워하지 않고 사람의 눈을 꺼리는 법 없이 자웅은 터놓고 마음의 자유를 표현할 뿐이다. 부끄러운 것은 도리어 이쪽이다. 나는 얼굴을 붉히면서 대중없이 오랫동안 그 요절할 광경을 바라보기가 몹시두 겸연쩍었다. 화신히 시절

들 123

의 탓이다. 가령 추운 겨울 벌판에서 나는 그런 장난을 목격한 일이 없다. 역시 들이 푸를 때 새가 늦은 알을 깔 때 자웅도 농탕치는 것이다. 나는 그 광경을 성내서는 비웃어서는 안 되었다.

보고 있는 동안에 어디서부터인지 자웅에게로 돌멩이가 날아들었다. 킬킬킬킬 웃음소리가 나며 두 번째 것이 날았다. 가제나 몸이 떨어지지 않는 자웅은 그제야 겁을 먹고 흘금흘금 눈을 굴리며 어색한 걸음으로 주체스러운* 두 몸을 비틀거렸다. 나는 나 이외에 그 광경을 그때까지 은근히 바라보고 있던 또 한 사람이 부근에 숨어 있음을 비로소 알고 더한층 부끄러운 생각이 와락 나며 숨도 크게 못 쉬고 인기척을 죽이고 잠자코만 있을 수밖에는 없었다.

세 번째 돌멩이가 날리더니 이윽고 호탕스러운 웃음소리가 왈칵 터지며 아래편 숲속에서 사람의 그림자가 덥석 뛰어나왔다. 빨래 함지를 인 채 한 손으로는 연해 자웅을 쫓으면서 어깨를 떨며 웃음을 금할 수 없다는 자세였다.

그 돌연한 인물에 나는 놀랐다. 한편 엉겼던 마음이 풀리기도 하였다. 그는 옥분이었다. 빨래를 하고 나자 그 광경이매 마음속 은밀히 흠뻑 그것을 즐기고 난 뒤인 모양이었다. 그러나 나의 놀람보다도 옥분이가 문득 나를 보았을 때의 놀람—그것은 몇 곱절 더 큰 것이었다. 별안간 웃음을 뚝 그치고 주춤 서는 서슬에 머리에 이었던 함지가 왈칵 떨어질 판이었다. 얼굴의 표정이 삽

---

* 주체스럽다 : 처리하기 어려울 만큼 짐스럽고 귀찮은 데가 있다.

메밀꽃 필 무렵

시간에 검붉게 질려 굳어졌다. 눈알이 땅을 향하고 한편 손이 어쩔 줄 몰라 행주치마를 의미 없이 꼬깃거렸다.

별안간 깊은 구렁이에 빠진 것과도 같은 그의 궁착(窮窄)한 처지와 데인 마음을 건져 주기 위하여 나는 마음에도 없는 목소리를 일부러 자아내어 관대한 웃음을 한바탕 웃으면서 그의 곁으로 내려갔다.

"빌어먹을 짐승들."

마음에도 없는 책망이었으나 옥분의 마음을 풀어 주자는 뜻이었다.

"득추 녀석쯤이 너를 싫달 법 있니. 주제넘은 녀석!"

이어 다짜고짜로 그의 일신의 이야기를 집어낸 것은 그의 주의를 다른 곳으로 돌리자는 생각이었다. 군청 고원(雇員) 득추는 일껀* 옥분과 성혼이 된 것을 이제 와서 마다하고 투정을 내고 다른 감을 구하였다. 옥분의 가세가 빈한하여 들고날 판이므로 혼인한 뒤에 닥쳐올 여러 가지 귀치않은 거래를 염려하여 파혼한 것이 확실하다. 득추의 그런 꾀바른 마음씨를 나무라는 것은 나뿐이 아니었다. 마을 사람들은 거개 고원의 불신을 책하였다.

"배반을 당하고 분하지도 않으냐."

"모른다."

옥분은 도리어 짜증을 내며 발을 떼 놓았다.

"그 녀석 한번 해내 줄까."

* '인껏(모처럼 애써서)'이 강원도 방언.

웬일인지 그에게로 쏠리는 동정을 금할 수 없다.

"쓸데없는 짓 할 것 있니."

동정의 눈치를 알면서도 시침을 떼는 옥분의 마음씨에는 말할 수 없이 그윽한 것이 있어 그것이 은연중에 마음을 당긴다.

눈앞에 멀어지는 그의 민출한* 자태가 가슴속에 새겨진다. 검은 치마폭 밑으로 드러난 불그레한 늘씬한 두 다리—자작나무보다도 더 아름다운 것—헐벗기 때문에 한결 빛나는 것—세상에도 가지고 싶은 탐나는 것이다.

4

일요일인 까닭에 오래간만에 문수와 함께 둑 위에서 하루를 보낼 수 있었다. 날마다 거리의 학교에 가야 하는 그를 자주 붙들어 낼 수는 없다. 일요일이 없는 나에게도 일요일이 있는 것이다.

바다를 바라볼 수 있는 둑에 오르면 마음이 활짝 열리는 듯이 시원하다. 바닷바람이 아직 조금 차기는 하나 신선한 맛이다. 잔디밭에는 간간이 피지 않은 해당화 봉오리가 조촐하게 섞였으며 둑 맞은편에 군데군데 모여 선 백양나무 잎새가 햇빛에 반짝반짝 나부껴 은가루를 뿌린 것 같다.

문수는 빌려 갔던 몇 권의 책을 돌려주고 표해 두었던 몇 구

---

* 민출하다 : 모양새가 밋밋하고 훤칠하다.

메밀꽃 필 무렵

절의 뜻을 질문하였다. 나는 그에게는 하루의 선배인 것이다. 간독하게* 되어 주는 것이 즐거운 의무도 되었다.

'공부'가 끝난 다음 책을 덮어 두고 잡담에 들어갔을 때에 문수는 탄식하는 어조였다.

"학교가 점점 틀려 가는 모양이다."

구체적 실례를 가지가지 들고 나중에는 그 한 사람의 협착한 처지를 말하였다.

"책 읽는 것까지 들키었네. 자네 책도 뺏길 뻔했어."

짐작되었다.

"나와 사귀는 것이 불리하지 않은가."

"자네 걸은 길대로 되어 나가는 것이 뻔하지. 차라리 그편이 시원하겠네."

너무 궁박한 현실 이야기만도 멋없어 두 사람은 무릎을 툭 털고 일어서 기분을 가다듬고 노래를 불렀다. 아는 말 아는 곡조를 모조리 불렀다.

노래가 진하면 번갈아 서서 연설을 하였다. 눈앞에 수많은 대중을 가상하고 목소리를 다하여 부르짖어 본다. 바닷물이 수물거리나 어쩌나, 새들이 놀라서 떨어지나 어쩌나를 시험하려는 듯이도 높게 고함쳐 본다. 박수하는 사람은 수만의 대중 대신에 한 사람의 동무일 뿐이나 지껄이는 동안에 정신이 흥분되고 통쾌하여 간다. 훌륭한 공부 이외 단련이다.

* 간독(懇篤)하나 : 정성스럽고 돈독하나.

협착한 땅 위에 그렇게 자유로운 벌판이 있음이 새삼스러운 놀람이다. 아무리 자유로운 말을 외쳐도 거기에서만은 '중지'를 당하는 법이 없으니까 말이다. 땅 위는 좁으면서도 넓은 셈인가.

둑은 속 풀리는 시원한 곳이며 문수와 보내는 하루는 언제든지 다시없이 즐거운 날이다.

5

과수원 철망 너머로 엿보이는 철늦은 딸기─잎새 사이로 불긋불긋 돋아난 송이 굵은 양딸기─지날 때마다 건강한 식욕을 참을 수 없다.

더구나 달빛에 젖은 딸기의 양자란 마치 크림을 끼얹은 것과도 같아서 한층 부드럽게 빛난다.

탐나는 열매에 눈독을 보내며 철망을 넘기에 나는 반드시 가책과 반성으로 모질게 마음을 매질하지는 않았으며 그럴 필요도 없었다. 그것이 누구의 과수원이든 간에 철망을 넘는 것은 차라리 들사람의 일종의 성격이 아닐까.

들사람은 또한 한편 그것을 용납하고 묵인하는 아량도 가지고 있는 것이다. 나는 몇 해 동안에 완전히 이 야취의 성격을 얻어 버린 것 같다.

흐뭇한 송이를 정신없이 따서 입에 넣으면서도 철망 밖에서 다만 탐내고 보기만 할 때보다 한층 높은 감동을 느끼지 못하게

메밀꽃 필 무렵

됨은 도리어 웬일일까. 입의 감동이 눈의 감동보다 떨어지는 탓일까. 생각만 할 때의 감동이 실상 당하였을 때의 감동 보다 항용 더 나은 까닭일까. 나의 욕심을 만족시키기에는 불과 몇 송이의 딸기가 필요할 뿐이었다. 차라리 벌판에 지천으로 열려 언제든지 딸 수 있는 들딸기 편이 과수원 안의 양딸기보다 나음을 생각하며 나는 다시 철망을 넘었다.

멍석딸기, 중딸기, 장딸기, 나무딸기, 감대딸기, 곰딸기, 따딸기, 배암딸기⋯⋯.

능금나무 그늘에 난데없는 사람의 그림자를 발견하자 황급히 뛰어넘다 철망에 걸려 나는 옷을 찢었다. 그러나 옷보다도 행여나 들키지나 않았나 하는 염려가 앞서 허둥허둥 풀 속을 뛰다가 또 공교롭게도 그가 옥분임을 알고 마음이 일시에 턱 놓였다. 그역 딸기밭을 노리고 있던 터가 아닐까. 철망 기슭을 기웃거리며 능금나무 아래 몸을 간직하고 있지 않았던가.

언제인가 개천 둑에서 기묘하게 만난 후 두 번째의 공교로운 만남임을 이상하게 여기고 있는 동안에 마음이 퍽이나 헐하게 놓여졌다. 가까이 가서 시룽시룽* 말을 건 것도 그리 어색하지 않고 자연스러웠다. 그 역시 시스러워** 하지 않고 수월하게 말을 받고 대답하고 하였다. 전날의 기묘한 만남이 확실히 두 사람의 마음을 방긋이 열어 놓은 것 같다.

"딸기 따줄까?"

* 경솔하고 아주 방정맞게 까불며 자꾸 지껄이는 모양.
** 시스럽다 · 스스럽다. 수줍고 부끄러운 느낌이 있다.

"무서워."

그의 떨리는 목소리가 왜 그리도 나의 마음을 끌었는지 모른다. 나는 떨리는 그의 팔을 붙들고 풀밭을 지나 버드나무 숲속으로 들어갔다. 그의 입술은 딸기보다도 더 붉다. 확실히 그는 딸기 이상의 유혹이었다.

"무서워."

"무섭긴."

하고 통기기는 하였으나 기실 딸기를 훔치러 철망을 넘을 때와 똑같이 가슴이 후둑후둑 떨림을 어쩌는 수 없었다. 버드나무 잎새 사이로 달빛이 가늘게 새어 들었다. 옥분은 굳이 거역하려고 하지 않았다.

양딸기 맛이 아니요 확실히 들딸기 맛이었다. 멍석딸기, 나무딸기의 신선한 감각에 마음은 흐뭇이 찼다.

아무리 야취의 습관에 젖었기로 철망 너머 딸기를 딸 때와 일반으로 아무 가책도 반성도 없었던가. 벌판서 장난치던 한 자웅의 짐승과 일반이 아닌가. 그것이 바른가, 그래서 옳을까 하는 한 줄기의 곧은 생각이 한결같이 뻗쳐오름을 억제할 수는 없었다. 결국 마지막 판단은 누가 옳게 내릴 수 있을까.

6

며칠이 지나도 여전히 귀치않은 생각이 머릿속에 뱅 돈다. 어

메밀꽃 필 무렵

수선한 마음을 활짝 씻어 버릴 양으로 아침부터 그물을 들고 집을 나섰다.

그물을 후릴 곳을 찾으면서 남대천 물줄기를 따라 올라간 것이 시적시적 걷는 동안에 어느덧 철교께서도 근 십 리를 올라가게 되었다. 아무 고기나 닥치는 대로 잡으려던 것이 그렇게 되고 보니 불현듯이 고들매기를 후려 볼 욕심이 솟았다. 고기사냥 중에서도 가장 운치 있고 흥 있는 고들매기 사냥에 나는 몇 번인지 성공한 일이 있어 그 호젓한 멋을 잘 안다. 그중 많이 모여 있을 듯이 보이는 그럴듯한 여울을 점쳐 첫 그물을 던져 보기로 하였다.

산속에 오목하게 둘러싸인 개울―물도 맑거니와 물소리도 맑다. 돌을 굴리는 여울 소리가 티끌 한 점 있을 리 없는 공기와 초목을 영롱하게 울린다. 물속에 노는 고기는 산신령이나 아닐까.

옷을 활짝 벗어 붙이고 그물을 메고 물속에 뛰어들었다. 넉넉히 목욕을 할 시절 임에도 워낙 산골물이라 뼈에 차다. 마음이 한꺼번에 씻겨졌다기보다도 도리어 얼어붙을 지경이다. 며칠 내로 내려오던 어수선한 생각이 확실히 덜해지고 날아갔다고 할까. 그러나 그러면서도 마지막 한 가지 생각이 아직도 철사같이 가늘게 꿰뚫고 흐름을 속일 수는 없었다.

'사람의 사이란 그렇게 수월할까.'

옥분과의 그날 밤 인연이 어처구니없게 쉽사리 맺어진 것이 의심쩍은 것이었다. 아무 마음의 거래도 없던 것이 달빛과 딸기에 꾀임을 받아 그때 그 자리에서 금방 응낙이 되다니. 항용 거기에 이르기까지의 두 사람의 마음의 교섭이란 이야기 속에서 읽을 때에는 기막히게 장황하고 지리한 것이었는데 그것이 그렇게 수월할 리 있을까. 들 복판에서는 수월한 법인가.

'책임 문제는 생기지 않는가?'

생각은 다시 솔솔 풀린다. 물이 찰수록 생각도 점점 차게만 들어 간다.

물이 다리목을 넘게 되었을 때 그쯤에서 한 훑기 던져 보려고 그물을 펴 들고 물속을 가늠해 보았다. 속물이 꽤 세어 다리를 훑친다. 물때 끼인 돌멩이가 몹시 미끄러워 마음대로 발을 디딜 수 없다. 누르칙칙한 물속이 적확히 보이지 않는다. 몇 걸음 아래 편은 바위요 바위 아래는 소(沼)가 되어 있다.

그물을 던질 때의 호흡이란 마치 활을 쏠 때의 그것과도 같이 미묘한 것이어서 일종의 통일된 정신과 긴장된 자세를 요구하는 것임을 나는 경험으로 잘 안다. 그러면서도 그때 자칫하여 기어이 실수를 하게 된 것은 필시 던지는 찰나까지도 통일되지 못한 마음이 어수선하고 정신이 까닥거렸음이 확실하다. 몸이 휘뚱하고 휘더니 팽팽하게 날아야 할 그물이 물 위에 떨어지자 어지럽게 흩어졌다. 발이 미끄러져 센 물결에 다리가 쓸리니까 그물은 손을 빠져 달아났다. 물속에 넘어져 흐르는 몸을 아무리 버둥거려야 곧추 일으키는 장사 없었다. 생각하면 기가 막히나 별수 없이 이 몸은 흐를 대로 흐르고야 말았다.

바위에 부딪쳐 기어코 소에 빠졌다. 거품을 날리는 폭포 속에 송두리째 푹 잠겼다가 휘엿이 솟으면서 푸른 물속을 뱅 돌았다.

메밀꽃 필 무렵

요행 헤엄의 습득이 약간 있던 까닭에 많은 고생 없이 허부적거리고 소를 벗어날 수는 있었다.

면상과 어깻죽지에 몇 군데 상처가 있었다. 피가 돋았다. 다리에는 군데군데 시 퍼렇게 멍이 들어 있음을 보았다. 잃어버린 그물은 어느 줄기에 묻혀 흐르는지 알 바도 없거니와 찾을 용기도 없었다. 고들매기는 물론 한 마리도 손에 쥐어 보지 못하였다.

귀가 메이고 코에서는 켰던 물이 줄줄 흘렀다. 우연히 욕을 당하게 된 몸뚱어리를 훑어보며 나는 알 수 없는 부끄러움을 느꼈다. 별안간 옥분의 몸이—향기가 눈앞에 흘러왔다. 비밀을 가진 나의 몸이 다시 돌아보이며 한동안 부끄러운 생각이 쉽게 꺼지지 않았다.

7

문수는 기어코 학교를 쫓겨났다. 기한 없는 정학 처분이었으나 영영 몰려난 것과 같은 결과이다. 덕분에 나도 빌려주었던 책권을 영영 뺏긴 셈이 되었다.

차라리 시원하다고 문수는 거드름 부렸으나 시원하지 않은 것은 그의 집안사람들이다. 들볶는 바람에 그는 집을 피하여 더 많이 나와 지내게 되었다. 원망의 물줄기는 나에게까지 튀어 왔다. 나는 애매하게도 그를 타락시켜 놓은 안된 놈으로 몰릴 수밖에는 없다.

들

별수 없이 나날을 들과 벗하게 되었다. 나는 좋은 들의 동무를 얻은 셈이다.

풀밭에 서면 경주를 하고 시냇가에 서면 납작한 돌을 집어 물 위에 수제비를 뜨기가 일쑤다. 돌을 힘껏 던져 그것이 물 위를 뛰어가는 뜀 수를 세는 것이다. 하나 둘 셋 넷 다섯 여섯 일곱 여덟—이 최고 기록이다. 돌은 굴러갈수록 걸음이 좁아지고 빨라지다 나중에는 깜박 물속에 꺼진다. 기차가 차차 멀어지고 작아지다 산모퉁이에서 깜박 사라지는 것과도 같다. 재미있는 장난이다. 나는 몇 번이고 싫지 않게 돌을 집어 시험하는 것이었다.

팔이 축 처지게 되면 다시 기운을 내어 모래밭에 겨루고 서서 씨름을 한다. 힘이 비등하여 승패가 상반이다. 떠밀기도 하고 샅바씨름도 하고 잡아 나꾸기도 하고—다리걸이, 딴죽치기—기술도 차차 늘어 가는 것 같다.

"세상에서 제일 장하고 제일 크고 제일 아름답고 제일 훌륭하고 제일 바른 것이 무엇이냐?"

되고 말고 수수께끼를 걸고,

"힘이다!"

라고 껄껄껄껄 웃으면 오장육부가 물에 헤운* 듯이 시원한 것이다. 힘—무슨 힘이든지 좋다. 씨름을 해 가는 동안에 우리는 힘에 대한 인식을 한층 새롭혀 갔다. 조직의 힘도 장하거니와 그것을 꾸미는 한 사람의 힘이 크다면 더한층 아름다운 것이 아닐까.

* 헤우다 : '헹구다'의 방언.

메밀꽃 필 무렵

8

문수와 천렵을 나섰다.

그물을 잃은 나는 하는 수 없이 족대를 들고 쇠치네 사냥을 하러 시냇물을 훑어 내려갔다.

벌판에 냄비를 걸고 뜬 고기를 끓이고 밥을 지었다.

먹을 것이 거의 준비되었을 때, 더운 판에 목욕을 들어갔다.

땀을 씻고 때를 밀고는 깊은 곳에 들어가 물장구와 가댁질*이다. 어린아이 그대로의 순진한 마음이 방울방울 날리는 물방울과 함께 하늘을 휘덮었다가는 쏟아지는 것이다.

물가에 나와 얼굴을 씻고 물을 들일 때에 문수는 다따가,

"어깨의 상처가 웬일인가?"

하고 나의 어깨의 군데군데를 가리켰다.

나는 뜨끔하면서 그때까지 완전히 잊고 있던 고들매기 사냥과 거기에 관련된 옥분과의 일건이 생각났다.

어떻게 할까 망설이다가 그에게까지 기일 바 못 되어 기어코 고기잡이 이야기와 따라서 옥분과의 곡절을 은연중 귀띔하여 주게 되었다.

이상한 것은 그의 태도였다.

"명예의 부상일세그려."

* 서로 집으려고 쫓고 달아나며 뛰노는 장난.

놀리고는 걱실걱실 웃는 것이다.

웃다가 문득 그치더니,

"이왕 말이 났으니 나도 내 비밀을 게울 수밖에는 없게 되었네 그려."

정색하고 말을 풀어냈다.

"옥분이─나도 그와는 남이 아니야."

어안이 벙벙한 나의 어깨를 치며,

"생각하면 득추와 파혼된 후로부터는 달뜬 마음이 허랑해진 모양이데. 일종의 자포자기야. 죽일 놈은 득추지. 옥분의 형편이 가엾기는 해."

나에게는 이상한 감정이 솟아올랐다. 문수에게 대하여 노염과 질투를 느끼는 대신에─도리어 일종의 안심과 감사를 느끼는 것이었다. 괴롭던 책임이 모면된 것 같고 무거운 짐을 벗어 놓은 듯이도 감정이 가벼워지고 엉겼던 마음이 풀리는 것이다. 이것은 교활하고 악한 심보일까. 그러나 나를 단 한 사람으로 생각하지 않는 옥분의 허랑한 태도에 해결의 열쇠는 있다. 그의 태도가 마지막 책임을 져야 될 터이니까.

"왜 말이 없나? 거짓말로 알아듣나? 자네가 버드나무 숲에서 만났다면 나는 풀밭에서 만났네."

여전히 잠자코만 있으면서 나는 속으로 한결같이 들의 성격과 마술과도 같은 자연의 매력이라는 것을 생각하였다.

얼마나 이야기가 장황하였던지 밥 타는 냄새가 코를 찔렀다.

메밀꽃 필 무렵

9

무더운 날이 계속된다.

이런 때 마을은 더한층 지내기 어렵고 역시 들이 한결 낫다.

낮은 낮으로 해 두고 밤을─하룻밤을 온전히 들에서 보낸 적이 없다.

우리는 의논하고 하룻밤을 들에서 야영하기로 하였다.

들의 밤은 두려운 것일까─이런 의문도 있었기 때문이다.

이왕 의가 통한 후이니 이후로는 옥분이도 데려다가 세 사람이 일단의 '들의 아들'이 되었으면 하는 문수의 의견이었으나 나는 그것을 일종의 악취미라고 배척하였다. 과거의 피차의 정의*는 정의로 하여 두고 단체 생활에는 역시 두 사람이 적당하며 수효가 셋이면 어떤 경우에든지 반드시 기울고 불안정하다는 의견을 가지고 있기 때문이다. 그러나 그것도 결국 나의 야성이 철저치 못한 까닭이 아닐까.

어떻든 두 사람은 들 복판에서 해를 넘기고 어둡기를 기다리고 밤을 맞이하였다.

불을 피우고 이야기하였다.

이야기가 장황하기 때문에 불이 마저 스러질 때에는 마을의 등불도 벌써 다 꺼지고 개 짖는 소리도 수습된 뒤였다. 별만이

* 情誼, 사고받기가 친여여린 것.

깜박거리고 바닷소리가 은은할 뿐이다.

어둠은 깊고 넓고 무한하다.

창조 이전의 혼돈의 세계는 이러하였을까.

무한의 적막―지구의 자전 공전의 소리도 들리지는 않는 것이다.

공포―두려움이란 어디서 오는 감정일까.

어둠에서도 적막에서도 오지는 않는다.

우리는 일부러 두려운 이야기, 무서운 이야기로 마음을 떠보았으나 이렇다한 새삼스러운 공포의 감정이라는 것은 솟지 않았다.

위에는 하늘이요 아래는 풀이요―주위에 어둠이 있을 뿐이지 모두가 결국 낮 동안의 계속이요 연장일 뿐이다. 몸에 소름이 돋는 법도 마음이 떨리는 법도 없다.

서로 눈만 말똥거리다가 피곤하여 어느 결엔지 잠이 들어 버렸다.

단잠을 깨었을 때는 아침 해가 높은 후였다.

야영의 밤은 시원하였을 뿐이요 공포의 검은 새는 결국 잡지 못하였다.

10

그러나 공포는 왔다.

그것은 들에서 온 것이 아니요 마을에서―사람에게서 왔다.

공포를 만드는 것은 자연이 아니요 사람의 사회인 듯싶다.

문수가 돌연히 끌려간 것이다.

학교 사건의 뒤맺이인 듯하다.

이어 나도 들어가게 되었다.

나 혼자에 대하여 혹은 문수와 관련되어 여러 가지 질문을 받았다.

사흘 밤을 지우고 쉽게 나왔으나 문수는 소식이 없다. 오랠 것 같다.

여러 가지 재미있는 여름의 계획도 세웠으나 혼자서는 하릴없다.

가졌던 동무를 잃었을 때의 고독이란 큰 것이다.

들에서 무료히 지내는 날이 많다.

심심파적으로 옥분을 데려올까도 생각되나 여러 가지로 거리끼고 주체스러운 일이다. 깨끗한 것이 좋을 것 같다.

별수 없이 녀석이 하루라도 속히 나오기를 충심으로 바랄 뿐이다.

나오거든 풋콩을 실컷 구워 먹이고 기름종개를 많이 떠먹이고 씨름해서 몸을 불려 줄 작정이다.

들에는 도라지꽃이 피고 개나리꽃이 장하다.

진펄의 새발고사리도 어느덧 활짝 피었다.

해오라기가 가끔 조촐한 자태로 물가에 내린다.

시절이 무르녹았다.

1939년 3월, 《신동아》

인간산문 人間散文

1

"거리는 왜 이리도 어지러운가."

거의 삼십 년 동안이나 걸어온 사람의 거리가 그렇게까지 어수선하게 눈에 어린 적은 없었다. 사람의 거리란 일종의 지옥 아닌 수라장이다.

"신경을 실다발같이 헝클어 놓자는 작정이지."

문오는 차라리 눈을 감고 싶었다. 눈을 감고 귀를 가리고 코를 막고—모든 감각을 조개같이 닫쳐 버리면 어지러운 거리의 꼴은 오관 밖에 멀어지고 마음속에는 고요한 평화가 올 것 같다. 쓰레기통 속 같은 거리. 개천 속 같은 거리. 개신개신* 하는 게으른 주부가 채 치우지 못한 방 속과도 거리는 흡사하다. 먼지가 쌓이고 책권이 쓰러지고 휴지가 흐트러진—그런 어수선한 방속이 거리다. 사람들은 모여서 거리를 꾸며 놓고도 그것을 깨끗하게 치울 줄을 모르고 그 난잡한 속에서 그냥 그대로 어지럽게 살아간다. 깨지락깨지락 치운다 하더라도 치우고는 또 늘어놓고 치우고는 또 늘어놓고 하여 마치 밑 빠진 독에 언제까지든지 헛물을 길어 붓듯이 영원히 그것을 되풀이하는 그 꼴이 바로 인간의 꼴이요 생활의 모양이라고도 할까. 어지러운 거리. 쓰레기통 같은 거리.

별안간 덜컥 부딪치는 바람에 문오는 감았던 눈을 떴다. 얼마동안이나 눈을 감고 걸어왔던지 부딪친 것은 바로 집 모퉁이 쓰레기통이었다. 다리뼈가 쓰라리다.

"빌어먹을 놈의 쓰레기통. 쓰레기통 같은 놈의 거리."

홧김에 발길로 통을 차고 걸음을 계속할 수밖에는 없었다. 멸시하는 쓰레기통 같은 거리를 그래도 걸어가야만 할 운명에 놓인 것 같다. 어수선한 거리의 꼴은 별수 없이 다시 신경을 어지럽히기 시작한다.

행길 바닥이란 왜 좀 더 곧고 고르지 못하고 삐뚤고 두툴두툴한가. 비스듬히 기울어진 가가의 간판은 차라리 떼어 버리는 것이 시원할 것 같다. 움직이지 않는 낡은 수레를 길바닥에 버려둘 필요가 있을까. 바닷물 속에 장사지내는 편이 옳지. 마저마저 쓰러져 가는 집—사람의 신경을 대팻밥같이 꾸겨 놓는 것은 이것

* 제요르거나 기운이 없어 나뉘나뉘 자꾸 힘없이 행동하는 모양.

이다. 쓰러져 가는 집을 눈앞에 보아야 함은 사람의 가장 괴로운 의무일 것 같다. 숫제 발길로 차서 헐어 버리는 것이 낫지. 사람이란 개신덕이*여서 원대한 계획도 없이 필요에 따라 고 자리에 흙을 모으고 기둥을 세우고 솥을 걸고 측간을 꾸민다. 사람의 심청머리같이 고식적이요 일시적이요 당삼치기인 것은 드물 것 같다. 대체 거리의 명예로운 시장은 무엇을 하고 있는 셈인가. 쓰러져 가는 집은 버려두고 무엇을 꿈꾸고 있는가. 현명한 시장이라면 무엇보다도 먼저 거리의 집을 정리하여야 할 것이다. 한 사람의 시민의 이름에 값갈 만한, 아니 인간의 위신에 부끄럽지 않을 만한 한 채의 집을 먼저 장만한 연후에 다스림을 베풀어야 할 것이다. 우리를 가진 사람들에게 떳떳한 백성으로서의 다스림이 아랑곳일까. 집. 집. 신경을 대팻밥같이 꾸겨 놓는구나. 또 한 가지 젊은 사람의 더벅머리—저것도 다시 생각해 볼 필요가 있을 듯하다. 문학을 하든 철학을 하든 길게 자란 머리란 것은 보는 눈을 몹시 거슬리게 한다. 가위로 싹둑 잘라 버리는 것이 생활정리의 한 방법도 된다. 얽은 사람, 절름발이, 장님—이것은 시장에게 따져 낼 수도 없고 누구에게 문책함이 옳을까. 얽은 얼굴은 대패로 곱게 밀어버리고 절름발이와 장님에게는 옛날의 기적을 베풀 수 있으면 얼마나 속 시원한 일일까. 배뚱뚱이 신사— 차라리 반으로 갈라 두 쪽의 사람을 만드는 편이 공평도 하려니와 개운도 할 성싶다. 나중에는 외양을 거쳐 심지어 여자들의 양

* 개신개신 행동하는 사람.

메밀꽃 필 무렵

말 속의 살결조차 걱정된다. 일시에 활짝 옷들을 벗겨 본다면 과연 모두 상아같이 하이얀 살결들을 가지고 있을까. 만약 총중의 한 사람이 불행히 불결한 몸을 드러내 놓았을 때에 올 환멸은 얼마나 마음을 뒤집어 놓을까……. 어지러운 거리. 어수선한 인생…….

　문오의 머릿속은 날아난 벌떼를 잡아넣은 것과도 같이 웅성거리고 어지럽다. 몹시도 지저분한 거리의 산문(散文)이 전신의 신경을 한데 모아 짓이기고 난도질하여 놓는다. 혼란의 아름다움을 노래하고 난잡의 운치를 찬미하는 예술 같은 것은 악마에게나 먹히어라. 단조(單調)하고 운치는 없다 하더라도 차라리 가지런한 거리와 안정된 규칙과 정리된 생활이 있어야 할 것이다. 최후적 통일을 요구함은 사람의 본성이요 생활을 정리하려 함은 영원한 과제였으나, 정리와 통일의 마지막 종점에 도달할 날은 영원히 없을 것 같다. 사람은 역사를 가진 지 수십 세기 동안을 탄생한 지 수만 년 동안을 두고 생활을 정리하여 온 셈이나 오늘의 생활이 태곳적 카오스 시대보다 대체 얼마나의 위대한 정리를 하여 왔던가. 위대한 정리가 되어 있다면 오늘의 이 혼란과 불안과 괴롬은 대체 웬 것이며 무엇을 의미하는 것일까.

　문오가 십 년 가까이 공부하여 온 철학의 체계도 이 혼란의 해결의 열쇠는 주지 못하였다. 일종의 해결인 것같이 보이면서 기실 고금 많은 철학자가 제출한 수다한 문제는 전체적으로 보면 도리어 커다란 혼란을 줄 뿐이었다. 귀한 정리의 노력을 보였을 뿐이지 결과에 있어서는 정리와는 인연이 먼 역시 혼란이 있을 뿐이다. 결국 인간, 사실은 사실대로 두고 그 표면을—수박의 껍질 위를 핥으면서 뱅뱅 도는 격이 아닌가. 물론 철학이 행동을 규정하는 때도 있기는 하나 더 많이 행동이 먼저 있는 것이며 혹은 행동이 있을 때 동시에 철학을 생각하는 것 같다. 철학의 체계가 과거의 인간사실을 정리하였을는지는 모르나 현재의 혼란은 일반이며 따라서 문오의 두뇌 속도 해결의 언덕과는 거리가 멀다. 뇌수의 세포가 종이 위에 인쇄된 철학의 활자에 깜박 취할 때는 있으나 그 도취에서 깨서 어지러운 생활의 거리를 바라볼 때 활자의 철학은 조각조각 흩어져 없어지고 눈에 어리는 것은 혼란이요 신경을 난도질하는 것은 여전히 문란의 마귀이다. 철학으로 카오스를 건지려 한 것이 도리어 카오스의 바다 속에 밀려들어가 팔다리를 허부적거리는 격이 되었다고도 할까. 더욱이 요사이에 이르러 키르케고르*니 셰스토프**니—머릿속을 범벅같이 휘저어 놓을 뿐이다. 사람은 항상 생활을 새롭게 꾸며 가는 적극성을 가졌다고는 하더라도 마지막의 완전한 정리를 바랄 수는 없을 것 같다. 영원한 정리를 원하나 오는 것은 영원한 부정리(不整理)인 것이다.

경제생활이 완전한 해결을 볼 때 사람은 완전히 구제되고 인간사실은 빈틈없이 정리될 수 있을까. 쓰러지지 않는 깨끗한 집이 서고 거지가 없어지고 어지럽던 거리가 한결 정리될 것은 사실이나 그러나 그런 거리의 생활의 조건의 영향을 받는다 하더

---

* 쇠렌 오뷔에 키르케고르(1813~1855). 덴마크의 철학자·종교 사상가.
** 레프 셰스토프(1866~1938). 러시아의 철학자·평론가.

라도 수십 세기 동안 묵어 내려온 사람의 심청이 일조일석에 칼로 베인 듯이 변할 수 있을까. 예를 들어 가령,

"미례와 나와의 연애는 대체 어떻게 될 것인가."

미례와 문오와의 연애는 결코 정당한―정리된 것이 아니었다. 미례는 문오를 사랑하여서는 안 되고 문오는 미례를 사랑하여서는 안 된다. 미례는 문오 아닌 남편을 사랑하여야 할 처지에 있고 문오는 그 남편을 배반하지 못할 사정에 있음에도 불구하고 미례와 문오는 남편의 그림자 속에 숨어 금단의 과실을 즐기고 있는 것이다. 거리의 생활이 해결된다 하더라도 반드시 결정적인 한 사람과 한 사람 사이만의 정당하고 떳떳한 연애만이 있고 이런 어지럽고 까다로운 관계는 자취도 없이 사라지리라고는 추측하기 어렵다. 꼬이고 혼란된 마음의 실마리라는 것은 언제든지 있어서 칼로 혹을 도려내듯이 생활의 테두리에서 곱게 도려낼 수는 없을 것이다. 영원한 부정리, 끝없는 카오스!

위대한 정리의 방법으로 무엇이 있는가. 프리기아*의 왕 고르디아스**가 맨 복잡한 노*** 마디****를 사람의 손으로는 도저히 풀어낼 재주가 없는 것이다. 늠름한 왕검으로 그것을 보기 좋게 두 동강으로 낸 알렉산더의 용단은 세상에 없을까. 백두산에서 가

---

* Phrygia. 터키 반도에 있었던 고대 왕국.
** Gordias. 프리기아의 왕. 손 대는 것마다 황금으로 변하는 '미다스의 손'으로 유명한 미다스 왕의 아버지. '고르디아스의 매듭'은 아무리 애를 써도 해결하기 어려운 복잡한 문제를 뜻함.
*** 실, 삼, 종이 따위를 가늘게 비비거나 꼬아 만든 줄.
**** 줄 따위가 엉키거나 맺힌 부분.

장 큰 전나무를 베어내고 강산의 짐승의 털을 죄다 뽑아 위대한 한 자루의 붓을 만들어 가지고 동해의 푸른 물을 찍어 한 획에 거리와 생활을 말살하여 버렸으면 오죽이나 통쾌할까. 그것이 어렵다면 머릿속에서 뇌수를 쏟아내 물에 절레절레 헤어 모든 지식의 기록을 떨어 버리고 백지의 상태로 하여 다시 머릿속에 수습한다면 천치가 되어 마음속이 얼마나 편안하고 시원할까. 그렇게 할 수 있다면 미례와의 사이도 편안하게 안정될 것이나 그렇지 않은 이상 언제까지나 불안한 마음으로 고르디아스의 노 마디를 얼싸안고 괴롬의 술래잡기를 계속하는 수밖에는 도리가 없을 듯하다.

이제는 거의 병적 악마적 생각에 잠기면서 문오는 미례와의 약속의 장소로 걸음을 빨리 하였다. 그 으늑한 차점(茶店)은 거리에서 동이 뜬다. 수다스럽지 않은 숨은 그곳에서 문오는 가끔 미례와 만나는 처지였다. 주일에 한 번씩 요리를 먹으러 거리의 식당에 나타나듯 주일에 며칠씩을 미례를 보러 차점에 이르는 것이었다.

"거리의 수많은 사람들 속에서 왜 하필 미례는 나를, 나는 미례를 피차의 반쪽으로 구하게 되었을까. 그것은 일원적 통일의 길이 아니요 도리어 문란의 길이요 가시덤불의 괴롬인 것을."

어지러운 거리를 어지러운 사랑을 맞으러 걸어가는 자신의 꼴에 문오는 문득 운명적 인간의 꼴을 본 듯 느꼈다.

메밀꽃 필 무렵

2

"유도 해 보신 일 있어요?"

"호신술을 배우겠단 말요?"

문오는 미례의 낮은 어조를 주의하였다.

"사람이 목을 눌리고 몇 분 동안이나 참을 수 있나 해서요."

"글쎄. 배암은 죽었다도 피어난다더구만."

"그럼 사람의 목숨도 배암만큼 질긴 셈이군요. 저는 목을 눌리고 오 분 동안이나―완전히 담배 한 개 탈 동안―참았으니 말예요."

문오는 놀라 미례를 찬찬히 바라보았다.

"목에 멍이 조금 들었을 뿐이지 생명에는 별 이상 없었으니까요."

미례의 목덜미에 남겨진 손가락 자국만 한 푸른 멍이 문오의 마음을 아프게 하였다. 자기 때문에 받는 미례의 수난이 최근에 와서 더욱 심함을 알고 마음이 말할 수 없이 슬프다. 불안정한 삼각형의 위협이 다시 한번 마음을 스친다. 삼각이 일원으로 통일되려면 개중의 하나가 권리를 버려야 할 것임을, 세 개의 뜻이 균등하니 대체 어떤 해결을 지어야 옳을 것인가. 미례의 남편의 위인을 생각할 때 문오의 마음은 결코 평화스러운 것이 아니었다.

"이름을 자꾸 대라니 견딜 수 있어야지요."

"시원하게 대 보지."

"큰일나게요. 결투라도 하려고 할 것을요."

"결투!"

문오는 어깨를 으쓱하였다. 결투―마음이 섬찟은 하였으나 차라리 그것이 손쉬운 해결의 방법이요 정리의 길일 것같이 생각되었다.

"결투하지."

"마세요. 그가 당신보다 훨씬 장골이에요."

"결투란 열로 하는 것이지 힘으로 하는 것인가."

식은 커피가 입에 쓰다. 잔 바닥에 남은 검은 깡치가 근심스러운 마음같이 걸차게 입술에 엉겨 붙는다.

"어떻게 하면 좋아요."

"……."

해결의 길이 없듯이 대답도 있을 수 없다.

"글쎄……."

하릴없이 흐른 차 방울을 손가락에 찍어 잠자코 탁자 위에 낙서를 하는 문오였다. 글자를 쓰다는 짓고 쓰다는 짓고―나중에는 그림을 그리기 시작하였다.

"무슨 장난이세요."

미례는 탁자 위에 그려지는 그림을 하염없이 한참이나 바라보더니 문득 외면하여 버렸다.

"왜."

"점잖지 않게 무슨 짓예요."

미례는 문오의 그림을 오해한 모양이었다. 발갛게 물든 미례의 귓불을 바라보며 문오는 도리어 미소를 띠며,

"무엇으로 알고 그러우."

"원."

"망칙한 것이 아니오. 미례의 눈이오. 눈방울 눈시울 속눈썹. 그리고 이것은 눈물. 방울방울 떨어지는 눈물."

문오는 오늘 미례에게 하여야 할 가장 중대한 이야기를 가지고 있었다. 미례를 놀라게 할 그 중대한 소식을 전하려면 엄숙하게보다도 객설스럽게 괴덕스럽게 시작하는 수밖에는 없었다.

"눈물은 왜요."

"내가 지금 한마디 말하면 미례는 이렇게 눈물을 흘릴 것이니까 말요."

"무슨 말이세요. 설마 저를 잊겠다는 말은 아니겠지요."

"결과에 있어서는 그렇게 되는지도 모르지."

"무어라고요. 또 한번 말씀해 보세요."

미례의 어조는 금시는 변하여졌다. 문오는 눈을 꾹 감고 입을 열었다.

"서울을 떠나게 되었소. 너무도 창졸간에 작정이 되어서 미처 말할 기회가 없었던 것요."

문오는 이번에 학교의 연구실을 나와 지방 어느 회사에 직업을 얻게 되었다. 학교와 연구실에서 오랫동안 철학을 연구하였음에도 당치도 않는 회사로 가게 된 것부터가 생활의 정리와는 무릇 인연이 먼 것이었다.

"언제쯤 떠나세요."

"남은 일이 대강 정리되는 대로."

갸름하게 내려 감긴 미례의 속눈썹은 안개나 끼인 듯이 깊은 그림자 속에 젖었다.

마치 그 괴로운 정경을 구하려는 듯이도 이때 가가의 여주인이 두 사람에게 과자 접시를 날라 왔다. 문오는 문득 놀라운 것을 발견하였다. 여주인의 왼편 손에 손가락이 하나 없는 것이다. 무명지가 있어야 할 곳이 비고 따라서 손가락과 손가락 사이가 이 빠진 것같이 떴다. 선천적인지 혹은 후천적인지를 관찰할 여유는 없었으나 오랫동안의 단골임에도 불구하고 모르고 지내던 것을 공교롭게도 이날 처음으로 발견하게 된 것이 한 놀람이었다. 문오는 새삼스럽게 여주인의 얼굴을 바라보고 일신을 훑어보았다. 빈틈없는 용모에 왜 하필 손가락 하나가 빠졌을까. 삼신의 불찰일까 혹은 장난일까. 이상스러운 것은 여주인의 인상이 별안간 그 순간부터 지금까지와는 판이하여지는 것이다. 결점 없이 완전하게만 보이던 그가 그 한 점의 흠으로 말미암아 금시에 마치 이 빠진 그릇을 대하는 듯한 인상을 주기 시작하였다. 그것은 곧 문오 자신의 머릿속에 이가 한 대 빠진 것과도 같다. 결국 그의 머릿속에는 부정리의 사실이 또 하나 늘어 그의 마음을 불안정하게 휘젓는 결과가 되었다. 그는 자신의 일도 미례의 처지도 잠깐 잊어버리고 여주인의 일신을 한참 동안이나 생각하는 것이었다.

"적적들 하신 것 같으니 레코드나 한 장 걸까요."

　　　　　　　　　　　메밀꽃 필 무렵

여주인은 친절하게도 축음기 앞으로 나아갔다. 단골인 터이라 두 사람의 은근한 사이도 벌써 대강 짐작하고 동정하는 눈치여서 간간이 그 정도의 친절을 베푸는 것이었다.

이윽고 〈제 되 자무르(J'ai Deux Amours)〉의 노래가 흘렀다. 두 사람의 애인을 가진 여자의 노래가 낭랑하게 흘렀으나 그것은 미례의 현재의 정서와 심경과는 거리가 먼 것이었다. 미례는 꽃같이 잠자코만 앉아서 서글픈 표정으로 노래를 듣고 있다.

"거짓 손가락이라도 하나 맞춰 주었으면."

노래가 끝날 때까지도 문오는 여주인의 손가락 걱정을 하고 있었다. 지금에는 무엇보다도 손가락의 일건이 마음속을 파고들었다. 공연한 것을 발견하게 되었다. 모처럼 단골로 다니던 차점도 손가락으로 말미암아 이렇게 마음을 쓰게 된다면 다시 더 올 수 없지 않는가―하고 생각하였다.

3

문오는 돌아오던 길에 친구의 병원에 들렀다. 요사이 의사에게밖에는 말할 수 없는 일종의 육체의 비밀을 가지고 있었다.

모르는 결에 피부의 전면에 일종의 풍진이 쭉 돋은 것이다. 어느 때 어디서부터 시작되었는지는 알 바 없으나 기억의 시초는 처음 몸에 벌레를 얻었을 때였다. 거리의 목욕간에서 얻었는지 그렇지 않으면 비밀한 곳에서 묻혔는지 가릴 수 없으나 벌레는 어느 결엔지 맹렬한 세력으로 번식하기 시작하여 거의 피부를 먹어버리려는 듯도 한 형세였다. 즉시 의사에게 의논하지 않고 매약점에서 사 온 수은고(水銀膏)를 대중없이 바른 것이 일을 저지르게 된 원인인지도 모른다. 몹쓸 벌레 꼴 보라는 듯이 하루도 몇 번씩을 벌레 위에 더덕더덕 바르곤 한 것이 이틀을 지나니 벌레의 형적은 사라진 모양이었으나 이번에는 반대로 수은고의 세력이 거의 피부를 먹어 버리려는 듯도 하게 모질게 헤어지기 시작하였다. 쌀알 같은 붉은 점이 불똥을 끼얹는 것같이 쭉 돋더니 그것이 차차 부분을 중심으로 육신의 위와 아래로 퍼지기 시작하였다. 알고 보면 수은고의 중독이었으나 몹시 가려운 판에 자연 손이 자주 가고 한번 긁기 시작하면 피가 용솟음치고 머릿속이 띵 하고 마치 미칠 듯이도 육신이 수물거렸다. 공교로운 것은 그때를 전후하여 마침 팔에 우두를 맞게 된 것이다. 과거에 한 번도 터 본 적 없던 우두가 이해에는 웬일인지 유난스럽게도 트기 시작하여 팔 위에 온통 커다란 종창을 이루게 되었다. 한편 근실근실 몹시도 부근이 가려웠다. 우연히 만나게 된 이 우두 바람과 수은고의 독증이 한데 어울려 마치 살 곳을 만난 듯이 피부의 전면을 침범하였던 것이다. 그제야 하는 수 없이 의사에게 뛰어가고 약을 바르고 주사를 맞고 하게 되었으나 물론 좀체 쉽게 가라앉지는 않았다. 그 어떤 서슬에 손이 가기 시작하면 피부가 벗겨져라 살이 으끄러져라 흥분되어 정신없이 긁게 되었다.

"차라리 잘 드는 해부용 메스로 피부를 한 꺼풀을 쭉 벗겼으면 시원할 것 같구먼."

"왜 그리 악착스럽게 악마적으로만 생각하나. 자네 요새 확실히 신경쇠약증이 농후해."

의사는 친구의 정의로 도리어 문오를 가엾게 여겼다.

"신경쇠약이라면 확실히 요새 그런 증세 같기는 하나."

"당분간 철학을 그만두는 것이 어떤가. 회사로 가게 된 것은 자네를 위하여는 큰 행복일세. 둘에다 둘 넣으면 넷 되는―이같이 완전한 정리가 세상에 또 있나. 얼마 동안 세상과 담을 쌓고 숫자만 노려보고 살면 얼마간 마음이 유하여지리."

"실없이 놀리는 셈이지."

"진정의 말이야. 피부를 벗기느니 무어니 그렇게 조급하게 구는 것이 자네 말하는 소위 인생 정리의 길은 아닌 듯해. 설레지 말고 과학적으로 천천히 유하게 하는 동안에 정리도 되어가는 것이 아닌가."

"그렇게 과학이란 안타깝단 말이야."

"과학은 허황한 시가 아니고 확실하고 면밀한 것이야. 과학의 위대함을 설마 자네가 모르는 바 아니겠지만."

"위대함을 아니까 말이네. 그 위대한 힘으로 나의 말초신경을 모조리 뽑아 없애 주지 못하겠나."

"말초신경을 뽑기 전에 피부를 고치세그려. 피부가 정리되면 예민한 자네 말초신경도 무지러지고 마음은 적이 편안해질 터이니."

"생각대로 해주게. 그러나 자네의 그 위대한 과학의 힘으로도 나의 연애까지야 바로잡아 줄 수 있겠나."

"자네의 연애가 어떤 것인지는 알 바 없으나 어떻든 이것이나 한 대 맞고 가 누워서 애인을 기다리든지 말든지 생각대로 하게 그려."

친구는 누런 분말을 푼 약즙을 푸른 주사기에 넣고 바늘을 꽂았다.

"요번엔 무슨 주산가."

"살균 소독제."

충분히 주의하여 천천히는 놓았으나 약즙이 정맥 속에 풀림을 따라 몸이 훈훈히 달고 구역이 날 듯 말 듯 하였다. 마치 칼슘 주사를 맞을 때와도 같은 느낌이었다.

"체질에 따라서는 별안간 신열이 나고 몸이 떨리는 짬도 있으니 일찍이 가서 눕는 것이 좋겠네."

"오늘은 과학의 말을 믿을까."

분부대로 문오는 그길로 즉시 셋방으로 돌아와서 책, 서류 등 그날로 정리해야 할 것도 많았으나 일찍이 자리 속에 누웠다. 물론 벌써 밤도 가깝기는 하였으나.

어느 결엔지 잠이 깜박 들었다.

얼마 동안이나 잤던지 눈을 떴을 때에는 육신이 부들부들 떨렸다. 눈이 뜨인 것도 몸이 몹시 떨리기 때문인 듯하였다. 떨린다고 생각하니 더한층 휘둘린다. 찬물을 끼얹는 듯이 등어리가 찬 데다가 이빨이 덜덜 갈리고 몸뚱어리는 흡사 영험이 내린 신장

메밀꽃 필 무렵

대 모양으로 부들부들 흔들렸다. 이를 물고 배에 힘을 쓰고 사지를 곧게 펴 보아도 헛일이다. 중심이 둘러 패인 해까운* 육신에 힘을 줄래야 줄 곳이 없다. 중추를 잃어버리고 파도의 희롱을 받는 난파한 기선의 꼴이란 바로 그런 것이 아닐까. 나뭇잎같이도 바람개비같이도 가벼운 사람의 몸. 하잘것없는 육체에 문오는 환멸을 느꼈다. 거리를 거닐 때에 꿋꿋이 서서 의젓이 걸으며 철학이니 과학이니 고집스럽게 논의하는 인간의 꼴이 결국 이렇게 보잘것없이 휘둘리는 한 장의 나뭇잎임을 느낄 때 괴로운 경우임에도 불구하고 한 조각의 서글픈 갈등이 가슴속을 파고들었다.

"어떻게 된 노릇이에요."

말소리에 겨우 정신을 차리고 보니 옆에 미례가 와 앉았다.

사람의 거래가 빈번한 문오의 방에 미례가 찾아옴은 두 사람 사이에 작정된 금지의 율칙이었으나 문오의 움직이는 소식을 들은 판에 그것을 무릅쓰고 이 밤에 찾아온 모양이었다. 어떻든 몸이 금시에 날아 버리는 것같이도 불안스럽고 외롭던 판이라 저으기 반가웠다.

"맥이 풀려 기운을 쓸 수가 없구려."

약한 미례의 손이언만 그것이 손아귀에 탐탁하게 믿음직하게 쥐어졌다.

"몸을 좀 눌러 주우. 한결 힘이 날 것 같으니."

미례는 번듯이 몸을 기울여 문오의 배를 눌렀다. 그것을 주초

* 해깐다 · '가볍다'의 경상도 방언.

삼아 문오는 기운을 낼 수 있었다. 든든한 기둥이나 붙든 듯이 몸과 마음이 안정되었다. 잔약한 여자의 몸이지만 이 밤에는 늠름한 의장부의 풍격이 있어 보였다. 문오는 그에게 거의 전신을 의지하고 두 팔로는 그의 어깨를 한사하고 붙들었다. 갈리던 이도 안정되고 떨리던 몸도 차차 가라앉아 갔다. 미례의 입이 눈앞에 가깝다.

"별안간 웬일예요."

"주사를 한 대 맞았더니 그렇구려."

"무슨 주사요."

"글쎄……."

주사 말을 하고 앞에 가까이 미례의 얼굴을 대하게 되니 문오에게는 문득 아까 병원에서 친구가 던진 말이 생각났다.

"……어떻든 이것이나 한 대 맞고 가 누워서 애인을 기다리든지 말든지 생각대로 하게그려."

의사가 무심히 던진 그 한마디는 마치 예언과 같이도 적중되어 기대치도 못하였던 미례가 지금 눈앞에 나타나 있게 되었음을 공교롭게 여기지 않을 수 없었다. 의외에도 미례를 눈앞에 불러 괴로운 그에게 의지할 힘과 따뜻한 체온을 주게 한 것은 물론 주사의 힘도 의사의 말도―과학의 소치는 아니었으나 결과에 있어서는 그렇게 된 일종의 공교로운 암합이었음을 문오는 괴이하게 여겼다.

그러고 보니 미례와 그런 자태 그런 모양으로 그렇게 가깝게 만나 몸을 서로 의지한 것도 퍽은 오래간만이었다. 피부에 비밀

메밀꽃 필 무렵

이 생긴 이후 문오는 그 변을 미례에게 이야기하지 않았고 가까이 만나기와 몸을 드러내 놓기를 꺼렸다. 미례의 얼굴에 완연히 보이는 섭섭한 표정을 살피면서도 끝내 몸의 비밀을 보이지 않은 채 그날에 이르렀던 것이다.

"주사는 왜 맞으셨어요."

거기에까지 이른 이상 문오는 그에게 몸의 비밀을 더 숨길 필요가 없음을 느꼈다. 모든 것을 모조리 이야기하지 않을 수 없었다. 듣고 난 미례는 빙그레 미소를 띠며,

"옳지 알았소. 지금까지 그렇게 까다롭게 괴벽스럽게 냉정하게 쌀쌀하게 군 원인이 피부에 있었구먼요."

하고 문오의 턱을 손끝으로 가볍게 받들었다. 마치 귀여운 아이의 턱을 받드는 듯도 한 시늉이었다.

"산문으로만 들어찬 세상에서는 피차에 숨겨야 할 일이 있지 않겠소. 세상은 너무도 산문으로 들어찼으니까."

"제게 숨기지 않은들 어때요. 붉은 피부를 본다고 송충이를 본 것같이 기급을 하고 뒤로 물러설 줄 알았어요? 망령두."

"안 그런단 말요."

"심술쟁이."

미례는 문오의 목에 덜컥 얼굴을 갖다 묻었다. 문득 코를 만지며,

"코끝에 붉은 게 무어예요."

"얼굴에까지 내돋나 보군. 얼마 안 있으면 얼굴이 원숭이같이 새빨갛게 뵐걸."

"새빨갛게 되면 꽃다발 같게요."

미례는 문오의 괴팍스러운 형용을 이렇게 수정하면서 사실 꽃다발을 안듯이 문오의 얼굴을 안고 전신을 그에게 의지하였다. 문오는 미례의 몸을 받으면서도 주사의 일건과 의사의 말이 한결같이 머릿속에 뱅 돌았다.

4

출발을 앞두고 짐 정리에 문오는 분주하였다.

한 사람의 살림살이가 왜 이리도 복잡한가. 왜 더 단순하고 가뜬하게 공기와 일광만으로 살 수 없을까 생각하며 불필요한 세간은 될 수 있는 대로 덜고 버리려 하였다. 천장의 거미줄과 책상 속의 먼지와—사람의 살림에는 그런 쓸데없는 물건까지 덧붙이기로 쫓아다니는 것 같다.

낡은 세간 그릇은 마병장사에게 팔 수 있고 휴지는 쓰레기통에 버릴 수 있고 수백 권이나 되는 묵은 잡지는 종이장수에게 팔 수 있고 서랍 속의 서류는 찢어버릴 수가 있다. 서랍 속의 정리—그것은 사실 일종의 인생의 쾌사였다. 필요한 것이든 불필요한 것이든 손에 쥐이는 대로의 서류와 문서의 조각을 살펴보고 아까워할 것 없이 커다란 용단을 가지고 교만하게 대담하게 쭉쭉 찢어 버림이 인생의 쾌사가 아니고 무엇일까. 숫자같이 똑똑 쪼개지지 않는 인생에 있어서 그와 같이 통쾌하고 자취 맑은 정리가 있을까. 고르디아스의 노 마디를 칼로 끊은 알렉산더의 용단과 쾌미와도 흡사하다 할까. 서랍 속을 정리하며 문오는 일찍이 맛본 적 없던 위대한 쾌미와 시원한 감정을 느꼈다.

모든 것을 그와 같은 용단으로 정리할 수 있었으면 오죽이나 좋을까. 눈에 보이는 것을 모조리 찢어 버리고 태워 버렸으면 얼마나 세상은 간단해질까. 그것을 할 수 없는 곳에 범부의 '슬픈 운명'이 있는 듯하다. 가령 수십 장 넘어 거의 한 묶음이나 되는 채무에 관한 서류—그것을 현실 생활에 얽매어 있는 한 사람의 평범한 시민이 교만하게 대담하게 쭉쭉 찢어 버릴 수 있는가. 현금차용증서, 월부반환계약서, 여러 상점의 전표—그 많은 글발을 한꺼번에 불붙여 소지 올리고 어울러 아귀 같은 채권자까지도 머리를 끌어 한 단에 묶어 불살라 버릴 수 있다면 얼마나 인생은 통쾌하고 세상은 깨끗해질까. 그것을 할 수 없는 선량한 시민의 운명을 문오는 슬퍼할 수밖에는 없었다.

그러나 세간의 정리보다도 더 큰 사건이 차례차례로 왔다.

작별, 출발, 부임, 주택난……

문제의 주사는 606호*임을 알았으나 그 위력에도 불구하고 풍진은 쉽사리 사라지지 않고 돈을 대로 돋고 필 데까지 피어 버렸다. 근실거리는 몸을 가지고 차례차례로 일을 겪는 동안에 육신은 지치고 머릿속은 톱밥같이 피곤하였다. 확실히 이마에 주름살이 한 줄 더 잡혔을 것 같다.

---

* 독일의 세균학자 파울 에를리히(1854~1915)가 개발한 매독 치료제인 살바르산을 이름.

어떤 경우에든지 작별이란 거개 귀치않고 마음을 흐트려 놓는 것이지만 미례와의 이별은 더한층 그런 것이었다. 미례와 그와의 사이는 언제 끝날지를 추측하기 어려운 이야기의 도중인 셈이므로 그 이별이 반드시 두 사람의 교섭의 마지막은 아닐 것이나 그래도 그것이 이별인 이상, 심히 성가스러운 것이었다. 전송하는 동무들도 많으므로 떠나는 시간에 역에서 만날 수도 없고 하여 전날 밤 차점에서 몇 시간을 같이 지냈으나 미례는 마치 영영 작별하는 사람같이 눈물을 흘리는 것이었다. 대체 눈물이란 일종의 로맨티시즘이요 감정의 낭비라고 문오는 평소부터 생각하고 있었다. 산문 속에는 눈물이 없는 것이다. 채 정리도 안 된 어지러운 산문 속에서 쓸데없는 눈물로 인하여 공연히 감정을 낭비하게 된 것을 문오는 헛된 짓으로 여겼다.

이별에서 받은 산란한 심사에다 반날 동안 흔들리는 기차 속의 혼란의 인상이 덮쳐 목적지에 내렸을 때에도 거뿐한 심사는커녕 오히려 무겁고 심란한 생각이 마음을 사로잡았다.

지방의 큰 도회였으나 그 목적지의 인상이 첫째 퍽 산문적이었다. 옛 문화의 유산에서 오는 그윽한 향기와 침착한 윤택 대신에 먼저 눈에 띄는 것은 일종의 신흥도시로서의 분주한 기색과 요란한 혼잡이었다. 대개 아무리 아름다운 곳이라 하더라도 처음으로 찾는 사람에게 감격을 주는 것보다는 실망과 환멸을 주는 경우가 더 많으니 그것은 그곳을 찾기 전의 꿈이 늘 지나쳐 아름다운 까닭이다. 요행히 상상에 어그러지지 않는 아름다운 곳이라 하더라도 그곳에 완전히 낯이 익기 전에는 한동안 아무리 하여도 일종의 서먹서먹한 노스탤지어를 느끼는 법이니 문오도 그 예에 빠지지 않았다. 노스탤지어라고 하여도—현대인에게는 그리워 할 고향이 없기는 하나 일종의 막연한 애수와 서글픈 심사—그런 것이 가슴속을 우렷이* 휘덮는 것이었다. 낯선 곳에서 불안정한 마음에 정리 안 된 많은 일을 앞두고—문오는 저으기 슬퍼졌다.

5

유람과 쾌락을 목적으로 하여 특별히 깨끗하게 세운 도회가 아니고는 세상의 거리란 그 어느 거리를 물론하고 대개 불결하고 산란한 것이 원칙인 듯싶다—사람의 생활 그것이 그러하듯이.

문오는 이 거리에서도 역시 과거에 있어서 본 그 어느 거리와도 똑같은 어지러움을 느꼈다. 규모 있는 정돈이 없다면 차라리 시적 단편이라도 있었으면 좋을 것을—거리에는 온전히 산문의 독기만이 있다. 고르지 못한 길, 쓰러져 가는 집, 삐뚤어진 간판, 먼지 속에 사는 사람들, 게다가 때마침 부의 청결 시행의 날이라 집집마다 마치 물고기가 창자를 뱉어 놓은 듯이 어지러운 살림 그릇을 행길에 뱉어 놓고 먼지를 털며 한편 그것을 먹는다.

---

* 우렷하다 : 눈앞에 보이거나 떠오르는 모양 따위가 좀 희미한 가운데 은근하면서도 뚜렷하다.

청결의 날은 먼지를 먹는 불청결의 날이다. 사람은 왜 즐겨 다닥다닥 엉겨들어 먼지 속에 사는가. 먼지 속에서 나서 먼지를 먹으며 먼지 속에서 복작거리다가 한 세기 동안의 역사도 못 보고 기껏 반세기쯤 해서는 다시 먼지 속으로 사라져 버린다. 먼지로 말미암아 확실히 반세기의 목숨은 짧아지는 것 같다. 왜 사람은 맑은 공중에 떠서 살 만한 지혜가 없을까. 얼른 그런 지혜를 가질 날이 오기를 바람이 누구나의 원이 아니면 안 되겠다.

어수선한 거리 속에서 문오는 한 채의 집을 구하지 않으면 안 되었다. 이것이 또한 그에게는 커다란 어려운 과제였다.

집—사람은 언제부터 이 귀치않은 것을 가지게 되었는지 거의 사람과 운명을 같이하게 되는 이 야릇한 물건, 별을 우러러보며 낙엽 속에 파묻혀 자는 것은 인류의 그리운 옛 꿈이요—이슬을 피하려면 사람은 불가불 벽과 지붕을 가져야 될 것 같다. 모든 것을 정리하기에 편한 까닭이다. 다 같은 벽과 지붕이나 다 다른 벽과 지붕이다. 집은 각각 다른 성격을 가지고 각각 독특한 때와 전설을 벽에 묻혀 간다. 그 성격은 사는 사람의 성격을 규정하고 꾸며 가는 것이니 어느 집이라도 다 좋은 법은 없다.

그러나 물론 문오는 욕심을 부릴 형편이 못 되었다. 아무 집이나 그 지붕 아래에서 피부를 긁고 철학을 궁리하고 미례를 생각할—그런 한 채를 구하는 것이었으나 그것이 수월하게 나서지 않는 것이었다. 별안간 인총이 늘어 주택난이 심한 거리라 같은 회사의 동무들도 나서고 거간들을 여럿이나 내세우고 하여 이틀 사흘을 구하여도 '작성된' 그 집은 쉽사리 나오지 않았다.

메밀꽃 필 무렵

피부는 고패를 넘어 회복기에 들어가 있었다. 붉게 피었던 쌀알은 어느 결엔지 성창(成瘡)이 되어 긁으면 부연 덕지가 일어나 떨어졌다. 가렵기는 일반이었으나 덕지가 부옇게 떨어짐은 일종의 쾌감이었다. 결국 피부가 한 꺼풀 쪽 벗어지는 셈이었다. 아침에 여관방에서 일어나면 전날 밤에 목욕을 했음에도 불구하고 이불 속에는 물고기의 비늘이 허옇게 쌓여 손바닥에 고물같이 쥐어졌다. 그것은 거의 무한히 있는 것 같아서 일어도 일어도 끝이 없었다. 말 털을 솔질하듯이 굵은 솔로 서억서억 밀었으면 얼마나 시원할까 하고도 생각하면서 문오는 거리로 집을 구하러 나가곤 하였다.

집도 많고 거간도 흔하여서 하루 동안에 집도 많이는 보지만 거간도 여러 사람 사귀게 되었다. 거간들은 앞잡이를 서서 네거리를 지나고 행길을 거쳐 뒷골목을 뒤지다가도 금시에 언덕 위를 헤매고 다시 골짝으로 내려가곤 하였다. 그들은 마치 신출귀몰하듯이 삽시간에 동에 번쩍 서에 번쩍 거리를 휘줄거렸다. 한사하고 거간의 등 뒤만 따르는 문오는 반날쯤을 걸으며 완전히 지쳤다. 한 사람에게 지치면 술값으로 은전 푼이나 쥐어 주고는 네거리에서 다른 거간을 붙든다. 나중에는 피곤한 판에 집보다도 거간의 거동에 주의가 쏠리곤 하였다. 집주인을 옹호하였다가도 금시에 문오를 변호하는 구변과 말재주에는 놀라지 않을 수 없었다. 교섭을 성사시키지 못하여 집을 물러나올 때의 거간의 뒷모양은 풀 없는 가엾은 것이었다. 그런 때에 찬찬히 주의하여 보면 거간의 낭선에나 모자에는 먼지와 때가 더지덕지 절어 붙었다. 그것을 보면 문오는 문득 잊었던 피부를 생각하고 거리 복판에서 벅벅 긁어 비늘을 시원히 떨어뜨리고 싶은 충동을 느꼈다.

그런 지 나흘 만이었을까. 저녁 무렵은 되어 노곤한 몸으로 여관으로 돌아갈 때 문오는 행길에서 우연히 회사의 동무를 만나 집 얻었다는 소식을 들었다. 주위와 동떨어져 부근도 조용하고 뜰에는 나무 포기도 있다는 보고를 듣고 필연코 마음에 들려니 하여 저으기 안심되었다. 오랫동안의 심로의 보람이 있었다고 생각되었다. 시급히 새집에 들어 말끔히 목욕하고 방 가운데 누워 더도 말고 온 하루 동안 뜰 앞의 나무를 바라보며 천치같이 지냈으면—하는 충동이 유연히 솟았다.

여관 문을 들어서며 웃음을 띠운 것도 오래간만이었다. 웃음에 대답하는 듯이 주부는 다짜고짜로 한 장의 전보를 내주었다. 문오는 뜨끔하여 웃음을 죽이고 불안스럽게 전보를 펴들었다.

—오후 도착 미례.

기쁘다고 하느니보다는 아무리 하여도 슬픈 일이었다. 일껏 일신이 조금 정돈되었다고 생각하는 판에 또 무거운 짐이 굴러 들어온 셈이다.

잠시 오는 것일까. 영영 오는 것일까. 은밀히 오는 것일까. 공연히 오는 것일까. 철없이 도망하여 오는 것일까. 계획하고 떳떳이 오는 것일까. 그렇다면 집안 처리는 어떻게 하였을까. 남편과의 사이는 어떻게 해결되었을까. 섣불리 하다가는 짜장 결투라

메밀꽃 필 무렵

도 하게 되고 칼부림이라도 나게 되지 않을까—문오에게는 미례를 만나게 되는 반가운 마음보다도 먼저 이런 불안스러운 생각이 한결같이 드는 것이었다.

"팔페. 콤 쥬 쉬 콩탕 드 브 봘!"*

상상하였던 것과는 딴판으로 홈에 내려서는 미례의 자태는 전에 없던 명랑한 것이었다. 차림도 경쾌하거니와 표정도 가을 하늘같이 맑아 오도깝스럽게** 지껄이는 한 구절의 외국어가 맵시와 낭랑하게 조화되었다. 근심과 불안의 그림자는 그의 얼굴에서 멀어진 것이다. 근심 속에서 온 사람이 아니요, 확실히 평화 속에서 온 사람임에 틀림없었다.

"노라***라고 부르기는 현대적이 아니고 무어라고 부르면 옳은고."

"노라는 왜 노라예요. 한 사람의 완전한 자유인으로서 떳떳하게 온 것을요."

"자유인!"

"그러믄요."

"뒤를 따라오지나 않나."

주위를 휘돌아보는 문오를 미례는 도리어 조소하였다.

"쓸데없는 걱정하실 것 없어요."

---

* "Parfait. Comme je suis content de vous voir!(좋군요. 만나 뵙게 되어 기뻐요!)"
** 오도깝스럽다 : 경망하게 덤비는 태도가 있다.
*** 노르웨이의 극작가인 헨리크 입센(1828~1906)의 작품 「인형의 집」(1879)에 등장하는 주인공의 이름. 남편이 부리는 '예쁜 인형'처럼 살던 여인 노라가 자기 본연의 모습을 찾아 집을 떠난다는 내용을 담고 있나.

"결투를 안 해도 좋단 말요."

"정 하시고 싶으면 권투선수가 권투 연습하듯이 허수아비하고나 겨루시지요."

"도망을 갔단 말요. 승천을 했단 말요."

"승천이라면 정말 승천한 셈이 되는군요."

"세상을 떠났다."

"비행가가 되려고 떠났으니 말예요."

"맙소사."

"가정을 없애 버렸지요. 그리고 비행가가 되겠다고 동경으로 내뺐어요."

미례는 시원하다는 듯이 한숨을 뽑으면서 뒤를 이었다.

"잘 생각했지요. 창이 난 가정에 언제까지든지 사람을 붙들어 둘 수도 없고 하니 모든 것을 점잖게 깨달은 셈이지요. 그런 시원한 성격도 한편 가지고는 있나 봐요. 돈푼이나 흘려 보려고 간 모양인데 바른길 잡었지. 부락스러운 것 하구 비행가감으로는 똑 떼 놓았으니까요."

"비행기 위에서 내려다보고 우리들을 흘길 날이 오겠구려."

"그때 우리는 그 기특한 사람을 떨어지지 말도록 축수해 줄 의무가 있잖아요."

"떨어지지 말면 짜장 승천하게."

문오로서는 오래간만의 농이었다.

"미례도 박복은 하우. 돈 구덩이를 버리고 하필 가난뱅이한테로 달려온단 말요."

"농도 한마디지 두 마디까지 하면 점잖치 못한 법예요."

미례는 눈초리를 가늘게 감으며 귀엽게 항의하였다.

문오 자신도 문득 뜻하지 못하였던 이 저녁의 그의 다변을 깨달았다.

얼크러진 고르디아스의 노 마디를 가져올 줄 알았던 미례가 의외에도 행복스러운 해결을 가져온 것이 그의 마음을 즐겁게 하였던 것이다.

집과 미례와―정리된 이 두 가지의 사실이 문오의 마음을 느긋이 채웠다. 나머지의 모든 불안은 커다란 행복감 앞에 그림자가 엷어지고 그의 머릿속에서 잠깐 동안 사라져 버렸다. 근실거리는 피부도 손가락 하나가 없는 마담의 왼손도 거리의 혼란도 그 속의 거지도 절름발이도 거간의 탕건에 절어 붙은 때 먼지도 지금 그의 머릿속에는 없었다.

미례와 나란히 서서 걸어가는 앞길에 문득 짙은 갈맷빛 하늘이 치어다보인다. 그곳에 변치 않고 늘 있는 하늘이지만 잠시 잊었던 것이 이제 새삼스럽게 눈 속에 들어왔을 뿐이나 오늘의 우연한 그 한 조각 하늘은 유심히도 맑게 그의 마음을 비추는 것이었다. 넓고 지천한 하늘이 아니요 천금의 값있는 한 조각의 거울인 듯싶었다. 불안과 혼란은 구만리의 하늘 밖으로 날려 버리고 잠깐 동안 천지간에는 다만 맑은 하늘과 맑은 마음이 있을 뿐이었다.

1936년 7월, 《조광》

석류

1

혀끝에 뱅뱅 돌면서도 쉽사리 무엇인지를 생각해 볼 수 없는 맛과도 흡사하다.

이윽고 석류였음을 깨달았을 때 재희의 마음은 무지개를 본 듯이 뛰놀았다. 옛 병풍 속의 석류의 그림이 기억 속에 소생되어 때를 주름잡고 눈앞에 떠올랐다. 어디서 흘러오는지도 모르게 그윽하게 코끝을 채이는 그리운 옛 향기. 약그릇이 놓이고 어머니가 앉았고 머리맡에 병풍이 둘러치워 있었다. 약 향기가 어머니의 근심스러운 얼굴에 서리었고 병풍 속 나무에 석류가 귀하였다. 익은 송이는 방긋이 벌어져 붉은 알이 엿보이고 익으려는 송이는 막 열리려고 살에 금이 갔다. 그런 송이는 어린 기억과

메밀꽃 필 무렵

같이 부끄러웠다.

오랫동안 까닭도 없이 몸이 고달프던 것이 이틀 전 학교도 파하기 전에 별안간 허리가 아프기 시작하였다. 숙성한 채봉이란 년이 너 몸 이상스럽지 않으냐 하며 꾀바르게 비밀한 곳을 뛰어주었다.

웅크리고 앉아 있는 동안에 견딜 수 없이 배가 훑쳤다. 두려운 생각이 버쩍 들어 책보도 교실에 버린 채 집으로 돌아왔다. 밤에 자리 속에서 옷을 말아내고 어머니 앞에 얼굴을 쳐들 수 없었다. 버들 같은 체질을 걱정 하여 어머니는 간호의 시중이 극진하였다. 인생은 웬일인지 서글픈 것이었다.

예나 이제나 일반이다. 지금에는 어머니도 없고 머리맡에 병풍도 없고 석류도 없다. 예를 그리워하는 생각만이 아름답다. 석류는 그윽한 향기다. 향기는 구름같이 잡을 수 없고 꺼지기 쉬운 안타까운 자취. 눈물이 돌았다. 가슴이 뻐근히 저리는 동안에 무지개는 꺼지고 석류는 단걸음에 옛날로 물러가 버렸다. 애달픈 생각에 골이 아프고 신열이 높아졌다. 머리맡에 약이 쓰다. 약도 옛날 것이 한결 향기로웠던 것이다.

체온계를 겨드랑이에 끼인 채 홀연히 잠이 들었다. 눈초리에 눈물 자취가 어지러운 지도를 그렸다.

'그런 수도 있을까.'

2

꿈이나 아닌가 하여 재희는 이야기책을 다시 쳐들었다. 한 편의 자서전적 소설이 그를 놀라게 하였다. 소설가 준보는 바로 학교 때의 그 아이가 아니었던가. 소설 속의 이야기는 바로 그들의 어릴 때 일이 아니었던가. 무지개를 본 듯이 마음이 뛰놀았다. 현혹한 느낌에 가슴이 산란하다.

소년은 동무들의 놀림을 부당하다고 생각하였다. 소문이 높아지면 높아질수록 소녀와의 거리는 도리어 멀어지는 것 같았다. 소년이 비석을 칠 때에는 소녀의 그림자는 안 보였고 소녀가 자세를 받을 때에는 소년은 그 자리를 물러났다. 느티나무 아래에서 술래잡기를 할 때에도 두 사람의 자태는 빛과 그림자같이 서로 어긋났다. 결국 손목 한 번 탐탁하게 못 쥐어 보고 소년은 점점 고집스러워만 졌다. 쥐알봉수가 소녀에게는 도리어 가깝게 어른거렸다. 소락소락 말을 걸고 손을 쥐고 하는 것을 소년은 무척 부러워하고 미워하였다. 그렇게 못하는 자기의 고집스러운 성질을 슬퍼하면서 동무들의 부당한 놀림을 억울하게 여길 뿐이었다.

재희가 준보에게 터놓고 다정히 못 굴었음을 뉘우치게 된 것은 그와 작별한 후였다. 채봉이가 자별스럽게 준보를 위함을 알고 마음이 편편치 못하였으나 그와 떨어지고 보니 그것도 쓸데없는 걱정임을 깨달았다. 준보를 마지막으로 본 것은 결국 느티나무 밑이었다. 몸에 급작스러운 변화가 와서 어머니 앞에 부끄

러운 생각을 하고 누워 있는 동안에 준보도 고달픈 병으로 학교
를 쉬었다. 명예로운 졸업식에도 참가하지 못 하고 준보는 병에
서 일어나자 바로 서울로 공부를 떠난 까닭이었다.

그를 그리워하는 마음이 불현듯이 솟았다.

재희네 집안이 사정에 따라 서울로 옮겨 앉고 따라서 재희가
윗학교에 들게 된 것은 여러 해 후였으나 준보의 자태는 늘 마음
속에 꿈결같이 우렷하였다. 그러나 오늘 소설가로서 눈에 뜨일
줄은 추측하지 못하였다.

병석에 눕게 된 오늘의 재희에게 준보의 출현은 그 무슨 묵시
와도 같다. 생각에 마음이 산란하고 피곤하여졌다.

이야기책을 덮고 눈을 감았다. 문득 생각이 나 준보의 자태가
있는 학교 때의 옛 사진을 찾아낼까 하다가 귀찮은 심사에 단념
하였다.

3

사치한 생각으로가 아니라 재희에게는 실질적으로 결혼이 불
행하였다.

준보와는 대척적이던 옛날의 쥐알봉수와도 같은 성격의 사람
을 구하게 된 것부터가 뼈저린 착오였다. 은행원이었다. 어머니
를 여의고 그 위에 경영하던 회사에 파산까지 당한 불여의의 아
버지를 위로하기 위하여 그의 뜻에만 수경같이 좋은 것이 비극

의 시초였을까.

결혼은 글자대로 무덤이었다. 뒤넘꾼*은 무덤 같은 커다란 봉치함**을 가정에 남겨 놓고 자취를 감추었다. 는실녀***를 차린 것도 개차반의 짓이었으나 더욱 거쿨진**** 것은 은행의 금고를 연 것이었다. 그의 실종은 해를 넘어도 자취가 아득하였다.

재희는 당초의 그의 무의지를 뉘우쳤다. 할 일 없는 시가에 더 있을 수도 없어 친가로 돌아오기는 왔으나 더구나 친가에서는 하는 수도 없어 한 번 물러섰던 학교에서 다시 생활을 구하게 되었다. 학교는 꿈의 보금자리였다. 소년과 소녀들의 자태 속에 옛날의 그들의 모양을 비치어볼 수 있음으로였다. 그림자 속에서 타는 가느다란 촛불의 청춘이라고 할까.

아버지는 쓸쓸한 집 안에서 돌부처같이 침묵하였다.

반백의 머리에 턱에 주름살이 접고 온종일 늙은 앵무만큼도 말이 적고 서툴렀다. 돌같이 표정이 없고 차다.

개차반의 소행에 대하여서조차 한마디의 책도 없었다. 모든 것을 긍정하고 굽어만 보는 '조물주'의 의지와도 같이 엄연하였다. 하기는 개차반을 나무랄 처지가 못 되는 까닭이었을까. 그 자신 방불한 길을 걸어왔으니까.

---

* 주제넘게 행동하여 건방진 데가 있는 사람을 낮잡아 이르는 말.
** 혼례 시 신랑 집에서 신부 집에 보내는 예장함(禮狀函).
*** 성적 충동 때문에 추잡하게 구는 여자.
**** 거쿨지다 : 몸집이 크고 말이나 하는 짓이 씩씩하다.

메밀꽃 필 무렵

4

재희의 인생의 기억은 네 살부터 시작되었다.

서울로 달아난 아버지는 네 해를 넘어도 돌아오지 않았다. 공부를 칭탁함이었으나 어지러운 소문에 어머니는 기어코 뒤를 쫓기를 결심하였다. 물론 공방을 지킴을 측은히 여겨 시가 편에서 떼어 준 것이었다. 좁은 가마 속에 재희도 같이 앉아 반 천 리 길의 서울 길을 서쪽으로 서쪽으로 여러 날이나 흔들렸다.

철교 없는 한강을 쪽배로 건넜다. 귀웅배*로 나일 강을 건너는 격이었을까.

모든 것이 이끼 속에 묻혀 전설과 같이도 멀다―가마이며 쪽배이며.

학교를 마치고 벼슬을 얻은 아버지는 깨끗하게 닦아 놓은 도읍 사람이었다. 포천집과 젊은 꿈속에 있는 그에게 그들의 도착은 큰 놀람이었다.

포천집 독살에 모처럼의 서울도 재희 모녀에게는 가시밭이었다. 주일의 예배당을 찾아 아름다운 찬미가 속에 위안을 발견하는 모녀였다. 담배 심부름을 나갔다가 행길에서 배암 잡아든 것을 보고 가엾은 짐승의 기괴한 아름다움에 취하여 정신없이 서 있는 재희였다.

* 독목선(獨木船). 통나무를 파서 만든 작은 배.

공부 온 먼 촌(寸) 일가의 국현이가 때때로 군밤을 가지고 와서 재희의 마음을 기쁘게 하였다. 인자한 국현이의 무릎 위와 따뜻한 군밤과―재희의 전기 속의 축복된 부분이요 아름다운 한 페이지였다.

그러나 네 살 적 인생은 모든 것이 이끼 속에 묻혀 전설과 같이도 멀다―예배당의 찬미가이며 거리의 배암이며 따뜻한 무릎이며 군밤이며.

궂은 일이든 좋은 일이든 전설은 모두 아름다운 것이니 재희는 한 번 서울을 떠나 다시 그곳을 바라볼 때 그것을 정확히 느꼈다. 솔가하여 가지고 고향으로 떨어진 것은 늙은 부모를 마지막으로 봉양하자는 아버지의 뜻이었다. 낯선 적막 속에서 포천집은 눈을 감았다. 소생도 뒤를 이어 떠났다. 아버지는 마음을 가다듬고 지방의 속관(屬官)으로 여생을 보내기로 하였다. 어머니도 비로소 마음의 안정을 얻었다. 재희는 학교에 들 나이에 이르렀다.

5

이야기를 좋아하는 마음은 어디서 오는 것일까. 재희는 글자를 깨친 지 얼마 안 되었음에도 서울 시대의 묵은 이야기책들을 끔찍이는 사랑하였다.

긴 가을밤에나 혹은 어머니나 그가 가벼운 병석에 있을 때에 그는 병풍 속 자리에 누워 신소설 『추월색』을 낭독하였다. 아름다운 이야기는 모녀를 울리기에 족하였다. 정님이와 영창이의 기구한 운명의 축복은 한없이 눈물지어 어느덧 한 가락의 초가 다 진하면 새 가락을 켜 놓고 운명의 다음 줄을 계속하여 읽곤 하였다. 어머니는 촛불과 같이 가만히 눈물지었다. 병풍 속 석류는 눈앞에 흐리고 머리맡 약 냄새는 근심스러웠다.

이야기 속의 장면으로 재희는 서울을 상상하기를 즐겨하였다. 그러므로 서울은 지극히 아름다운 것이었고 옛 기억은 전설과 같이 그리운 것이었다. 물론 자란 후 다시 서울을 보았을 때에는 이 소녀 시대의 아름다운 꿈은 그림자조차 찾아볼 수 없이 곱게 사라졌고 서울은 한갓 산만한 거리로 비치었다.

준보는 학교에서 가장 영리한 아이였다. 새까만 눈동자에 총기가 흘렀다. 시험 때에는 늘 선생들의 혀를 말게 하였다. 재희도 반에서 수석인 까닭으로 두 사람이 가까워진 것은 아니나 재희는 모인 총중에 준보의 모양이 안 보이면 마음이 적적해지게까지 되었다. 새 치마를 입거나 새 신을 신었을 때에는 누구보다도 먼저 그에게 보이고 싶었다. 선생에게 칭찬받는 것을 들으면 귀에 즐거웠다. 동무들의 요란한 놀림을 겉으로는 귀찮게 여겼으나 속으로는 도리어 기뻐하였다. 웬일인지 재희는 늘 『추월색』의 슬픈 이야기를 생각하였다. 준보를 생각할 때에 어린 마음에 으레 정님이와 영창이의 사실이 떠오르곤 하였다.

6

먼 산에 원족*을 갔을 때는 준보는 덤불 속을 교묘하게 들쳐 익은 으름을 송이송이 찾아다 재희에게 던졌다. 그러면서도 잔잔하게 말을 거는 법은 없이 늘 뿌루퉁하고 퉁명스러운 심술이었다. 새까만 눈방울이 담비같이 빛났다.

봄이면 학교에서는 산놀이를 떠났다. 제각기 헤어졌을 때 준보들은 바위 위에 진달래꽃을 꺾으러 갔다. 철은 일렀으나 이름 모를 새들이 잎 핀 버들가지에서 지저귀었다. 좁은 지름길을 걸어 바위 위에 이르렀을 때에는 준보와 재희의 한패만이 남고 다른 축들은 한동안 그림자가 보이지 않았다. 산은 험하여 바위 아래는 푸른 강물이 어마어마하게 내려다보였다. 바위코에 담뿍 몰린 한 떨기의 진달래가 마음을 흠뻑 당겼다. 재희의 원에 준보는 두려움도 잊고 날뜀을 냈다.

"내 손을 잡으렴."

바위 끝으로 기어가는 준보를 재희는 조마조마하게 바라보았다.

"일없다. 네 손쯤 붙들어야 소용없어."

"뽐내다 떨어질라."

"떨어지면 너 시원하겠지."

* 遠足. 소풍.

"녀석두 맘에 없는 소리만."

실쭉하고 돌아섰을 때 준보는 벌써 꽃부리에 손이 갔다. 간신히 두어 대 꺾어 쥐고 다시 손이 갔을 때에 팔에 스쳐 돌멩이가 굴렀다. 겁을 먹고 몸을 추스르치는 바람에 디뎠던 발이 빗나가자 무른 바위는 으스러지며 더한층 와르르 헐어져 떨어졌다. 서슬에 준보의 몸은 엎어지며 손을 빼든 채 앞으로 밀렸다. 재희는 아찔하여 반사적으로 풀썩 쓰러지면서 두 손으로 준보의 발을 붙들었다. 이어 몸을 일으키고 힘을 다하여 간신히 끌어낼 수 있었다. 천행 준보는 떨어지지는 않았으나 대신 팔에 커다란 상처를 받았다.

"나 때문에 안됐구나."

"너 때문에 너 줄려고 꽃 꺾은 줄 아니."

"고집쟁이두."

걷는 동안에 속이 풀려서 몸을 기대리라고 생각하였으나 준보는 꼿꼿이 말도 없이 땅만 보고 걷는 것이 재희에게는 불만스러웠다.

준보를 서울로 보내게 되었을 때 그 불만은 한층 더 컸고 마음은 한갓 서글프기만 하였다.

7

관직의 한정이 찼을 때 아버지는 선조들의 묘막이 남은 실속

없는 고향을 헌신같이 버리고 다시 솔가하여 가지고 서울로 떠났다.

얼마 안 되는 축재로 아버지가 회사의 한몫을 맡게 되었을 때 재희는 윗학교에 나아갔다.

준보의 자태가 마음속에 없는 바는 아니었으나 시달리는 동안에 새벽별같이 차차 그림자가 엷어진 것은 사실이었다.

서울은 결코 전설의 서울이 아니었고 꿈의 거리가 아니었다.

거리도 서울도 그칠 바를 모르는 산문(散文)의 연속이었다.

재희의 청춘은 회색 장막에 새겨진 회색 글자의 내용이었다.

같은 병풍 속에서 이야기책을 같이 읽은 어머니를 잃은 것은 그대로 큰 꿈을 잃은 셈이었다.

재희가 학교를 채 마치기도 기다리지 않고 아버지들의 회사가 기울기 시작한 것도 결코 우연은 아니었다.

아버지의 얼굴은 금계랍*을 먹은 상이었다. 아무리 애쓰나 회복의 도리는 없는 듯하였다.

하는 수 없이 재희는 제단에 오르는 애잔한 양이었다.

학교를 나오기가 바쁘게 꿈도 꾸지 못하였던 곳에서 생활의 길을 구하게 되었다.

흡사 그 자신이 어린 시절을 보냈던 곳과도 같은 어린 학교에서 어린아이들을 데리고 단조한 나날의 생활을 보내게 되었다. 그 속에서는 포부도 희망도 다 으스러져서 한 줌의 재로 변하였다.

---

* 金鷄蠟. 키니네(quinine)의 음역. 일제강점기에 판매된 말라리아 치료제로 아주 쓴맛이 났다.

　메밀꽃 필 무렵

그러던 차의 결혼이라 아버지는 부쩍 성화였다. 재희는 아버지를 가엾게 여기는 마음으로 자기의 뜻을 휘었다.

은행원이라고 도움이 되기를 바라던 것은 아니었다. 다만 아버지로서는 여러 가지로 불여의한 역경 속에서 한 가지씩이라도 집안일을 정리하자는 뜻이었다.

8

그러나 결혼은 글자대로 무덤이었다.

공칙하게 회사도 파산이었다.

재희는 별수 없이 다니던 학교 앉던 의자에 다시 들어가 앉았다.

버둥질 쳐야 어쩌는 수 없는 인생임을 깨달은 후이라 마음은 한결 유하여지고 가라앉아 갔다.

단조한 속에서 생기를 구하려 하였다. 으스러진 재 속에서 옛이야기를 찾으려 하였다. 어린 합창을 힘써 희망의 노래로 들었다. 맡은 반의 소년과 소녀 갑남이와 애순이의 관계에서 어렸을 때의 꿈을 되풀이하려 하였다.

갑남이는 고집쟁이였다. 도화 시간임에도 도화지를 가져오지 않은 때 이유를 물어도 꾸중을 해도 돌같이 책상 앞에 웅크리고 앉아 말도 하는 법 없거니와 얼굴도 결코 쳐들지는 않는다. 완전히 말을 잊은 아이 같다 표정 하나 변하지 않고 검은 눈밭

울로 책상을 노리면서 한 시간을 보내는 수도 있다. 애순이는 다정한 소녀였다. 여벌이 있으면 반드시 한 장을 갑남이에게 나누어 주었다. 솔직하게 받을 때도 있으나 종시 고집을 세우고 안 받는 때도 있었다.

"받으렴."

"일없다."

"고집 피우다 꾸중 들을라."

"꾸중 들으면 시원하겠니."

"녀석두 맘에 없는 소리만."

어쩌다 받게 되면 다음 시간에는 곱절을 가져다가 도로 갚곤 하였다. 그 고집으로도 반대로 애순이가 가령 붓을 잊었을 때에는 자진하여 여벌을 빌려주었다.

갑남이는 가난하였다. 점심을 굶는 때가 많았다. 이상스러운 것은 그런 때에는 애순이도 역시 점심을 굶는 것이었다. 애순이는 결코 갑남이같이 가난하지는 않았다. 점심이 없을 리는 없었다. 수상히 여겨 하루 재희는 점심시간이 끝나 교실이 비었을 때 은밀히 애순이의 책상 속을 살펴보았다. 놀란 것은 의젓하게 점심을 싸 가지고 온 것이다. 다음 날 갑남이가 점심을 먹을 때에 애순이도 먹었으나 다음 날 갑남이가 굶을 때에 애순이도 굶었다. 물론 책상 속에는 점심이 있음에도 불구하고 두 번째 그것을 발견하였을 때 형언할 수 없는 경건한 느낌이 재희의 가슴을 쳤다. 한편 다쳐서는 안 될 성스러운 것에 손을 다친 것 같아서 송구스러운 느낌이 마음을 죄었다. 가만히 애순이를 불러 이유를 들었을 때 문득 가슴이 저리고 눈시울이 더워졌다.

"갑남이가 안 먹으면 먹구 싶지 않아요."

재희는 그날 돌아오던 길로 이불 속에서 혼자 흠뻑 울었다. 그 날같이 산 보람을 느낀 때도 적었다. 그 후로는 갑남이를 꾸짖기는커녕 두 아이를 똑같이 곱절 사랑하게 되었다.

자기들의 옛날이 그지없이 그리웠다.

9

산란한 심사에 몸이 유난히도 고달팠다.

재희는 학교를 쉬고 자리에 눕는 날이 많았다.

소설가로서의 준보의 이름을 발견한 것은 커다란 놀람이었다.

무지개를 본 듯이 마음이 뛰놀았으나 옛날을 우러러보는 동안에 정신이 무척 피곤도 하였다.

눈초리에 눈물 자취의 어지러운 지도를 그린 채 재희는 눈을 떴다.

체온계를 뽑으니 수은주가 높다. 신열이 나고 몸이 덥다.

고개를 돌리니 준보의 소설책이 다시 눈에 띄었다. 별안간 가슴이 찌르르하면서 눈물이 솟았다. 오장육부가 둘러 패이고 세상이 검은 구렁텅이 속으로 일시에 빠져 들어가는 듯하다. 그 쓰라린 비인 느낌에 목소리를 놓고 엉엉 울고도 싶다. 저물어가는 짧은 햇발이 창 기슭에 누렇게 기울었다. 눈물에 젖어 베개가 축축하다.

1936년 8월, 《여성》

메밀꽃 필 무렵

메밀꽃 필 무렵

여름 장이란 애시당초에 글러서, 해는 아직 중천에 있건만 장판은 벌써 쓸쓸하고 더운 햇발이 벌여 놓은 전(廛) 휘장 밑으로 등줄기를 훅훅 볶는다. 마을 사람들은 거지반 돌아간 뒤요 팔리지 못한 나무꾼패가 길거리에 궁싯거리고들 있으나 석유병이나 받고 고깃마리나 사면 족할 이 축들을 바라고 언제까지든지 버티고 있을 법은 없다. 춥춥스럽게* 날아드는 파리 떼도 장난꾼 각다귀**들도 귀치않다. 얼금뱅이요 왼손잡이인 드팀전***의 허 생원은 기어코 동업의 조 선달을 낚구어 보았다.

"그만 걷을까?"

---

* 춥춥스럽다 : 매우 추접스럽다.
** 모기와 비슷한 곤충. 남의 것을 뜯어먹고 사는 사람을 비유적으로 이르는 말.
*** 예전에, 온갖 피륙을 팔던 가게.

"잘 생각했네. 봉평 장에서 한 번이나 흐뭇하게 사본 일 있을까. 내일 대화 장에서나 한몫 벌어야겠네."

"오늘 밤은 밤을 새서 걸어야 될걸?"

"달이 뜨렸다?"

절렁절렁 소리를 내며 조 선달이 그날 산 돈을 따지는 것을 보고 허 생원은 말뚝에서 넓은 휘장을 걷고 벌여 놓았던 물건을 거두기 시작하였다. 무명필과 주단(紬緞)바리가 두 고리짝에 꼭 찼다. 멍석 위에는 천 조각이 어수선하게 남았다.

다른 축들도 벌써 거진 전들을 걷고 있었다. 약빠르게 떠나는 패도 있었다. 어물장수도 땜장이도 엿장수도 생강장수도 꼴들이 보이지 않았다. 내일은 진부와 대화에 장이 선다. 축들은 그 어느 쪽으로든지 밤을 새며 육칠십 리 밤길을 타박거리지 않으면 안 된다. 장판은 잔치 뒷마당같이 어수선하게 벌어지고, 술집에는 싸움이 터져 있었다. 주정꾼 욕지거리에 섞여 계집의 앙칼진 목소리가 찢어졌다. 장날 저녁은 정해 놓고 계집의 고함 소리로 시작되는 것이다.

"생원, 시침을 떼두 다 아네…… 충주집 말야."

계집 목소리로 문득 생각난 듯이 조 선달은 비죽이 웃는다.

"화중지병이지. 면소 패들을 적수로 하구야 대거리가 돼야 말이지."

"그렇지두 않을걸. 축들이 사족을 못 쓰는 것두 사실은 사실이나, 아무리 그렇다곤 해두 왜 그 동이 말일세, 감쪽같이 충주집을 후린 눈치거든."

메밀꽃 필 무렵

"무어 그 애숭이가 물건 가지로 낚었나 부지. 착실한 녀석인 줄 알었드니."

"그 길만은 알 수 있나……. 궁리 말구 가 보세나그려. 내 한턱 씀세."

그다지 마음이 당기지 않는 것을 쫓아갔다. 허 생원은 계집과는 연분이 멀었다. 얼금뱅이 상판을 쳐들고 대어 설 숫기도 없었으나 계집 편에서 정을 보낸 적도 없었고, 쓸쓸하고 뒤틀린 반생이었다. 충주집을 생각만 하여도 철없이 얼굴이 붉어지고 발밑이 떨리고 그 자리에 소스라쳐 버린다. 충주집 문을 들어서 술좌석에서 짜장 동이를 만났을 때에는 어찌 된 서슬엔지 발끈 화가 나 버렸다. 상 위에 붉은 얼굴을 쳐들고 제법 계집과 농탕치는 것을 보고서야 견딜 수 없었던 것이다. 녀석이 제법 난질꾼인데 꼴사납다. 머리에 피도 안 마른 녀석이 낮부터 술 처먹고 계집과 농탕이야. 장돌뱅이 망신만 시키고 돌아다니누나. 그 꼴에 우리들과 한몫 보자는 셈이지. 동이 앞에 막아서면서부터 책망이었다. 걱정두 팔자요 하는 듯이 빤히 쳐다보는 상기된 눈망울에 부딪힐 때 결김에 따귀를 하나 갈겨 주지 않고는 배길 수 없었다. 동이도 화를 쓰고 팩하게 일어서기는 하였으나, 허 생원은 조금도 동색하는 법 없이 마음먹은 대로는 다 지껄였다.

"어디서 주워 먹은 선머슴인지는 모르겠으나 네게도 애비 에미 있겠지. 그 사나운 꼴 보문 맘 좋겠다. 장사란 탐탁하게 해야 되지 계집이 다 무어야. 나가거라, 냉큼 꼴 치워."

그러나 한마디두 대거리하지 않고 하엽없이 나가는 꼴은 보려니 도리어 측은히 여겨졌다. 아직도 서름서름한 사인데 너무 과하지 않았을까 하고 마음이 섬짓해졌다. 주제도 넘지 같은 술손님이면서두 아무리 젊다구 자식 낳게 된 것을 붙들고 치고 닦아셀 것은 무어야 원. 충주집은 입술을 쫑긋하고 술 붓는 솜씨도 거칠었으나, 젊은 애들한테는 그것이 약이 된다나 하고 그 자리는 조 선달이 얼버무려 넘겼다. 너 녀석한테 반했지? 애숭이를 빨면 죄 된다. 한참 법석을 친 후이다. 담도 생긴 데다가 웬일인지 흠뻑 취해 보고 싶은 생각도 있어서 허 생원은 주는 술잔이면 거의 다 들이켰다. 거나해짐을 따라 계집 생각보다도 동이의 뒷일이 한결같이 궁금해졌다. 내 꼴에 계집을 가로채서는 어떡헐 작정이었누 하고 어리석은 꼬락서니를 모질게 책망하는 마음도 한편에 있었다. 그렇기 때문에 얼마나 지난 뒤인지 동이가 헐레벌떡거리며 황급히 부르러 왔을 때에는 마시던 잔을 그 자리에 던지고 정신없이 허덕이며 충주집을 뛰어나간 것이다.

"생원 당나귀가 바를 끊구 야단이에요."

"각다귀들 장난이지 필연코."

짐승도 짐승이려니와 동이의 마음씨가 가슴을 울렸다. 뒤를 따라 장판을 달음질하려니 거슴츠레한 눈이 뜨거워질 것 같으다.

"부락스러운 녀석들이라 어쩌는 수 있어야죠."

"나귀를 몹시구는 녀석들은 그냥 두지는 않을걸."

반평생을 같이 지내 온 짐승이었다. 같은 주막에서 잠자고 같은 달빛에 젖으면서 장에서 장으로 걸어 다니는 동안에 이십 년의 세월이 사람과 짐승을 함께 늙게 하였다. 가스러진 목 뒤 털은 주인의 머리털과도 같이 바스러지고, 개진개진 젖은 눈은 주인의 눈과 같이 눈곱을 흘렸다. 몽당비처럼 짧게 슬리운 꼬리는 파리를 쫓으려고 기껏 휘저어 보아야 벌써 다리까지는 닿지 않았다. 닳아 없어진 굽을 몇 번이나 도려내고 새 철을 신겼는지 모른다. 굽은 벌써 더 자라나기는 틀렸고 닳아 버린 철 사이로는 피가 빼짓이 흘렀다. 냄새만 맡고도 주인을 분간하였다. 호소하는 목소리로 야단스럽게 울며 반겨준다.

어린아이를 달래듯이 목덜미를 어루만져 주니 나귀는 코를 벌름거리고 입을 투르러거렸다. 콧물이 튀었다. 허 생원은 짐승 때문에 속도 무던히는 썩었다. 아이들의 장난이 심한 눈치여서 땀 배인 몸뚱어리가 부들부들 떨리고 좀체 흥분이 식지 않는 모양이었다. 굴레가 벗어지고 안장도 떨어졌다. 요 몹쓸 자식들 하고 허 생원은 호령을 하였으나 패들은 벌써 줄행랑을 논 뒤요 몇 남지 않은 아이들이 호령에 놀라 비슬비슬 멀어졌다.

"우리들 장난이 아니우. 암놈을 보고 저 혼자 발광이지."

코흘리개 한 녀석이 멀리서 소리를 쳤다.

"고 녀석 말투가."

"김 첨지 당나귀가 가 버리니까 왼통 흙을 차고 거품을 흘리면서 미친 소같이 날뛰는걸. 꼴이 우스워 우리는 보고만 있었다우. 배를 좀 보지."

아이는 앵돌아진 투로 소리를 치며 깔깔 웃었다. 허 생원은 모르는 결에 낯이 뜨거워졌다. 뭇 시선을 막으려고 그는 짐승의 배 앞을 가려 서지 않으면 안 되었다.

"늙은 주제에 암샘을 내는 셈야, 저놈의 짐승이."

아이의 웃음소리에 허 생원은 주춤하면서 기어코 견딜 수 없어 채찍을 들더니 아이를 쫓았다.

"쫓으려거든 쫓아 보지. 왼손잡이가 사람을 때려."

줄달음에 달아나는 각다귀에는 당하는 재주가 없었다. 왼손잡이는 아이 하나도 후릴 수 없다. 그만 채찍을 던졌다. 술기도 돌아 몸이 유난스럽게 화끈거렸다.

"그만 떠나세. 녀석들과 어울리다가는 한이 없어. 장판의 각다귀들이란 어른보다도 더 무서운 것들인걸."

조 선달과 동이는 각각 제 나귀에 안장을 얹고 짐을 싣기 시작하였다. 해가 꽤 많이 기울어진 모양이었다.

드팀전 장돌이를 시작한 지 이십 년이나 되어도 허 생원은 봉평 장을 빼놓은 적은 드물었다. 충주 제천 등의 이웃 군에도 가고, 멀리 영남 지방도 헤매기는 하였으나 강릉쯤에 물건 하러 가는 외에는 처음부터 끝까지 군내를 돌아다녔다. 닷새만큼씩의 장날에는 달보다도 확실하게 면에서 면으로 건너간다. 고향이 청주라고 자랑 삼아 말하였으나 고향에 돌보러 간 일도 있는 것 같지는 않았다. 장에서 장으로 가는 길의 아름다운 강산이 그대로 그에게는 그리운 고향이었다. 반날 동안이나 뚜벅뚜벅 걷고 장터 있는 마을에 거지반 가까웠을 때 거친 나귀가 한바탕 우렁차게 울면—더구나 그것이 저녁녘이어서 등불들이 어둠 속에 깜박거릴 무렵이면 늘 당하는 것이건만 허 생원은 변치 않고 언제

　　　　　　　　　　　　메밀꽃 필 무렵

든지 가슴이 뛰놀았다.

젊은 시절에는 알뜰하게 벌어 돈푼이나 모아 본 적도 있기는 있었으나 읍내에 백중이 열린 해 호탕스럽게 놀고 투전을 하고 하여 사흘 동안에 다 털어 버렸다. 나귀까지 팔게 된 판이었으나 애끊는 정분에 그것만은 이를 물고 단념하였다. 결국 도로아미타불로 장돌이를 다시 시작할 수밖에는 없었다. 짐승을 데리고 읍내를 도망해 나왔을 때에는 너를 팔지 않기 다행이었다고 길가에서 울면서 짐승의 등을 어루만졌던 것이었다. 빚을 지기 시작하니 재산을 모을 염(念)은 당초에 틀리고 간신히 입에 풀칠을 하러 장에서 장으로 돌아다니게 되었다.

호탕스럽게 놀았다고는 하여도 계집 하나 후려 보지는 못하였다. 계집이란 쌀쌀하고 매정한 것이었다. 평생 인연이 없는 것이라고 신세가 서글퍼졌다. 일신에 가까운 것이라고는 언제나 변함없는 한 필의 당나귀였다.

그렇다고는 하여도 꼭 한 번의 첫 일을 잊을 수는 없었다. 뒤에도 처음에도 없는 단 한 번의 괴이한 인연. 봉평에 다니기 시작한 젊은 시절의 일이었으나 그것을 생각할 적만은 그도 산 보람을 느꼈다.

"달밤이었으나 어떻게 해서 그렇게 됐는지 지금 생각해두 도무지 알 수 없어."

허 생원은 오늘 밤도 또 그 이야기를 끄집어내려는 것이다. 조 선달은 친구가 된 이래 귀에 못이 백이도록 들어 왔다. 그렇다고 싫증을 낼 수도 없었으나 허 생원은 시침을 떼고 되풀이할 대로는 되풀이하고야 말았다.

"달밤에는 그런 이야기가 격에 맞거든."

조 선달 편을 바라는 보았으나 물론 미안해서가 아니라 달빛에 감동하여서였다. 이지러는 졌으나 보름을 가제 지난 달은 부드러운 빛을 흐뭇이 흘리고 있다. 대화까지는 칠십 리의 밤길 고개를 둘이나 넘고 개울을 하나 건너고 벌판과 산길을 걸어야 된다. 길은 지금 긴 산허리에 걸려 있다. 밤중을 지난 무렵인지 죽은 듯이 고요한 속에서 짐승 같은 달의 숨소리가 손에 잡힐 듯이 들리며 콩 포기와 옥수수 잎새가 한층 달에 푸르게 젖었다. 산허리는 왼통 메밀밭이어서 피기 시작한 꽃이 소금을 뿌린 듯이 흐뭇한 달빛에 숨이 막힐 지경이다. 붉은 대궁이 향기같이 애잔하고 나귀들의 걸음도 시원하다. 길이 좁은 까닭에 세 사람은 나귀를 타고 외줄로 늘어섰다. 방울 소리가 시원스럽게 딸랑딸랑 메밀밭께로 흘러간다. 앞장선 허 생원의 이야기 소리는 꽁무니에 선 동이에게는 확적히는 안 들렸으나, 그는 그대로 개운한 제 멋에 적적하지는 않았다.

"장 선 꼭 이런 날 밤이었네. 객줏집 토방이란 무더워서 잠이 들어야지. 밤중은 돼서 혼자 일어나 개울가에 목욕하러 나갔지. 봉평은 지금이나 그제나 마찬가지나 보이는 곳마다 메밀밭이어서 개울가가 어디 없이 하얀 꽃이야. 돌밭에 벗어도 좋을 것을 달이 너무나 밝은 까닭에 옷을 벗으러 물방앗간으로 들어가지 않았나. 이상한 일도 많지. 거기서 난데없는 성 서방네 처녀와 마주쳤단 말이네. 봉평서야 제일가는 일색이었지……."

메밀꽃 필 무렵

"팔자에 있었나 부지."

아무렴 하고 응답하면서 말머리를 아끼는 듯이 한참이나 담배를 빨 뿐이었다. 구수한 자줏빛 연기가 밤기운 속에 흘러서는 녹았다.

"날 기다린 것은 아니었으나 그렇다고 달리 기다리는 놈팽이가 있은 것두 아니었네. 처녀는 울고 있단 말야. 짐작은 되고 있었으나 성 서방네는 한창 어려워서 들고날 판인 때였지. 한집안 일이니 딸에겐들 걱정이 없을 리 있겠나. 좋은 데만 있으면 시집도 보내련만 시집은 죽어도 싫다지……. 그러나 처녀란 울 때같이 정을 끄는 때가 있을까. 처음에는 놀래기도 한 눈치였으나 걱정 있을 때는 누그러지기도 쉬운 듯해서 이럭저럭 이야기가 되었네……. 생각하면 무섭고도 기막힌 밤이었어."

"제천인지로 줄행랑을 놓은 건 그다음 날이렷다."

"다음 장도막에는 벌써 왼 집안이 사라진 뒤였네. 장판은 소문에 발끈 뒤집혀 고작해야 술집에 팔려 가기가 상수라고 처녀의 뒷공론이 자자들 하단 말이야. 제천 장판을 몇 번이나 뒤졌겠나. 하나 처녀의 꼴은 꿩 궈 먹은 자리야. 첫날밤이 마즈막 밤이었지. 그때부터 봉평이 마음에 든 것이 반평생을 두고 다니게 되었네. 평생인들 잊을 수 있겠나."

"수 좋았지. 그렇게 신통한 일이란 쉽지 않어. 항용 못난 것 얻어 새끼 낳고 걱정 늘고 생각만 해두 진저리나지……. 그러나 늘 그막바지까지 장돌뱅이로 지내기도 힘드는 노릇 아닌가? 난 가을까지만 하구 이 생애와두 하직하려네. 대화쯤에 조그만 전방이나 하나 벌이구 식구들을 부르겠어. 사시장철 뚜벅뚜벅 걷기란 여간이래야지."

"옛 처녀나 만나면 같이나 살까……. 난 거꾸러질 때까지 이 길 걷고 저 달 볼 테야."

산길을 벗어나니 큰길로 틔어졌다. 꽁무니의 동이도 앞으로 나서 나귀들은 가로 늘어섰다.

"총각두 젊겠다 지금이 한창 시절이렷다. 충주집에서는 그만 실수를 해서 그 꼴이 되었으나 섧게 생각 말게."

"처, 천만에요. 되려 부끄러워요. 계집이란 지금 웬 제격인가요. 자나 깨나 어머니 생각뿐인데요."

허 생원의 이야기로 실심해한 끝이라 동이의 어조는 한풀 수그러진 것이었다.

"애비 에미란 말에 가슴이 터지는 것도 같았으나 제겐 아버지가 없어요. 피붙이라고는 어머니 하나뿐인걸요."

"돌아가셨나?"

"당초부터 없어요."

"그런 법이 세상에."

생원과 선달이 야단스럽게 껄껄들 웃으니 동이는 정색하고 우길 수밖에는 없었다.

"부끄러워서 말하지 않으려 했으나 정말예요. 제천 촌에서 달도 차지 않은 아이를 낳고 어머니는 집을 쫓겨났죠. 우스운 이야기나, 그러기 때문에 지금까지 아버지 얼굴도 본 적 없고 있는 고장도 모르고 지내와요."

고개가 앞에 놓인 까닭에 세 사람은 나귀를 내렸다. 둔덕은 험하고 입을 벌리기도 대근하여* 이야기는 한동안 끊겼다. 나귀는 건듯하면 미끄러졌다. 허 생원은 숨이 차 몇 번이고 다리를 쉬지 않으면 안 되었다. 고개를 넘을 때마다 나이가 알렸다. 동이 같은 젊은 축이 그지없이 부러웠다. 땀이 등을 한바탕 쪽 씻어 내렸다.

고개 너머는 바로 개울이었다. 장마에 흘러 버린 널다리가 아직도 걸리지 않은 채로 있는 까닭에 벗고 건너야 되었다. 고이**를 벗어 띠로 등에 얽어매고 반벌거숭이의 우스꽝스러운 꼴로 물속에 뛰어들었다. 금방 땀을 흘린 뒤는 뒤였으나 밤물은 뼈를 찔렀다.

"그래 대체 기르긴 누가 기르구?"

"어머니는 하는 수 없이 의부를 얻어 가서 술장사를 시작했죠. 술이 고주래서 의부라고 전 망나니예요. 철들어서부터 맞기 시작한 것이 하룬들 편한 날 있었을까. 어머니는 말리다가 채이고 맞고 칼부림을 당하고 하니 집 꼴이 무어겠소. 열여덟 살 때 집을 뛰어나서부터 이 짓이죠."

"총각 낫세***론 섬****이 무던하다고 생각했더니 듣고 보니 딱한 신세로군."

---

* 대근하다 : 견디기가 어지간히 힘들고 만만하지 않다.

** '속곳'의 황해도 방언.

*** 나쎄. 그만한 나이를 속되게 이르는 말.

**** '철 듦' 또는 '섬폴'이라는 뜻이 방언.

물은 깊어 허리까지 찼다. 속 물살도 어지간히 센 데다가 발에 채이는 돌멩이도 미끄러워 금시에 훌칠* 듯하였다. 나귀와 조선달은 재빨리 거의 건넜으나 동이는 허 생원을 붙드느라고 두 사람은 훨씬 떨어졌다.

"모친의 친정은 원래부터 제천이었던가."

"웬걸요. 시원스리 말은 안 해주나 봉평이라는 것만은 들었죠."

"봉평. 그래 그 애비 성은 무엇이구?"

"알 수 있나요. 도무지 듣지를 못했으니까."

그, 그렇겠지 하고 중얼거리며 흐려지는 눈을 까물까물하다가 허 생원은 경망하게도 발을 빗디뎠다. 앞으로 고꾸라지기가 바쁘게 몸채 풍덩 빠져 버렸다. 허부적거릴수록 몸을 걷잡을 수 없어 동이가 소리를 치며 가까이 왔을 때에는 벌써 꽤나 흘렀었다. 옷째 졸짝 젖으니 물에 젖은 개보다도 참혹한 꼴이었다. 동이는 물속에서 어른을 해깝게 업을 수 있었다. 젖었다고는 하여도 여윈 몸이라 장정 등에는 오히려 가벼웠다.

"이렇게까지 해서 안됐네. 내 오늘은 정신이 빠진 모양이야."

"염려하실 것 없어요."

"그래 모친은 아비를 찾지는 않는 눈치지?"

"늘 한번 만나고 싶다고는 하는데요."

"지금 어디 계신가?"

"의부와도 갈라져 제천에 있죠. 가을에는 봉평에 모셔 오려고

* 훌치다 : 물체가 바람 따위를 받아서 휘우듬하게 쏠리다.

메밀꽃 필 무렵

생각 중인데요. 이를 물고 벌면 이럭저럭 살아갈 수 있겠죠."

"아무렴, 기특한 생각이야. 가을이랬다?"

동이의 탐탁한 등어리가 뼈에 사무쳐 따뜻하다. 물을 다 건넜을 때에는 도리어 서글픈 생각에 좀 더 업혔으면도 하였다.

"진종일 실수만 하니 웬일이오, 생원."

조 선달은 바라보며 기어코 웃음이 터졌다.

"나귀야. 나귀 생각하다 실족을 했어. 말 안 했던가. 저 꼴에 제법 새끼를 얻었단 말이지. 읍내 강릉집 피마*에게 말일세. 귀를 쫑긋 세우고 달랑달랑 뛰는 것이 나귀 새끼같이 귀여운 것이 있을까. 그것 보러 나는 일부러 읍내를 도는 때가 있다네."

"사람을 물에 빠치울 젠 딴은 대단한 나귀 새끼군."

허 생원은 젖은 옷을 웬만큼 짜서 입었다. 이가 덜덜 갈리고 가슴이 떨리며 몹시도 추웠으나 마음은 알 수 없이 둥실둥실 가벼웠다.

"주막까지 부지런히들 가세나. 뜰에 불을 피우고 훗훗이 쉬여. 나귀에겐 더운물을 끓여 주고. 내일 대화 장 보고는 제천이다."

"생원도 제천으로?"

"오래간만에 가 보고 싶어. 동행하려나, 동이?"

나귀가 걷기 시작하였을 때, 동이의 채찍은 왼손에 있었다. 오랫동안 아둑시니**같이 눈이 어둡던 허 생원도 요번만은 동이의

* 다 자란 암말.
** '어둠의 귀신'을 뜻하는 방언. 북한말로 '아득시니'는 '똑똑하지 못하고 분별력이 없는 사람'을 속되게 이르는 말

왼손잡이가 눈에 뜨이지 않을 수 없었다.

걸음도 해깝고 방울 소리가 밤 벌판에 한층 청청하게 울렸다.

달이 어지간히 기울어졌다.

1936년 10월, 《조광》

메밀꽃 필 무렵

성찬聖餐

　세상에 거울같이 괴이하고 야릇한 것은 없다. 태곳적에 거울이라는 것이 아직 없고 고요한 저녁 강물 위에 자기의 그림자를 비추어 볼 수밖에 없었을 때에는 사람은 자기의 꼴과 원숭이의 꼴조차 구별할 수 없었을 것이며 따라서 가령 사람 사이의 애정이라는 것도 어수룩하고 순박하였을 것이다. 거울이 생긴 때부터 사람은 원숭이와의 구별을 알았고 제 얼굴의 맵시와 흠을 보았고 부끄럼과 사랑을 깨닫게 되었으리라. 적어도 사람의 감정이 복잡하게 분화되고 연애라는 것이 있게 된 것은 거울이 생긴 후부터라고 보배는 생각한다. 그는 언제인가 동물원에 갔을 때, 핸드백의 거울로 우리 안의 원숭이를 희롱해 본 적이 있었다. 거울에 비친 제 꼴을 보고 짐승은 놀라고 흥분해서 한바탕 날뛰다가 나중에는 화를 내고 소리를 치고 독살을 피우며 우리 밖 사람에게로 달려드는 시늉을 하였다. 그것은 확실히 제 꼴과 사람의 모양과의 차이를 처음으로 발견한 때에 느낀 놀랍고 부끄럽고 괴이한 감정에서 온 것이라고 보배는 판단하였다. 같은 감정을 사람도 또한 처음으로 거울을 보았을 때에 느꼈을 것이며 참으로 번민과 사랑과 모든 정서는 거기서 생기는 자기의 얼굴의 인식에서 시작된 것이라고 생각하게 되었다. 얼굴의 의식 없이 감정의 발로는 없으며 하루의 모든 생각과 생활은 참으로 얼굴의 생각에서부터 시작되는 것이다. 보배는 하루에도 수십 차례 일어날 때 잠잘 때 이외에 가가에 있을 때에도 틈틈이 거울을 보고 화장을 고치고 지금 와서는 그것이 생활의 한 중요한 부분이 되었다. 거울을 볼 때에 그 속에 자기의 얼굴만을 보는 것이 아니라 반드시 그 어느 다른 사람의 얼굴을 아울러 생각하였다. 두 얼굴을 비기는 곳에서 만족도 느끼고 불안도 오고 하였다. 가령 그는 요사이는 거울을 대할 때에 으레 민자의 얼굴이 의식의 전부를 차지하였다. 흡사히 시몬느 시몽 같은 둥글고 납작스름한 민자의 애송이 얼굴을 생각하면서 그와는 반대되는 기름하고 염렬한 자기의 얼굴이 더한층 대조적으로 솟아올라 그와의 사이에 가벼운 질투와 안타까운 초조와 신선한 야욕을 느끼게 되었다. 민자가 언니 언니 하면서 겉발림이 아니라 진정으로 언니 대접을 하는 것을 보배 역시 기뻐하고 충심으로 맞아들이면서도 마음 한편 구석에 이런 대립의 감정을 느끼게 되는 것을 그 자신 괴이히 여기기는 하였다. 이 대립의 감정은 물론 준보를 얼싸고 오는 것이었다. 가가의 위층은 바(bar)요. 아래층은 끽차

　　　　　　　　　　　　　　　메밀꽃 필 무렵

부(喫茶部)로 보배는 바에 매였고 민자는 끽차부의 시중을 혼자 맡아보았다. 준보는 바에보다도 끽차부에 오는 때가 많았다. 신문사의 일이란 그렇게 한가한 것인지 거의 번기는 날이 없으며 오후만 되면 어느 결엔지 아래층 소파에 와 앉아서 로버트 테일러 비슷한 기름한 얼굴을 청승맞게 괴이고 어느 때까지든지 머물러 한가한 시간을 보냈다. 친구가 있을 때면은 친구의 탓으로나 밀 수 있지만 혼자 때에도 여전히 지리하게 눌러앉아 마치 애매한 시간과 씨름이라도 하자는 격이었다.

그가 그렇게 천치같이 우두커니 앉았을 때의 의식의 대상이 민자임을 보배는 물론 짐작할 수 있었다. 하루는 보배가 늘 하는 버릇으로 신통한 손님도 없고 한 틈을 타서 아래층으로 살며시 내려가 보았을 때 그곳에도 손님 없는 휑뎅그렁한 한편 구석에 준보와 민자가 따로 앉아 속살거리고 있는 것을 발견하였다. 들어맞는 예감에 보배는 산뜻한 칼 맛을 느꼈으나 한편 섬 한 생각을 금할 수 없었다. 천연스럽게 내려가서 한자리에 다정스럽게 휩쓸리기는 하였으나 마음속에 굴떡거리는 피심지를 억잡을 수는 없었다. 민자와의 사이에 담을 의식하게 되고 준보에게 불현듯이 욕심을 느끼게 되었다면 그것은 이때부터였을 것이다. 그가 끼었음으로 말미암아 잠깐 어색해지기는 하였으나 자리의 공기는 즉시 풀려서 세 사람은 단란한 회화 속으로 웃쓸려 들어갔다. 그만큼 준보와 보배의 사이도 서름서름한 처지는 아니었던 것이다. 그러나 이상한 것은 보배는 전에도 준보에게 흥미를 느끼지 않은 바는 아니었으나 분시에 피할 수 없는 절대저 ㅅ요을 느끼게 된 것은 실로 이때부터였음이다. 인색하게 차만 마시러 오지 말고 더러는 위층에 술도 마시러 오라는 것이 그 자리의 한마디 야유이기는 하였으나 의외의 자리에서 의외의 실토를 하게 된 것을 보배는 즉시 마음속에 반성하게 되었고 그런 반성을 부끄럽게 여기기도 하였다. 준보와 민자는 어울리고 알맞는 한 쌍이다. 될 대로 맡겨 두고 천연스러운 태도로 왜 옆에서 보고만 있을 수 없을까 하는 생각으로였다. 그러나 이런 생각에도 불구하고 이때에는 보배의 마음은 반은 벌써 악마의 차지가 되어 있었다. 셋 가운데에서 하나는 언제든지 악마의 역할을 하는 수밖에는 없는 듯하다.

거울이란 짜장 괴이한 물건이다. 그것은 때때로 어처구니없는 신비로운 장난을 즐겨 하는 것 같다. 몸에 소름이 돋치지 않고는 보배는 다음 기억을 되풀이할 수 없었다. 그날 밤 잡지사 축들과 늦도록 진탕으로 놀다가 다들 보낸 후 보배가 거나한 김에 흥얼흥얼 콧노래를 부르면서 아래층 끽차부로 비틀비틀 내려갔을 때였다. 몇 사람의 손님이 이 자리 저 자리에 흩어져 앉았고 카운터 근처 구석에는 준보가 늘 오는 그 모양 그대로 눅진히 붙어서 옆에 앉은 민자와 말을 건네고 있었다. 휘적휘적 걸어가서 준보의 옆에 섰을 때에 보배는 문득 놀라 한참 동안이나 맞은편을 노리고 섰었다. 창졸간에 그것이 꿈인지 현실인지를 의아하면서 장승같이 넋을 잃고 우두커니 서 있었다. 준보 곁에 난데없는 미인이 한 사람 나타나 이쪽을 호되게 노리고 있는 것이다.

미인의 말뚱한 날카로운 시선이 보배의 일신을 다구지게 쏘

메밀꽃 필 무렵

아붙였다. 눈이 매 같고 상이 길어 흡사 안보 오닥* 비슷한 인상을 주는 그 여인을 보배는 확실히 전에 그 어디서 보았던 듯도 하고 혹은 초면인 듯도 한 기괴한 착각에 현혹한 느낌을 마지못하고 서 있는 동안에 돌연히 또 이상한 발견을 하게 되었다. 준보와 미인과 민자의 세 사람을 우연히도 한자리에 모이게 한 그 기괴한 한 폭의 그림 속에서 어울리는 짝은 준보와 민자가 아니라 준보와 그 낯모르는 미인이었던 것이다. 용모와 자세와 분위기가 두 사람에게 우연히도 빈틈없는 일치의 인상을 주었다. 이상한 발견에 놀라는 한편 보배는 그 짧은 순간 속에서도 돌연히 준보에게 모든 열정을 다 기울이고 있는 민자의 비극적 역할을 생각하고 그에게 대한 한 줄기의 가엾은 생각이 유연히 솟는 것이었다. 가엾은 민자! 날도적 같은 그 여인! 눈을 흡뜨며 주먹을 쥐려니 맞은편의 그 여인도 보배와 똑같은 시늉을 한다. 어이가 없어 몸 자세를 늦추고 시선을 옮길 때 여인은 다시 그것을 흉내 내었다. 보배는 번개같이 정신이 깨었다. 망측한 요술이었음을 깨닫고 몸에 소름이 돋았다. 맞은편 벽에 걸린 커다란 체경의 요술이었던 것이다. 여인은 물론 보배 자신이었다. 취흥으로 거나한 바람에 거울의 요술에 감쪽같이 속아 넘어갔던 것이다. 순식간에 그의 마음속에 일어났던 비밀을 두 사람에게 속뽑히었을까 두려워하며 겸연한 마음으로 준보 옆에 털썩 주저앉기는 하였으나 그 후까지도 이 괴이한 경험은 쉽사리 기억 속에서 사라

* 당대에 활동한 시상 배우로 추정. ((조선일보) 1937. 4. 10. 김남천의 평론에 근거.)

지지 않고 사람이 아무리 취하였기로 거울에 비친 제 얼굴도 못 알아보는 법 있나 하고 한결같이 의심이 솟는 지경이었다. 몸에 소름을 돋치지 않고는 이 기억을 되풀이할 수 없으며 동시에 이 경험은 보배에게는 한 큰 암시요 유혹이었다. 이 암시로 말미암아 그는 세 사람 가운데서의 자기의 역할을 적확히 깨달았던 것이다.

이때부터 보배에게는 민자의 모든 것을 알고자 하는 욕망이 불현듯이 솟기 시작하였다. 합숙소에서는 쓰는 방이 다르므로 가까운 처지라고는 하여도 아무래도 사이가 떴다. 그럴수록 더 한층 민자의 가지가지의 거동에 보배의 눈이 날카롭게 갔다. 합숙소에는 목욕장의 설비가 없으므로 거의 사흘돌이로 거리의 목욕간에 가지 않으면 안 되었다. 보배는 그때마다 민자와의 동행의 기회를 엿보았다. 목욕실에서만은 사람은 피차에 감출 것이 없다. 사람 없는 조용한 아침 목욕물 속에 잠기면서 보배는 민첩한 눈으로 민자의 육체의 구석구석을 살필 수 있었다. 젖꼭지가 살구꽃 봉오리같이 봉긋은 하나 아직도 젖가슴이 전체로 얄팍한 애잔한 애송이의 육체이기는 하다. 그러나 사람의 육체같이 사람의 눈을 속이는 것은 없다. 보배는 천연스러운 웃음결을 이용하여 은근한 속에서 민자의 속을 떠보았다.

"과실의 맛이란 첫 송이만큼 자별스러운건 없어."

장난삼아 물방울을 퉁기면서 목욕통 전에 나가 그의 옆에 앉았다.

"민자, 어데 손가락 좀 곱아 봐."

그의 손을 다정스럽게 끌어다 쥐고,

"한 번? 두 번? 세 번……?"

하면서 그의 손가락을 곱히려 하였다.

잠깐 동안 멍하니 무슨 뜻인지를 모르고 하는 대로 손가락을 맡기고 있던 민자는 겨우 그 뜻을 깨닫고 부끄러운 생각에 얼굴을 화끈 붉히면서 달팽이같이 손을 움츠러뜨렸다.

"망칙해라, 언니두. 망령 좀 작작 피우."

"부끄러울 것두 많다. 여자끼리 무슨 허물이야. 내 곱아 볼까. 자 한 번 두 번……. 하하하하 내게는 다섯 손가락쯤으로 당초에 부족한걸……. 별 사내가 다 있었지. 그러나 옛날에 배운 영어의 단자와 같이 신기하게도 모조리 잊어버려지고 마음속에 남은 것은 그래도 첫 사내야. 첫 사내와의 사이라는 것은 대개 어처구니없고 흐지부지하고―여자의 평생의 길은 거기서 작정되는 것인가 봐. 나도 첫 사내만 세상을 버리지 않았다면 지금까지 밟아 온 길과 처신머리가 좀 더 달렀을는지도 모르나―허나 나는 결코 밟아 온 반생의 길을 불측하게도 생각하지 않고 부끄럽게도 여기지는 않아. 그런 것도 한 가지 살아가는 형식이거니만 생각되거든. 괴벽스럽고 어지러운 생각인지도 모르나 나는 한 사람 한 사람의 사내를 대할 때에 마치 한 상 한상의 잔칫상을 대하는 것같이 준비된 성스러운 식탁을 대하는 것같이밖에는 생각되지 않아. 식탁 위의 것이 아무리 귀한 진미였다 하더라도 시간이 지나면 그 맛의 기억이란 사라져 버리는 것. 그렇게 제 앞으로 차례진 식탁을 대한 때에 마음껏 제 차지를 즐기는 것이 떳떳한 수지. 는실녀라고 웃든지 말든지 내 생각과 태도는 이래. 자, 민자. 내 앞에서 숨길 것이 무엇이고 부끄러울 것이 무어야."

장황하게 내섬기며 보배는 민자를 어지러운 연기 속에 후려 쌌다. 그러나 민자는 그 속에서 허부적거리는 법 없이 침착하게 자기의 태도를 잃어버리지는 않았다.

"언니의 생각은 잘 알았어두 저를 더 족치지는 마세요. 한 번두 없어요."

두 볼을 발갛게 물들이는 그의 표정에서 거짓말을 찾을 수는 없었다. 팔다리가 아직도 가늘고 허리목이 아직도 얇다.

"그럼 준보와두—."

"미쳤네. 괴덕두 작작 부려요."

부끄러운 판에 민자는 대야에 남은 물을 보배의 옆구리에 확 끼얹었다.

"아직 깨끗하다는 것이 현대에 있어서는 자랑두 아무것두 아니거든. 알맞은 때를 약빠르게 붙들어야지 고때를 놓치면 사람의 마음이 아무리 굳다고 하더라도 병이 생기기 쉬운 법야. 기회라는 것은 늘 그 제일 알맞은 순간이라는 것이 있으니까."

"언니는 우리를 얕잡아 보시는 셈이죠. 이래 뵈어두 결혼할 때까지는 아무런 일이 있어두 순결을 지켜 볼 작정인데요."

"결혼—. 흥 결혼—나두 한때는 그런 꿈두 꾸어 본 적 있었지. 그러나 결국 다 공상이고 꿈이었지. 결혼—용감하고 원대한 포부야. 대담한 이상이야."

"올 안으로 신문사가 확장되면 지위도 높아질 터 수입도 늘
터, 그때면 결혼해 가지고 조그만 집 한 채 장만하고."

"굉장한 계획이군. 어떻든 준보도 순진한 청년 민자도 순진한
소녀. 어지간히 순진들은 해. 결혼의 축하로 물총이나 한 방 맞
아 보지."

보배는 껄껄 웃으며 대야의 물을 민자의 등줄기에 괴덕스럽게
처버리고 물속으로 뛰어들어가 물소같이 네 활개를 죽 폈다.

순결하고 애잔한 민자의 자태가 눈에 아프다. 둥근 턱과 짧은
코와 짧은 윗입술이 새삼스럽게 가엾게—측은하게 여겨졌다.

보배는 오래간만에 음악을 들을 때면 별안간 울고 싶어지는
적이 있다. 훌륭한 음악을 들을 때같이 세상이 아름답고 환상이
샘같이 솟아서 살아 있는 것이 고맙고 즐겁게 여겨지는 때는 없
다. 이 생명의 감격이 눈물을 솟게 하는 것이다. 그럴 때에는 옆
에 있는 것이 그 누구이든지 간에 그것이 사람인 이상 보배는
그에게 인간적 동감을 느끼게 되고 부드러운 마음을 나누게 된
다. 자리에는 준보와 그의 친구와 보배의 세 사람이 있을 뿐이었
다. 오후의 바는 고요하고 황혼의 빛이 홀 안을 그윽하게 물들
이고 있다. 보배는 교향악의 레코드를 뒤집어 걸고 친구가 잠깐
자리를 물러간 틈을 타서 준보에게로 가까이 갔다.

"민자와 결혼하신다죠."

돌연한 질문에도 준보는 놀라는 법 없이 시선을 얕게 드리운
채로의 자세였다.

"이상주의라고 비웃고 싶단 말요?"

"비웃기는 왜요. 너무도 용감해서 하는 말예요. 한 사람과 결혼해서 검은 머리 파뿌리 될 때까지─용감한 생각이 아니고 무엇예요. 한동안의 독신주의 사상은 헌신짝같이 버리셨나요."

"사람은 어차피 한 가지의 구속은 받아야 하는 것이니 차라리 결혼해서 안타까운 구속 속에 살어 보는 것도 한 가지의 흥미일 것요."

"그까짓 아침에 변했다 저녁에 고쳤다 하는 이치는 다 그만두고─더 놀라운 것은 결혼할 때까지 진미로 민자를 아직 손가락 하나 다치지 않고 그대로 두고 있다는 것."

"별 걱정을 다─."

준보는 어이가 없어 웃으며 잔에 남은 술을 마저 들이켰다.

"그런 건 어떻게 다 발려 냈단 말요."

"민자와 저는 한몸이거든요."

"언니 행세 잘한다."

"잘하고말고요. 민자에게 대한 당신의 사랑이 얼마나 큰가도 내 시험해 볼걸요."

"얼마든지."

"이 능청맞은 성인군자."

보배는 별안간 달려들어 괴덕스럽게 준보의 귓불을 끄들며 그의 이마에 입을 갖다 대려다가 마침 나갔던 친구가 들어오는 바람에 천연스럽게 그 자리를 떠나 의자 있는 편으로 물러갔다. 레코드의 교향악도 마침 그쳐지고 보배는 음악의 세상에서 완전히 벗어나서 말끔한 자기의 세상으로 돌아갔다.

　무릇 사내라는 것을 보배는 말하자면 얼음장 같은 것으로 여겨왔다. 처음에는 가장 굳고 찬 듯이 보이나 징긋이 쥐고 녹이는 동안에 나중에는 형적조차 없이 손안에서 사라져 버린다. 그의 반생의 경험 안에서 사내의 마음이 이 법칙을 벗어난 적은 없었다. 얼굴을 엄숙하게 가지고 시선을 곧게 지니는 것은 일종의 자세요 한번 속마음을 뒤집어 본다면 음지에 돋아난 버섯같이 새빨갛게 위란*하게 독기를 피우고 있는 것이 사내의 정인 것이다. 준보의 경우 또한 보배에게는 벌써 수술대에 오른 개구리인 셈이었다. 자동차 속에서 민자와 보배 사이에 든 준보의 꼴은 사실 개구리의 그것같이 모든 감정을 마취당한 허수아비였는지도 모른다. 가가의 공휴일임을 이용하여 준보는 민자와 보배들과 함께 하루의 행락을 같이한 후에 저녁 강변으로 자동차놀이를 떠났던 것이다. 고요한 강물을 바라보며 곧은길을 줄기차게 내닫는 드라이브의 맛도 잊을 수 없는 것이었지만 꼭 끼어 앉은 세 사람의 체온에서 오는 따뜻한 맛이 유난히도 몸에 사무치는 것이었다.

　민자와 보배의 사이에 낀 준보의 꼴은 너벳이 다리를 뻗은 개구리의 모양이라고도 할까. 보배는 은근히 준보의 체온을 가늠보았다. 이렇게 빈틈없이 꼭 끼어 앉았을 때에도 민자와 자기에게 보내는 준보의 체온에는 두텁고 엷은 차별이 있을까. 민자에

* 위태롭고 어시시움.

게만 후하고 자기에게는 박할 수 있을까. 체온은 곧 애정이다. 준보의 애정이 그 밀접한 접촉에 있어서 역시 차별이 있으리라고는 생각할 수 없었다. 애정은 접촉의 거리에 비례하는 것이요 그 접촉되는 대상의 육체는 민자의 그것이라도 좋으며 보배의 그것이라도 좋고 그 외 그 누구의 것이라도 좋을 것이다. 보배는 준보와 맞닿은 그의 한편 어깨에 은근히 힘을 주고 준보의 속을 뽑아 보려 하였다. 반응은 밀려오는 파도같이 더디기는 하였으나 적확한 것이었다. 이윽고 몸이 출렁하며 그 반동으로 준보의 어깨가 힘차게 자기의 어깨 위로 육박해 온 것을 보배는 반드시 자동차의 바운드의 탓으로만 돌릴 필요는 없었다. 적어도 차의 탄력을 이용한 준보의 의지를 그 등 뒤에 발견하지 않으면 안 되었다. 그 의지는 보배가 같은 행동을 두 번 세 번 거듭하였을 때에 참으로 사람의 표정과 같이도 속임 없이 확적히 드러남을 그는 보았다. 남에게 들킬 바 없는 제 혼자의 스핑크스의 웃음을 띠면서 그 행동을 거듭하는 동안에 보배에게는 문득 괴이한 걱정이 일어났다. 자기와 같은 동작을 건너편 민자 역시 하고 있지 않을까. 거기에 대하여 준보 또한 같은 반응의 표시를 보이고 있지 않을까 하는 걱정이었다. 이 걱정은 보배를 돌연히 전에 없는 초조 속으로 끌어넣었다. 초조는 즉시 용감한 결심으로 변하였다. 주저하고 유예할 것 없이 한시라도 속히 다가온 기회를 민첩하게 잡자는 것이었다. 고요한 강변을 닫는 고요한 표정 속에 싸여서 속심 없는 개구리를 목표에 두고 앙칼진 결심이 한결같이 솟아올랐다.

그러나 기회는 도리어 너무도 일찍이 온 감이 있었다. 민자의 돌연한 신병으로 말미암아서였다. 목욕 후의 부주의로 가벼운 감기가 온 것을 무릅쓰고 가게에 출입하는 동안에 병은 활짝 더쳐서 마침내 눕게까지 되었다. 공교롭게도 그 사이에 준보들의 신문사의 조그만 회합이 있었다. 이차회를 바에서 하고 난 후 헤어들 지는 때 준보는 거나한 김에 드디어 보배의 차 속에 앉게 되었다. 물론 보배 단독의 뜻만이 아니요 합의의 결과였으나 두 사람은 밤거리를 한바탕 돈 후 다시 술을 구하여 으슥한 요정이 층으로 올라갔다.

잔을 거듭하는 동안에 두 사람은 곤드레만드레 취하였다. 취중에는 행동이 까딱하면 돌발적이 되고 기괴하게 흐르기 쉬운 것이나 잊어서는 안 될 것은 그런 기괴한 행동의 속심에는 언제든지 계획한 뜻이 준비되어 있음이다. 너무도 모든 것이 수월하게 뜻대로 되어 감이 보배에게는 도리어 싱거웠으나 사내의 마음이라는 것을 다시 한번 벗겨 본 것 같아서 알 수 없는 기쁨과 모험의 흥분이 그의 열정을 한층 북돋았다. 간단하였다. 거기에 이르는 준비의 과정이 장황함에 비겨서 결과는 어처구니없이 간단하였다. 말이 없었으며 그 필요가 없었다. 말이란 괴로워하고 두려워하고 궁할 때에 필요한 것이다. 말은 오히려 결과 후에 왔다.

"능청맞은 성인군자."

보배는 이제는 마음이 한층 더 허랑하여져서 말에도 꺼릴 것이 없었다.

"본색이 탄로 났지. 이러구두 민자와 결혼하겠지."

"왜 못해."

준보는 뒤슬뒤슬 웃으며—두 사람의 태도는 그것이 있기 전과 똑같이 뻔질뻔질하고 천연스러운 것이었다. 시렁 위의 과일 한 개를 늠실 집어 먹은 아이의 천연스러운 태도였다.

"낯가죽도 두껍긴 해. 하긴 그것이 세상의 사내지만."

"내게 덕을 가리켜 주고 그것을 됩데 허물 잡자는 말인가."

"허물은 왜. 마음이 이렇게도 대건한데."

사실 보배는 잔치를 먹은 후의 만족과 흥분을 겪은 후의 안정을 느꼈다. 화학실에서 뜻대로의 실험을 마친 후의 화학자의 평화로운 만족이었다.

사람들은 흔히 세상에서 제일 좋은 것이 '새것' 이라는 생각을 잊는다. 제일 아름답고 제일 빛나고 훌륭한 것은 '새것'이며 다른 많은 이유를 버리고라도 '새것'은 '새것인 까닭에 빛난다는 것'을 잊는 수가 많다. 새 옷, 새 신, 새 집, 새 세상—이 평범한 진리를 그것이 너무도 평범한 까닭에 혹은 '새것'의 자극이 너무도 큰 까닭에 감히 엄두를 못 냄인지도 모른다. 낡을수록 좋은 것에 단 한 가지 포도주가 있음을 보배는 듣기는 하였으나 지하실에서 몇 세기를 묵었다는 포도주를 마셔 본 적이 없는 까닭에 그는 포도주 또한 새것이 좋다고 생각하였다. 새것, 새 진미, 새 마음! 보배가 준보를 시험하였고 준보가 보배를 거쳐 다시 민자를 구함도 또한 이 '새것'의 진리에서 나왔음에 지나지 않는다. '새것'을 구함이 악덕이라면 묵은 것을 구함이 미덕인가—하고

메밀꽃 필 무렵

보배는 반감적으로 느껴도 본다. 묵은 것을 버리고 새것을 구함은 혁명이다. 혁명에는 위대한 용기가 필요한 것이니 사람이 새것을 두려워함은 곧 이 용기를 두려워함이라고도 생각하여 보았다. 새것이 가져오는 감격과 흥분에는 물론 위험스럽고 두려운 것이 있기는 하다. 겉으로는 평화를 꾸미고 있으면서도 속으로 역시 일종의 안타깝고 두려운 것을 한결같이 느끼게 되는 이 밤의 경험이 보배에게 그것을 말하였다.

　요정을 나와 자동차로 준보를 보내고 혼자 합숙으로 돌아왔을 때 그 감정은 한결 크게 마음을 둘러쌌다. 만족의 감정은 그 뒤에 거의 숨어 버렸다. 민자의 방 앞을 지날 때에 그 감정은 거의 그를 매질하여 그는 모르는 결에 주춤하였다. 어차피 민자에게는 진실을 말하여야 할 것이나 진실을 말함은 별을 따기보다도 어려운 노릇이요 그렇다고 숨긴다는 것은 또 얼마나 괴로운 일인가를 또렷이 느끼게 되었다. 그러나 사람에게는 재주라는 것이 있으니 결국 재주와 기교로 속히 시간을 주름잡을 수밖에는 없지 않은가도 생각하며—한때의 선수도 이 밤만은 우울한 번민자로 변할 수밖에는 없었다. 결국 아직도 나의 주의가 철저하지 못한 탓이 아닐까 반성하며 불을 끄고 늦은 잠자리에 누웠으나 가달가달의 뒤숭숭한 괴롬이 한결같이 솟을 뿐이었다.

1937년 4월, 《여성》

성찬

211

개살구

　서울집을 항용 살구나무집이라고 부르는 것은 바로 집 뒤에 아름드리 살구나무가 서 있는 까닭인데 오대조(五代祖)서부터 내려온다는 그 인연 있는 고목을 건사할 겸 집은 집이언만 결과로 보면 대대로 내려오는 무준한 그 살구나무가 도리어 그 아래의 집을 아늑하게 막아 주고 싸 주는 셈이 되었다. 동리에서 제일 먼저 꽃 피는 것도 그 살구나무여서 한참 제철이면 찬란한 꽃송이와 향기 속에 온통 집은 묻혀 무르녹은 꿈을 싸 주는 듯도 하지만 잎이 피고 열매가 맺기 시작하면 집은 더한층 그 속에 묻혀 버려서 밖에서는 도저히 집 안을 엿볼 수 없는 형세가 되었다. 살구나무집이라도 결국은 하늘 아래 집이니 그 속에 살림살이가 있을 것은 다 같은 이치나 그 살림살이가 어떠한 것이며 그 속에서는 허구한 날 무엇이 일어나는지 외따로 떨어진 그

집 안의 소식을 호젓한 나무 아래 사정을 동리 사람들이 알아낼 수는 없었다. 모든 것이 나무 속에 감추어져서 하늘의 별조차도 나무 아래 지붕은 고사하고 나무를 뚫고 속사정을 엿볼 수는 없었다. 푸른 열매가 익어 갈 때 참살구 아닌 그 개살구의 양은 보기만 하여도 어금니에 군물이 돌았다. 집 안의 살림살이도 별수 없이 어금니에 군물 도는 그 개살구의 맛일는지도 모르나, 그러나 그 살구를 훔치러 사람들은 집 뒤를 기웃거리기가 일쑤였다.

도시 함석집이라고는 면내에서는 면소와 주재소, 조합과 학교, 그러고는 서울집이어서 사치하기로는 기와집 이상으로 보였다. 장거리와 뒷마을과의 사이의 넓은 터전은 거의 다 김형태의 것이어서 그 한복판에다 첩의 집을 세웠다 한들 계관(係關)할 바 아니나 푸른 논 가운데 외따로 우뚝 서 있는 까닭에 회벽 함석지붕의 그 한 채가 유독 눈에 띄고 마음을 끌었다. 오대산에 채벌장이 들어서면서부터 박달나무의 시세가 한참 좋을 때에는 산에서 베인 나무토막을 실은 우차(牛車)바리가 뒤를 이어 대관령을 넘었다. 강릉 주문진 항구에 부려만 놓으면 몇 척이든지 기선에 싣고는 철로 공사가 있다는 이웃 항구로 실어 나르곤 하였다.

오대산 속에 산줄기나 가지고 있던 형태는 버리는 것인 줄만 알았던 아름드리 박달나무 덕택에 순시에 돈벼락을 맞게 되었다. 논 섬지기나 더 늘이게 된 것도 그 판이었고 살구나무집을 세운 것도 그때였다. 학교에 돈백이나 기부하여 학무위원의 이름을 가졌고 조합의 신용을 얻어 아들 재수를 조합의 서기로 취직시킨 것도 물론 그 무렵이었다. 흰 회벽의 집이야 청(廳)으로서밖에는 소용이 없다고 생각하였던 동리 사람들은 그 깜은 듯이 아담한 집 격식에 눈을 굴렸다. 뜰 안에 라디오의 안테나가 들어서고 유성기의 노랫소리가 밤낮으로 흘러나오게 되었을 때에는 혀를 말았다. 박달나무가 가져온 개화의 턱찌꺼기에 사람들은 온통 혼을 뽑히웠던 것이다. 뒷마을 기와집 큰댁과 앞마을 살구나무집 작은댁과의 사이를 한가하게 어슬렁어슬렁 거니는 형태의 양을 사람들은 전과는 다른 것으로 고쳐 보기 시작하였다.

꿈속 같은 호사스러운 그 속에서도 가끔 변이 생겨 서울집은 두 번째 댁이었다. 첫 댁은 집이 서기가 바쁘게 강릉서 데려온 지 해를 못 넘어 달밤에 도망을 쳐 버렸다. 동으로 대관령을 넘어서 강릉까지는 팔십 리의 길이었다. 아침에 그런 줄을 알고 뒤를 쫓는대야 헛일이었으며 강릉에 친가가 있는 것이 아니라 온전히 뜬 사람이었던 까닭에 찾을 길이 막막하였다.

다른 사내가 있었다는 말도 듣기도 하여 형태는 영동(嶺東)을 단념해 버리고 이번에는 앞대*를 생각하게 되었다. 서(西)로 서울까지는 문재, 전재를 넘고 원주, 여주를 지나 오백 리의 길이었다.

이틀 동안이나 자동차에 흔들려서 첫 서울의 길을 밟은 지 거의 달포 만에 꽃 같은 색시를 데리고 첩첩한 산을 넘어 돌아왔

* 어떤 지방에서 그 남쪽의 지방을 이르는 말.

메밀꽃 필 무렵

다. 뜨물같이 허여멀쑥한 자그마하고 야물어진 서울 색시를 앞 대 물을 먹으면 인물조차 그렇거니만 생각하면서 사람들은 자 동차에서 내리는 그를 울레줄레 둘러쌌다. 하기는 그만한 인물 이 시골에까지 차례지게 되기까지에는 상당한 물재의 희생이 있 었으니 형태는 그번 길에 속사리(束沙里) 버덩의 일곱 마지기를 팔아 버렸던 것이다. 들고나게 된 한 가호를 살려 주고 그 값으 로 외딸을 받아 가지고 왔다는 소문이었다. 장안에서도 일색이 었다는 서울집이 시골 와서 절색임은 물론이었고 마을 사람들 은 마치 여자라는 것을 처음 보는 것과도 같이 탄복하고 수군들 거렸다.

첫 번 강릉집의 경우도 있고 하여 형태는 단속이 무서웠다. 별수 없이 새장에 갇힌 새의 신세였다. 형태는 집 안 재미에 마 음을 잡고는 즐겨 하던 투전판에도 섞이는 법 없이 육중한 몸을 유들유들하게 서울집에 박혀 있는 날이 많았다. 검은 판장으로 둘러친 울과 우거진 살구나무와는 굳은 성벽이어서 안에서도 짐작할 수 없으려니와 밖에서 엿볼 수도 없었다. 그러나 단속이 심하면 심할수록 갇혀 있는 사람의 마음은 한층 허랑하게 밖으 로 날아서 강릉집이 영 너머의 읍을 그리워하듯이 서울집 또한 첩첩한 산을 넘어 앞대를 그리워하는 심정은 일반이었다. 집에 든 지 달포도 채 못 되어서 하룻밤은 별안간에 헛소동이 일어났 다. 서울집이 집 안에 없음을 깨닫고 형태가 황급 결에 도망이라 고 외쳤던 까닭에 이웃 사람들은 호기심도 솟고 하여 일제히 퍼 져 두망간 서울집을 찾으려 들었다. 마침 그믐밤이어서 마을은 먹을 뿌린 듯이 어두운데 각기 초롱에 불들을 켜 가지고 웬만한 곳은 샅샅이 헤매었다. 어두운 속 군데군데에서 초롱불이 반딧불같이 움직이며 두런두런 말소리가 흘러왔다. 외줄 신작로를 동과 서로 몇 마장씩 훑어보고는 닥치는 대로 마을 안을 온통 뒤졌다.

뒷마을서부터 차례차례로 산기슭, 수수밭, 과수원을 들치고 앞으로 나와 성황숲에서는 느릅나무와 느티나무의 테두리를 샅샅이 살피고 거리를 새로 아래위로 훑어보고는 냇가의 숲속과 물레방앗간을 뒤졌으나 종시 서울집의 자태는 보이지 않았다. 설레는 마음에 앞장을 서서 휘줄거리던 형태는 홧김에 초롱을 던지고는 말도 없이 발을 돌렸다. 뒤를 따르는 사람들도 입맛을 다시면서 풀린 맥에 초롱을 내저으며 자연 걸음이 느려졌다.

아무래도 서쪽으로 길을 들었을 것이 확실하니 날이 밝으면 강릉서 오는 자동차로 뒤를 쫓는 것이 상수라고 공론들이었다. 강릉집 때에 혼이 난 형태는 실망이 커서 그렇게라도 할 배짱으로 한시가 초조하였다. 담배들을 피우면서 웅얼웅얼 지껄이며 돌밭을 지나 물가에 이르렀을 때에 앞을 섰던 형태가 불시에 주춤하면서 걸음을 멈추고 어둠 속을 노렸다. 한 사람이 초롱불을 앞으로 획 내밀었을 때 물속에서는 철버덩 소리가 나며 싯허연 고래가 한 마리 급스럽게 숲속으로 뛰어 들어갔다.

어둠 속에서도 유난스럽게 희고 퍼들퍼들한 몸뚱어리였다. 의외의 곳에서 그날 밤의 사냥에 성공하고 마을길을 더듬어 올 때 모두들 웃음에 허리를 꺾을 지경이었다. 도망했다고만 법석을 한 서울집은 좀체 나오기 어려운 기회를 타서 혼자 시냇가에 목물을 나왔던 것이다. 벌써 일 년 전의 일이었으나 그 일이 있은 후로 형태는 서울집의 심중에 저으기 안심되어 덮어놓고 의심하지는 않게 되었다. 집안사람들의 출입도 잦지 못한 집 안은 언제든지 고요하고 감감하여서 그 속에 무슨 일이 일어나며 변이 생기는지 알 도리가 없었다. 푸른 살구가 맺혀 그것이 누렇게 익어갈 때면은 마을 사람들은 드레드레 달린 누른 개살구를 바라보고 모르는 결에 어금니에 군물을 돌리군 할 뿐이었다.

1

들에 보리가 익고 살구도 완전히 누런빛을 더하여 갔다.

달무리가 있은 이튿날 아침 뒷마을 샘물터는 온통 발끈 뒤집혔다.

당초에 말을 낸 것은 맨 처음 물 이러 온 금녀였고 그의 말을 들은 것이 다음에 온 제천이었다. 제천이는 이어 온 춘실네에게 그것을 귀띔하고 춘실네는 매사 옥분에게 전하고 옥분은 히히덕거리며 방앗집 새댁에게 있는 대로 털어 버렸다. 간밤의 변사는 순식간에 입에서 입으로 온통 번설되고야 말았다. 뒤를 이어 모여든 한패는 물을 길어 가지고는 냉큼 갈 줄을 모르고 물동이를 차례차례로 샘 전에 논 채 어느 때까지나 눈길을 흘끗거리면서 뒤숭숭하게 수군거렸다. 한번 말뮤이 터지면 좀체 수습하기 어려워서 있는 말 없는 말 주워섬기는 동안에 아침 시중이 늦어지는 줄도 모르고 횡설수설이었다. 새침데기이던 방앗집 새댁도 제법 말주머니여서 뒤에 오는 축들을 붙들고는 꽁무니가 무섭게 어느 때까지나 말질이었다.

"세상에 그런 법도 있을까. 집 안이 언제나 감감하길래 수상하다고는 노렸으나—하필 김 서기일 줄야 뉘 알았을꼬. 환장이지 그럴 수가 있나. 무서워라."

두 동이째 물을 이러 온 금녀는 아직도 우물터가 와글와글 뒤끓는 것을 보고 별안간 무서운 생각이 들었다. 처음으로 말을 낸 경솔을 뉘우쳤으나 그러나 한번 낸 말을 다시 입안으로 거둬들일 수는 없는 노릇이었다. 청을 받는 대로 간밤의 변을 몇 번이고 간에 되풀이하는 수밖에는 없었다. 되풀이하는 동안에 하기는 마음은 대담하여 가고 허랑하여졌다.

"아마도 무엇에 홀렸던 게지. 아무리 달이 밝기로서니 아닌 밤에 살구 생각은 왜 나겠수. 살구 도적 간 것이 끔찍한 것을 보게 된 시초니."

금녀가 하필 그 밤에 살구나무집 살구를 노린 것은 형태가 마침 며칠 전에 읍내로 면장 운동을 떠난 눈치를 알아챈 까닭이었다. 개궂은* 그가 출타한 이상 집을 엿보기쯤은 어려운 노릇이 아니었다. 논길을 살며시 숨어들어 살구나무에 기어올라 우거진 가지 속에 몸을 감추기는 여반장이었으나 교교하게 밝던

---

* 개궂다 : '짓궂다'의 경상도 방언.

메밀꽃 필 무렵

보름달이 공교롭게도 별안간 흐려지면서 누리가 금시에 캄캄하여 간 것은 마치 무슨 조화나 붙은 것 같았다. 알고 보니 그날 밤이 월식이어서 그때 마침 온통 어두워진 하늘에서는 검은 개가 붉은 달을 집어먹으려고 노리고 있는 중이었다. 모든 것이 물속에 빠진 듯이나 고요하고 어두운 가운데에서 길을 잃은 듯한 박쥐의 떼가 파닥파닥 날아들고 뒷산의 부엉이 소리가 다른 때보다 한층 언짢게 들렸다.

멀리서 달을 보고 짖는 개의 소리가 마디마디 자지러지게 흘러왔다. 지척을 분간할 수 없는 나뭇잎 속에서 금녀는 불길한 생각에 몸서리를 치면서 살구 생각도 없어지고 나뭇가지를 바싹 붙들었다. 변이라도 일어날 듯한 흉한 밤이었다. 하늘의 개는 붉은 달을 입에 넣고 게웠다 물었다 하다가 드디어 온전히 삼켜 버리고야 말았다. 천지는 그대로 몽땅 땅속에 묻혀 버린 듯이 새까맣고 답답하여졌다. 부엉이 울음도 개 짖는 소리도 어느 결엔지 그쳐진 캄캄한 속에서 금녀는 무서운 김에 팔 위에 얼굴을 얹고 차라리 눈을 감아 버렸다. 눈을 감으면 한결 귀가 밝아져서 어느 맘 때는 되었는지 이슥한 속에서 문득 웅얼웅얼하는 사람의 속삭임이 들렸다. 정신이 귀로만 쏠릴수록 말소리도 차차 확실해져서 바로 살구나무 아래편 뒤안 평상 위에서 들려오는 것인 줄을 알았다. 방 안에는 등불이 켜지지 않았고 나무에 오르자 월식이 시작된 까닭에 당초부터 그 아래에 사람이 있는 줄은 몰랐던 것이다. 비록 얕기는 하여도 굵고 가는 한 쌍의 목소리가 남녀의 목소리인에는 틀림없었다. 여자의 목소리는 서울집의 것이라고 하고 남자의 목소리는 누구의 것일까. 부엌일 하는 점순이 외에는 남자의 출입이라고는 큰댁 식구들도 마음대로 못하게 하는 형편에 아닌 밤에 서울집과 수군거리는 사내는 누구일까 하고 금녀는 무서움도 잊어버리고 이번에는 솟아오르는 호기심에 정신을 바짝 차리고 어둠 속을 노리기는 하나 워낙 어두운 데다가 나뭇잎이 우거져서 좀체 분간하기 어려웠다. 무시무시하면서도 한편 온몸이 근실근실하여서 침을 삼키면서 달이 밝아지기를 조릿조릿 기다렸다. 이윽고 하늘개는 먹었던 달덩이를 옳게 삭이지 못하고 불덩어리 채로 왈칵 게워 버리고야 말았다. 엉켰던 구름이 헤어지고 맑은 하늘이 그 사이로 솟기 시작하자 달았던 불덩어리도 어느 결엔지 온전한 보름달로 변하여 갔다. 하늘의 변화를 우러러보던 금녀는 어느 결엔지 환히 드러난 제 꼴에 놀라 움츠러들며 나무 아래를 날쌔게 나뭇잎 사이로 굽어보다가 별안간 기급을 할 듯이 외면하여 버렸다.

수풀 속에서 뱀을 만났을 때의 거동이었다. 뒤안에 내놓은 평상 위에 뱀 아닌 남녀의 요염한 꼴을 보았기 때문이었다. 처녀인 금녀로서는 처음 보는, 보아서는 안 될 숨은 광경이었다. 그러나 더 놀라운 것은 그 남녀가 서울집과 조합의 김 서기 재수란 것이다. 서울집의 소문은 이러쿵저러쿵 기왕부터 있기는 있어서 이제는 벌써 등하불명으로 모르는 부처님은 남편 형태뿐이라는 소문은 소문이었으나 사내가 재수일 줄야 그 아무도 짐작하지 못한 바이며 그러기 때문에 금녀의 놀람은 컸다. 너무도 어처구니가 없어 다시 한번 무시무시 아래를 훔쳐보았으나 속일 수 없는 밝은 달은 사정이 없었다.

금녀는 그것을 발견한 자기 자신이 큰 죄나 진 것도 같아서 몸서리를 치면서 애비 아들의 기구한 인연을 무섭게 여겼다. 그들 둘이 아는 외에는 하늘과 땅만이 알 남녀의 속일을 귀신 아닌 금녀가 엿볼 줄야 어찌 짐작인들 하였으랴. 하기는 그래도 달을 두려워함인지 뒤안이 훤히 밝아지자 남녀는 평상에서 내려와서 방 안으로 급스럽게 들어가는 것이었으나 어지러운 그 뒤꼴들을 바라볼 때 금녀는 다시 새삼스럽게 무서워지며 하늘이 벼락을 내린다면 바로 이런 곳이 아닐까 하고 머리끝이 선뜻하여져서 살구 생각도 다 잊어버리고 부리나케 나무를 미끄러져 내려왔다. 논길을 빠져 집까지는 거의 단숨에 달았다. 밤이 맞도록 잠 한숨 못 이루고 고시랑고시랑 컴컴한 벽을 바라볼 뿐 하늘과 땅만이 아는 속일을 알았다는 두려움이 한결같이 가슴속에 물결쳤다. 그러나 시원한 아침을 맞아 샘물터에서 동무를 만났을 때에는 엉켰던 마음도 저으기 누그러져 허랑하게 그만 입을 열게 되었다. 하기는 그 끔찍한 괴변은 차라리 같이 알고 있는 것이 속 편한 노릇이지 혼자 가슴속에 담아 두기에는 너무도 무서운 것이었다. 그날은 샘터도 별스러이 소란하여서 아침물이 지내고는 조금 뜸하더니 낮쯤 해서 또 한바탕 들끓고야 말았다. 꽤 먼 마을 한끝에서까지 길러 가는 샘이므로 모이는 인물들도 허다한 속에 대개 아침 인물이 한두 사람씩은 끼어 있었다.

"사내가 그른가, 계집이 그른고—하긴 그런 일에 옳고 그른 편이 있겠소만"

"터가 글렀어. 강릉집 때에두 어디 온전히 끝장이 났수. 오대를 내려온다는 그놈의 살구나무가 번번이 일을 치거든."

이렇게 수군거리는 패도 있었다.

"핏줄에서 난 도적이니 누구를 한하겠소만 면장 운동인가 무언가를 떠난 것이 불찰이지 버젓이 앉아 있는 최 면장을 떼고 그 자리에 대신 들어앉으려니 그런 억지가 어디 있수. 박달나무 덕에 돈 벌고 땅 샀으면 그만이지 면장은 해 무엇 한단 말요. 과한 욕심 낸 죄로 하면야 싸지. 군수하고 단짝이라나. 이번 길에도 꿀 한 초롱과 버섯말이나 가지고 간 모양인데 쉬이 군수가 갈린다는 소문이니까 갈리기 전에 한몫 얻으려고 바싹 붙는 모양이야."

"애비보다두 자식이 못나고 불측한 탓이 아니오. 장가든 지불과 몇 달에 아내를 뚜드려 쫓더니 그 짓이란 말야. 춘천 가서 윗학교를 칠 년 만에 마친 위인이니 제 구실을 할 수야 있겠소. 조합 서기도 애비 덕에 간신히 얻어 한 것이 아니오."

"자식과 원수 된 것을 알면 형태는 대체 어떻게 할꼬."

샘물 둔치에는 돌배나무 한 폭이 서 있었다. 돌팔매를 던져 풋배를 와르르 떨어서는 뜻 없이 샘물 속에 집어던지면서 번설들이었다.

"이 자리에서만 말이지 까딱 더 번설들 맙시다. 형태 귀에 들어갔단 큰일 날 테니."

민망한 끝에 발설을 한 것이 춘실네였다. 그러나 저녁때도 되기 전에 또 점순에게 그것을 귀띔한 것도 춘실네였다.

서울집 부엌데기로 있는 점순은 전날 밤을 집에서 지내고 아침에 일찍이 나가 진종일 집에서만 일한 까닭에 그 괴변을 보지도 듣지도 못하였다. 다시 집으로 갔다가 저녁참을 대고 나올 때에 수수밭 모퉁이에서 춘실네를 만나 들으니 초문이었다. 재수는 전에 그에게도 한번 불측한 눈치를 보인 일이 있어서 그의 버릇은 웬만큼 짐작은 하는 터였으나 역시 놀라지 않을 수는 없었다. 서울집을 극진히 여기는 점순은 그의 변이 번설되는 것을 민망히는 여겼으나 변이 변인만큼 가만있을 수도 없어 그 걸음으로 다시 집에 들어가 남편 만손에게 전하고 내친걸음에 거리로 나가 가가 보는 태인에게도 살며시 뛰어 주었다. 태인과는 만손 몰래 정을 두고 지내는 사이였다.

태인은 가게에 모이는 사람들에게 한두 마디씩 지껄이게 되고 만손은 그날 저녁 형태네 큰사랑에 마을 가서 모이는 농군들에게 말을 펴놓게 되었다.

이렇게 하여 소문은 하루 동안에 재빠르게도 마을 안에 쫙 퍼지게 되었다. 이제는 벌써 당사자 두 사람과 출타한 형태만이 몰랐지 마을 사람들은 모두—형태 큰댁까지도 사랑 농군에게서 들어 알게 되었다. 큰댁은 놀라기는 무척 놀랐으나 제 자식의 처신머리가 노여운 것보다도 서울집의 빗나간 행동이 더 고소하게 생각되었다. 염라대왕에게 서울집 속히 데려가기를 밤낮으로 비는 큰댁은 남편이 돌아와 어떻게 이 일을 조치할까에 모든 생각이 쏠리는 까닭이었다.

2

그날 밤은 열엿샛날 밤이어서 간밤같이 월식도 없고 조금 늦게는 떴으나 달이 밝았다.

샘터 축들은 공연히 마음이 달떠서 달밤을 잠자코 지내기 어려운 속에서 옥분은 드디어 실무죽한 금녀를 충충대서* 끌어내고야 말았다. 하룻밤 더 살구나무를 엿보자는 것이었다. 옥분은 금녀보다도 바라지고 앙도라져서 금녀가 모르는 세상을 벌써 재빠르게 엿본 뒤였다. 오대산에서 강릉으로 우차를 몰아 재목을 실어 나르는 박 도령과는 달에 불과 몇 번밖에는 만날 수 없어서 그가 장날 장거리까지 내려오거나 그렇지 못하면 옥분이 윗마을 월정(月精) 거리까지 출가 전에 눈을 훔쳐 가지고 올라가지 않으면 안 되었다. 그런 때에는 대개 밭에 일하러 간다고 탈하고 근 오리 길을 걸어 올라가 월정사에서 나오는 길과 신작로가 합하는 곳에서 박 도령을 기다렸다가 조이밭머리나 개울가에 가서 묵은 회포를 이야기하곤 하였다. 나중에 어떻게 되리라는 계책도 서지 못한 채 다만 박 도령의 인금만을 믿고 늘 두근거리는 마음에 위험한 눈을 훔치곤 하였다. 한 이태 더 몰아서 돈백이나 모이거든 강릉에 가서 살자고 번번이 언약을 하고 우차를 몰고 대관령 쪽으로 느릿느릿 걸어가는 뒷모양을 바라볼 때 번번이

* 충충대다 : 마음이 움직이게 충동질하다.

가슴이 찌르르하였다. 거듭 만나는 동안에 남녀의 정이라는 것을 폭 안 옥분은 금녀와는 달라서 남녀의 세상에 유달리 마음이 쏠렸다.

금녀와 둘이 뒷마을을 나와 밭길을 들어갔을 때 달은 한참 밝아서 옥수수수염과 피마자 대궁이 새빨갛게 달빛에 어리었다. 논둑에서 기다리고 있는 점순을 만나 한패가 되어서 지름길을 들어서 살금살금 살구나무께로 향하였다. 사특한 마음으로가 아니라 주인집 동정을 살펴서 잘 알고 있음이 부리우는 사람으로서 마땅한 일 같아서 점순은 저녁 시중이 끝나자 약조하였던 금녀들을 기다리려 논둑에 나와 앉았던 것이다.

말없는 나무는 간밤이나 그 밤이나 같은 체모(體貌) 같은 표정이었다. 금녀는 같은 나무에 두 번 오르기 마음이 허락지 않아 혼자 나무 아래서 망을 보기로 하고 점순과 옥분을 올려 보냈다. 집에서는 유성기 소리가 쉴 새 없이 들리더니 판이 끝나도 정신없이 버려두어 판 갈리는 소리가 어느 때까지나 스르럭 스르럭 들렸다.

나무 위에서 내려다보이는 집 안의 모양은 그 속에서 일할 때의 모양과는 퍽이나 달라서 점순은 모든 것을 신기한 것으로 굽어보았다. 평상 위에 유성기를 내놓고 금녀의 말과 틀림없이 서울집과 재수 단둘이 앉아 달 밝은 밤이라 월식의 괴변은 없으나 정답게 수군거리고 있는 것도 신기하였으나 열어젖힌 문으로 들여다보이는 방 안의 광경도 그 속에 있을 때와는 다르게 조촐하고 호화롭게만 보였다. 부러운 광경을 정신없이 내려다보는 동안

개살구   225

에 점순은 이상하게도 다른 생각은 다 젖혀 놓고 서울집 인물에 비겨 재수의 인금은 보잘것없고 그러므로 서울집을 훔친 재수는 호박을 딴 셈이요 서울집으로서는 아깝다는 그 자리에 당치 않은 생각이 불현듯이 솟기 시작하였다. 언제인지 한번은 경대 위에 금반지를 훔친 일이 있어서 즉시로 발각되어 호되게 야단을 듣고 집을 쫓겨난 일이 있었으나 그런 변을 당하여도 점순은 서울집을 미워는커녕 더욱 어렵게 여기고 높이고 싶었다. 사내가 그에게 반하듯이 점순도 그에게 반한 셈이었다. 여자로 태어나 마을의 뭇 사내들이 탐내 하는 그의 곁에서 지내게 되는 것을 다행으로 여겼다. 그러기에 한 번 쫓겨나면서도 구구히 빌어 다시 그 자리로 들어간 것이었다. 삼신할머니가 구석구석 잔손질을 해서 묘하게 꾸며 세상에 보낸 것이 바로 서울집이라고 점순은 생각하였다.

손발이 동자같이 작고 살결이 물에 씻긴 차돌같이 희었다. 콧날이 붕긋이 솟은 아래로 작은 입을 열면 새하얀 잇줄이 구슬을 머금은 것같이 은은히 빛났다. 점순이가 아무리 틈틈이 경대속의 분을 훔쳐서 발라도 그의 살결을 본받을 수는 없었다. 검은 살결과 걱실걱실한 체대와 큰 수족을 늘 보이는 것이건만 그에게 보이기가 언제나 부끄러웠다. 열두 번 다시 태어난다고 하더라도 그의 몸맵시를 따를 수는 없을 것 같았다. 뒤안에 물통을 들여다 놓고 그 속에서 목물을 할 때 그 희멀건 등줄기를 밀어 주노라면 점순은 그 고운 몸뚱어리를 그대로 덥석 안아 보고 싶은 충동이 솟곤 하였다. 여름 한때 새끼손가락 손톱에 봉선

　　　　　　　　　　　　　　　메밀꽃 필 무렵

화 물이나 들이게 되면 누에 같은 손가락 끝에 붉은 꽈리 알을 띄운 것도 같아서 말할 수 없이 귀여운 감동을 자아내는 것이었다. 그 서울집이 재수 따위의 손안에서 허름하게 놀고 있음을 내려다보노라니 점순은 아까운 생각만 들었다. 즉시로 뛰어 내려가 그 자리를 휘저어 놓고도 싶었다. 어느 때까지나 그대로 버려두기 부당한 속히 한바탕 북새를 일으켜 사이를 갈라놓고 싶은 생각이 불현듯이 솟기 시작하였다. 그대로 살며시 덮어만 둔다면 어느 때까지나 애매한 형태에게까지 알려지지 않을 것이 한 되었다. 재수에게 대한 샘이 아니라 참으로 서울집에 대한 샘이었다.

그러나 점순이 그렇게 오래 걱정하지 않아도 좋은 것은 간밤 이상의 괴변이 금시에 눈 아래 장면 위에 일어난 것이다. 세상에는 기묘한 일이 간간이 생기는 까닭인지 혹은 그 불측한 장면을 오래도록 허락하지 않으려는 뜻인지 참으로 뜻하지 않은 어처구니없는 일이 일어난 것이다. 그렇게라도 되지 않으면 형태에게 그 숨은 곡절은 알릴 길이 없었던 탓일까. 읍내에 갔던 형태가 별안간 나타난 것이다.

집을 떠난 지 여러 날 되기는 하나 하필 그 밤에 돌아오게 된 것은 귀신이 알린 탓이라고밖에는 생각할 수 없었다. 하기는 어느 날 어느 때 그 자리에 당장 돌아올는지도 모르면서 유하게 정을 통하고 있는 남녀가 어리석은지도 모른다. 정에 빠진 남녀는 어리석어지는 법일까.

다따가 방문에서 불쑥 솟아 뒤안 툇마루에 나선 것이 형태임을 알았을 때 옥분은 기급을 하고 점순에게로 몸을 쏠렸다. 나

뭇가지가 흔들리며 살구가 후둑후둑 떨어졌으나 나무 위로 주
의를 보내기에는 뒤안의 형세는 너무도 급박하였었다.

평상 위에 서로 기대앉았던 남녀는 화다닥 자세를 바로잡으면
서 물결같이 갈라졌다. 그 황겁한 거동 앞에 가로막아 선 형태의
육중한 몸은 마치 꿈속의 무서운 가위 같아서 그 가위에 눌린
것이 별수 없이 두 사람의 꼴이었다. 움츠러들었을 뿐 찍소리도
없는 데다가 형태 또한 바위같이 잠자코만 서서 한참 동안 자리
는 고요할 뿐이었다. 검은 구름을 첩첩이 품은 채 천둥을 기다
리는 무서운 순간이었다.

"대체 누구냐."

지나쳐 상기된 판에 형태는 말조차 어리석었다. 하기는 재수
가 아들임을 일순간 잊어버렸던지도 모른다.

"무엇들을 하고 있어."

육중한 체대가 움직였을 때 서울집은 허둥허둥 평상에서 내
려와 신을 신었다. 방으로 뛰어들어가려고 툇마루 앞에 이르렀
을 때 말도 없이 형태의 손에 머리쪽을 쥐였다. 새발의 피였다.
한번 거세게 휘낚구는 바람에 보잘것없이 폴싹 땅에 쓰러지고
말았다.

형태의 손질을 아는 점순은 아찔하며 그 자리로 기를 눌리우
고 말았다. 그 밤으로 무슨 변이 일어날지를 헤아릴 수 없는 판
에 나무에서 유유하게* 주인집 변사를 내려다보기가 무서웠다.

* 유유(悠悠)하다 : 움직임이 한가하고 여유가 있고 느리다.

메밀꽃 필 무렵

한시가 바쁘게 옥분을 붙들어 먼저 내려 보내고 뒤이어 미끄러져라 하고 급스럽게 나무를 타고 내려섰다. 뒤안에서는 주고받는 말소리가 차차 똑똑해지고 금시에 큰 북새가 시작될 눈치였다. 간밤의 변괴보다는 확실히 더 놀라운 변고에 혼을 뽑히운 셋은 웬일인지 그 밤의 책임이 자기들에게도 있는 것 같아서 다시 돌아다 볼 염도 못하고 꽁무니가 빠져라 논길을 뛰어나갔다.

이튿날 아침 소문은 도리어 뒷마을에서부터 났다. 새벽쯤 해서 점순이 서울집으로 일을 하러 집을 나왔을 때 길거리에서 춘실네에게 간밤의 소식을 듣게 되었다. 재수는 당장에서 물푸레나뭇가지로 물매를 얻어맞아 피를 흘리고 그 자리에 까무러쳐 쓰러진 것을 농군이 업어다가 뒷마을 집에 갖다 눕힌 채 아침까지 정신을 못 차리고 있다는 것이다. 전신이 부풀어 올라서 모습까지 변한 것을 큰댁은 걱정하여 울며불며 일변 약을 지어다가 달인다 푸닥거리 준비를 한다 집 안은 야단이라는 것이었다.

궁금해서 두근거리는 마음에 점순은 부리나케 앞마을로 뛰어나가 닫힌 채로의 서울집 대문을 열고 들어섰을 때 집 안은 비인 듯이 고요하였다. 겁이 덜컥 나서 마루에 뛰어올라 의걸이 놓인 방문을 열었을 때 예료(豫料)대로 놀라운 꼴이었다. 이불을 쓰고 누운 서울집을 벌써 운명이나 하지 않았나 하고 급히 이불을 벗겼을 때 살아 있는 증거로 눈을 뜨기는 하였으나 입에는 수건으로 재갈을 메웠고 볼에는 불에 데인 흔적이 끔찍하였다. 몸을 움짓움짓은 하면서 일어나지 못하는 것은 굵은 바로 수족을 얽어맨 까닭이었다. 바를 풀고 재갈을 뺐을 때 서울집은 수생한 듯이 간신히 일어나 앉았다. 흩어진 머리와 상기된 눈과 어지러운 자태가 중병이나 치르고 일어난 병자 모양이었다. 이지러져 변모된 얼굴을 볼 때 점순은 눈물이 핑 돌았다.

"죄를 졌기로서니 이럴 법이 있나. 사람이 아니라 짐승이지."

이를 부드득 가는 서울집의 눈에도 눈물이 그렁그렁 어리었다. 구슬 같은 그 고운 얼굴이 벌겋게 데어서 살뜰하던 모습은 찾을 수도 없었다.

"사지를 결박하구 입을 틀어막구 인두로 얼굴과 다리를 지지 데나그려. 아무리 시골놈이기루서 그런 악착한 것 본 적이 있나. 제나 내나 사람은 매일반 마음은 다 각각이지 인두를 달군대야 사람의 마음이야 어찌 휘일 수 있겠나. 이런 두메에 애초부터 자청하구 올 사람이 누군가. 산 설구 물 설구 인정조차 다른데, 게다가 허구한 날 안에만 갇혀 한 걸음 길 밖에도 못 나가게 하니 전중이* 생활인들 게서 더할까. 피 가진 사람으로서 어찌 고향인들 안 그립구 사람인들 안 아쉽겠나. 갇힌 새두 하늘을 그리워 할랴니. 내가 그른지 놈이 악한지 뉘 알려만 내 이 봉변을 당하구 가만있을 줄 아나. 당장 주재소에 가 고소를 하구 징역을 시키구야 말겠네. 그날이 나두 이곳을 벗는 날이야. 생각할수록 분하구 원통하구!"

입술을 꼬옥 무니 이슬 같은 눈물이 방울방울 솟아 상한 두 볼 위로 흘러내렸다. 점순도 덩당아 눈물이 솟으며 무도한 형태

* 징역살이하는 사람을 속되게 이르는 말.

메밀꽃 필 무렵

의 행실을 속으로 한없이 노여워하고 미워하였다. 만약 사내라면 그놈을 다구지게 해내고 싶은 생각도 들었고 간밤에 달려들어 말리지도 못하고 변이 일어난 줄을 알면서도 그 자리를 피해 간 비겁한 행동을 그지없이 뉘우치기도 하였다. 반드시 태인과 남편 만손의 사이에 든 자신의 처지를 생각하여서가 아니라 참으로 마음속으로부터 서울집의 처지를 측은히 여겨서였다. 그러나 위로할 말을 몰라 다만 콧물을 들이키면서 일상 쥐어 보고 싶던 서울집의 고운 손을 큰 손아귀에 징긋이 쥐어 볼 뿐이었다.

3

형태는 부락스러운 고집에 겉으로는 부드러운 낯을 지니나 속으로는 심화가 솟아올라 그 어느 때나 술기에 눈알을 붉게 물들이고는 장거리에서 진종일을 보내곤 하였다. 옆 사람들의 수군거리는 눈치와 소문을 유하게 깔아 버리고는 배포 유하게 거들거렸다. 화풀이로 면장 운동에 마음을 돌리는 수밖에는 없어서 술집에서 장 구장을 데리고 궁리와 책동에 해 가는 줄을 몰랐다. 장 구장은 기왕에 구장으로 있다가 최 면장이 들어서자 떨어진 축이어서 형태가 면장을 하게 되면 다시 구장으로 들어앉자는 것이 그의 원이었고 두 사람이 공모하는 뜻도 거기에 있었다.

원래 면장 운동은 가제 시작된 것이 아니라 벌써 오래전부터 형태가 책모하여 오던 바였다 박달나무로 하여 돈을 벌게 되자

마을에서 상당히 낯이 높아진 것이 그 원을 품게 한 근본 원인이었고 면장이 되면 윗마을과 뒷마을에 있는 소유의 전답에 유리하도록 마을 사람들의 부역을 내서 길과 도랑을 고쳐 내겠다는 것이 둘째 희망이었다. 그러나 그보다도 더 절실한 원인은 최면장에 대한 감정이었으니 전에 역군을 다녔던 형태가 지벌이 얕다고 최 면장에게서 은근히 멸시를 받고 있는 것과 아들 재수가 최 면장의 아들 학구보다 재물이 훨씬 떨어지는 것을 불쾌히 여기는 편협심에서 오는 것이었다. 부전자전으로 자기가 글을 탐탁하게 못 배운 까닭으로 자식도 그렇게 둔재인가 하여 뒤치송할* 재산은 있는 데도 불구하고 재수가 단지 재주가 부실한 탓으로 춘천고등보통학교도 칠 년 만에야 간신히 마치고 나오게 된 것을 형태는 부끄러워하고 한 되게 여겼다. 한편 최 면장의 아들 학구는 재수와 동갑으로 한 해에 보통학교를 마쳤으나 서울 가서 윗학교를 마치고는 전문학교에까지 들어가게 되었다. 선비와 역군의 집안의 차이를 실제로 눈앞에 보는 것 같아서 형태로서는 마음이 괴로웠다. 최 면장은 어려운 가운데에서 자식 하나만을 바라고 그에게 정성을 다 바쳤다. 몇 마지기 안 되는 땅까지 팔아 버렸고 그 위에 눈총을 맞아 가면서도 면장의 자리를 눅진히 보존해 가는 것은 온전히 자식 때문이었다. 학구가 학교를 졸업할 때까지는 아무런 일이 있어도 그 자리를 비벼 나갈 생각이었다. 그런 점으로서 형태와는 드러나게 대립이 되어도

---

* 뒤치송하다 : 길 떠날 준비 등을 뒤에서 거들며 돌보아 줌.

메밀꽃 필 무렵

하는 수 없는 노릇이었다. 그러나 그뿐이 아니었다. 참으로 무서운 최 면장의 비밀을 형태는 손아귀에 움켜쥐고 있었다. 학비의 보충을 위하여 회계원과 짜고 여러 번째 장부를 고치고 공금에 손을 댄 것이었다. 면장 운동에 뜻을 둔 때부터 형태는 면장의 흠을 모조리 찾아내려고 하던 판에 회계원을 감쪽같이 매수하여 그에게서 공금 횡령의 비밀을 샅샅이 들추어냈던 것이다. 그런 눈치를 알아채었는지 어쨌는지 최 면장은 모든 것을 모르는 체 다만 학구가 학교를 마칠 때까지를 목표로 시침을 떼는 것이었으나 형태는 형태로서 네 속을 다 뽑아 쥐고 있다는 듯한 거만한 배짱으로 모든 수단이 다 틀리면 그 뽑아 쥔 비밀을 마지막 술책으로 쓰리라고 음특하게 벼르고 있었다. 하기는 그는 벌써 최 면장이 좀체 속히 물러앉지 않을 줄을 짐작하고 이번 읍내 길에서도 군수에게 공금의 비밀을 약간 귀띔하고 온 터였다. 군수는 기회를 보아서 내막을 철저히 조사시켜 폭로시킨 후 적당한 조처를 하겠다고 언약하였다. 군수를 그만큼까지 후리기에는 상당히 물재도 들었으니 이번 길만 하여도 꿀과 버섯의 선사뿐이 아니라 실상은 논 한 자리까지 남몰래 팔았던 것이다. 군수의 일상 원이 일등 명기를 앞에 놓고 은주전자, 은잔으로 맑은 국화주를 마시는 운치였다. 일등 명기야 형태의 수완으로도 어쩌는 수 없는 것이었으나 은주전자, 은잔쯤은 그의 힘으로 족히 자라는 것이어서 이번 기회에 수백 금을 들여 실속 있는 한 쌍을 갖추어 준 것이었다.

군수가 사양치 않은 것은 물론이며 그렇게 여러 번째 미끼를 흐뭇이 들여놓고 이제는 다만 속한 결과를 기다리게만 되었다. 평생 원을 풀 수만 있다면 그 모든 미끼의 희생쯤은 그에게는 보잘것없이 허름한 것이었다. 군수의 인품을 믿고 있는 것만큼 조만간 뜻대로의 결과가 올 것이 확실은 하였으나 될 수 있는 대로 그것이 속하였으면 하고 마음은 늘 초조하였다. 더구나 가정의 변이 생긴 후로는 어떠한 희생을 내서라도 기어이 뜻을 이루어야만 세상 사람들의 조롱과 웃음의 몇 분의 하나라도 설치(雪恥)가 될 것이요 지금까지 애써 온 보람도 있을 것이며 맺힌 마음의 짐도 넌지시 풀어 부끄러운 집안의 변괴도 잊어버릴 수 있으리라고 생각되어 더욱 초조하였다. 술집에 자리를 잡고 허구한 날 거나하여서 충혈된 눈을 험상궂게 굴리곤 하였다.

장날 저녁이었다. 형태는 영월네 골방에서 장 구장과 잔을 거듭하다가 마침내 최 면장을 부르러 사람을 보냈다. 주석(酒席)을 이용하여 마음을 떠보고 싸움을 거는 것이 요사이의 형태여서 장날과 평일도 헤아리지 않았다. 실상은 요사이 장 구장을 통하여 혹은 직접으로 그의 비밀을 한두 사람씩에게 차차 전포시키는 중이었다. 민심을 소란케 하여 그를 배반하게 하자는 생각이었다.

최 면장은 굳이 안 올 리가 없었으며 불과 두어 번 잔이 돌았을 때 형태는 차차 말을 풀어내기 시작하였다.

"정사에 얼마나 골몰한가. 덕택에 난 이렇게 술 잘 먹구 돈 잘 쓰구 태평하게 지내네만!"

돈 잘 쓴다는 말과 은근히 관련시키려는 듯이,

"학구 공부 잘하나. 들으니 한다하는 사상가라지. 최씨 집안에야 인물이구 말구. 그러나 쓸데없는 걱정 같지만 주의니 무어니 할 때 단단히 단속하지 않으면 까딱하다 큰일 나리. 푸른 시절에는 물들기두 쉽구 저지르기두 쉬운 법이요. 더구나 이게 무서운 시절 아닌가. 어련하겠나만 사귀는 동무 주의하라고 신신당부해 두게."

비꼬는 말인지 동정하는 말인지 속뜻을 알 수 없어 최 면장은 대답할 바를 몰랐다. 장 구장과의 틈을 끼어 얼뺑뺑할 뿐이었다.

"다 아는 형편에 뒤치송하기 얼마나 어렵겠소만 면장, 이건 귓속말인데 사정두 딱하게는 되었소."

은근한 말눈치에 어안이 벙벙하여 있을 때 장 구장은 입을 가까이 가져오며 짜장 귓속말로 무서운 것을 지껄였다.

"미안한 말 같지만 사직을 하려거든 지금이 차라리 적당한 시기인가 하오. 더 끌다가는 큰 봉변할 것 같으니 말이오."

최 면장은 뜨끔도 하였거니와 별안간 홍두깨같이 불쑥 내미는 불쾌한 말투에 관자놀이에 피가 바짝 솟아오르며 몸이 화끈 달았다.

"무슨 소리요."

단 한마디 짧게 퉁명스럽게 내쏘았다.

"노여워할 것이 아닌 것이 지금은 벌써 공연히 비밀이 되었소. 거리의 사람뿐이 아니라 멀리 읍내에까지도 알려져서 면내에서 모모 하는 사람들 사이에는 공론이 자자한 판이오."

"데체 무슨 소리란 말요."

면장은 모르는 결에 얼굴이 불끈 달며 어성이 높아졌다. 구장은 반대로 이번에는 목소리는 낮추었으나 그러나 다음 마디는 천 근의 무게가 있는 것이었다.

"아마도 윤 회계원의 입에서 말이 난 모양이요. 세상에서 누굴 믿겠소."

붉어졌던 면장의 낯은 금시에 새파랗게 질리며 입이 굳어지고 말문이 막혔다. 형태와 구장은 듬짓이 침묵하고 던진 말의 효과를 가늠 보고 있는 듯이 눈길을 아래로 향하였다. 불쾌한 침묵이었으나 그러나 면장은 즉시 침착을 회복하고 낯빛을 바로잡을 수 있었다. 설레지 않는 그의 어조는 막혔던 방 안의 공기를 다시 풀어 버렸다.

"그만하면 말뜻을 알겠네만 과히 염려들 할 것은 없네. 일이라는 것이 나구 보아야 옳고 그른 것을 시비할 수 있는 것이지 부질없이 소문에 사로잡힐 것은 아니야. 난 나로서 충분히 내 각오가 있으니 염려들은 말게."

밉살스러우리만치 침착한 어조는 도리어 반감을 돋우었다. 형태의 말 속에는 확실히 은근한 뼈가 숨어 있었다.

"각오라니 무슨 각온지는 모르겠으나 일이 크게 되면 낭패가 아닌가. 들으니 읍에서는 군수두 쉬이 출장 와서 조사를 하리라는 소문인데 그렇게 되면 무슨 욕이 돌아올지 헤아릴 수나 있나. 일이 터지기 전에 취할 적당한 방책도 있지 않을까 해서 이르는 말이 아닌가."

마디마디 꼭꼭 박아대는 말에 면장은 화가 버럭 나서 드디어 고성대갈 호통을 하였다.

"이르는 말이구 무엇이구 다 그만둬. 그 속 다 알고 그 흉계 뉘 모르리. 군수를 끼구 책동하는 줄도 다 안다. 내야 어떻게 되든 어디 할대루 해봐라."

"무엇을 믿구 큰소린구. 해 보구 말구. 나중에 뉘우치지나 말 게."

벌써 피차에 감출 것이 없어 속뜻과 싸움은 노골적으로 드러 나게 되었다.

"뉘우칠 것두 없구 겁날 것두 없다. 무슨 술책을 써서든지 할 대루 해봐라."

면장은 붉은 낯에 입술은 푸르면서 육신이 부르르 떨렸다.

"이 사람 어둡기두 하다. 일이 벌써 어떻게 된 줄두 모르구 큰 소리만 탕탕 하니."

"고얀 것들, 이러자구 사람을 불러냈어. 같지 않은 것들."

차려진 술잔을 밀쳐 버리고 면장은 성큼 자리를 일어섰다. 형 태의 유들유들한 웃음소리가 터지자 참을 수 없는 노염에 술상 을 발로 차 버리고 문밖으로 뛰어나갔다. 통쾌하다는 듯이 계획 은 거의 다 성사되었다는 듯이 형태는 눈초리를 질긋이 주름잡 고 구장을 바라보면서 한바탕 웃음을 쳤다.

면장 운동에는 차차 성공하여 가는 형태지만 속은 늘 심화가 나고 찌뿌둥하여서 변괴가 있은 후로는 아직 한 번도 서울집에 는 들어가지 않고 큰집이 아니면 거리에서 밤을 지내 오는 것이 었다. 은근히 기뻐하는 것은 큰댁이이서 ㅅ들이 앓아누운 것을 보면 뼈가 아프기는 하였으나 그러나 그것을 한 기회 삼아 한편 남편의 마음을 돌리기에 애쓰고 밖에 나가서는 일방 앓아누운 서울집의 치성을 드리기가 날마다의 행사였다. 속히 일어나라는 치성이 아니라 그대로 살며시 가 버리라는 치성이었다. 밤이 어둑어둑만 해지면 남편 몰래 새옹*에 메**를 짓고 맑은 물을 떠 가지고는 뒷동산 고목나무 아래나 성황숲이나 개울가에 나가서 염라대왕에게 손을 모고 비는 것이었다. 산귀신 물귀신 불귀신 귀신의 이름을 모조리 외우며 치마 틈에 만들어 넣었던 손각시*** 를 불에도 사르고 물에도 띄우고 땅에 묻고 하여 은근히 서울집의 앞길을 저주하였다. 원래 강릉집 때부터 치성을 즐겨 하여 강릉집이 기어코 실족이 된 것은 온전히 치성 덕이라고 생각하였다. 서울집이 오면서부터는 더욱 심하여서 어떤 때에는 오십 리나 되는 오대산에 가서 고산치성도 드렸고 내려오던 길에 월정사에 들러 연꽃치성도 드렸다. 이번에 서울집의 변괴도 재수의 허물로는 돌리지 않고 치성 덕으로 서울집에게로 내려진 천벌이라고 생각하였다. 내친걸음에 서울집을 영영 없애 달라는 것이 치성할 때마다의 절실한 원이었다. 형태로서는 치성은 질색이어서 큰댁의 우매한 꼴을 볼 때마다 한바탕 북새를 일으키고야 말았다.

재수가 자리에서 일어나자 하루아침 가만히 도망을 간 것은

---

* 놋쇠로 만든 뚜껑 있는 작은 솥. 밥을 지은 뒤 그대로 가져다 상에 올린다.
** 궁중에서, '밥'을 이르던 말.
*** '꼭두각시'의 경기도 방언.

여름도 한참 짙었을 때 형태의 심중이 가지가지 일에 무덥게 지글지글 끓어오를 때였다. 한편 걱정되지 않는 바도 아니었으나 차라리 한시름 놓은 것 같아서 시원도 했다. 신통치도 못한 조합 서기쯤 그만두고 멀리 가버림이 마을 사람들의 기억에서도 사라질 것이요 차차 죄를 벗는 길도 될 것으로 생각되어서 차라리 한시름 놓은 것 같았다. 다만 걱정되는 것은 불미한 생각을 일으키고 그 어느 구석에 가서 자진이나 하지 않았을까 하는 것이었다. 그날 아침 집안은 요란하게 설레고 마을을 아래위로 훑으면서 헤매었다. 주재소에 수색원까지 내고 들끓었으나 그러나 그렇게까지 걱정할 것이 없는 것은 실상은 재수의 도망은 큰댁의 지시요 계책이었던 것이다. 그날 새벽 강에 나가 치성을 마친 큰댁은 아들을 속사리재 아래까지 불러내서 등대하고 있다가 강릉서 넘어오는 첫 자동차에 태워서 앞대로 내보낸 것이었다. 거리에서 차를 타면 들킬 것을 염려하여 오 리 길이나 미리 나와 섰던 것이다. 전대 속에 알뜰히 모아 두었던 근 백여 소수의 돈을 전대 채로 아들에게 주면서 마을에서 소문이 사라질 때까지 어디든지 앞대로 나가 구경 겸 어느 때까지든지 바람을 쏘이라는 당부를 거듭하면서 운전수가 재촉의 고동을 몇 번이나 울릴 때까지 찻전을 붙들고 서서 눈물겨운 목소리로 서러워하였다. 그러나 물론 집에 돌아와서는 그런 눈치는 까딱 보이지 않으며 집안사람에게 휩쓸려 도리어 아들의 간 곳을 걱정하는 모양을 보였다.

재수의 저지가 세물에 띈 후로 꾀었던 청태의 마음 한구석이 파묻힌 것은 사실이었으나 그렇게 되면 서울집의 존재가 머릿속에 더한층 똑똑하게 떠올랐다. 그러나 그대로 어느 때까지 버려 두는 수밖에 별다른 처리의 방책은 없었다. 한번 흠이 든 것이니 시원히 버려 볼까도 생각하였으나 도저히 할 수는 없는 노릇임을 깨달았다. 속사리 버덩의 일곱 마지기를 팔아 버린 것이 아까워서가 아니라 아무리 흠이 들었다고는 하더라도 아직도 그에게로 쏠리는 정을 끊어 버릴 수는 없었다. 정이란 마치 헝클어진 실뭉치 같아서 한쪽을 끊어도 다른 쪽이 매이고 끊은 줄 알았던 줄이 다시 걸리고 하여서 하루아침에 칼로 베인 듯이 시원히 끊어 버릴 수는 없는 노릇이었다. 포악스럽게는 굴었어도 아직도 서울집에 대한 정은 줄줄 헝클어져 그의 마음 갈피에 주체스럽게 걸리고 감기는 것이었다. 그 위에 세월이라는 것은 무서워서 처음에는 살인이라도 날 것 같던 것이 차차 분이 사라졌고 봉욕(逢辱)에 치가 떨리고 몸이 화끈 달던 것이 지금은 그것도 차차 식어 가서 그대로 가면 가을에 찬바람이 나돌 때까지에는 분도 풀리고 마음도 제대로 가라앉을 것 같았고 일이 뜻대로 되어 면장으로나 들어앉게 되면 무서운 상처는 완전히 사라질 듯도 하였다. 다만 서울집의 마음이 자기의 마음같이 가라앉고 회복될까 하는 것이 의심이었다. 한때의 실책이었던지 그렇지 않으면 정이 벌어졌던 탓인지 그의 마음을 좀체 들여다볼 수는 없었다. 늘 밖을 그리워하는 눈치를 보아서는 마음속이 심상치는 않은 것도 같았기 때문이다. 집에 누운 채 얼굴과 다리의 상처에는 약국에서 가져온 고약을 바르고 일변 보약을 달여 먹도록 시키

메밀꽃 필 무렵

기만 하고 형태는 아직 한 번도 들여다보지는 않았으나 서울집
에 대한 의혹이 생길 때에는 불현듯이 정이 불꽃같이 타오르며
그를 만나고 싶은 생각이 유연히 솟아올랐다. 그럴 때에는 면장
운동보다도 오히려 더 큰 열정이 그를 송두리째 사로잡으며 서
울집을 잃는다면 그까짓 면장은 얻어 해 무엇하노 하는 생각조
차 들었다.

1937년 10월, 《조광》

장미 병들다

싸움이라는 것을 허다하게 보아 왔으나 그렇게도 짧고 어처구니없고—그러면서도 싸움의 진리를 여실하게 드러낸 것은 드물었다. 받고 차고 찢고 고함치고 욕하고 발악하다가 나중에는 피차에 지쳐서 쓰러져 버리는—그런 싸움이 아니라 맞고 넘어지고 항복하고—그뿐이었다. 처음도 뒤도 없이 깨끗하고 선명하여 마치 긴 이야기의 앞뒤를 잘라 버린 필름의 몇 토막과도 같이 신선한 인상을 주는 것이었다. 그 신선한 인상이 마치 영화관을 나와 그 길을 지나던 현보와 남죽 두 사람의 발을 문득 머무르게 하였는지도 모른다. 그러나 두 사람이 사람들 속에 한몫 끼어 섰을 때에는 싸움은 벌써 끝물이었다.

영화관, 음식점, 카페, 매약점 등이 어수선하게 즐비하여 있는 뒷거리 저녁때 바로 주렴을 드리운 식당 문 앞이었다. 그 식당의

쿡으로 보이는 흰옷에 흰 주발모자를 얹은 두 사람의 싸움이었으나 한 사람은 육중한 장골이요 한 사람은 가무잡잡한 약질이어서, 하기는 그 체질에 벌써 승패가 달렸던지도 모른다. 대체 무엇이 싸움의 원인이며 원한의 근거였는지는 모르나 하루아침에 문득 생긴 분김이 아니요 오래 두고두고 엉겼던 분만(憤懣)의 화풀이임은 두 사람의 태도로써 족히 추측할 수 있었다. 말로 겨루다 못해 마지막 수단으로 주먹다짐에 맡기게 된 것임은 부락스러운 두 사람의 주먹살에 나타났었으니 약질의 살기를 띤 암팡진 공격에 한번 주춤하였던 장골은 곱절의 힘을 주먹에 다져 쥐고 그의 면상을 오돌지게* 윽박았다.

소리를 치며 뒤로 쓰러지는 바람에 문 앞에 세웠던 나무분이 넘어지며 분이 깨뜨러지고 노간주나무가 솟아났다. 면상을 손으로 가리어 쥐고 비슬비슬 일어서서 달려들려 할 때 장골의 두 번째 주먹에 다시 무르게도 넘어지고 말았다. 땅 위에 문질러져서 얼굴은 두어 군데 검붉게 피가 배고 두 줄의 코피가 실오리같은 가느다란 줄을 그으면서 흘렀다. 단번에 혼몽하게 지쳐서 쭉 늘어졌음에도 불구하고 약질은 간신히 몸을 세우고 다시 한번 개신개신 일어서서 장골에게 몸을 던지다가 장골이 날쌔게 몸을 피하는 바람에 겨뤄 보지도 못한 채 또 나가쓰러지고 말았다. 한참이나 죽은 듯이 고요한 속에서 코만 흑흑 울리더니 마른 땅에는 금시에 피가 흘러 넓게 퍼지기 시작하였다.

* '오돌지다'의 북한말. 허술한 데가 없이 야무지고 알차다.

"졌다!"

짧게 한마디―그러나 분한 듯이 외쳤으니 그것으로 싸움은 끝난 셈이었다.

"항복이냐?"

장골은 능실도 하지 않고 마치 그 벅찬 힘과 마음에 티끌만큼의 영향도 받지 않은 듯이 유들유들하게 적수를 내려다보았다.

"힘이 부쳐 그렇지, 그리 쉽게 항복이야 하겠나."

"뼈다구에 힘 좀 맺히거든 다시 덤비렴."

"아무렴, 그때까지 네 목숨 하나 살려 둔다."

의젓하고 유유하게 대꾸하면서 약질이 피투성이의 얼굴을 넌지시 쳐들었을 때 현보는 그 끔찍한 꼴에 소름이 끼쳐서 모르는 결에 남죽의 소매를 끌었다. 남죽도 현장에서 얼굴을 피하며 재촉을 기다릴 겨를 없이 급히 발을 돌렸다. 한참 동안 말이 없었다. 우연히 목도하게 된 그 돌연한 장면에서 받은 감격이 너무도 컸다.

강하고 약하고, 이기고 지고―이 두 길뿐. 지극히 간단하다. 강약이 부동으로 억센 장골 앞에서는 약질은 욕을 보고 그 자리에 폭삭 쓰러져 버리는 그 한 장의 싸움 속에서 우연히 시대를 들여다본 듯하여서 너무도 짙은 암시에 현보는 마음이 얼떨떨하였다. 흡사 약질같이 자기도 호되게 얻어맞고 피를 흘리며 쓰러져 있는 듯도 한 실감이 전신을 저리게 흘렀다.

"영화의 한 토막과도 같이 아름답지 않아요? 슬프지 않아요?"

역시 그 장면에서 받은 감동을 말하는 남죽의 눈에는 눈물이

어리어 보였다. 아름답다는 것은 패한 편을 동정함일까? 아름다운 까닭에 슬프고 슬프리만큼 아름다운 것—눈물까지 흘리게 한 것은 별수 없이 그나 누구나가 처하여 있는 현대의 의식에서 온 것임을 생각하면서 현보는 남죽을 뒤세우고 거릿목 찻집 문을 밀었다.

차를 청해 마실 때까지도 현보와 남죽은 그 싸움의 감동이 좀체 사라지지 않아서 피차에 별로 말도 없었다. 불쾌하다느니보다는 슬픈 인상이었다. 슬픔으로 인하여 아름다운 것이었음을 남죽과 같이 현보도 느끼게 되었다. 그렇게까지 신경을 민첩하게 일으켜 세우게 된 것은 잠깐 보고 나온 영화 때문이었던지도 모른다.

영화관에는 마침 〈목격자〉가 걸려 있어서 우연히 보게 된 그 아름다운 한 편이 장면 장면 남죽을 울렸다.

전체로 슬픈 이야기였으나 가련한 주인공의 운명과 애잔한 여주인공의 자태가 한층 마음을 찔렀다. 억울한 혐의로 아버지를 여윈 어린 자식을 데리고 늙은 어머니가 어둡고 처량한 저녁에 무덤 쪽을 바라보는 장면과 흐린 저녁때의 빈민가 다리 아래 장면과는 금시에 눈물을 솟게 하였다. 다리 아래 장면에서는 거지의 자동풍금 소리에 집집에서 뛰어나온 가난한 구민(丘民)들이 그 슬픈 음악에 맞추어 춤을 추기 시작하였다. 요란한 소리를 듣고 순검이 달려와서 춤을 금하고 사람들을 헤칠 때 억울한 혐의로 아버지를 재판한 늙은 검사는 양심의 가책을 조금이라도 덜고 가난한 사람들을 위해 항의를 하나 용납되지 못하고 사람들은 하는 수 없이 비슬비슬 그 자리를 헤어진다. 그 웅성거리는 측은한 꼴들이 실감을 가지고 가슴을 죄었다. 어두운 속에서 남죽은 흐르는 눈물을 손수건으로 몇 번이고 훔쳐 냈다. 눈물로 부석부석한 얼굴을 가지고 거리에 나오자 당면하게 된 것이 싸움의 장면이었다. 여러 가지의 감동이 한데 합쳐서 새 눈물을 자아내게 한 것이다.

하기는 남죽들의 현재의 형편 그것이 벌써 눈물 이상의 것이기는 하다. 두 주일 이상을 겪고 가제 나온 것이 불과 며칠 전이었다. 남죽은 현재 초라한 꼴, 빈주머니에 고향에 돌아갈 능력도 없고 그렇다고 다른 도리도 없이 진퇴유곡의 처지에 있는 셈이었다. 〈목격자〉 속의 주인공들보다 조금도 나을 것이 없었다. 현보와 막연히 하루를 지우려 영화 구경을 나선 것도 또렷한 지향 없는 닥치는 대로의 길, 그 자리의 뜻이었다. 온전히 그날그날의 떠도는 부평초요 키 잃은 배요 목표 없는 생활이었다.

극단 '문화좌'가 설립되자마자 와해된 것이 두 주일 전이었다. 지방 공연이라는 점에 중점을 두려고 일부러 서울을 떠나 지방의 도회로 내려와 기폭(旗幅)을 든 것이었으나 그것이 도리어 화되어 엄격한 수준에 걸린 것이었다. 인원을 짜고 각본을 선택하고 모든 준비를 마친 후 첫째 공연을 내려왔던 것이 그렇다 할 이유 없이 의외에도 거슬리는 바 되어 한꺼번에 몰아가 버렸다. 거듭 돌아보아야 그럴 만한 원인은 없었고 다만 첩첩한 시대의 구름의 탓임이 짐작될 뿐이었다. 각본을 맡은 현보는 고향이 바로 그곳인 탓으로인지 의외에도 속히 놓이게 되고 뒤를 이어 남죽 또한 수월하게 풀리게 되었으나 나머지 인원들은 자본을 댄 민삼, 연출을 맡은 인수, 배우인 학준, 그 외 몇몇은 아직도 날이 먼 듯하였다. 먼저 나오기는 하였으나 현보와 남죽은 남은 동무들을 생각하고 또 한 가지 자신들의 신세를 돌아보고 우울하기 짝 없었다. 하는 노릇 없이 허구한 날 거리를 헤매는 수밖에 없던 현보와 역시 별 목표 없이 유행가수를 지원해 보았다 배우로 돌아서 보았다 하던 남죽에게 극단의 설립은 한 희망이요 자극이어서 별안간 보람 있는 길을 찾은 듯도 하여 마음이 뛰고 흥이 나는 것이 의외의 타격에 기를 꺾이고 나니 도로 제자리에 주저앉은 셈이었다. 파랗게 우러러보이던 하늘이 조각조각 부서져 버리고 다시 어두운 구렁텅이로 밀려 빠진 격이었다.

현보의 창작 각본 「헐어진 무대」와 오닐의 번역극 「고래」의 한 막이 상연 예정이어서 남죽은 그 두 각본의 여주인공의 역할을 자기의 비위에 맞는 것으로 그지없이 사랑하였다. 예술적 흥분 외에 또 한 가지의 기쁨은 그런 줄 모르고 내려왔던 길에 구면인 현보를 칠 년 만에 뜻밖에 다시 만나게 된 것이었다. 이 기우(奇遇)는 현보에게도 물론 큰 놀람이자 기쁨이었다.

극단의 주무(主務)를 보게 된 민삼이 서울서 적어 내려 보낸 인원의 열 명 속에 여배우 혜련의 이름을 발견하고 현보는 자기 작품의 주연을 맡은 그 여배우가 대체 어떤 인물일꼬 하고 호기심이 일어났을 뿐 무심히 덮어 두었던 것이 막상 일행이 내려와 처음으로 상면하게 되었을 때 그가 바로 남죽임을 알고 어지간히 놀랐던 것이다. 혜련은 여배우로서의 예명이었다. 칠 년 전에 알고는 그 후 까딱 소식을 몰랐던 남죽은 그런 경우 그런 꼴로 우연히 만나게 될 줄야 피차에 짐작도 못하였던 것이다. 지난날을 돌아보면서 그날 밤 둘은 끝없는 이야기와 추억에 잠겼다. 서울서 학교에 다닐 때 우연히 세죽 남죽 자매를 알게 된 것은 그들이 경영하여 가는 책점 '대중원'에 출입하게 된 때부터였다. 대중원은 세죽이 단독 경영하여 가는 것이었고 남죽은 당시 여학교에서 공부하는 몸으로 형의 가가에 기식하고 있는 셈이었다. 세죽의 남편이 사건으로 들어가기 전에 뒷일을 예료하고 가족들의 호구지책으로 미리 벌인 것이 소규모의 책점 대중원이었다. 남편의 놓일 날을 몇 해고 간에 기다려 가면서 세죽은 적막한 홀몸으로 가가를 알뜰히 보면서 어린것과 동생 남죽의 시중을 지성껏 들어 왔다. 남죽은 어린 나이에도 철이 들어서 가가에 벌여 놓은 진보적 서적을 모조리 읽은 나머지 마지막 학년 때에는 오돌지게도 학교에 일어난 사건을 지도하다가 실패한 끝에 쫓겨나고 말았다. 학업을 이루지도 못한 채 고향에 내려갈 수도 없어 그 후로는 별수 없이 가게 일을 도울 뿐, 건둥건둥 날을 지우는 수밖에는 없었다. 소설을 닥치는 대로 읽어 대고 아름다운 목청을 놓아 노래를 불러 대곤 하였다. 목소리를 닦아서 나중에 성악가가 되어 볼까도 생각하고, 얼굴의 윤곽이 어글어글한 것을 자랑삼아 영화배우로 나갈까도 꿈꾸었다. 그 시기의 그를 꾸준히 관찰할 수 있는 기회를 가졌던 현보는 그 남다른 환경에서 자라 가는 늠출한 처녀의 자태 속에 물론 시대적 열정과 생장도

메밀꽃 필 무렵

보았으나 더 많이 아름다운 감상과 애끓는 꿈을 엿보았던 것이다. 단발한 머리를 부수수 헤뜨리고 밋밋하고 건강한 육체로 고운 멜로디를 읊조릴 때에는 그의 몸 그대로가 구석구석에 아름다운 꿈을 함빡 머금은 흐뭇한 꽃이었다. 건강한, 그러나 상하기 쉬운 한 송이의 꽃이었다. 참으로 아담한 꽃을 보는 심사로 현보는 남죽을 보아 왔다. 그러나 현보가 학교를 마치고 서울을 떠날 때가 그들과의 접촉의 마지막이었으니 동경에 건너가 몇 해를 군 뒤 고향에 나와 일없이 지내게 된 전후 칠 년 동안 다만 책점 대중원이 없어졌다는 소문을 풍편에 들었을 뿐이지 그 뒤 그들이 고향인 관북으로 내려갔는지 어쨌는지 남죽과 세죽의 소식은 생각해 보지도 못했고 미처 생각에 떠오르지도 않았다. 그만한 여유조차 없는 것은 다른 사람의 생각은커녕 자신의 생활이 눈앞에 가로막히게 되었고, 무엇보다도 현대인으로서의 자기 개인에 대한 생각이 줄을 찾기 어렵게 갈피갈피로 찢어졌다 갈라졌다 하여 뒤섞이는 까닭이었다. 칠 년 후에 우연히 만나고 보니 시대의 파도에 농락되어 꿈은 조각조각 사라지고 피차에 그 꼴이었다. 하기는 그나마 무대 배우로 나타난 남죽의 자태에 옛 꿈의 한 조각이 아직도 간당간당 달려 있는 셈인지도 모르나 아담하던 꽃은 벌써 좀먹기 시작한 그 어디인지 휘줄그러진 한 송이임을 현보는 또렷이 느꼈다.

시간을 보고 찻집을 나와 현보는 남죽을 데리고 큰 거리 백화점으로 향하였다. 준구와 만나자는 약속이었다. 가난한 교원을 졸라 댐은 마치 벼룩의 피를 긁어 내려는 격이었으나 그러나 현보로서는 가장 가까운 동무이므로 준구에게 터놓고 남죽의 여비의 주선을 비치어 둔 것이었다. 남죽에게는 지금 '살까 죽을까 문제'가 아니라 〈목격자〉 속의 빈민들에게 거리의 음악이 필요하듯이 고향으로 내려갈 여비가 필요하였다. 꿈의 마지막 조각까지 부서져 버린 이제 별수 없이 고향으로 내려가 몸도 쉬이고 마음도 가다듬는 수밖에는 없었다. 고향은 넓은 수성평야의 한가운데여서 거기에는 형 세죽이 밭을 가꾸고 염소를 기르고 있다는 것이었다. 남편이 한 번 놓였다 재차 들어가게 된 후 세죽은 이번에는 고향에다 편편하게 자리를 잡고 책점 대신에 평야의 한복판에서 염소를 기르게 되었다는 것이다. 도회에 지친 남죽에게는 지금 무엇보다도 염소의 젖이 그리웠다. 염소의 젖을 벌떡벌떡 마시고 기운차게 소생됨이 한 가지의 원이었다.

몇십 원의 노자쯤을 동무에게까지 빌리기가 현보로서는 보람 없는 노릇이었으나 늘 메말라서 누런 '현대의 악마'와는 인연이 먼 그로서는 하는 수 없는 것이었다. 찻집이라도 경영해 볼까 하다가 아버지에게 호통을 들은 후부터는 돈을 타 쓰기도 불쾌하여서 주머니에는 차 한 잔 값조차 동떨어질 때가 있었다. 누구나 다 말하기를 꺼려하고 적어도 초연한 듯이 보이려고 하는 '돈'의 명제가 요사이 와서는 말하기 부끄러우리만치 자나 깨나 현보의 머리를 차지하게 되었다. 그 '악마'에 대한 절실한 인식은 일종의 용기를 낳아서 부끄러울 것 없이 준구에게 여비 일건을 부탁하고 남죽에게는 고향 언니에게도 간청의 편지를 내도록 천연스럽게 일렀던 것이다.

그러나 막상 휘줄그레한 포라(poral) 양복에 땀에 전 모자를 쓴 가련한 그를 대하였을 때 현보는 준구에게 그것을 부탁하였던 것을 일순 뉘우쳤다. 휘답답한 그의 꼴이 자기의 꼴과 매일반임을 보았던 까닭이다.

그래도 의젓한 걸음으로 층계를 걸어올라 식당에 들어가 두 사람에게 자리를 권하고 음식을 분부하고 난 후, 준구는 손수건을 내서 꺼릴 것 없이 얼굴과 가슴의 땀을 한바탕 훔쳐 냈다.

"양해하게. 집에는 아이들이 들끓구 아내는 만삭이 되어서 배가 태산 같은데두 아직 산파도 못 댔네. 다달이 빚쟁이들은 한 두름씩 문간에 와서 왕머구리*같이 와글와글 짖어 대구―어쩌다가 이렇게 됐는지 이제는 벌써 자살의 길밖에는 눈앞에 보이는 것이 없네……. 별수 있던가. 또 교장에게 구구히 사정을 하구 한 장을 간신히 둘러 왔네. 약소해서 미안하나 보태 쓰도록이나 하게."

봉투에 넣고 말고 풀 없이 꾸겨진 지전 한 장을 주머니에서 불쑥 집어내서 현보의 손에 쥐여 주는 것이다. 현보는 불현듯이 가슴이 찌르르 하고 눈시울이 뜨거웠다. 손안에 남은 부풀어진 지전과 땀 배인 동무의 손의 체온에 찐득한 우정이 친친 얽혀서 불시에 가슴을 죄인 것이다.

남죽은 새삼스럽게 고맙다는 뜻을 표하기도 겸연쩍어서 똑바

---

* 머구리 : '개구리'의 함경도 방언.

로 그를 바라보지도 못하고 시선을 식탁 위에 떨어뜨린 채 손가락으로 머리카락을 오리오리 매만질 뿐이었다. 낯이 익지도 못한 여자의 앞에서까지 가릴 것 없이 집안 사정 이야기를 터놓고 하지 않으면 안 되는 가난한 시민의 자태가 딱하고 측은하고 용감하여서—그 순간, 그 자리에서 살며시 꺼지고도 싶은 무거운 좌중의 기분이었다.

거리에 나와 준구와 작별한 뒤까지도 현보들은 심사가 몹시 울가망*하였다. 현보는 집에 돌아가기가 울적하고 남죽 또한 답답한 숙소에 일찍 들어가기가 싫어서 대중없이 밤거리를 거닐기 시작하였다. 동무가 일껏 구해 준 땀내 나는 돈을 도로 돌릴 수도 없어 그대로 지니기는 하였으나 갖출 것도 있고 하여 여비로는 적어도 그 다섯 곱절이 소용이었다. 현보는 다른 방법을 생각하기로 하고 그 한 장 돈의 운명을 온전히 그날 밤의 발길의 지향에 맡기기로 하였다.

레코드나 걸고 폭스트롯**이나 마음껏 추어 보았으면 하는 것이 남죽의 청이었으나 거리에는 춤을 출 만한 곳이 없고 현보 자신 춤을 모르는 까닭에 뒷골목을 거닐다가 결국 조촐한 바에 들어갔다. 솔내 나는 진을 남죽은 사양하지 않고 몇 잔이고 거듭 마셨다. 어느 결에 주량조차 그렇게 늘었나 하고 현보는 놀라고 탄복하였다. 제법 술자리를 잡고 얼굴을 붉게 물들이고 뭇 사

* 근심스럽거나 답답하여 기분이 나지 않음.
** fox-trot. 1910년대 초기에 미국에서 시작된 사교 춤곡.

내의 시선 속에서 어울려 나가는 솜씨는 상당한 것으로 보였다. 술이 어지간히 돌았는지 체면 불구하고 레코드에 맞추어 몸을 으쓱거리더니 나중에는 자리를 일어서서 춤의 자세를 하고 발끝으로 달가닥달가닥 춤을 추는 것이었다. 현보 역시 취흥을 못 이겨 굳이 그를 말리지 않고 현혹한 눈으로 도리어 그의 신기한 재주를 바라볼 뿐이었다. 술은 요술쟁이인지 혹은 춤추는 세상의 도덕은 원래 허랑한 것인지 이해하기 어려운 것은 맞은편 자리에 앉았던, 아까 남죽의 귀에다 귓속말로 거리의 부랑자 백만장자의 아들이라고 가르쳐 주었던 그 사나이가 성큼 일어서서 남죽에게 춤을 청하는 것이었고, 더 이상한 것은 남죽이 즉시 응하여 팔을 걸고 스텝을 밟기 시작한 것이다. 그것이 춤의 도덕인가 보다만 하고 현보는 웃는 낯으로 한참이나 바라보고 있었으나 손님들의 비난의 소리 속에서 별안간 여급이 달려와서 춤은 금물이라고 질색하고 두 사람을 가르는 바람에 현보는 문득 정신이 들면서 이 난잡한 꼴에 새삼스럽게 눈섭이 찌푸려졌다. 남죽의 취중의 행동도 지나쳐 허랑한 것이었으나 별안간 나타난 부랑자의 유들유들한 심보가 불현듯이 괘씸하게 느껴져서 주위에 대한 체면과 불쾌한 생각에 책임상 비틀거리는 남죽의 팔을 끌고 즉시 그 자리를 나와 버렸다. 쓸데없이 허튼 곳에 그를 끌어온 것이 뉘우쳐도 져서 분이 좀체 가라앉지 않았다.

"아무리 부랑자기로 생면부지에 소락소락―안된 녀석."

"노여하실 것 없는 것이 춤추는 사람끼리는 춤을 청하는 것이 모욕이 아니라 도리어 존경의 뜻인걸요. 제법 춤의 격식이 익숙하던데요."

남죽의 항의에는 한마디도 대꾸할 바를 몰랐으나 그러면 그 패씸한 심사는 질투에서 나온 것이었던가? 그렇다면 남죽을 얼마나 사랑하고 있는 셈인가 하고 현보는 자신의 마음을 가지가지로 의심하여 보았다.

"……참기 싫어요. 견딜 수 없어요—죄수같이 이 벽 속에만 갇혀 있기가. 어서 데려다주세요, 데이비드. 이곳을 나갈 수 없으면—이 무서운 배에서 나갈 수 없으면 금방 미칠 것두 같아요. 집에 데려다주세요, 데이비드. 벌써 아무것두 생각할 수 없어요. 추위와 침묵이 머리를 가위같이 누르는걸요. 무서워. 얼른 집에 데려다주세요."

남죽은 남죽으로서 딴소리를—듣고 보니 오늘의 「고래」의 구절구절을 아직도 취흥에 겨운 목소리로 대로 상에서 마치 무대에서와 같은 감정으로 외치는 것이었다. 북극 해상에서 애니가 남편인 선장에게 애원하고 호소하는 그 소리는 그대로가 바로 남죽 자신의 절실한 하소연이기도 하였다.

"……이런 생활은 나를 죽여요—이 추위, 무섬. 공기가 나를 협박해요—이 적막. 가는 날 오는 날 허구한 날 똑같은 회색 하늘. 참을 수 없어요. 미치겠어요. 미치는 것이 손에 잡힐 듯이 아려요. 나를 사랑하거든 제발 집에 데려다주세요. 원이에요. 데려다주세요……"

이튿날은 또 하루 목표 없는 지난날의 연속이었다. 간밤의 무더운 기억도 있고 남죽에게 대한 말끔하게 청산하지 못한 뒤를 끄는 감정도 남아 있고 하여 현보는 오후도 훨씬 늦어서 남죽을 찾았다. 아직도 눈알이 붉고 정신이 개운하지 못한 남죽의 청을 들어 소풍 겸 강으로 나갔다.

서선*지방의 그 도회는 산도 아름다우려니와 물의 고을이어서 여름 한철이면 강 위에는 배가 흔하게 떴다. 나룻배 외에 지붕을 덩그렇게 단 놀잇배와 보트와 모터보트가 강 위를 촘촘하게 덮었다. 놀잇배에서는 노래가 흐르고 춤이 보여서 무르녹은 나무 그림자를 띄운 고요한 강 위는 즐거운 유원지로 변한다. 산 너머 저편은 바로 도회에서 생활과 싸움으로 들복닥거리건만 산 건너 이편은 그와는 별세상인 양 웃음과 노래와 흥이 지천으로 물 위를 흘렀다.

현보와 남죽도 보트를 세내서 타고 그 속에 한몫 끼여서 시원한 물 세상 사람이 된 듯도 싶었다. 백양나무가 늘어선 위로 흰 구름이 뭉실뭉실 떠서 강 위에서는 능라도 일대의 풍경이 가장 아름다웠다. 현보는 손수 노를 저으면서 물결을 거슬러 올라가 섬게로 향하였다. 속을 헤아릴 수 없는 푸른 물결이 뱃전을 찰싹찰싹 쳤다.

"언니에게서 편지가 왔는데—요새는 염소 젖두 적구 그렇게 쉽게 노자를 구할 수 없다나요."

남죽은 소매 속에서 집어낸 편지를 봉투째 서너 조각으로 쭉

* 西鮮. 북대봉산줄기를 경계로 서쪽인 평안북노, 평안남노, 황해도를 일컬음.

쭉 찢더니 물 위에 살며시 띄웠다. 별로 언니를 원망하는 표정도 아니요 다만 침착한 한마디의 보고였다.

"며칠 동안 카페에 들어가 여급 노릇이나 해서 돈을 벌어 볼까요?"

이 역 원망의 소리가 아니고 침착한 농담으로 들리기는 하였으나 그 어디인지 자포자기의 기색이 보이지 않는 것도 아니었다.

"차차 무슨 방법이든지 있을 텐데 무얼 그리 조급하게 군단 말요."

현보는 당치않은 생각은 당초에 말살시켜 버리려는 듯이 어세(語勢)가 급하고 퉁명스러웠다. 그러나 고향을 그리는 남죽의 원은 한결같이 절실하였다.

"얼음 속에 갇혀 있으면 추억조차 흐려지나 봐요. 벌써 머언 옛일 같어요—지금은 유월, 라일락이 뜰 앞에 한창이고 담 위 장미는 벌써 봉오리가 앉었을걸요."

이것은 남죽이 늘 즐겨서 외는 「고래」 속의 한 구절이었으나 남죽의 대사는 이것으로서 그치는 것이 아니었다. 물 위에 둥둥 떠서 멀리 사라지는 찢어진 편지 조각을 바라보며 남죽의 고향을 그리는 정은 줄기줄기 면면하였다.*

"솔골서 시작해서 바다 있는 쪽으로 평야를 꿰뚫은 흰 방축이 바로 마을 앞을 높게 내닫고 있어요. 방축이라니 그렇게 긴 방축이 어디 있겠어요. 포플러나무가 모여 서고 국제 열차가 갈리는

---

* 면면(綿綿)하다 : 끊어지지 않고 죽 잇따라 있다.

메밀꽃 필 무렵

정거장 근처를 지나 바다까지 근 십 리 장간을 일직선으로 뻗쳤는데 인도교와 철교 사이를 거닐기에두 이십 분이나 걸려요. 물한 방울 없는 모래 개천을 끼고 내달은 넓은 둑은 희고 곧고 깨끗해서 마치 푸른 풀밭에 백묵으로 무한대의 일직선을 그은 것두 같구. 둑 양편으로 잔디가 깔린 속에 쑥이 나고 패랭이꽃이 피어서 저녁 해가 짜링짜링 쪼이면 메뚜기와 찌르레기가 처량하게 울지요. 풀밭에는 소가 누운 위로 이름 모를 새가 풀 위를 스치면서 얕게 날고 마을로 향한 쪽에는 조, 수수, 옥수수밭이 연하여서 일하는 처녀 아이가 두어 사람씩은 보이죠. 여름 한철이면 조카아이와 같이 염소를 끌고 그 둑 위를 거닐면서 세월없이 풀을 먹여요. 항구를 떠난 국제 열차가 산모퉁이를 돌아 기적소리가 길게 벌판을 울려 올 때, 풀 먹던 염소는 문득 뿔을 세우고 수염을 드리우고 에헤헤헤헤헤 하고 새침하게 한바탕 울어대군 해요. 마을 앞의 그 둑을—고향의 그 벌판을—나는 얼마나 사랑하는지 몰라요. 그리운지 모르겠어요."

남죽의 장황한 고향의 묘사는 무대 위에서와는 또 다르게 고요한 강물 위를 자유롭게 흘러내렸다. 놀잇배에서 흘러나오는 레코드의 음악이 속된 유행가가 아니고 만약 교향악의 반주였던들 남죽의 대사는 마디마디 아름다운 '전원교향악'으로 들렸을 것이다.

그의 '전원교향악'에 취하였던 것은 아니나 그의 고향에 대한—적어도 현재 이외의 생활에 대한 그리운 정이 얼마나 간절한가를 느끼며 헛보는 속히 어미를 구해야 할 것을 절실히 생각

하면서 능라도와 반월도 사이의 여울로 배를 저어 올렸다. 얕아
는 졌으나 센 물살을 거슬러 저으면서 섬에 오를 만한 알맞은 물
기슭을 찾았다.

"첫 가을이면 송이의 시절—좀 있으면 솔골로 풋송이 따러
가는 마을 사람들이 둑 위를 희끗희끗 올라가기 시작하겠어요.
봉곳이 흙을 떠받들고 올라오는 송이를 찾았을 때의 기쁨! 바
구니에 듬짓하게 따 가지고 식구들과 함께 둑길을 걸어 내려올
때면 송이의 향기가 전신에 흠뻑 배이지요. 풋송이의 향기—「고
래」 속의 라일락의 향기 이상으로 제겐 그리운 것이에요."

들는 동안에 보지 못한 곳이건만 현보에게도 그의 말하는 고
향이 한없이 그리운 것으로 생각되었다. 모랫바닥이 보이는 강가
로 배를 몰아 놓고 섬 기슭을 잡으려 할 때 배가 몹시 요동하는
바람에 꿈에 잠겼던 남죽은 금시에 정신이 깨인 모양이었다. 백
양나무가 늘어선 사이로 새풀*이 우거져서 섬 속은 단걸음에 뛰
어들어가고도 싶게 온통 푸르게 엿보였다. 발을 벗고 물속을 걷
기도 귀치않아서 남죽은 뱃전에 올라서서 한걸음에 기슭까지
뛰어 건너려 하였다. 뒤뚱거리는 배를 현보가 뒤에서 붙들기는
하였으나 원체 물의 거리가 먼 데다가 남죽은 못 미치는 다리에
풀뿌리를 밟은 까닭에 껑청 발을 건너자 배가 급각도로 기울어
지며 현보가 위태하다고 느꼈을 순간 풀뿌리에서 미끄러지며 볼
동안에 전신을 물속에 채워 버렸다. 현보가 즉시 신발 채로 뛰어

* '억새'의 북한말.

메밀꽃 필 무렵

들어 그의 몸을 붙들어 일으키기는 하였으나 전신은 물에 빠진 쥐였다. 팔에 걸린 몸이 빨랫짐같이도 차고 무거웠다.

하루의 작정이 흐려지고 섬의 행락이 틀어졌다. 소풍이 지나쳐 목욕이 된 셈이나 물에 빠진 꼴로는 사람들 숲에 섞일 수도 없어 두 사람은 외따로 떨어져 섬 속의 양지를 찾았다. 사람들 엿보지 못하는 호젓한 외딴 곳에서 젖은 옷을 대충 말리는 수밖에는 없었다. 현보는 신과 바지를 벗어서 널고 남죽은 속옷만을 남기고 치마저고리를 벗어서 양지쪽 풀 위에 펴 놓았다. 차라리 해수욕복이나 입었던들 피차에 과히 야릇한 꼴들은 아니었을 것이나 옷을 반씩들 벗은 이지러진 자태—마치 꼬리와 죽지를 뽑히고 물벼락을 맞은 자웅의 닭과도 같은 허수한* 꼴들은 한층 우스운 것이었다. 더구나 팔다리와 어깨를 온전히 드러내고 젖어서 몸에 붙은 속옷 바람으로 풀밭에 선 남죽의 꼴은 더욱 보기 딱한 것이어서 그 자신은 그다지 스스러워 여기지 않음에도 현보는 똑바로 보기 어려워 자주 외면하지 않을 수 없었다.

별수 없이 그 꼴 그대로 틀어진 반날을 옷 말리기에 허비하고 해가 진 후 채 마르지도 못한 축축한 옷을 떨쳐입고 다시 배를 젓고 내려올 때, 두 사람은 불시에 마주 보고 껄껄껄 웃어 댔다. 하루의 이지러진 희극을 즐겁게 끝막으려는 듯 웃음소리는 고요한 저녁 강 위에 낭랑하게 퍼졌다.

그 꼴로 혼자 돌려보내기가 가여워서 현보는 그길로 남죽의

---

* 허수하다 : 짜임새나 단성맘이 싫이 느슨하나.

숙소에 들른 채 처음으로 밤이 이슥할 때까지 같이 지내게 되었다. 뜻속의 것이었든지 혹은 뜻밖의 것이었든지 그날 밤 현보는 또한 남죽과 모든 열정을 주고받았다. 그것은 반드시 한쪽만의 치우친 감정의 발작이 아니라 피차의 똑같은 감정의, 말하자면 공동 합작이었으며 그 감정 또한 우연한 돌발적인 것이 아니요 참으로 칠 년 전부터 내려오는 묵고 익은 감정의 합류였다. 늦은 밤거리에 나왔을 때 현보는 찬란한 세상을 겪은 뒤의 커다란 피곤을 일시에 느꼈다.

  일이 일인 만큼 큰 경험 후에 오는 하루를 현보는 집에 묻힌 채 가지가지 생각에 잠겼다. 묵은 감정의 합류라고는 하더라도 하필 그 시간에 폭발된 것은 이때까지 피차에 감정을 감추고 시험해 왔던 까닭일까, 그런 감정에는 반드시 기회라는 것이 필요한 탓일까 생각하였다. 결국 장구한 시기를 두었다가 알맞은 때를 가늠 보아 피차에 훔쳐 낸 감정에 지나지 않았다. 사랑이라기에는 너무도 어처구니없는 것인지는 모르나 그러나 사랑이 아니라고 할 수도 없는 것이, 비록 미래의 계획이 없는 한 막의 애욕극이었다고는 하더라도 거기에 이르기까지는 오랜 시간의 양해가 있었던 것이라고 생각하였다. 남죽의 마음 또한 그러려니는 생각하면서도 현보는 한편 남자 된 욕심으로 남죽의 허랑한 감정을 의심도 하여 보았다. 대체 지난 칠 년 동안의 그에게는 완전히 괄호 안의 비밀인 남죽의 생활이 어떤 내용의 것이었을까 하는 것이었다. 그에게 있어서 간간이 생리의 정리가 필요하듯이 남죽에게도 그것이 필요하지 않았을까? 혹은 한 번쯤은 결혼까지 하였다가 실패하였는지도 모르며—더 가깝게 가령 그와 다시 만나기 전에 친히 지냈던 민삼과는 깊은 관계가 없었을까 하는 생각이 갈피갈피 들었으나 돌이켜 보면 그렇게 그의 결벽하기를 원하는 것은 순전히 자기 자신의 지나친 욕심이며 그것을 희망할 자격은 자기에게는 없다는 것을 느끼게 되었다. 괄호 안의 비밀, 그의 눈에 비치지 않은 부분의 생활은 그의 관계할 바 아니며 다만 그로서는 그에게 보여 준 애정만을 달게 여기면 족한 것이라고 결론하면서 그의 애정을 너그럽게 해석하려고 하였다.

값으로 산 애정은 아니었으나 남죽의 처지가 협착한 만큼 현보는 애정에 대한 일종의 책임을 느껴서 그의 여비 일건을 더욱 절실히 생각하게 되었다. 그를 오래도록 붙들어 둘 수 없는 이상 원 대로 하루라도 속히 고향에 돌려보내는 것이 애정의 의무일 것같이 생각되었다.

여비를 갖춘 후에 떳떳이 만날 생각으로 그 밤 이후 며칠 동안은 남죽을 찾지 않았다. 여비를 갖춘대야 생판 날탕인 현보에게 버젓한 도리가 있을 리는 없었다. 이미 친한 동무 준구에게 한번 청을 걸어 여의치 못한 이상 다시 말해 볼 만한 알맞은 동무는 없었으며 그렇다고 그의 일신에 돈으로 바꿀 만한 귀중한 물건을 지닌 것도 아니었다. 옳은 길이라고는 생각지 않았으나 별수 없이 남은 한 길을 취할 수밖에는 없었다. 진종일을 노리다가 사랑 문갑에서 예금통장을 집어내기에 성공하였던 것이다. 은행과 조합의 통장이 허다한 속에서 우편예금 통장을 손쉽게 집어내서 도장까지 위조하여 소용의 금액을 감쪽같이 찾아내기는 하였으나 빽빽한 주의 아래에서 그것에 성공하기에는 온 이틀을 허비하였다. 가정에 대한 그 불측한 반역이 마음을 괴롭히지 않는 바도 아니었으나 그만한 희생쯤은 이루어진 애정에 대한 정성과 봉사의 생각으로 닦아 버리려고 생각하였던 것이다.

그 밤 이후 처음으로 만나는데 소용의 금액을 넌지시 내놓음이 받은 애정의 대상을 갚는 것도 같아서 겸연쩍기는 하였으나 그러나 한편 돈을 가진 마음은 즐겁고 넉넉하였다. 마음도 가뿐하고 걸음도 시원스럽게 현보는 오후는 되어서 남죽의 여관을 찾았다.

여관 안은 전체로 감감하고 방에는 남죽의 자태가 보이지 않았다. 원체 아무 세간도 없는 방인 까닭에 텅 빈 방 안을 현보는 자세히 살펴볼 것도 없이 문을 닫고 아마도 놀러 나갔으려니 하고 거리로 나왔다. 찻집과 백화점을 한 바퀴 돌고는 밤에 다시 찾기로 하고 우선 집으로 돌아왔을 때 뜻밖에 남죽의 엽서가 책상 위에 있었다.

연필로 적은 사연이 간단하게 읽혔다.

왜 며칠 동안 까딱 오시지 않았어요. 노여운 일 계세요. 여러 날 폐만 끼친 채 여비가 되었기에 즉시로 떠납니다. 아마도 앞으로는 만나 뵙기 조련치 않을 것 같아요. 내내 안녕히 계세요.
남죽 올림

메밀꽃 필 무렵

돌연한 보고에 현보는 기를 뽑히고 즉시로 뒷걸음을 쳐서 여관으로 향하였다.

여러 날 안 왔다고 칭원을 하면서 무슨 까닭에 그렇게도 무심하고 급스럽게 떠나 버렸을까? 여비라니 다따가 오십 원의 여비를 대체 어떻게 해서 구하였을까? 짜장 며칠 동안 카페 여급 노릇이라도 한 것일까—여러 가지로 생각하면서 여관에 이르러 다시 방문을 열어 보았을 때 아까와 마찬가지로 텅 빈 것이었으나 그런 줄 알고 보니 사실 구석에 가방조차 없었다. 경솔한 부주의를 내책하면서 그제야 곡절을 물어보러 안문을 들어서서 주인을 찾았다.

궂은일을 하던 노파는 치맛자락으로 손을 훔치면서 한마디 붙어 대고 싶은 듯도 한 눈치로 뜰 안에 나서며 간밤에 부랴부랴 거둬 가지고 떠났다는 소식을 첫마디에 이르고는 뒤슬뒤슬 속 있는 웃음을 띠었다.

"그게 대체 여배우요, 여학생이오? 신식 여자들은 겉만 보군 알 수가 없으니."

무슨 소리를 하려는 수작인고 하고 그다지 반갑지는 않았으나 현보는 잠자코 있을 수만 없어서,

"여학생으로두 보입디까?"

되려 한마디 반문하였다.

"그럼 여배우군. 어쩐지 행동거지가 보통이 아니야. 아무리 시체(時體) 여학생이기루 학생의 처신머리가 그럴까 했더니 그게 여배우구류."

"행동이 어쨌단 말요."

"하긴 여배우는 거반 그렇답디다만."

말이 시끄러워질 눈치여서 현보는 귀치않은 생각에 말머리를 돌렸다.

"식비는 다 치렀나요."

그러나 그 한마디가 도리어 풀숲의 뱀을 쑤신 셈이었다. 노파의 말주머니는 막았던 봇살같이 한꺼번에 터져 나오기 시작하였다.

"식비 여부가 있겠수. 푸른 지전이 지갑 속에 불룩하든데. 수단두 능란은 하련만 백만장자의 자식을 척척 끌어들이는 걸 보문 여간내기가 아닌 한다하는 난꾼입디다. 그런 줄 알구 그랬는지 어쨌는지 아마두 첫눈에 후려 댄 눈친데 하룻밤 정을 줘두 부자 자식이 좋기는 좋거든. 맨숭한 날탕이든 것이 하룻밤 새에 지전이 불룩하게 쓸어든단 말요. 격이 되기는 됐어. 하룻밤을 지냈을 뿐 이튿날루 살랑 떠난단 말요."

청천의 벼락이었다. 놀라고 어처구니가 없어서 노파의 입을 쥐어박고도 싶었으나 그러나 실성한 노파가 아닌 이상 거짓말도 아닐 것이어서 현보는 다만 벌렸던 입을 다물 수 없었다.

"백만장자의 자식이라니 누, 누구란 말요."

아마도 말소리가 모르는 결에 떨렸던 성싶었다.

"모르시오. 김 장로의 아들 말이외다. 부랑자루 유명한."

현보는 아찔해지며 골이 핑 돌았다. 더 물을 것도 없고 흉측한 노파의 꼴조차가 불현듯이 보기 싫어져서 뒤도 돌아다보지 않고 허둥허둥 여관을 나와 버렸다.

'그것이 여비의 출처였던가.'

모르는 결에 입술이 찡그려지며 제 스스로를 비웃는 웃음이
흘러나왔다. 김 장로의 아들이라면 며칠 전 바에서 돌연히 남죽
에게 춤을 청한 놈팡이인데 어느 결에 그렇게 쉽게 교섭이 되었
던가. 설사 여비를 구하기 위한 수단이라고 하더라도 어둠의 여
자와 다를 바가 무엇인가 생각할 때 무서운 생각에 전신에 소름
이 쪽 돋으며 허전허전 꼬이는 다리에 그 자리에 쓰러져 울고도
싶었다.

남죽은 그렇게까지 변하였던가. 과거 칠 년 동안의 괄호 속의
비밀까지가 한꺼번에 눈앞에 보이는 듯하여 현보는 속았다는 생
각만이 한결같이 들어 온전히 제정신 없이 거리를 더듬었다.

우울하고 불쾌하고—미칠 듯도 한 며칠이었다. 칠 년 전부터
남죽을 알아 온 것을 뉘우치고 극단이고 무엇이고를 조직하려
고 한 것조차 원(怨) 되었다. 속은 것은 비단 마음뿐이 아니고 육
체까지임을 알았을 때 현보는 참으로 미칠 듯도 한 심정이었던
것이다. 육체의 일부에 돌연히 변조가 생기기 시작한 것은 다음
날부터였으나 첫 경험인 현보는 다따가의 변화에 하늘이 뒤집힌
듯이나 놀랐고 첫째 그 생리적 고통은 견딜 수 없이 큰 것이었
다. 몸에는 추접한 병증이 생기며 용변할 때의 괴롬이란 살을 찢
는 듯도 하여 이루 헤아릴 수 없었다. 세상에서 흔히 말하는 병
이 바로 이것인가 보다. 즉시 깨우치기는 하였으나 부끄러운 마

음에 대뜸은 병원에도 못 가고 우선 매약점에를 들렀다가 하는 수 없이 그길로 의사를 찾았다. 진찰의 결과는 예측과 영락없이 들어맞아서 별수 없이 의사의 앞에서 눈을 감고 부끄러운 치료를 받기 시작하면서 찡그린 마음속에는 한결같이 남죽의 자태가 떠올랐다.

마음과 몸을 한꺼번에 속인 셈이나 남죽은 대체 그런 줄을 알았던가 몰랐던가. 처음에는 감격하고 고맙게 여겼던 애정이었으나 그렇게 된 결과로 보면 일종의 애욕의 사기로밖에는 생각되지 않았다. 칠팔 년 전 건강하고 아름다운 꿈으로 시작되었던 남죽의 생애가 그렇게 쉽게 병들고 상할 줄은 짐작도 할 수 없었던 것이다. 굳건한 꿈의 주인공이 칠 년 후 한다하는 밤의 선수로 밀려 떨어질 줄은 생각할 수 없었던 것이다. 아담하던 꽃은 좀이 먹었을 뿐이 아니라 함빡 병들어 상하기 시작하지 않았던가. 책점 대중원 뒷방에서 겨울이면 화롯전을 끼고 앉아서 독서에 열중하다가 이론 투쟁을 한다고 아무나를 붙들고 채 삭이지도 못한 이론으로 함부로 후려 대다가는 이튿날로 학교의 사건을 지도한다고는 조금 츨츨한* 동무들이면 모조리 방에 끌어다가는 의론과 토의가 자자하던 칠 년 전의 남죽의 옛일을 생각할 때 현보는 금할 수 없는 감회에 잠기며 잠시는 자기 몸의 괴로움도 잊어버리고 오늘의 남죽을 원망하느니보다는 그의 자태를 측은히 여기는 마음이 끝없이 솟았다. 어린 꿈의 자라 가는 것은

---

* 츨츨하다 : 씩씩하여 보기 좋다.

여러 갈래일 것이나 그 허다한 실례 속에서 현보는 공교롭게도 남죽에게서 가장 측은하고 빗나간 한 장의 표본을 본 듯도 하여서 우울하기 짝이 없었다.

부정한 수단을 써 가면서까지 여비로 만든 오십 원 돈이 뜻밖에도 망측한 치료비로 쓰이게 된 것을 생각하고 그 돈의 기구한 운명을 저주하면서 답답한 마음에 현보는 그날 밤 초저녁부터 바에 들어가 잠겼다. 거기에서 또한 우연히도 문제의 거리의 부랑자 김 장로의 아들을 한자리에서 마주치게 된 것은 얼마나 뼈저린 비꼼이었던가. 반지르하면서도 유들유들한 그 꼬락서니가 언제 보아도 불쾌하고 노여운 것이었으나 그러나 남죽 자신의 뜻으로 된 일이었다면 그도 하는 수 없는 노릇이며 무엇보다도 그 당장에서 그 녀석을 한 대 먹여서 꼬꾸라뜨릴 만한 용기와 힘 없음이 현보에게는 슬펐다. 녀석도 또한 그 자리로 현보임을 알아차리고 가소로운 것은 제 술잔을 가지고 일부러 현보의 탁자에 와 마주 앉으며 알지 못할 웃음을 띠는 것이다.

"이왕 마주 앉았으니 술이나 같이 듭시다."

어느 결엔지 여급에게 분부하여 현보의 잔에도 술을 따르게 하였다. 희고 맑은 그 양주가 향기로 보아 솔내 나는 진인 것이 바로 그 밤과 같은 것이어서 이 또한 우연한 비꼼으로밖에는 생각되지 않았다.

"……이렇게 된 바에 무엇을 속이겠소. 터놓고 말이지 사실 내겐 비싼 흥정이었소. 자랑이 아니라 나도 그 길엔 상당히 밝기는 하나 설마 그런 흠이 있을 줄이야 뉘 알았겠소. 온전히 홀린 셈이지. 그까짓 지갑쯤 털린 거야 아까울 것 없지만 몸이 괴로워 못 견디겠단 말요. 허구한 날 병원에만 당기기두 창피하구, 맥주가 직효라기에 날마다 와서 켰으나 이 몸이 언제나 개운해질는지……."

술잔을 내고는 얼굴을 찡그리고 쓴웃음을 띠는 것을 보고는 녀석을 해낼 수도 없고 맞장구를 칠 수도 없어서 현보는 얼떨떨할 뿐이었다.

"……당신두 별수 없이 나와 동류항일 거요. 동류항끼리 마음을 헤치구 하룻밤 먹어 봅시다그려."

하면서 굳이 술잔을 권하는 것이다.

현보는 녀석의 면상에 잔을 던지고 그 자리를 일어나고도 싶었으나—실상은 웃지도 못하고 울지도 못할 난처한 표정대로 그 자리에 빠지지 앉아 있는 수밖에는 없었다.

1938년 1월, 《삼천리문학》

메밀꽃 필 무렵

해바라기

1

언제인가 싸우고 그날 밤 조용한 좌석에서 음악을 듣게 되었을 때 즉시 싸움을 뉘우치고 녀석을 도리어 측은히 여긴 적이 있었다. 나날의 생활의 불행은 센티멘털리즘의 결핍에서 오는 것이 아닐까. 사회의 공기라는 것이 깔깔하고 사박스러워서 교만한 마음에 계책만을 감추고들 있다. 직원실의 풍습으로만 하더라도 그런 상스러울 데는 없는 것이 모두가 꼬불꼬불한 옹생원이어서 두터운 껍질 속에 움츠러들어서는 부질없이 방패만은 추켜든다. 각각 한 줌의 센티멘털리즘을 잃지 않는다면 적어도 이 거칠고 야만스러운 기풍은 얼마간 조화되지 않을까.

아닌 곳에서 나는 센티멘털리즘의 필요라는 것을 생각하면서 모처럼의 일요일도 답답한 것이 되기 시작했다. 확실히 마음 한 귀퉁이로는 지난날의 녀석과의 싸움을 되풀이하고 있었다. 싸움같이 결말이 늦은 것은 없다. 오래도록 흉측한 인상이 마음속에 남아서 불쾌한 생각을 가져오곤 한다. 즉 싸움의 결말은 그 당장에서 나는 것이 아니라 오래도록 마음속에서 얼마든지 계속되는 것이다. 창 밖에 만발한 화초 포기를 철망 너머로 내다보면서 음악을 들을 때와도 마찬가지로 나는 녀석을 한편 측은히 여겨도 보았다. 별안간 운해가 찾아온 것은 바로 그런 때였다.

제 궁리에 잠겨 있던 판에 다따가 먼 곳에서 찾아온 동무의 자태는 퍽도 신선한 인상을 주었다. 몇 해 만이건만 주름살 하나 없는 팽팽한 얼굴에 여전히 시원스러운 낙천가의 모습 그대로였다.

"싸움의 기억에 잠겨 있는 판에 하필 자네가 찾아올 법이 있나."

"싸움두 무던히는 좋아하는 모양이지."

"욕을 받구까지야 가만있겠나."

"싸웠으면 싸웠지 기억은 뭔가. 자넨 아직두 그 생각하구 망설이는 타입을 벗어나지 못한 모양이야. 몇 세기 전의 퇴물림을. 개운치두 못하게 원."

"핀잔만 주지 말구—센티멘털리즘의 필요라는 건 어떤가?"

"센티멘털리즘으로 타협하잔 말인가? 싸우면 싸웠지 타협은 왜. 싸움이란 결코 눈앞에서 화다닥 끝나는 게 아니구 길구 세월없는 것인데 오랜 후의 결말을 기다리는 법이지 타협은 왜—"

"자네 낙관주의의 설명인가."

"낙관주의 아니면 지금 이 당장에 무엇이 있겠나. 방구석에 엎드려 울구불구만 있겠나."

운해는 더운 판에 저고리를 벗고 부채를 야단스럽게 쓰기 시작했다.

"내 낙관주의의 설명을 구체적으로 함세―봄부터 어떤 산업회사에 들어가 월급 육십 원으로 잡지 편집을 해주고 있네. 틈을 타서 영화회사 촬영대를 따라 내려온 것은 촬영 각본을 써주었던 까닭―."

간밤에 일행들과 여관에 들었다가 아침에 일찍이 찾아온 것은 묵은 회포를 이야기할 겸 내게 야외 촬영의 참관을 권하자는 뜻이었다. 물론 이런 표면의 사정이 반드시 그의 낙관주의의 설명은 아닌 것이요 그것을 터놓고 이야기하는 그의 태도가 낙관적일 뿐이다. 그의 처지를 설명하는 어조에는 오히려 일종의 그 스스로를 비웃는 표정조차 있었던 것이요 그런 그의 태도 속에 나는 낙관의 노력의 자취를 역력히 보는 듯했다. 과거에 있어서도 문학의 세상과 인연이 없는 것은 아니어서 열정의 나머지를 기울여 평론도 쓰고 문학론도 해 오던 그였다. 영화에 손을 댄 것도 결국은 막힌 심정의 한 개 구멍을 거기서 찾자는 셈이라고 짐작하면 그만이다.

그가 쓴 각본 「부서진 인형」 속에 남녀 주인공이 강에서 배를 타다가 물속에 빠지는 장면이 있다는 것이다. 그 장면의 촬영을 보러 가자고 운해는 시모가 날라 온 차를 마시고 나더니 나를 재촉한다. 물에 빠진 가엾은 남녀의 꼴을 보기보다도 내게는 나로서 강에 나갈 이유가 있기는 있었다.

"올부터 모래찜을 시작했네. 어떤 때엔 매생이*를 세내서 고기두 더러 낚어 보구, 일요일마다 강에 안 나가는 줄 아나. 오늘은 망설이던 판에 뜻밖에 이렇게 자네에게 끌리게 됐을 뿐이지."

"됐어. 모래찜과 낚시질과."

운해는 무릎을 칠 듯이 소리를 높였다.

"강태공의 곧은 낚시를 물에 드리우는 그 일밖엔 우리에게 오늘 무엇이 남었나. 금방 세상이 두 동강으로나 나는 듯 법석을 하구 비관을 할 것은 없어. 사람 있는 눈치만 나면 언제까지든지 웅크리고 엎드리는 두꺼비를 본 적이 있나? 필요한 건 다른 게 아니라 그 두꺼비의 재주라네."

듣고 보니 넘성하고** 일어서는 그의 자태가 그대로 두꺼비의 형용이었다. 오공이*** 같은 체격이며 몽총한**** 표정이 바로 두꺼비의 인상임을 나는 신기한 발견이나 한 것처럼 바라보았다. 옷을 갈아입고 같이 집을 나섰을 때 나는 더욱 그를 주의해 바라보며 짜장 두꺼비를 느끼기 시작했다.

운해가 동무들과 함께 전주를 다녀온 것이 오 년 전이었다. 그가 막 전주서 올라왔을 때의 인상―그것이 내가 이 몇 해 동

* 노로 젓게 된 작은 배.
** 넘성하다 : 한 번 넘어다보다.
*** 몸이 작고 단단하게 생긴 사람을 놀림조로 이르는 말.
**** 몽총하다 : 붙임성과 인정이 없이 새침하고 쌀쌀하다.

안 그에게서 받은 인상 중에서 가장 선명한 한 폭이기는 하나, 그러나 그때의 인상이 반드시 전주로 가기 전의 파들파들한 열정시대의 그것보다 초라한 것은 아니었으며, 오늘의 그의 인상이 또한 과히 그때에 떨어지는 것도 아니다. 생각건대 이 두꺼비의 인상을 그는 열정시대부터 벌써 육체와 마음속에 준비해 가지고 오늘에 미친 것인 듯도 하다. 물론 다만 소질의 문제만이 아니요, 노력의 결과 ……(원문 탈락)…… 없는 오늘 그가 그의 유(流)의 철학을 마음속에 세우게 되었음으로 인해서 짜장 두꺼비의 형용을 가지게 된 것으로서 설명할 수 있을 듯하다.

"석재 소식 자주 듣나?"

거리에 나섰을 때 운해는 역시 같은 한 사람의 서울 동무의 이야기를 꺼냈다. 전주 시대부터 운해와 걸음을 같이한 나와보다도 물론 그와 더 절친한 사이에 있는 석재였다.

"녀석두 체질로나 기질로나 나와는 달라서 꼬물거리는 성질이거든. 요새 죽을 지경이지."

"두꺼비 되긴 어려운 모양인가?"

"직업두 웬만한 건 다 싫다구 집에서 번둥번둥 놀구만 있으려니깐 하루는 부(府)에서 나와서 방어단원으로 편입해 버리지 않었겠나? 공교로운 일도 있지. 등화관제 연습 날 밤 불 꺼진 거리를 더듬고 걸으려면 방어단원들이 여기저기서 소리를 치면서 포도를 걸으라고 경계가 심하지 않은가. 나두 거리 복판을 걷다가 한 사람에게 호되게 꾸중을 받고 포도 위로 올라섰을 때 가로수 곁에 8 그리고 선 것이 누구였겠나. 어렴풋한 속에서도 그렇듯이 짐작되는 국방색 단원복과 모자를 쓴 것이 석재임을 알았을 때 얼마나 놀랐겠나. 자네에게 보이고 싶은 광경이었었네. 이튿날 벼락같이 찾아와서 하는 말이 단원복을 만드는 데 십오 원이 먹혔는데 그 십오 원을 만들기 위해서 다따가 하는 수 없어 츨츨한 책을 뽑아 가지구 고물 서점을 찾았다나—."

운해는 껄껄 웃었으나 석재의 자태가 너무도 선명하게 눈앞에 떠오르는 바람에 목을 눌리는 것 같아서 나는 웃을래야 웃음이 나오지 않았다.

"정직한 대신 사람이 외통골이래서 마음의 괴롬이 한층 더하거든."

"나두 집에 두꺼비나 길러 볼까."

농이 아니라 사실 내게는 운해의 탄력 있고 활달한 심지와 태도가 부러운 것이었다.

배로 강을 건너 반월도에 이르렀다.

강 위에는 수없이 배가 떴고 언덕과 섬에는 사람들이 들끓었다. 강 건너편에 운해의 일행인 촬영대의 일동이 오물오물 몰켜* 있는 것이 보였으나 운해는 굳이 참견하러 갈 필요를 느끼지 않는 모양이었다.

섬의 풍경은 해방적이어서 사람들이 뒤를 이어 꼬여들건만 수영복을 입은 사람이 드물었다. 몸에 수건 하나 걸치는 법 없이 발가숭이 채로 강에 뛰어들었다가는 기슭에 나와 모래 속에 몸

---

* 몰키다 : 한곳에 빽빽하게 모이다.

메밀꽃 필 무렵

을 묻고들 했다. 거개가 장골들이었다.

"저것두 내 부러운 것의 한 가지."

운해는 내 시선의 방향을 더듬으면서 이쪽저쪽에 지천으로 진열된 육체의 군상을 바라보았다.

"결국 저 사람들이 가장 잘 사는 사람들일는지두 모르네. 곰상거리는 법 없이 날마다 고깃근이나 구워 먹구 모래찜을 하는 동안에 신경이 장작같이 무지러지거든."

그러나 굳이 모르는 그 사람들을 탄복할 것 없이 나는 운해 자신이 옷을 벗고 수영복을 갈아입었을 때 그의 장한 육체에 솔직하게 놀라지 않을 수 없었다. 목덜미가 떡메같이 굵고 배꼽은 한 치가량이나 깊은 듯하다. 그 어느 한구석 빈 데가 없이 옷을 입었을 때의 인상보다도 몇 곱절 충실하다.

"훌륭한걸!"

내 눈 안에 꽉 차는 그의 육체를 나는 그 무슨 탐탁한 물건같이도 아름답게 보았다.

"몇 관(貫)이나 되나?"

"십팔 관이 넘으리. 저울에 오를 때마다 느끼까."

"훌륭해. 그 육체 외에 더 바랄 것이 무엇이겠나. 자네 낙관주의라는 것두 결국은 그 육체에서 시작된 것인가 부네."

"육체가 먼전지 정신이 먼전진 모르나 요새 부쩍 몸이 늘기 시작한단 말야. 그렇다구 저 사람들같이 고기를 흔히 먹는 것두 아니네만. 월급 육십 원으로야 고긴들 마음대루 먹겠나? 결혼두 아직 못 하구 있는 처지에—"

결혼이란 말이 다따가 내게는 또 한 가지 신선한 인상을 가지고 들려 왔다. 운해는 내 표정을 살피는 눈치더니 좀 더 자세한 이야기가 있는 듯 자리를 내려서며 걷기 시작한다.

"실상은 오늘 자네에게 들리려고 한 중요한 이야기가 그 결혼의 일건이구, 오늘 이 당장에서 자네에게 그 약혼자까지 선뵈려는 것이네."

하면서 운해는 섬 위를 이쪽저쪽 살피는 눈치나 아직 그 약혼자가 나타나지는 않은 모양이었다. 금시초문의 그의 사정 이야기에 나는 정색하면서 그의 곁을 따라 걸었다.

"평생 독신으로 지낼 수도 없겠구 결혼하는 편이 역시 합리적이라구 생각한 까닭인데 아무래두 집 한 채는 장만해야 할 테니 삼천 원은 들 터—자네두 알다시피 내게는 돈 삼천 원이 있을 리 있나? 규수는 바로 이곳 사람으로 현재 여학교에 봉직하고 있는 중이지만 결혼하면 서울로 데려가야 할 터. 이것이 한 가지의 곤란이구 당초에 동무의 소개로 알게 된 것이나 워낙 거리가 떨어져 있는 까닭에 연애니 무어니 하는 감정적 과정이 아직 생기지두 못한 채 타성으로 질질 끌어 오늘에 이른 것인데 자네두 알다시피 내게 미묘하고 세밀한 연애의 감정이니 하는 것이 있을 리가 없구 무엇보다두 그런 쓸데없는 감정의 낭비를 극도로 경멸하는 내가 아닌가. 그런 까닭에 지금까지 약혼의 사이라는 형식으로 오기는 했으나 실상인즉 그를 아직두 완전히 모르고 또 이해도 못 하고 있다는 것이네. 연애니 뭐니 하구 경멸은 했으나 이런 어리석을 데가 있겠나. 지금 와서 결혼이 촉박하게 되니 비로소 불찰이 느껴지면서 마음이 황당해 간단 말이네. 결말이 짜장 어떻게 되는지 해서 마음이 설레고 불안해 간단 말야. 오늘 두 사실은 자네와 한데 어울려 시스럽지 않은 분위기 속에서 그의 마음을 가늠도 보구 불안한 공기를 부드럽혀두 볼까 한 것이네. 자네에겐 폐가 될는지두 모르나 친한 사이에 허물할 것두 없을 법해서."

들고 보니 그가 나를 찾았던 이유의 속의 속뜻도 비로소 알려지고 그의 연애라는 것도 과연 그다운 성질의 유유한 것임을 느끼면서 나는 마음속에 생각하는 바가 많았다.

"낙관주의자두 연애에 들어선 초년병이네그려."

"너무 낙관했기 때문에 이제 와 이렇게 설레게 된 것인지두 모르지. 그러구 한 가지의 불안은—"

말을 끊더니 먼 하늘을 보며 빙그레 미소를 띠었다.

"그가 너무도 미인이라는 것이네."

"흠, 행복자야!"

"오거든 보게만 평양서두 이름이 높다네. 약혼자가 미인인 까닭에 느끼는 불안—자네 읽은 소설 속에 그런 경우 더러 없었나?"

"연애에 성공하기를 비네."

모래 위를 두어 고패나 곱돌아 물가를 오르내리는 동안에 짜장 그의 약혼자가 나타났다. 멀리 보트를 저어 오는 것을 운해가 눈 빠르게 발견하고 내게 뛰어 주었다. 배는 사람이 드문 물가를 찾아서 한 귀퉁이에 대었다. 운해가 쫓아가 그를 부축해서 내려 주고는 한참 동안이니 서서 이야기가 잦더니 이리로 걸어오는 것이었다. 아닌 게 아니라 나는 별안간 눈이 번쩍 뜨이는 '이름 높은 미인'을 보고 인사하는 말조차 어색해졌다. 짙은 옥색 적삼 위에서 그의 눈과 코는 아로새긴 것같이 또렷하고 선명하다. 상스러운 섬의 풍속 속에서 그를 보기가 외람한 듯한 그런 뛰어난 용모였다.

"운해 군에게서 말씀 들었습니다만 쉬이 경사를 보신다구요."

나로서는 용기를 다해서 한 말이었으나 그에게는 그닷한 영향도 안 준 듯,

"글쎄요."

하고 고개를 약간 숙였을 뿐이었다.

글쎄요—이 말의 뜻을 생각하면서 두 사람의 모양을 바라볼 때 나는 그 속에 끼인 내 존재의 무의미한 역할을 깨닫기 시작했다. 운해의 부탁으로는 나도 한몫 끼여 시스럽지 않은 분위기를 만들고 불안한 공기를 부드럽혀 달라는 것이었으나 두 사람의 모양을 바라볼 때 그것이 도저히 내 역할이 아님과 남의 연애 속에 들어가 잔말질을 함이 얼마나 쑥스러운 짓인가를 즉시 느끼게 되었다. 무엇보다도 그 약혼자가 결코 범상한 여자가 아님을 안 것이요 그가 뿌리는 찬란한 색채와 자극이 너무도 큰 까닭에 그의 옆에 주책없이 머물러 있기가 말할 수 없이 겸연쩍었던 것이다.

"잠깐 물에 잠겼다 올 테니 얘기들 하구 계시죠."

운해가 빌듯이 붙드는 것이었으나 굳이 그 자리를 사양하고 물가로 나갔다.

걸으면서도 머릿속에 새겨진 두 사람의 인상의 대조가 너무도 선명하게 마음을 괴롭혔다. 두꺼비와 공작—별수 없이 이것이다. 운해가 잘 아는 어색한 공기라는 것이 결국은 이 너무도 큰 대조에서 오는 것이요 두 사람 사이의 비극—만약 그런 것이 온다고 하면—참으로 약혼자의 너무도 뛰어난 용모에서 시작된 것이라고밖에는 생각할 수 없다. 내가 그렇듯 탄복한 십팔 관을 넘으리라는 탐탁하고 훌륭하던 운해의 육체건만 약혼자의 맑은 자태와 비길 때 그렇게도 떨어지고 손색 있어 보임이 웬일인지를 알 수 없었다. 기울어진 대조에서 오는 불길한 암시를 떨어 버리려는 듯 나는 물속에 텀벙 잠겨 깊은 곳으로 헤엄치기 시작했다. 모래 언덕에 앉은 두 사람의 자태가 차차 멀어지는 것을 곁눈질하면서 자꾸만 헤엄쳐 들어갔다.

밤거리에서 단둘이 술상을 마주 대했을 때 운해는 낮에 섬에서의 내 행동을 책하며 결국 단둘이 앉았어도 별 깊은 이야기를 못 했다는 것을 고백하고 눈치가 어떻더냐고 도리어 내게 자기들의 판단을 맡기는 것이었다.

"글쎄."

나는 어리뻥뻥해서 이렇게 적당하게 대답해 두는 수밖에는 없었으나 대답하고 나서 문득 그 한마디가 바로 그의 약혼자가 섬에서 내게 대답한 같은 한마디였음을 깨닫고 놀라지 않을 수 없었다. 시대에 민첩한 낙관주의자도 연애에는 둔하고 불행한 것인가 하고 마음속으로 동무를 가엾게도 여겨 보았다.

"막차로 일행들보다 먼저 떠나겠으나 자네 알다시피 이런 청편이니까 틈 있는 족족 내려는 오겠네. 즉 자네와 만날 기회두 많다는 것이네."

"부디 연애에 성공하구 속히 결혼하도록 하게."

축배인 양 나는 술잔을 높이 들어 그에게 권했다.

2

두어 주일 후이었다. 일요일 오후는 되어서 운해는 두 번째 나를 찾았다. 내가 그때까지 집에 머물러 있었던 것은 그의 방문을 예측하고 있었던 까닭이요 그의 찾아온 목적까지도 짐작하고 있었던 것이다. 영화 각본의 책임자로 촬영대 일행과 온 것도 아니요 그렇다고 약혼자와의 결혼 때문에 온 것도 아니었다. 결혼—은커녕 가엾게도 그와 반대의 목적으로 온 것이다. 끝난 연애—놓쳐 버린 연애의 뒷소식을 알리러 온 것임을 나는 안다.

"자넨 무서운 사람이네. 자네 신경 앞에는 모든 것이 발각되구 마는 것을 이제야 겨우 깨달았네. 그러면은 그렇다구 그때에 왜 그런 눈치 못 띄어 주었나? 솔직하게 일러만 주었던들 다른 방책이 있었을 것을."

두꺼비같이 덜썩 주저앉더니 운해는 원망하듯 늘어놓는다.

"나두 민망해서 못 견디겠네만 그러나 일이 그렇게 대담하게 될 줄야 뉘 알었겠나?"

"내가 비록 호인이기로 그렇게까지 눈치를 몰랐을까. 아침에

메밀꽃 필 무렵

그 집에를 갔더니 되려 반가워하면서 내게 곡절을 물으려고 드는 것을 보니 집안 사람들두 까딱 모르고 지냈나 부데."

"대담한 계획이야."

"영원의 여성—나를 인도해 가지는 못할지언정 나를 버리고 가다니 무서운 세상이다."

주의해 보니 운해는 벌써 술잔이나 기울이고 온 모양이었다. 슬픈 표정이라기보다는 울적한 낯에 거나한 기운이 돌고 있었다. 그의 그런 심정을 나는 이해할 수 있으며, 그에게서 듣지 않아도 그의 사정을 거리의 소문으로 이미 잘 알고 있었던 것이다.

약혼자가 며칠 전에 달아난 것이다. 교직을 버리고 성악을 공부한다는 사람의 뒤를 따라서 동경으로 건너갔다는 것이다. 거리에는 크게 소문이 나고 구석구석에서 이야깃거리가 되었다. 공작같이 찬란하던 그의 용모의 값을 한 셈이다. 소식을 들은 순간 나는 섬에서 느낀 예감이 적중한 것을 느끼고 한참 동안 가슴이 설렘을 어쩌는 수 없었다. 운해를 위해서는 그지없이 섭섭한 일이기는 하나 엄숙한 사실 앞에는 하는 수 없는 노릇이다. 운해와의 약혼을 표면으로 내세우고 그 그늘에서 참으로 즐기는 사내와 만나고 있었던 것이 짐작되며 섬에서의 그의 표정과 말투 속에 벌써 그것이 암시되어 있지 않았던가. 운해는 그것을 모르고 일률로 결혼의 길만을 생각하고 있었던 셈이다.

"내 사랑 끝났도다."

노랫조로 부르는 운해의 목소리는 그러나 반드시 비장한 것은 아니었다. 오장육부를 찌르고 뼈를 긁어내고—응당 그런 신경이어야 할 것이지만 운해의 경우는 반드시 그런 것이 아니고 그 어디인지 넉넉하고 심드렁한 태도조차 보였다.

"그러나 내 마음 편하도다."

사랑이 끝났으므로 참으로 그의 마음은 편한 듯도 보였다. 결국 연애도 그에게 있어서는 생활의 전부가 아닌 것일까. 그의 모든 생활의 다른 경우와 같이 간단하고 유유하게 정리할 수 있는 것일까─나는 그의 모양을 새삼스럽게 찬찬히 바라보았다.

밖에서 만찬을 같이 하려고 함께 집을 나오자마자 운해는 다시 걸음을 돌리면서 나를 집으로 끌어들였다. 불란서어나 독일어 책을 빌려 달라는 것이다.

"어학이나 시작하면 생활에 풀이 좀 날까 해서."

"기특하구 장한 생각이야."

나는 초보적인 독일어 책 몇 권을 뽑아 가지고 나와서 그에게 전했다.

"이히 바이스 니히트 바스 졸 에스 베도이텐 다스 이히 조 트라울리히 빈!*"

큰 거리에 나왔을 때 운해는 문득 언제 기억해 두었던 것인지 하이네의 시인 듯한 한 구절을 외우는 것이었으나, 노래의 뜻같이 반드시 슬픈 것이 아니요 그의 어조는 차라리 한시라도 읊는 듯 낭랑한 것이었다. 흥에 겨워 몇 번이고 거듭 외웠다.

---

* "Ich weiß nicht, was soll es bedeuten / Daß ich so traurig bin!(왜 그런지, 그 까닭은 알수 없지만 / 내 마음은 자꾸만 슬퍼지네!)". 독일 시인 하이네(1797~1856)의 시 「로렐라이」의 첫 부분.

메밀꽃 필 무렵

"이히 바이스 니히트 바스 졸 에스 베도이텐 다스 이히 조 트 라울리히 빈!"

술이 고주가 된 위에 밤이 깊은 까닭에 이튿날 아침에 떠나보 낼 생각으로 나는 운해를 집으로 끌고 왔다.

나란히 자리를 펴고 누웠으나 담배를 여러 개째 갈아 물어도 좀체 잠이 오지 않았다. 고요하기에 그는 이미 잠이 들었으려니 하고 운해 편을 바라보았을 때 감긴 눈 속으로 한 줄기 눈물이 흘러 귓방울을 적시고 있는 것이다. 나는 가슴이 뭉클해지면서 얼굴을 반듯이 돌리고 말았다.

"자네 감상주의를 비웃었으나 오늘 밤은 내 차례네."

눈을 감은 채 목소리가 부드럽다.

"보배를—약혼자 말이네—내 얼마나 사랑했는지 아무두 모 르리. 끔찍하두 사랑하기 때문에 어쩔 줄을 모르다가 결국 그를 놓치구야 말았네. 다른 그 누구와 결혼하게 되든지 간에 평생 그를 잊을 수는 없을 듯해."

"아직두 여자 생각하구 있었나? 술 취하면 눈물 나는 법이니."

농으로는 받았으나 그의 심중을 모르는 바는 아니었다.

"지금의 이 심중을 한마디로 표현할 수 없을까. 꼭 한 마디로. 자네 좀 생각해 보게."

나는 궁싯거리면서 생각하려고 애썼다. 그의 슬픈 심경의 적 절한 표현이라는 것을 찾으려고 무한히 애를 쓰면서 시간을 보 내나 종시 그것이 떠오르지는 않는 것이다. 밤이 얼마나 깊었을 까. 그러나 나는 그런 헛수고를 할 필요는 도무지 없었던 것이다.

애쓰는 나를 버려두고 운해는 혼자 어느 곁엔지 잠이 들어 있었으니까. 눈물은 꿈에도 흘린 법 없듯 코 고는 소리가 점점 높게 방 안에 울렸다.

3

다음 일요일 나는 운해의 세 번째의 자태에 접하게 되었다.

일주일 전과는 퍽도 다른 아니 그 어느 때보다도 달라서 씻은 듯이 신선한 인상으로 나타났다. 쉴 새 없이 발전해 가는 유기체라고 할까. 나는 사실 그의 번번의 자태에 눈을 굴리는 것이나 그날의 인상이란 그 어느 때보다도 신선하고 당돌해서―참으로 나는 놀라는 수밖에는 없었다.

그의 대담하고 거뿐한 차림차림부터가 내 눈을 끌기에 족했다. 그런 차림으로 기차를 타고 거리를 지나온 것일까. 마치 소년 선수같이 신선한 자태가 아닌가. 넥타이 없는 셔츠 바람에 무릎 위로 달롱 오르는 잠방이를 입고 긴 양말에 등산구두, 둥근 모자에 걸망*을 진―별것 아니라 한 사람의 등산객의 차림인 것이나 그것이 다른 사람 아닌 바로 운해 군의 차림이기 때문에 물론 나는 신기하게 본 것이다. 손에 든 것도 자세히 보니 늘 짚는 단장이 아니고 피켈인 모양이었다.

* 걸머지고 다닐 수 있게 얽어 만든 바랑.

메밀꽃 필 무렵

"자넨 번번이 나를 놀랠려구만 나타나나. 이 담엔 대체 또 어떤 꼴로 찾아올 작정인가."

"필요에 따라서야 무슨 옷인들 못 입겠나. 자네가 무례하다구 생각해 주지 않는 것만 다행이네."

"필요라니 등산이 자네 목적 같은데 등산하러 평양까지 왔단 말인가?"

"등산은 등산이래두 뜻이 달러. 자네 들으면 또 놀라리."

"그 륙색*인지 한 것 속에는 무엇이 들었나?"

걸망을 내리더니 부스럭부스럭 봉투에 든 것을 집어냈다.

"놀라지 말게―광산으로 가는 길이네."

"광산!"

"중석 광산을 발견했어."

"미친 소리."

"자넨 눈앞에 보물을 두고두 방구석에서만 꼼질꼼질 대체 하는 것이 무엔가. 성천 있는 동무가 하루는 산에 나갔다가 이상한 돌을 주워서 곧 내게로 보내지 않았겠나. 나두 그런 덴 눈이 좀 밝거든. 식산국(殖産局) 선광연구소와 그 외 사사로운 광무소 몇 군데를 찾아서 감정을 해보니 아나나 다를까, 중석이라는 거네. 함유량두 상당해서 육십 퍼센트는 된다지. 부랴부랴 광산과 조사실에서 대장을 열람했더니 아직두 출원하지 않은 장소란 말이네. 그것을 안 것이 어제 낮. 실제로 한번 돌아보고 곧 올라

---

* rucksack. 등산용 배낭.

가 출원할 작정으로 급작스레 밤차로 떠난 것이네. 형편에 따라서는 회사두 하루 이틀 쉴 생각이네."

봉투 속에서 나온 것은 몇 개의 까무잡잡한 돌멩이였다. 내 눈으로는 알 바도 없으나 납덩어리같이 윤택도 아무것도 없이 다만 은은하고 굳은 무게만을 가지고 있는 그것이 딴은 그 무슨 귀중한 뜻을 가지고 있으려니는 막연하나마 짐작되었다. 그의 흉내를 내서 나도 한 개를 집어 들고는 멋도 모르면서도 이모저모 살피기 시작했다.

"흰 것은 석영이네. 중석이란 원래 석영맥에 붙어 있는 것이거든. 그 붙는 모양과 형식에도 여러 가지 구별이 있는 것이지만 어떻든 그 석영을 깨뜨리고래야 중석을 얻는 것이네."

운해의 설명도 내 귀에는 경 읽는 소리였다. 중석이란 명칭부터가 먼 세상의 암호로밖에는 생각되지 않았다.

"중석이란 대체 무엇 하는 것인가?"

"자네 무지에는 놀라는 수밖엔 없어. 중석두 모르구 오늘 이 세상을 살아간단 말인가―텅스텐 말이네. 철물 중에서 가장 강하고 견고한 것이기 때문에 요새 군수품으로 쓰이게 된 것인데 시세가 어느 정돈지 아나? 한 톤에 평균 칠천 원이라네. 육십 퍼센트의 함유량이래두 사천 원이 되는 것이구, 단 십 퍼센트래두 칠백 원은 생기거든. 중석광이라구 이름만 붙으면 시작해두 채산이 맞는다는 것이네. 그러게 조선에만도 출원하는 수가 전에는 일 년에 단 삼십 건이 못 되던 것이 요새 와서는 하루에 평균 삼십 건을 넘는다네. 지금 특수광 지대로 충청북도와 금강산을

메밀꽃 필 무렵

세나 평안남북도의 지경 일대두 상당하구 성천 같은 곳도 장차 유망하지 않은가 생각하네."

"자네의 풍부한 지식과 세밀한 조사에는 놀라는 수밖엔 없으나 성천이 유망하다면 자네 얼마 안 가 백만장자 되게."

그의 설명으로 나는 적지 않이 계몽이 되어 중석에 대한 일반 지식을 얻기는 했으나 어쩐 일인지 모든 것이 꿈속 일같이만 생각되었다.

"문제는—지금 가 보려는 산 일대가 정말 중석광 지댄가 아닌가 동무가 주운 이 돌이 원처에서 굴러온 것이나 아닌가 중석 지대라면 얼마나 큰 범위의 것인가 하는 것인데 전문가 아닌 내 눈으로 확실히야 알겠냐만 가 보면 짐작은 되리라고 생각하네. 참으로 유명한 것이라면 자네 말마따나 백만장자 될 날두 멀지 않네."

"제발 백만장자나 돼 주게. 동무 가운데 한 사람쯤 백만장자가 있다구 세상이 뒤집힐 리는 없으니."

"오늘은 바뻐서 이렇게 한가하게 할 순 없어. 자네에게 한 가지 청은—."

운해는 주섬주섬 돌덩이를 봉투에 넣어서 류색 속에 수습하고는 나를 재촉했다.

"오후 차까지 아직두 몇 시간이 있으니 자네 아는 광무소에 가서 자네 눈앞에서 한 번 더 감정시켜 보겠네. 앞장을 서서 광무소까지 안내를 하게."

여가가 있었던 까닭에 쾌히 승낙하고 같이 집을 나섰다.

오선의 산들바람을 맞으며 피곌을 단깅 삼어 내꺼으면서 걸어가는 운해의 자태는 일종의 독특한 매력을 가진 것이었다. 옷맵시가 오돌진 육체에 꼭 들어맞아서 평복을 입었을 때의 두꺼비의 인상과는 또 달라 한결 거뿐하고 칠칠한 것이었다. 걷어 올린 소매 아래에 알맞게 탄 두 팔이 뻗치고 다리 아래가 훤히 터져서 보기에도 시원스러웠다. 무엇보다도 그 등산의 차림이야말로 그에게는 가장 잘 맞고 어울리는 차림인 듯도 했다. 그 차림으로 휘파람이나 한 곡조 길게 뽑으면서 걷는다면 도회의 가로수 아래서의 오전의 풍경으로는 그에 미칠 것이 없을 듯했다.

나는 친히 아는 사람의 광무소를 찾았다. 거기서 내가 다시 놀란 것은 젊은 주인의 즉석에서의 판단에 의해서 그것이 상당히 우수한 중석광이요, 함유량도 육십 퍼센트를 내리지는 않으리라는 확언을 얻은 것이다. 정확한 분석을 하려면 방아로 돌멩이를 찧고 가르고 해서 하루가 걸린다기에 그것을 후일로 부탁하고는 우선 그곳을 나왔으나 그 대략의 판단만으로도 그 자리에서는 족했고 나는 짜장 신기한 생각을 금할 수 없었던 것이다.

찻시간을 앞두고 식당에 들어갔을 때 또 한번 그를 따져 보았다.

"자네 정말 출원할 작정인가?"

"오만분지 일 지도(地圖) 다섯 장과 출원료 백 원을 벼락같이 구해 놓고 내려왔네."

더 묻지 말라는 듯이 큰소리였다.

"……멀 그리 또 꼼질꼼질 생각하나? 군수공업으로 쓰인다니까 번민하는 모양인가? 아무 걸루 쓰이든 광석은 광석으로서의

메밀꽃 필 무렵

일을 하는 것이네. 그렇게 인색하고 협착한 것은 아니니 걱정할
건 없어."

"이왕이면 석재두 한몫 넣어 주지."

"암 출원하게 되면 녀석 한몫 안 끼게 될 줄 아나? 그렇지
않아두 일이 없어 번둥번둥하는 판인데 일만 되면 같이 산에 들
어가 어련히 일보게 안 될까. 녀석뿐이겠나. 짜장 성공하게 되면
자네게두 응당 한몫 나눠 주겠네. 자네 일상의 원인 극장두 지
을 테구 촬영소두 꾸밀 테구 문인촌두 세울 테구 문학상 제도두
맨들 테구……."

"잡기 전부터 먹을 생각만."

"기적이라는 것이 있으려면 있게 되는 법이네."

"어서 남의 계획만 장하게 하지 말구 자네 월급 육십 원 모면
할 도리나 생각하게─육십 원이 화 돼서 결혼두 못 하게 되지
않았나."

말하고 나서 나는 번개같이 뉘우쳤다. 무심히 던진 말이지만
결혼이라는 구절이 그의 마음의 상처를 다시 스칠 것은 당연하
지 않은가.

"쓸데없는 소리에 밥맛 없어진다."

그러나 운해로서는 사실 그것이 농이었음을 알고 나는 안심
했다.

"결혼이구 보배구 벌써 그 다음 날부터 잊어버리기루 했었네.
연애가 생활의 전부가 아닌 게구 결혼 문제 같은 것두 일생일대
의 궁내사라고는 생각지 않네. 하려면야 앞으로두 열미 든지 기

회가 있을 테구 되려 한 번 실패가 새옹마의 득실루 더 큰 행복을 가져올는지 뉘 아나?"

반드시 그가 거짓말을 하고 있다고는 생각지 않았으나 보배 개인에게 대한 그의 특별한 심정을 묻지만 않는다면 대체로 그는 벌써 그 자신을 회복하고 바른 키를 잡은 것이 사실이었다.

"그까짓 연애가 다 무엔가. 속을 골골 앓구 눈물을 쭐쭐 흘리구."

사실 임박한 차 시간에 역에 나가 표를 사 가지고 폼에 들어갔을 때까지―그의 자태 속에서 지난날의 괴롬의 흔적이라고는 한 점도 찾아볼 수 없었다. 연애란 어느 나라 잠꼬대냐는 듯이 상쾌한 그의 모양에는 다만 앞을 보는 열정과 쉴 새 없이 그 무엇을 꾸며 나가려는 진취적 기력만이 보일 뿐이었다. 잠시도 쉬는 법 없이 기차 시간표를 세밀히 조사하면서 쓸데없는 잡스러운 밖 세상의 물건은 하나도 그의 주의를 끌지 않는 눈치였다.

차에 올라 창 옆에 자리를 잡은 그를 향해 나는 다시 한번 축원의 말을 던졌다.

"부디 성공하게. 갈 때 또 들르게."

차가 움직이기 시작할 때 그는 모자를 벗어서 창밖으로 흔들어 보였다. 두루뭉수리 같은 그의 오돌진 머리가 그 무슨 굳센 혼의 덩어리같이도 보여 올 때 짜장 그는 광산으로 성공하게 되지 않을까 하는 찬란한 환상이 문득 가슴속을 스쳤다.

1938년 10월, 《조광》

가을과 산양山羊

화단 위 해바라기 송이가 칙칙하게 시들었을 젠 벌써 가을이 완연한 듯하다. 해바라기를 비웃는 듯 국화가 한창이다. 양지쪽으로 날아드는 나비 그림자가 외롭고 풀숲에서 나는 벌레 소리가 때를 가리지 않고 물 쏟아지듯 요란하다. 아침이나 낮이나 밤이나 그 어느 때를 가릴까. 사람의 오작육부를 가리가리 찢으려는 심산인 듯하다. 애라에게는 가을같이 두려운 시절이 없고 벌레소리같이 무서운 것이 없다. 지난 칠 년 동안—준보를 알기 시작했을 때부터 그 어느 가을인들 애라에게 쓸쓸하지 않은 가을이 있었을까. 밤 자리에 이불을 쓰고 누우면 눈물이 되로 흘러 베개를 적신다.

"사랑이란 무엇인가."

스스로 물을 때,

"외롭고 적적하고 얄궂은 것."

칠 년 동안에 얻은 결론이 이것이었다. 여러 해 동안 적어 온 사랑의 일기가 홀로 애태우고 슬퍼한 피투성이의 기록이었다. 준보는 언제나 하늘 위에 있는 별이다. 만질 수 없고 딸 수 없고 영원히 자기의 것이 아닌 하늘 위 별이다.

한 마리의 여우가 딸 수 없는 높은 시렁 위 포도송이를 바라보고 딸 수 없으므로 그 아름다운 포도를 떫은 것이라고 비난하고 욕질한 옛날이야기를 생각하며 애라는 몇 번이나 그 여우를 흉내 내어 준보를 미워해 보려고 했는지 모르나 헛일이어서 준보는 날이 갈수록에 더욱 그립고 성스럽고 범하기 어려운 것으로만 보였다. 이 세상은 왜 되었으며 자기는 왜 태어났으며 자기와 인연 없는 준보는 왜 나타났을까―.

준보의 마음과 자기의 마음은 왜 그다지도 어긋나며 준보가 그다지 대수롭게 여기지 않는데도 왜 자기의 마음은 한결같이 그에게로 기울을까―자나 깨나 애라에게는 이것이 큰 수수께끼였다. 준보가 옥경이와 결혼한다는 발표가 났을 때가 애라에게는 가장 무서운 때였다. 동무 옥경이의 애꿎은 야유였을까. 결혼의 청첩은 왜 보내 왔을까. 애라에게는 여러 날 동안의 무서운 밤이 닥쳐왔다. 자기의 패배가 무엇에 원인 되었나를 생각하고 자기의 육체를 저주하고 얼굴을 비추어 주는 거울을 깨뜨려 버렸다. 칠 년 동안의 불행을 실어 온다는 거울을 깨뜨려 버리고는 어두운 방 안에서 죽음을 생각했다. 몸이 덥고 가슴이 답답하고 불 냄새가 흘러오면서 세상이 금시에 부서지는 듯했다. 그 괴로운 죽음의 환영에서 벗어나는 데는 일주일이 넘어 걸렸다. 준보를 얼마나 미워하고 옥경이를 얼마나 저주했을까. 그런 고패를 겪었건만 그래도 여전히 준보에게 대한 미련과 애착이 끊어지지 않음은 웬일일까.

준보는 자기를 위해 태어난 꼭 한 사람일까. 전세에서부터 미래까지 자기가 찾는 사람은 단 한 사람 준보라는 지목을 받아온 것일까. 너무도 고전적인 자기의 사랑에 애라는 싫증이 나면서도 한편 여전히 그 사랑에 매어 가는 스스로의 감정을 어쩌는 수 없었다. 준보 외에 그의 영혼을 한꺼번에 끌어당길 사람은 다시 그의 앞에 나타날 성싶지는 않았고 그런 추잡한 생각을 하는 것부터가 싫었다. 준보는 무슨 일이 있었던 간에 그에게는 영원의 꿈이요 먼 나라이다. 준보의 아름다운 환영을 가슴속에 간직해 가지고 평생을 지내겠다고 마음먹었을 때 애라에게는 절망의 속에서도 한 줄기 희망이 솟아올랐다.

"일르는 말은 안 듣구 언제까지든지 어쩌자는 심사냐. 늙어 빠질 때까지 사람이 홀몸으로 지낼 수 있을 줄 아나 부다."

어머니는 오래전부터 내려오는 혼인 말을 되풀이하고는 딸의 마음을 야속히 여기고 때때로 보챈다. 그러나 애라는 자기 방에 묻힌 채 책을 읽거나 무료해지면 염소를 끌고 풀밭으로 나간다. 고요한 마음의 생활을 보내며 준보들의 동정을 들으면서 가을을 보내고 가을을 맞이해 왔다.

며칠 전 준보에게서 편지를 받고 애라는 가라앉았던 가슴이

다시 설레기 시작하고 마음의 상처가 다시 살아났다. 준보 부부가 별안간 음악 수업 차로 미주(美洲)로 떠나게 되었다는 것이요 그들 송별의 잔치를 동무들이 발기(發起)한 것이었다. 인쇄된 청첩에 준보는 기어이 출석해 달라는 뜻을 따로 적어서 보냈던 것이다. 초문의 소식에 애라는 놀라며 곧 옷을 차리고 나섰다가 다시 반성하고 머뭇거려도 보았으나 결국 출석하기로 했다.

오후의 호텔은 고요하면서도 그 어디인지 인기척을 감추고 수떨스러운 기색을 보이고 있었다. 손님들의 자태는 그리 보이지 않건만 잔치를 준비하는 중인지 보이들의 오락가락하는 모양이 눈에 삼삼거린다. 복도를 들어가 바른편 객실을 기웃거렸을 때 모임에 출석하는 사람들인 듯한 사오 인이 웅얼거리고들 앉았다. 낯설은 속에 어울리기도 겸연해서 애라는 복도를 구부러 왼편 객실로 들어갔다. 카운터에서 한 사람의 보이가 계산에 열중하고 있을 뿐 객실은 고요하다. 애라는 차 한 잔을 분부하고는 창 가까이 자리를 잡았다. 창밖은 조그만 뜰이 되어서 몇 포기의 깨끗한 백양나무가 여름 한철 깊은 그늘 속에서 이슬을 뿜고 있던 것이 이 역 어느덧 가을을 맞이해서 차차 병들어가는 잎들이 바람도 없건만 애잔하게 흔들리고 있다. 가을은 어느 구석에 든지 숨어드는구나. 여기도 밤에는 벌레 소리가 얼마나 요란할까—생각하면서 찻잔을 들려고 할 때 공교롭게도 문득 눈앞에 나타난 것이 준보였다. 그날 모임의 주빈답게 검은 예복으로 단장한 그의 자태가 그 어느 때보다도 신선하게 눈을 끌었다. 그렇게 가깝게 면대하기는 오래간만이었다. 언제든지 그의 앞이 어

메밀꽃 필 무렵

렵고 시스럽고 부끄러운 애라였다. 가슴이 두근거리며 고개를 숙여 버렸다.

"진작 만나 뵙고 여러 가지 얘기 드리려던 것이 급작스리 떠나게 돼서 이제야 기회를 얻었습니다. 옥경이의 희망도 있구 해서 별안간 미주행을 계획한 것인데 한 일 년 지내구 내년 가을에는 구라파(歐羅巴)로 건너갈 작정입니다만."

준보의 장황한 설명에 애라는 한참이나 동안을 두었다가 입을 열었다.

"그러실 줄 알았죠. 별일 없으면서두 떠나신다니 섭섭해요. 어데를 가시든지 편안하세야죠. 두 분의 행복을 비는 것이 이제는 제 행복이 됐어요…… 행복이구 불행이구 간에 어쩌는 수 없이 그것만이 밟어야 할 길이 된 것을요."

다음 말까지에는 또 한참이나 동안이 뜬다.

"남의 집 창밖에 서서 안을 기웃거리는 가난한 마음을 짐작하실 수 있으세요. 안에는 따뜻한 불이 피고 평화와 단란이 있죠. 밖에 서 있는 마음은 춥고 떨리고."

준보가 그 대답을 하는 데 다시 한참이 걸린다.

"……경우가 어떻게 됐든 간에 그동안의 애라 씨의 심정을 나는 감사의 생각 없이는 받을 수 없었습니다. 칠 년 동안의 변함없는 정성에 값갈 만한 사내가 아닌 것을요."

"감사란 말같이 싫은 말은 없어요. 제가 요구할 권리가 없듯이 감사하실 것은 없으세요."

"감사는 하면서두 요구에 대답하지 못하는 것을 슬퍼합니다.

일이 애끊게 그렇게 되는군요. 솔직하게 말하면 처음엔 무심했던 것이 차차 그 곧은 열정을 알게 됐을 때 난 무서워도 졌습니다."

"그래요. 전 남을 무섭게만 구는 허수아빈지두 몰라요."

"……운명이라는 것 생각해 보신 적 있습니까. 슬픈 것 기쁜 것 어쩌는 수 없는 운명이라는 것……."

"운명을 생각할 때 진저리가 나구 울음이 나요."

"……거역하구 겨뤄 봐두 할 수 없는 것. 고지식이 항복할 수밖엔 없는 것."

"결국 그렇게 돌리구 그렇게 생각할 수밖엔 없겠죠. 슬픈 일이긴 하나……."

시간이 가까워 와 그 객실에까지 사람의 그림자가 어른거리게 되었을 때 두 사람은 회화를 그쳤으나 이윽고 다른 방에서 연회가 시작되었을 때에도 애라에게는 은근히 준보의 모양만이 바라보였다. 그의 옆에 앉은 옥경이의 자태까지도 범하기 어려운 하늘 위 존재로 보임은 웬일이었을까. 연회가 끝난 후 여흥으로 부부의 피아노 듀엣의 연주가 있었다. 건반 앞에 나란히 앉아 가벼운 곡조를 울리는 두 사람의 자태는 그대로가 바로 곡조에 맞춰 승천하는 한 쌍의 천사의 자태이지 속세의 인간의 모양들은 아니었다. 그렇듯 아름다운 두 사람의 모양은 애라와는 너무도 먼 지경에 놓여 있었다. 그 거리가 구만 리일까 십만 리일까—애라는 그날 밤같이 준보들과의 사이에 큰 거리를 느껴 본 적은 없었다.

　　　　　　　　　　　메밀꽃 필 무렵

"이것이 준보가 말한 운명이란 것인가."

애라는 새삼스럽게 서러운 생각이 들며 그날 밤 출석을 뉘우치고 될 수 있으면 그 자리를 물러나고도 싶었으나 그런 무례를 범할 수도 없어 그 괴로운 운명의 시간을 그대로 참을 수밖에는 없었다. 가슴속은 보이지 않는 눈물로 젖었다.

괴로운 시간에서 놓여서 사람들과 함께 식당을 나오게 되었을 때 다시 다음 괴롬이 준비되어 있었다. 옥경이가 긴한 듯이 달려와서 옆에 서는 것이었다.

"이렇게 와 주어서 고맙긴 하나 한편 미안두 해요."

그러나 옥경이의 태도는 자랑에 넘치는 태도였지 미안하다는 태도는 아니었다.

"애라두 소풍 겸 저리로나 떠나 보면 어때. 좁은 데서 밤낮 속만 태우지 말구."

조롱인지 충고인지. 그러나 애라는 그것을 충고로 듣는 것이 옳은 듯했다.

"목적두 없이 가선 멋하누."

"그렇게 또렷한 목적 가진 사람이 어데 있겠수. 목적을 가졌다구 다 이루어지는 것두 아니구. 그저 맘속에 늘 무엇을 생각하구만 있으면 그것이 목적이 아니우."

"무얼 생각하누."

"가령 고향을 생각해두 좋지. 외국에 가서 고향을 생각하는 속에 목적은 아니지만 그 무엇이 있을 법하잖우."

"어서 무사히 다녀들이나 와요."

"구라파로나 떠나 봐요. 내년 가을쯤 파리에서나 같이 만나게."

애라에게는 옥경이와의 대화가 도시 괴로운 것이었다. 준보들과 작별하고 그 괴로운 분위기를 떠나 한 걸음 먼저 거리로 나왔을 때 지옥을 벗어나온 듯도 했으나 한편 거리의 등불이 왜 그리 쓸쓸하게 보이고 오고 가는 사람들의 모양이 왜 그리 무의미하게 보였을까. 찻집에 들렀을 때 레코드에서는 베토벤의 〈운명교향곡〉이 흘렀다. 열리지 않는 운명의 철문을 두드리는 답답하고 육중한 음향이 거의 육체를 협박해 오는 지경이었다. 〈운명교향곡〉은 음악이 아니요 운명 그것이다. 〈운명교향곡〉을 작곡한 베토벤은 음악가가 아니요 미치광이나 그렇지 않으면 조물주다. 애라는 〈운명교향곡〉을 들을 때마다 몸에 소름이 치고 금시 미칠 듯이 몸이 떨리고 한다.

"찻집에서까지 〈운명교향곡〉을 걸 필요가 무엔가. 즐겁게 차 먹으러 오는 곳에 미치광이 음악이 아랑곳인가?"

애라는 중얼거리며 분부했던 차도 마시는 둥 만 둥 찻집을 뛰어나와 버렸다. 등줄기를 밀치는 듯 등 뒤에서 교향악의 연속이 애끊게 울려오는 것을 들으며 거리를 걷는 애라의 마음속에는 무거운 구름이 겹겹으로 드리웠다.

이튿날 역에서 준보 부부를 떠내 보내고 집으로 돌아온 애라는 한꺼번에 세상이 헐어진 것 같은 생각이 나며 눈알이 둘러패일 지경으로 어두웠다. 두 번째 죽음을 생각하고 약국에서 사

　　　　　　　　　　　　　　메밀꽃 필 무렵

온 약병을 밤새도록 노리면서 한 생각을 되하고 곱돌아 하는 동안에 나중에는 죽음 역시 쓸데없는 것으로 생각되었다.

'어차피 짓궂은 운명이라면 그 운명과 겨뤄 보는 것이 어떨까. 진 줄은 뻔히 알지마는 그 패배의 결론과 다시 대항하는 수도 있지 않은가. 즉 두 번째 싸움이다. 이번이야말로 사생결단의 무서운 싸움이다.'

이렇게 깨닫자 애라에게는 절망 속에서도 다시 한 줄기의 햇빛이 돈아 오며 문득 옥경이의 권고가 생각났다.

"……구라파로나 떠나 봐요. 내년 가을쯤 파리에서나 같이 만나게……. 또렷한 목적 가진 사람이 어데 있겠수. 그저 마음속에 늘 무엇을 생각하구만 있으면 그것이 목적이 아니우……."

옥경이가 무슨 뜻으로 했는지 간에 이제 애라에게는 이것이 한 줄기의 암시였다. 애라는 머릿속에 다따가 보지 못한 외국을 환상하며 책시렁에서 한 권의 책을 뽑아 기행문의 구절구절을 마음속에 외어 보는 것이었다.

"시월을 잡아들면 파리는 벌써 아주 겨울 기분이 돈다. 나뭇잎새는 죄다 떨어지고 안개 끼는 날이 점점 늘어 가서 그 안개 속을 사람의 그림자가 어렴풋하게 거무스름하게 움직이게 된다—."

그 사람의 그림자를 마치 자기의 그림자인 듯 환상하고 그 파리의 한구석에서 준보를 만나게 될 것을 생각하면서 기행문의 구절구절을 아끼면서 두 번 읽고 다시 되풀이하였다.

그날부터 애라에게는 또렷한 구체적 성산도 없으면서 다시 먼

곳을 꿈꾸는 버릇이 시작되었다. 외국의 풍경을 상상하고 준보의 뒷일을 궁금히 여기면서 그러나 기실 하루하루가 더욱 쓸쓸하고 적막해 갈 뿐이었다.

외로운 꿈에서 깨어서는 게같이 방 속에서 나와 뜰에 매인 흰 염소를 데리고 집 앞 풀밭을 거닌다. 턱 아래다 불룩하게 수염을 붙인 흰 염소는 그 용모만으로도 벌써 이 세상에 쓸쓸하게 태어난 나그네다. 초점 없는 흐릿한 시선을 풀밭에 던지면서 그 어느 낯선 나라에서 이 세상에 잘못 온 듯이도 쓸쓸하게 운다. 울면서 풀을 먹고 풀에 지치면 종이를 좋아한다. 그 애잔한 자태에 애라는 자기 자신의 모양을 비해 보고 운명을 생각하면서 종이를 먹인다. 한 권의 잡지면 여러 날을 먹는다. 백지를 먹을 뿐 아니라 인쇄된 글자까지를 먹는다. 소설을 먹고 시를 먹는다. 잡지 대신에 애라는 하루는 묵은 일기장을 뜯어서 먹이기 시작했다. 칠 년 동안의 사랑의 일기—지금에는 벌써 쓸모없는 운명의 일기—그 두터운 일곱 권의 일기장을 모조리 찢어서 염소의 뱃속에 장사 지내기 시작했던 것이다. 흰 염소는 애잔한 목소리로 새침하게 울면서 주인의 운명을—슬픈 역사를 싫어하지 않고 꾸역꾸역 먹는다.

염소 배가 불러지면 주인은 염소를 몰고 풀밭을 떠나 강가로 나간다. 물을 먹이면서 주인은 흰 돌 위에 서서 물소리 속에 흘러간 지난날을 차례차례로 비치어 본다. 해가 꼬박 져서 집으로 돌아오면 다시 게같이 꿈의 보금자리인 방으로 기어든다. 방에서는 가을 화단이 하늘같이 맑게—그러나 쓸쓸하게 내다보인다.

메밀꽃 필 무렵

해바라기 송이가 칙칙하게 시들고 국화가 한창이다. 양지쪽으로 날아드는 나비 그림자가 외롭고 풀숲에서 나는 벌레 소리가 때를 가리지 않고 물 쏟아지듯 요란하다. 아침이나 낮이나 밤이나 그 어느 때를 가릴까. 사람의 오장육부를 가리가리 찢으려는 심사인 듯도 하다. 애라에게는 가을같이 두려운 시절이 없고 벌레 소리같이 무서운 것이 없다. 밤 자리에 이불을 쓰고 누우면 눈물이 되로 흘러 베개를 적시고야 만다.

1938년 12월, 《야담》

황제

……어둡다 요란하다 우렛소리 번갯불 바람은 천지를 쓸어 가련 건가 구름은 우주를 뭉개 버리련 건가 파도 소리 저 파도 소리 절벽을 물어뜯는 저놈의 파도 소리 수십 길 절벽을 뛰어넘어 이 집을 쓸어 가려는 듯 차라리 쓸어 가 버려라 집까지 섬까지 한 모금에 삼켜 버려라 오늘은 어인 일고 아침부터 이 바람 소리 파도 소리 오월이라 며칠이냐 날짜까지 까마아득 내 세월을 잊고 지낸 지 오래거니 이 외로운 섬에서 롱우드*의 쓸쓸한 언덕에서 세월을 잊은 지 오 년이라 육 년이라 지내 온 세상일이 벌써 등 뒤에 아득하게 멀구나 자연이 무심할쏘냐 그대만이 나를 알아주누나 내 마지막을 일러 주누나 오늘의 그대의 이 뜻을

* Longwood House. 나폴레옹 1세(1769~1821)가 마지막으로 유배 간 세인트헬레나섬에서 죽을 때까지 기거했던 집의 이름.

내 모를 바 아니요 이 어두운 천지의 조화와 부질없는 대서양의 파도 소리가 무엇을 재촉하는지를 내 모를 바 아니다 오늘이 올 것을 마음속에 생각하고 있었고 기다리고 있었다 며칠 전에 섬 위로 쏜살같이 혜성이 떨어짐을 내 보았으니 옛적 시저가 세상을 떠날 때 떨어지던 그 혜성이 이 섬에 떨어짐을 보았으니 내 무엇을 모르랴 그러나 내 무엇을 겁내랴 '광야의 사자'인 내 감히 무엇을 겁내랴 차라리 이 불측한 곳을 한시바삐 떠나구 싶다 이 무례한 고장을 얼른 떠나구 싶다.

해발 이천 척의 언덕 위에 덩그렇게 올려놓은 이 나무집 병영으로 쓰이던 낡은 집 일 년이면 아홉 달은 바람과 비에 녹어지고 나머지 석 달은 복달더위에 배겨 낼 수 없는 오랑캐 땅 땡볕과 바람 속에서는 초목 한 포기 옳게 자란단 말인가 자연의 정취는커녕 말동무조차 없는 열대의 이 호지(胡地)—사람을 죽이는 땅이다 꽃 시들어 버리는 땅이다 나를 이곳으로 귀양 보낸 건 필연코 피트*의 뜻이렷다 무더운 바람으로 사람을 죽이자는 셈 템스강가에 사는 그 불측한 놈들이 아니고는 이런 잔인무도한 짓은 못할 것이다 나를 학살함은 영국의 귀족 정치이다 영국 놈같이 포악무도한 인종이 세상에 있을까 내게 처음부터 거역한 것두 그놈들 내 평생에 파멸을 인도한 것도 그놈들 그놈들에 대한 원한은 골수에 젖어들어 자나 깨나 잊을 날이 없다 불측하고 무례한 허드슨 로**—이런 놈에게 나를 맡기는 행사부터가 글

* 윌리엄 피트(1759~1806). 영국의 정치가이자 총리.
** 허드슨 로 경(1769~1844). 세인트헬레나 총독으로 나폴레옹 1세를 넘늘이 감시했다.

렀지 이놈은 사람의 예를 분별하지 못하는 놈이야 이만 파운드의 연액을 팔천 파운드로 깎다니 음식을 옳게 가져온단 말인가 신문과 잡지를 옳게 보인단 말인가 시종들과의 거래를 금하고 구라파로 보내는 편지를 몰수해 버리구 그 즐기는 승마까지를 금하는 모두가 로의 짓 불측한 영국 놈의 짓 나와 사귐이 깊다구 시의(侍醫) 오마라를 쫓고 라카아스를 쫓고 굴 고드를 멀리한 것도 그놈의 소위 내 기르는 시졸(侍卒)들을 위해 지니고 왔던 그릇까지를 팔게 한 것도 그놈의 짓인 것이다. 그러나 참을 수 없는 한 가지의 모욕은—나더러 장군 보나파르트라구 내 일찍이 이런 모욕을 받아 본 일이 없으니 분수를 모르고 천리를 그르치는 놈이지 장군 보나파르트라니 영국 놈이 무엇이라구 하든지 간에 나는 황제 나폴레옹이다 황제인 것이다 지금에도 변함없는 황제인 것이다 천년만년에 한 사람 태어나는 뭇 별 중에서 제일로 빛나는 제왕성 황제로 태어나 황제로 끝을 막는 것이다 코르시카의 집안에 태어난 가난뱅이 귀족의 후예가 아닌 것이다 잠시 그 집의 문을 빌렸을 뿐 천칠백육십구년 팔월 십오일— 이날은 세상의 뭇 백성이 영원히 기억해 두어야 할 날 이 마리아 승천절 날 태후 레티치아 나를 탄생하시매 침대 요 위에는 시저와 알렉산더의 초상이 있어 스스로 제왕의 선언을 해주다 천팔백삼년 오월 십팔일 백성들은 드디어 내 제왕의 몸임을 발견하고 황제로 받들었다 원로원은 공화제를 폐지하고 전 국민의 뜻 삼백오십칠만 이천삼백이십구 표의 투표로서 황제로 추대하매 로마에서는 법왕이 대관식을 거행하러 몸소 파리로 왔고 십이

월 이일 튈르리 왕궁에서 노트르담으로 이르는 십오 리 장간의 길을 보병이 늘어서고 일만의 기병이 팔두마차의 전후를 삼엄하게 경계하는 속으로 위풍이 당당하게 거동할 때 연도의 군중은 수백만 은은한 축하의 포성과 백성들의 기쁨의 부르짖음으로 파리의 시가는 한바탕 뒤집힐 듯 그 귀한 날을 얼마나 축복했던고 내 조세핀과 함께 노트르담에 이르자 나선형의 스물한 층의 층계 그 위에는 진홍빛 융단을 둘러친 옥좌가 놓여 내 그날 있기를 기다리지 않았든가 조세핀과 함께 층계를 올라가 옥좌에 나란히 걸치매 문무백관 시종과 시녀 엄숙히 읍하고 있는 속으로 삼백 명으로 된 합창대의 찬송가가 궁을 떠들어 갈 듯 장엄하게 울려올 때 백성들은 비로소 그들의 황제를 찾아낸 것이다 내 마음 기쁘고 만족해서 몸에 소름이 치고 가슴에 감격이 넘치다 법왕이 왕관을 받들고 내 앞에 나오매 내 그것을 받아 가지고 하늘의 주 내게 이것을 보내다 나 이외에 아무도 감히 이것을 다칠 수 없도다 외치고 스스로 머리에 얹고 이어 조세핀에게도 손수 국모의 관을 이워 주었으니 이것으로써 구라파에 새로운 천지가 탄생되었고 주가 황제로서 나를 땅 위에 보냈음이 인류의 역사와 함께 영원히 지울 수 없이 하늘과 땅과 인류의 마음속에 새겨진 것이다 이날로부터 한 달 동안 불란서의 천지는 뒤집힐 듯 상하 축하의 잔치에 정신이 없었고 해를 넘어 오월 밀라노에 거동해 이태리 왕위에 오르고 리구리아공화국과 시스알비나 왕국을 합쳤으니 나는 불란서뿐이 아니라 전 구라파 천지에 군림하게 되있나, 구라파의 황제의 위(位)에 오른 것이다 군소이 뭇 토끼들이 사자의 앞에 숨이나 크게 쉬었으랴 내 위엄 앞에서 구라파는 떨고 겁내고 정신을 잃었다 불측한 것이 영국 내 위(威)를 소홀히 하고 예를 잃고 거역하고 끝까지 화살을 던져 온 발칙한 백성—바다 건너 이 섬나라를 내 어찌 다 원망하고 저주하리 내 황제임을 거역하고 배반하는 분수를 모르고 천리를 그르친 백성들이지 장군 보나파르트라니 그놈들이 무엇이라구 하든지 간에 나는 황제 나폴레옹이다 황제인 것이다 영원히—지금에도 변함없는 황제인 것이다

섬에서 병을 얻은 지 이태 몸 고달프고 마음 어지러워 전지 소풍을 원하나 목석 같은 악한 로는 종시 들어주지 않는다 내 목숨이 진한 후 유골이나마 사랑하는 불란서 센강 언덕에 묻어 주기를 원하나 이 역 그 무도한 백성이 들어줄 것 같지는 않다 백만의 군졸을 거느리고 구라파의 천지를 뒤흔들던 이 내 힘으로 이제 한 사람의 냉혈한 로의 뜻을 휘이지 못함은 어인 일고 내게 왕관을 보내고 황제로 택하신 주여 이제 내게 영광을 거절하고 욕을 줌은 어인 일고 원하노니 그 뜻을 말하소 우주의 비밀을 말하소 하늘의 조화를 말하소 그대의 뜻이 무엇이관대 무엇을 원하고 무엇을 기르고 무엇을 기하관대 인간사를 이렇게 섭리하는고 영광은 오래가지 말란 건가 기쁨은 물거품같이 꺼지란 건가 '영원'의 법칙은 공평되지 못하단 건가 변화와 무상이 우주의 원리란 말가 주 그대에게도 미움이 있고 질투가 있단 말가 사랑이 지극하듯 미움도 지극하단 말가 천재를 만들고 이를 질투하듯 영웅을 낳아 놓고 이를 질투한단 말가 원하노니 비밀

　　　　　　　　　　　　　메밀꽃 필 무렵

을 말하소 조화를 말하소 내 그대의 뜻을 몰라 얼마나 마음 어
지럽고 몸 고달프게 이날 이 마지막 시간까지 의심과 의혹의 세
상을 헤매임을 안다면 내게 말하소…… 나무와 무명으로 얽어
놓은 이 낡은 침대─이것이 황제의 침대여야 옳단 말가 진홍빛
융단은 못 둘러칠지언정 황제의 몸을 용납하기에 족한 것이어야
할 것이어늘 이 나무와 무명의 침대는 어인 일고 주여 그대도 보
았으리니 무도한 로의 인색함에 못 견디어 지난겨울 한 대의 침
대를 도끼로 쪼개어 불을 피우고 추위를 막지 않았던가 둘밖에
없는 창에는 검은 무명 휘장이 치었으니 황제의 거실의 치장이
이것으로 족하단 말가 창틈으로는 구름이 엿보고 빗발이 치고
바람이 새어드니 이것으로 제왕의 품위를 보존하기에 족하단 말
가 병에는 벌써 한 방울의 포도주도 없고나 이것도 인색한 로의
짓 날마다의 포도주의 분량을 덜어버린 것이다 우리 안의 짐승
에게 던져 주는 음식의 분량같이 일정한 분량을 제 마음대로 정
한 것이다 왕을 대접하는 도리가 이것이다 이곳은 왕이 살되 왕
이 살 곳이 아니며 전부 야인의 거처하는 곳도 이보다는 나으렷
다 왕을 이같이 무시하는 자 그들이 옳을 리가 없으며 그 어느
때 천벌이 없을 건가 불란서 백성이 조석으로 전전긍긍 외우고
복종하던 윤리문답에 비추면 그들은 응당 지옥감이다─"우리들
의 황제에 대한 의무를 결하는 자는 사도 바울에 의하면 주께서
결정한 율법을 물리치는 자로서 영원의 지옥에 빠질 것이니라."
　생각나는 건 지나간 영광의 나날─튈르리 궁중의 생활─궁
전은 화려하고 상엄한 실미와 치강을 베풀었으나 내 자신의 생

활은 검박해서 말 한 필과 일 년에 일천이백 프랑만 있으면 유쾌하게 지낼 수 있음을 입버릇같이 외이면서 그러나 주위는 될 수 있는 대로 화려하게 해서 제왕으로서의 위엄을 보이고 조화를 지니기에 넉넉한 것이었다 평생 네 시간 이상을 자 본 일이 없는 나는 오전 일곱 시면 반드시 기침해 시의 코르비사르의 건강진단을 받고 다음에 목욕—목욕은 가장 즐겨 하는 것 끝나면 솔로 전신 마찰을 하고 수염을 밀고 아홉 시에 예복을 입고 등각, 대신 이하 문무백관의 열람식을 마치고 아침식사 포도주와 커피 한 잔씩을 마시고 나면 하루의 정사가 시작된다 비서 부리엔이나 마느발이나 펜을 데리고 서재나 국무원에서 국가 경륜의 대책을 초(草) 잡고 궁리하고 의론하고 만찬 후에는 조세핀의 방에서 무도회—내 침실을 지키는 건 여섯 사람 이웃방에 롱스탕이 숙직 그다음 방에 시종 두 사람 사환 두 사람 마부 한 사람의 여섯 사람—마르메종 별장에서의 조세핀과의 즐거운 생활의 가지가지 조세핀의 일 년 세액은 삼백만 프랑 의복 칠백 벌 모자 이백오십 보석 일천만 프랑 화장의 비용 삼천 프랑 그의 곁을 모시는 여관(女官) 백 명—그러나 이것도 루이 십육세의 왕후 마리 앙투아네트의 생활에 비기면 검박하기 짝 없는 것—모든 범절이 질소하면서도 늠름한 위풍을 보인 것이 튈르리 궁중의 생활이었다 백성들은 내 작정한 윤리문답을 알뜰히 외우고는 나 황제에 대한 의무를 추상같이 엄하게 여겼다—"기독교도는 그들을 통치하는 뭇 군주에게 특히 우리들의 황제 나폴레옹 일세에 대해서 바쳐야 할 것은 사랑 공경 순종 충성 병역의 의무와 제국 급

(及) 그의 제위를 유지하고 옹호함에 필요한 세금 이것이다 우리로 하여금 특히 우리들의 황제 나폴레옹 일세와 연결시키는 동기는 무릇 그야말로 국가 다난의 시대를 당하여 우리들의 선조의 신성한 종교의 일반적 숭배를 부활시키고 그 보호자를 삼기 위해 주께서 특히 선택하신 사람 그 심원하고 활동적인 지혜로 백성의 질서를 회복하고 그것을 유지한 사람 그 위풍 있는 수단과 힘으로써 국가를 옹호한 사람 그리고 전 카톨릭 교회의 수장인 법왕에게서 성별을 받고 주께서 도유(塗油)를 받은 사람인 까닭이므로니라" 그러나 그러면서도 내게는 한 가지 불만이 있었던 것이다 비록 그 최고의 선택된 자리에 있기는 하나 시대가 시대라 내 하늘의 아들이니라고는 자칭할 수 없었던 것이다 알렉산더는 동방을 정복하고 스스로 제우스의 아들이라고 선언했을 때 그의 모 올림피아스 그의 스승 아리스토텔레스와 아테네의 학자들을 제하고는 동방의 모든 백성이 그것을 믿었다 그러나 그것은 옛일 지금엔 벌써 내 스스로 제우스의 아들이라고 일컬을 수는 없다 이것이 나의 불만이라면 불만이었다 하늘의 아들 못 되는 불만이지 황제로서의 불만은 아니다 알렉산더와 시저를 넘던 그 내 위풍 해같이 빛나고 바람같이 세차고 힘 산을 뽑고 뜻 세상을 덮고 나는 새까지 떨어뜨리던 그 위엄과 세력 지금 어디메 갔나뇨 그 십 년의 영화와 이십 년의 과거가 하룻밤 꿈이런가 한 장의 요술이런가 꿈과 요술이 잠시 이 몸을 빌려서 나타난 것인가 요술을 받을 때의 몸과 지금의 이 몸이 다른 것인가 지금의 이 머리 마로 이 위에 왕관이 오르지 않았던

가 이 입으로 삼군을 호령하지 않았던가 이 팔로 이 주먹으로 장검으로 휘두르지 않았던가 이 몸이 튈르리 궁전 용상에 오르지 않았든가 그 몸과 이 몸이 다른 것인가 지금 이 몸은 이 살은 이건 허수아비인가 모르겠노라 비밀의 문 내게 닫혀졌고 세상이 내게 어둡도다 섬의 날은 음산하고 대서양의 바람은 차다 사면을 둘러싼 망망한 바다 가이없는 그 너머를 바라 볼 때 마음 차지고 눈이 아득하다 그 바다 너머로 하루 한시라도 마음 달리지 않은 적 있었던가 달과 함께 바람과 함께 파도를 넘어서 항상 달리는 곳은 바다 저쪽 몸은 이곳에 있어도 마음은 그곳에 하루에도 몇 차례씩 억만 리 길을 쏜살같이 달려 다뉴브강 언덕을 피라미드 기슭을 이태리의 벌판을 눈 쌓인 아라사의 광야를 헤매다 번개같이 파리의 교외로 달리다가는 금시에 코르시카의 강산으로 날으다 나를 길러 준 보금자리 그리운 코르시카의 강산 고향인 아작시오의 항구 따뜻한 어머니의 애정—아니 태후 레티치아—아니 어머니—태후이든 무엇이든 어머니임에 틀림없다 태후라느니보다는 나는 지금 어머니라고 부르고 싶은 것이 음산하고 황량한 이 섬 속에서는 어머니라고 부르는 것이 정다운 것이다 쓸쓸하고 쓰라린 속에서 제일 많이 생각나는 것은 어머니의 자태 어머니의 애정 그의 품은 결국 내 영원한 고향이다 옛적의 장군 홀로페르네스는 여자를 멸시하고 어머니를 무시했으나 그릇된 망상 예수도 어머니에게서 난 아들 알렉산더도 시저도 어머니가 있은 후에 생긴 몸 내게도 어머니가 있음은 치욕이 아니요 영광이다 인자하고 용감스러운 여걸인 어머니

메밀꽃 필 무렵

조국 코르시카의 독립과 혁명을 위해서는 그의 뛰는 심장 아래에 나를 밴 채 손에 칼을 들고 출진하지 않았던가 일찍이 내게 가르치기를 사람의 앞에 굴하지 말라 다만 주 앞에만 머리를 숙이라고—나는 평생에 사람 앞에 머리를 숙인 적이 없다—단 한 번 숙인 일이 있다면 천칠백팔십오년 열일곱 살 때 라 페르 연대에 불란서 주둔병 포병 소위로 승급되었을 때 월급은 근근 사십 원 가난뱅이 사관같이 해먹기 어려운 노릇은 없어서 사교계에 나서야 된다 몸치장을 해야 한다 양복도 사야 하구 정화도 맞춰야 하구 하는 수 없이 양복 장수에게 한 번 머리를 숙인 일—이것이 전무후무 단 한 번의 굴복이었다 굴복이라느니보다는 생각하면 즐거운 추억의 한 토막—조그만 추억의 실마리에도 어머니의 기개와 품격이 서리어서 그를 그리는 회포 더욱 간절하구나 어머니는 내게 허다한 진리와 모범을 드리웠고 나는 과거의 모든 것을 전혀 그에게서 힘입었다 어머니는 내 영광의 보금자리요 마음의 고향 낯선 타향에 부대끼는 고달픈 마음에 서리는 향수—그것은 어머니에게로 향하는 회포이기도 하다

고향—마음의 고향이라면 어머니의 다음에 그리운 것은 역시 조세핀 무어니 무어니 해도 내게는 잊을 수 없는 여자이다 무슨 소문을 내고 어떤 풍문을 흘렸던 간에 점차 나를 정성껏 사랑했음은 사실이며 나 역 그의 매력을 잊을 수는 없다 아름답고 요염한 걸물 세상이 넓다 해도 그에게 비길 여자 없다 내게 행복을 준 것은 조세핀 바로 그대 잊기나 할쏘냐 파리의 혁명이 지나 폭동을 진정시킨 후 파리 주둔병 사령관의 임명을 빋자 즉시로

시민들의 무기를 압수했을 때 그 속에 한 자루의 피 묻은 칼이 있었으니 그것이 그대와 나와의 인연을 맺어 줄 줄야 꿈엔들 생각했으랴 하룻날 유젠이라는 소년이 와서 돌아간 아버지의 유검(遺劍)이라고 그것을 원한다 단두대의 이슬로 꺼져 버린 지롱드 당의 지사 보아르네의 유검이었던 것이다 비록 원수의 사이라고는 해도 소년의 자태가 가엾어서 칼을 내주매 어린 마음에 감격되어 그 자리로 눈물을 흘리더니 이튿날 내 호의를 사례하러 찾아온 것이 보아르네 미망인 삼십 전후의 조세핀이었던 것이다 유분으로 얼굴을 치장하지는 않았어도 그 초초하고* 검박한 근심에 싸인 자태가 스물일곱 살의 내 마음을 흠뻑 당겼다 사교계에서 거듭 만나는 동안에 마음에 작정한 바 있어 천칠백구십육 년 삼월 십구일 바라의 알선으로 드디어 결혼해 버렸다 왕위에 올라 내 손에서 여왕의 관을 받을 때까지 그의 행실이 어쨌든지 간에 내게는 조강(糟糠)의 아내였고 왕위에 오른 후부터 내게 대한 사랑이 더욱 극진해 갔음을 나는 안다 튈르리 궁전에서 혹은 마르메종의 별장에서 가지가지 즐거운 추억의 씨를 뿌려 주었다 흡사 수풀 속의 샘물 같아서 길어 내고 길어 내도 다하지 않는 그런 야릇한 매력을 가진 그였다 확실히 그는 여걸이요 천재였다 내가 그를 이혼한 것은 그에게 대한 사랑이 진한 까닭은 아니었고 자나 깨나 마음속에 서리어 오는 위대한 욕망 채우지 않고는 견딜 수 없는 원—이것이 나로 하여금 그를 버리게 했다 불란

* 초초(楚楚)하다 : 차림새나 모양이 말쑥하고 깨끗하다.

메밀꽃 필 무렵

서의 이익을 위해서 그에게 대한 애정을 베어 버리지 않으면 안 되었던 것이다 왕위를 이으려면 왕자가 필요한 것이나 조세핀에게서 그것을 바랄 수 없음은 그나 내나 다 같이 아는 바 드디어 조세핀에 그대 내 뜻을 굽히지 말라고 원했을 때 그는 슬픔과 절망을 못 이겨 그 자리에서 기절을 했겠다 보아르네의 유자 올랑과 유젠이 어미를 위로해 주었겠다 천팔백구년 십이월 십오일 이혼식을 거행한 후 몇 달 장간을 울어서 그는 눈이 보이지 않았더라고 내 엘바섬에 흐르는 날 병석에 누운 것이 종시 못 일어나고 오월 삼십일 내 초상을 부둥켜안고 마지막 작별을 하고 그날 저녁으로 세상을 버렸다는 것이다 가엾다 나를 원망하고 저주했을까 그러나 그의 자태가 내 마음속에 이렇게 생생하게 지금껏 살아 있는 이상 마지막까지 마음의 교통(絞痛)이 삐지 않았고 사랑의 실마리가 얽혀 있음은 사실 그에게 비길 여자는 없다 내게 행복을 준 것은 그대 조세핀이었던 것이다 이제 특히 그대에게 대한 생각이 간절함은 그 까닭이다 그대의 뒤를 이어서 황후로 들어선 오지리*의 공주 마리 루이즈—이를 맞이한 것은 비록 정책에서 온 것이라고는 하더라도 당시에 백성들이 상심하고 통탄이 여겼던 것같이 나의 큰 실책이요 만려(萬慮)의 일실(一失)이었던가 그 후의 정사에 어떤 변동이 생기고 역사가 어떻게 변했든지 간에 나는 아무도 모르는 루이즈의 여자로서의 면을 아는 것이다 이것이 내게는 가깝고 친밀하고 귀중한 것도 된다 당

* 奧地利. 오스트리아의 음역.

시 열여덟 살 건강하고 혈색이 좋고 무엇보다도 내 마음을 당긴
것은 그 푸른 눈 하늘빛같이 푸른 눈 품성이 냉정은 하나 그다
지 억센 편은 아니어서 적국의 공주이면서도 불란서에 들어서
는 역시 불란서 사람 내 아내로서 원망도 분한도 잊어버리고 원
만한 부부의 사이였던 것이다 조세핀만큼 다정하지는 못하나
남편을 섬기는 도리는 극진해서 부부생활로 볼 때 나는 그를 조
세핀보다 얕게 칠 수는 없다 여자란 쪼개 보고 헤쳐 보면 다 같
은 것 그에게 비록 조세핀의 재기가 없고 프로이센 왕후 루이제
의 고상한 이상은 없었다고 해도 단순한 여자로서의 일면에 있
어서는 그들과 같은 것 나는 내 황후에게서 그 여자의 면을 구
하면 되었지 그 이상의 것은 도시 귀치않은 것 이 점에서 나는
그를 조세핀과 같은 정도로 사랑할 수 있었고 지금에도 역시 내
황후임에는 틀림없어 가장 먼저 생각하는 것은 그이다 지금 어
디서 어떻게 하고 있을 것인고 나의 가장 가까운 가족인 그가
나의 유일의 황자 프랑수아 조셉을 데리고 어디서 어떻게 하고
있을 것인가 가장 궁금한 것이 그것이다 지리멸렬하게 찢어진
내 생애의 파멸의 마지막 걸음에서 가장 생각나고 원하는 것은
일가의 단란이다 황제라고 해도 영웅이라고 해도 그에게 항상
필요한 것은 이 단란 여기에 산 보람이 있고 인생의 기쁨이 있는
것이 아닌가 조물주나 악마만이 혼자 살 수 있는 것이요 사람
은 단란 속에 살라는 마련이다 반생 동안 단란을 무시하고 버려
온 내게 이제 간절히 생각나는 건 그것이다 이것도 인과의 장난
인가 조물주의 내게 대한 복수인가 무엇이든 간에 내 지금 간절

히 생각나는 건 루이즈와 조셉의 일신 편지가 끊어지고 소식조차 아득하니 마음 더욱 안타깝다 영국 놈 로 그 불측한 놈이 편지조차 허락지 않는다 도척에겐들 한 줄기의 눈물이 있지 녀석은 악마이다 지옥의 악마이다 인면을 쓴 악마인 것이다 조셉이여 루이즈여 조세핀이여 어머니와 함께 내 그대들을 생각할 때마다 철벽 같은 이 가슴속에도 눈물이 어리누나 구름이 막히누나 조세핀이여 루이즈여—도합 일곱 사람의 여인이여 이제 그대들의 자태가 무엇보다도 먼저 선명하게 차례차례로 떠오름은 이어인 일고 그대들을 생각할 때 나는 황제도 아니오 영웅도 아니오 한 사람의 범상한 지아비이요 그것으로써 만족한 것이다 그대들을 대할 때 나는 황제도 아니었고 영웅도 아니었고 세상의 뭇 사내와 고를 바 없는 지아비에 지나지 못했던 것이다 이제 나는 그대들을 사랑한 범상한 지아비의 자격으로서 생각하는 것이요 그편이 즐겁고 훨씬 생색도 있다 그대들이 침실에서 내 턱을 치고 하던 말이 오 황제 나폴레옹이여가 아니고 사랑하는 보나파르트여였던 것이요 나 또한 황제의 복색을 벗고 평범한 알몸으로 그대들의 사랑을 받지 않았던가 루이즈가 그러했고 조세핀이 그러했—그리고 조세핀이여 그대 이전에 내 열아홉 살 때 그르노블 포대에 중위로 있을 시절 내게 접근해온 쥬코롱베에의 딸—이가 말하자면 내게는 첫사랑이었다 그와의 사이가 깨끗은 했었으나 평생에 내 앞에 나타난 일곱 사람의 여자 중에서 그 제일 첫째 손가락에 꼽힐 여자가 그였다 나는 그의 옛정을 비릴 수기 없이 고세핀 그대기 황후가 되었을 때 그대의 곁에 데

려다가 시관(侍官)을 삼지 않았던가 그 여자의 다음 즉 둘째 손
가락에 꼽힐 여자가 조세핀 그대이다 셋째가 천팔백이년 리옹에
서 안 여자 그 다음이 천팔백육년에 안 루벨 부인 다섯째가 다
음 해 폴란드에서 사귄 발레브스카 백작부인 여섯째가 두 번째
황후 마리 루이즈였고 마지막 일곱째가 이 섬 세인트헬레나에
와서 안 한 사람의 시녀이다―이 일곱 사람의 여자가 내 마음
속에는 순서도 어김없이 차례차례로 적혀서 가장 즐거운 추억
을 실어오고 유쾌한 정서를 일으켜 준다 마음속에 첩첩으로 포
개 들어앉은 반생 동안의 파란중첩한 사건과 역사 속에서 그대
들의 역사만이 가장 참스럽고 아름답게 몸에 사무쳐 온다 일곱
자태가 일곱 개의 별같이 가슴속에 점좌(點座)하고 들어앉아 모
든 것에 굶주린 내 마음을 우렷하게 비추어 준다 그 별들을 우
러러볼 때만 내 마음 꽃을 본 듯이 반기고 누그러진다 그 한 떨
기의 성좌는 내 고향이요 일곱 개의 별은 각각 그 고향의 한 간
씩의 방 나는 내 열쇠를 가지고 일곱 간의 방문을 열고 차례차
례로 각기 방 안의 모든 것 빛과 그림자와 치장과 분위기와 비밀
의 모든 것을 살피고 별의 안과 밖 마음과 육체의 모든 것을 알
아 버린 것이다 세상에서 가장 가깝고 친한 것이 별들 이제 그
별들과 하직하고 이렇게 떨어져 있으려니 생각나는 것은 그 고
향 일곱 간의 방 안 자장가의 노래같이 귀에 쟁쟁거리고 강가의
물소리같이 마음 기슭에 울려오는 건 고향의 회포―고향의 언
덕과 수풀과 강가와 노래와 방 안의 그림자와 비밀과 꽃과 모든
것―그 고향의 산천만이 내 심회를 풀어 주고 넋을 위로해 줄 것

메밀꽃 필 무렵

같다 그러나 그 고향 지금 어디메 있나뇨 그 별들 어디메 있나뇨 손 닿지 않는 바다 저편에 멀리 마치 하늘의 북두칠성같이도 까마득하구나 별을 그리는 마음 오늘에 이토록 간절하도다 간절하도다 황제의 회포를 지금 이토록 아프게 하는 것이 별것 아니다 그 북두칠성이다 범부의 경우와 고를 바 없는 이 내 심사를 내 부끄러워하지 않고 욕되게 여기지 않노라

북두칠성의 자랑에 비하면 지난날의 가지가지의 영광과 승리도 오히려 생색이 엷어진다 혁명의 완성 이태리 원정 애급* 정벌 통령시대 제정시대—이십 년 동안의 싸움과 사자의 토끼사냥—그러나 알지 못쾌라 영광에는 왜 반드시 치욕이 섞이고 승리에는 패배가 뒤를 잇고 무슨 까닭이며 무슨 조화인가 영광은 날이요 치욕은 씨인가 승리는 날이요 패배는 씨인가 그 날과 씨가 섞여서야 비로소 인생의 베를 짤 수 있는 것인가 영광만의 승리만의 비단결은 왜 짤 수 없는가 무서운 치욕을 위해서 영광을 버릴 건가 영광을 얻은 값으로 치욕도 달게 받아야 할 것인가 치욕에 얼굴을 붉히면서도 그래도 영광을 바라는 욕심 많은 인생이여 곰곰이 생각하면 차라리 처음부터 범부의 일생을 보냈던들 얼마나 편한 노릇이었을까도 뉘우쳐진다 코르시카에 태어난 몸이 코르시카에서 평생을 보내게 되었던들 얼마나 평화롭고 안온하였으리 만약 영광을 위해 태어난 몸이라면 차라리 공명의 마지막 고비 워털루의 벌판에서 쓰러져 말가죽 속에 시체를

* 埃及, '이집트'의 음역.

쌓던들 혹은 드레스덴의 싸움터에서 넘어져 마지막을 고했던들 이제 만고의 부끄럼을 이 외로운 섬 속에 남기게 되지는 않았을 것을 모스크바에서 돌아온 이후 내 스스로 내 목숨을 끊으려 했을 때 코오렌쿠울이며 시의 콘스탕이며 이이방이며가 왜 긴치 않게 나를 간호하고 다시 소생하게 했던고 그들이 원수만 같다 한번 때를 놓치자 그 후부터는 좀해 그런 기회조차 얻을 수 없다 왜 알맞은 때 알맞은 곳에서 곱게 진해 버려 영광의 뒷갈 망*을 깨끗이 못하고 이 목숨이 이렇게도 질기게 남아 영원의 원한을 끼치게 하는고 알지 못해라 내 조물주의 뜻을 알 수 없노라 그는 연극을 즐겨하는 것인가 계책을 사랑하는 것인가 장난이라고 할까 시험이라고 할까 그가 꾸며 놓은 막이 열린 것은 천칠백팔십구년 칠월 십사일 카토올스쥬이에 파리의 거리가 불란서의 전토가 폭발하고 뒤끓던 날―이날로부터 시작된다 혁명이 이루어지자 동란은 동란을 낳아서 천지가 뒤집히는 듯 오지리와 프로이센의 팔만의 연합병이 파리의 시민을 위협할 때 마르세이유의 군중 오천 명은 애국의 노래를 부르면서 파리로 들어오고 삼천의 왕당이 화를 맞고 구월의 살육이 일어나고 루이 십육세가 형을 받고 공포시대는 시작되었다 우리 집안의 코르시카에서 불란서로 옮겨간 것은 이때 내 루우론에 의거해서 영국 서반아 연합함대를 물리친 공으로 소위에서 일약 여단장의 급에 오르니 이것이 오늘의 운의 실마리였던 것이다 구십오년 새로운

* 뒷감당.

318   메밀꽃 필 무렵

헌법이 준가(准可)되자 반대당이 일어나 소란은 그칠 바 없고 폭도 사만 명이 왕궁을 쳐들어오자 의회는 그들을 방어하기에 힘을 다해 시장(市長) 바라는 드디어 나를 총독으로 임명하고 진정의 책임을 맡겼다 때에 내 나이 스물일곱 노장군들은 아연실색해서 풋둥이 사관이 무엇을 하려는가 하고 나를 백안시하는 것이었으나 내 대답해 가로되 "승산 없는 일을 감히 하려는 어리석은 내 아니다 역량을 세밀히 헤아린 후에 이 사업을 맡은 것이다" 곧 센강가에 오십 대의 대포를 늘이고 포병을 배치하고 루브르 궁전에 팔천의 주력을 모으고 폭도를 진무할 새 수만의 난민은 바람에 불리는 꽃같이 물에 밀리는 개미 떼같이 여지없이 쓰러져 그날의 파리 성하(城下)의 참혹한 꼴을 입으로 다할 수 없었다 내 시민의 여망을 두 어깨에 지고 즉시로 파리 주둔병 사령관의 임명을 받게 되다 평생의 대망이 시작된 것은 이때부터 조세핀과 결혼한 지 순일(旬日)을 넘지 않아 이태리 주둔병 사령관의 임을 받은 것을 다행으로 드디어 이태리 원정을 떠나게 된 것이다 니스의 병영에 이르러 볼 때 군세가 말할 수 없이 쇠미하고 빈약한 것이었으나 이를 격려시켜 오지리 이태리의 대군에게 향하게 하매 북이태리에서 이를 격파하고 사월 하순 토리노로 향해 사르디니아 왕 아마데오로 하여금 니챠를 베어 바치게 하고 다음 날 밀라노에 들어가 볼로냐에서 로마 법왕 비오 육세와 화(和)를 강(講)하고 더욱 나아가 네에챠를 함락시키고 케른텐을 거느리고 스타이에른의 부류을 치다 눈 속의 알프스산을 넘어 오지리의 빈에서 섭하의 맹세를 맺게 하고 사월에 레오벤에서

가조약을 맺은 후 오월 베네치아에 들어가 그 공화제를 버리고 시스알비나공화국을 창설 제노바를 리구리아공화국으로 고치다 시월 십칠일 오지리와 캄보폴미오에서 본조약을 맺으니 이때의 불란서의 영토는 네덜란드 이오니아 제도 베네치아 라인강반(江畔) 시스알비나공화국 리구리아공화국의 광범한 것이었다. 이년 동안의 원정에 생광 있는 승리를 한 것이요 적군의 포로 십일만 오천 군기 일백칠십 대포 일천백사십 그 외에 쓸어 온 미술품과 조각 등은 산을 이루다 백성들은 나를 군신 수호신이라고 받들어 파리 개선의 날 성하의 열광은 거리를 쓸어 갈 듯 개선식 거행의 날 뤽상부르 궁전은 적국의 군기로 찬란히 장식된 속에서 내 엄숙히 나아가 조약서를 내고 전리품을 바친 후 거리로 나가 수만 군졸을 거느리고 앞잡이를 서서 행진을 할 때 시민의 열광 속에서 군졸들의 늠름히 노래하는 말이 정부의 속관들을 물리치고 나폴레옹을 수령으로 하자는 뜻이었던 것이다 바라가 나를 찬탄해 하는 말 "나폴레옹을 만들어 내기에 조물주는 그 전력을 다하고 조금도 여력을 남기지 않았으렸다" 보나파르트의 집안은 차차 일기 시작해 일가 족속이 중요한 지위에 올라 명문 귀현들의 숭배의 중심이 되다 그러나 내 마음은 만족은 커녕 한시도 편한 날이 없어 야심만만 소심익익*이 오 척의 단신 속에 감춘 계책은 아무도 옆에 앉은 조세핀조차도 알 바 없었다 승전 후 소란한 도읍을 떠나 뤼칸티렌의 시골에서 유유자적 독

* 소심익익(小心翼翼)하다 : 조심스럽고 겸손하다.

메밀꽃 필 무렵

서와 사색에 몰두할 때 가슴속에는 염염(熖熖)한 불꽃이 피어올라 생각과 계획에 한시도 쉬일 새가 없었다 이때야말로 나의 황금시대였던 것이나 사람의 욕망이란 왜 그리도 한이 없는 것인가 구구한 구라파의 한쪽 구석은 내 대망의 곳이 아니요 위대한 경륜을 행하기에 너무도 척박한 땅이었다 차라리 내 가서 동쪽에 기골을 시험함만 같지 못하다 무릇 세계의 영걸이 그 위대함을 이룬 것은 동방에 의거하지 않음이 없으니 나도 구라파를 떠나 시저와 같이 애급으로 갈 것이다 애급으로 동방으로! 이렇게 해서 애급 정벌이 시작되었다 구십팔년 오월 십구일 군함 십삼 척 소선 십사 척 운송선 사백 척 군졸 사만 학자 백 명 바다에 나서 반월의 진을 치니 그 길이 십팔 노트에 뻗치다 유월 몰타섬에 올라 이를 항복시키고 알렉산드리아를 빼앗고 카이로에 나아가 칠월 이십일일 이를 함락시키고 시리아로 향해 가자를 빼앗고 야파를 떨어뜨리고 상장 다아크를 포위했으나 사나운 토이기*군 때문에 동방정략이 채 이루어지지 못한 채 본국의 위난을 듣고 클레베르에게 애급을 맡기고 일로(一路) 불란서로 향했던 것이다 혁명정부의 전복을 계획하는 구라파 열강은 제이차 연합군을 일으켜서 본국을 침범하게 되매 위기는 날로 더해 정부의 위신 땅에 떨어지고 민심 더욱 소란해 감을 들었던 까닭이다 악한 정사에 국가는 피폐하고 백성들은 굶주려 원망의 소리 구석구석에 넘쳐흐를 때 정부의 요인들은 사리사욕을 채울 줄

* 土耳其 '터키'의 음역.

밖에는 모르고 오히려 민심을 돌보지 않은 것이다 단신 파리로 향하는 도중에 내 뒤를 따르는 민중 몇천 몇만이던가 십일월 십일 나는 드디어 무력으로 정부를 넘어뜨리고 새로운 헌법을 준가해서 집정을 폐지하고 세 사람의 통령제도를 세워 그 제일통령에 오른 것이다 문란한 정사를 바로잡고 국내를 정리하고 열국과 화평을 구하나 고집스러운 영국만이 종시 휘어들지 않는다 내 다시 분연히 일어나 허리에 우는 칼을 뽑아 들었다 뮈러와 마세나를 각각 오지리와 이태리에 향하게 하고 나는 롬바르디 방면으로 나아가 시스알비나공화국을 재흥시키고 마렝고에 격전해서 이태리를 정복 뮈러는 다뉴브강을 건너고 모로는 프로이센을 쳐서 불란서는 다시 대승하고 신성로마제국은 여기에 완전히 멸망해 버렸다 영국도 드디어 뜻을 굽혀 조지 삼세 아미앵에 열국과 화평을 구하게 됐으니 이때 불란서는 바야흐로 황금시대 내정과 외교가 크게 부흥되어 천팔백이년 팔월 이일 의원의 제의로 국민의 추대를 받아 삼백오십만 표로써 종신통령이 되어 시스알비나 리구리아 두 공화국의 통령까지를 겸하고 튈르리 왕궁에 살게 되니 왕궁에 몸을 들이게 된 처음이다 내 적은 항상 영국—영국은 다시 아미앵 조약을 버리고 애급과 몰타에다 아직도 손을 대는 것이요 국내에서는 공화당이 내 주권을 즐겨 하지 않는 눈치이다 차라리 공화정치를 버림만 같지 못해 오월 십팔일 원로원은 국민의 투표를 얻어 나를 황제의 자리에 올려놓았다 때에 서른다섯 살 코르시카의 조그만 집에 태어나 오 척 단구에 담았던 대망 가슴속은 항상 염염이 타올라 한시도 잊을

메밀꽃 필 무렵

새 없던 그 대망이 그제야 이루어진 것이다 백 년 천 년에 한 사람 선택될까 말까 한 주께서 특히 골라내는 그 인류 최고의 영광의 자리에 올랐을 때 내 마음은 얻을 것을 얻어 비로소 놓이고 만족했다 노리던 것을 얻은 그날로 내 목숨이 진했다고 해도 기쁘고 만족스러웠을 것을 내 힘은 너무도 크고 뜻은 너무도 높았다 흡사 땅 위의 태양 하늘에 해가 있고 땅 위에 내가 있다 솟아오르는 태양의 위력 앞에 무엇이 거역하랴 열국이 제삼차 연합군을 일으켰댔자 사자 앞에 토끼 폭이나 되랴 뮈러로 하여금 빈을 치게 하고 마세나를 이태리로 보내고 나는 이십만을 거느리고 동쪽에서 아라사를 치니 구라파의 전국이 드디어 내게 항(抗)하는 자 없게 되다 일가족속으로 하여금 구라파 전토를 다스리게 함은 원래부터 내 소원 형 요셉을 서반아 왕으로 뮈러를 나폴리 왕으로 동생 제롬을 웨스트팔리아 왕으로 루이를 화란*왕으로 봉해서 라인 연맹을 일으키고 내 그 맹주가 되니 여기에 구라파 통일은 완성되고 나는 서반구에 군림하다 마리 루이즈를 두 번째 황후로 맞아들여 황자 조셉을 탄생하매 왕업의 터 더욱 견고해지고 백년왕통의 대계가 완전히 서게 되었다 위력이 서반구에 떨치고 경륜이 사해에 뻗쳐 참으로 이제는 하늘의 해와 마주서고 그와만 패를 다투게 된 것이다 한 가지의 부족이 있다면 알렉산더같이 내 자신 제우스의 아들이라고 선언하지 못한 그 일뿐이다 그 외에 더 바랄 것도 원할 것도 없었다 힘껏 댕긴 활이

* 和蘭, '네덜란드'의 유역

니 그에게 무엇이 두려운 것이 있으며 꽉 찬 만월이니 그에게 무엇이 더 그리운 것이 있으랴—그러나 슬프다 그 활이 왜 늦춰져야 하고 그 만월이 왜 이지러져야 하는가 영원의 만족 영원의 행복 영원의 정복이라는 것은 없는 법인가 그것이 우주의 법칙인가 만물은 흐르고 움직이고 변하는 것—그것이 우주의 법칙인가 무엇 하자는 법칙인가 누구를 위한 무엇 때문의 법칙인가 조물주의 심술인가 질투인가 조물주는 자기가 절대의 소유자이므로 자기 이외의 절대라는 것은 작정하지 않고 허락하지 않는 것인가 인간과 땅은 지배할 수 있는 나로되 이 우주의 법칙과 조물주의 뜻만이야 어찌 지배할 수 있으랴 영광의 뒤를 잇는 굴욕을 행복의 뒤를 잇는 불행을 만족의 뒤를 잇는 슬픔을 내 어찌 막아 낼 수 있었으랴 굴욕과 실패의 자취를 생각하면 치가 떨리고 피가 솟고 이가 갈리나—오호라 그것은 오고야 말았다 물결 밀리듯 밀려들고야 말았다 영광의 시대가 올 때와 마찬가지로 막아내는 재주 없이 제물에 기어코 와 버리고야 말았던 것이다 구라파의 뭇 생쥐들이 내 앞에 쏙닥질을 하고 항거하기 시작했다 각국은 대륙 조약을 헌신짝같이 버렸고 이베리아 반도에서는 영장(英將) 웰링턴*이 굳건하게 항전하고 아라사는 연래(年來)의 분풀이를 걸어왔다 내 하는 수 없이 북국 정벌을 계교하고 오월 드레스덴에 사십만 병을 거느리고 니멘강을 건넜을 때

---

* 아서 웰즐리 웰링턴(1769~1852). 영국의 군인·정치가. 에스파냐에서 나폴레옹에 대항해 싸웠으며 1815년 엘바섬을 탈출한 나폴레옹의 재기(再起)를 벨기에의 워털루에서 분쇄했다. 1828년부터 3년간 수상으로 재임했다.

메밀꽃 필 무렵

에는 육십만을 넘어 팔월 스몰렌스크를 떨어뜨리고 구월 노장 쿠소프를 보로디노에 깨뜨리고 일로 모스크바를 들어갔으나—실패는 여기서 왔다 그 북쪽의 호지 눈과 추위와 거기다 화재는 나고 군량은 떨어지고 수십만 부하를 눈 속에 뺏기고 간신히 목숨만을 얻어 가지고 되땅*을 벗어나온 것이 다음 해 칠월—한번 기울기 시작하는 형세는 바로잡을 도리 없어 어리석은 자의 옥편 속에만 있던 '불가능'의 글자가 어느덧 내 마음속에도 살아나기 시작했던 것이다 연합군 이십오만과 라이프치히에서 대전하다가 사흘 만에 패하자 라인 연맹은 와해되고 이베리아반도는 웰링턴의 손에 떨어지고 뮈러는 오지리와 통하고 연합군은 불란서의 변경을 침범하게 되어 천팔백십사년 삼월 드디어 파리 함락하다 오호라! 사월 육일 내 퐁텐블로에서 주권을 던지고 엘바 공에 임봉되니 근위병 근근 사백 명 세액 이백만 프랑 불란서 제정 이에 몰락되다 이십일 궁전 앞에 근위병을 모아 놓고 마지막 고별을 할 때 비창하다 세상일 그렇게 무상하고 슬픔이 뼛속에 사무친 적이 있었던가 사령관 부티이를 안고 군기에 입을 대고 군대에 읍하고 마차에 올라 엘바로 향해 떠날 때 사랑하는 군졸들의 얼굴에 눈물이 비 오듯 느끼는 소리 이곳저곳에서 나더니 전 부대가 일제히 고함을 치고 우누나 느껴 우누나 그 울음소리 내 오장육부를 녹이고 뼈를 긁어 내는 듯 눈을 꾸욱 감았다 얼굴을 창으로 돌리나 다시 흐려지는 눈동자에는 사랑하는 부

* 오랑캐 땅.

하늘의 얼굴 모습조차 꺼지고 내 정신 점점 혼몽해질 뿐 엘바의 가을은 소슬하고 지중해의 바람은 차고 날이면 날 밤이면 밤 창자를 끊어 내는 쓰라림과 슬픔—어젯날 백만의 병을 거느리고 구주의 천지를 좁다고 날갯짓하던 내 오늘날 수십 리밖에 못 되는 조그만 섬 속에 몸을 던지게 될 때 영웅의 심사 그 얼마나 애달고 황제의 가슴속 그 어떻쏘냐 세상 인정은 백짓장같이 얇고 인생의 무상은 바람같이 차고 영웅이 목석이 아닌 바에 정도 있고 피도 있나니 내 그때의 회포를 알아줄 이 누구든지 눈물과 한숨은 황제의 것이 아니라면 그도 못하는 심중이 얼마나 어지럽고 아프던가 엘바를 벗어나 파리에 들어가 백날 동안 다시 제위에 올랐다고 해도 그것은 내 마지막을 장식하는 한 뺨의 무지개요 한 떨기의 꽃에 지나지 못하는 것 활짝 피었다 지고 확 돋았다 꺼지는 순간의 기쁨이었던 것이다 한번 떨어진 운명의 골패(骨牌) 쪽을 어찌 바로잡을 수 있으랴 워털루에서의 적장 웰링턴과 블뤼허는 내 운을 빼앗은 사람 운명의 방향을 돌린 사람 내 힘 벌써 진하고 기맥이 빠진 뒤라 적장과 내 지위가 벌써 바뀌고 꺼꾸러진 것이다 칠월 칠일 파리가 함락하자 로쉬포올에서 미국으로 건너려 할 때 영국함 벨레로폰이 나를 잡아 버렸다 엘바를 벗어난 지 백날 나는 다시 이 작은 섬 헬레나로 온 것이다 엘바는 이 섬에 비기면 왕토였다 이 세상 끝의 조그만 되땅 여기는 사람 살 곳이 못 된다 땅이 뜨겁고 모래가 달아 수목이 자라지 못하고 무더운 공기가 몸을 찌른다 목숨은 질긴 것 그래도 어언 이 호지에서 육 년 동안을 살아오누나 바람 부는 아침 비오는 밤 묵

메밀꽃 필 무렵

묵히 인생을 생각하며 쓰린 속에서 육 년이 흘렀구나 어젯날의 황제가 오늘의 섬사람—그 속에 무슨 뜻이 있는고 무슨 교훈이 있는고 내 날이 맞도록 해가 맞도록 궁리해도 아직 터득하지 못했노라 아무 뜻도 없는 것이다 아무 교훈도 없는 것이다 다만 조물주의 심술인 것이다 질투인 것이다 주여 이후에 영웅을 내려거든 다시 두 번 내 예를 본받지 말지어다 이런 기구한 인생의 창조는 한 번으로서 족한 것이다 애매한 후세의 영웅에게 짓궂은 장난을 다시 두 번 베풀지 말지어다 이것이 지금의 내 원인 것이다

　내게 충성을 다하기 위해서 아까운 뼈를 벌판에 내던진 수천만 장졸의 영혼들이 얼마나 나를 원망할 것인가 나는 포악무도한 목석은 아니다 그들을 생각할 때 가슴속에 한 줌의 눈물이 없을 손가 내 미워하는 건 나를 배반하고 달아난 비열한 장군들 뜻을 굽히고 절개를 꺾어버린 반역자들—가장 총애한 유젠 빅토르 르페블 네벨체 그대들은 마치 생쥐들같이 살금살금 퐁텐블로를 떠나 다시 부르봉 조정에 신하로 들어들 가지 않았던가 황제로서 영웅으로서 사랑하는 부하의 배반을 받았을 때같이 불쾌하고 원통한 일은 없다 그대들이 내 심사를 살펴나 줄 것인가 지난날을 생각이나 해줄 것인가 나머지의 장군들은 지금 대체 어떻게들 하고 있을 것인가 반생 동안 나와 생사를 같이하고 조정에서나 싸움터에서나 운명을 같이한 수많은 그대들—막드날 마세나 벨나톨 쿨베 오쥬로 켈레만 뵐셰엘 말몽 몰체 란느수다브 몬세 다들 어디메 있나뇨 어디서 무엇을 하며 나를 생각하니뇨 내 미음 통히면 내 그대들을 생각할 때 그대들 역시 니를

생각하리니 그대들 지금 어디서 나를 생각하나뇨 그대들을 괴롭힌 적군의 장군들 그들 또한 지금에 어디 있을 것인고 찰스 대공 블뤼허 피트 넬슨 웰링턴 그들의 왕 알렉산더 일세 프란시스 일세 프리데릭 삼세 루이제 왕후 조지 삼세—그들 또한 지금에 내 생각을 하고 있을 것인가 운명의 변화란 골패 쪽보다도 어이가 없구나 어제와 오늘을 바꾸어 놓고 오늘과 어제를 바꾸어 놓고 그 등 뒤에서 웃는 자 누구인고 얄궂다 원망스럽다 어젯날 내 앞에서 허리를 못 펴고 길을 못 찾던 적장들이 오늘은 나를 멀리 바라보고 비웃고 뽐을 낼 것인가 측은히 여기고 조롱할 것인가 그들로 하여금 그렇게 시키기 위해서 오늘의 나를 꾸며 놓은 것인가 일의 전말을 이렇게 배치해 놓은 것인가 오냐 그들의 심사가 그 무엇이든 간에 나는 오늘 내 부하의 장졸들과 함께 그 적장들 또한 그리운 것으로 생각한다 사람은 일생의 마지막에 있어서는 누구나를 모두 적이나 부하나를 다 함께 사랑할 수 있는 것인가 부다 지금 다 같이 생각나는 것은 적장과 부하와 일곱 개의 별과 어머니와 형제들과 그리고 단 하나의 황자 프랑수아 조셉과—오오 조셉이여 내 아들 조셉이여 지금 어디메서 무엇 하고 있나뇨 내 섬에 온 이후 라신의 비극 「앙드로마크」를 읽으면서 그대를 생각하고 몇 밤이나 울었던고 앙드로마크의 회포가 나와 흡사하구나 내 그대를 생각하고 몇 밤이나 울었던고 그대의 사진이 지금 내 앞에 있다 사진이 판이 나*라고

* 판나다 : '해지다'의 방언. 닳아서 떨어지다.

나는 그것을 바라본다 아침저녁으로 바라보고 바라보아도 또 바라보고 싶은 것 조셉이여 그대의 사진 제일 그리운 것이 그대의 모양 아무쪼록 이 애비―아니 황제의 사적을 잊지 말고 혈통을 이을지어다 내 원이요 희망이다 명심하라 아아 피곤한 눈에 벌써 그대의 화상조차 흐려지누나 그대의 이마가 흔들리고 볼이 찌그러지누나 오늘이 내 마지막이란 말이냐 이 시간이 내 마지막이란 말이냐 영웅의 말로가 황제의 최후가 이렇단 말가 아아 피곤하다 너무 지껄였다 내 평생에 이렇게 장황하게 지껄인 날은 한 번도 없었다 늘 속에만 품고 궁리에만 잠겼었지 이렇게 객설스럽게* 지껄인 적은 없다 영웅도 마지막에는 잔소리를 하나 보다 잔소리를 하지 않으면 안 되게 되었다 묵묵히 사라지기가 원통한 것이다 그러나 지금 내 곁에 비서관 부리엔이나 마느발이나 펜이 없는 것이 다행이지 그들은 필기의 명인들 행여나 내 이 잔소리를 그대로 받아 적어 후세에 남긴단들 반드시 내 명예는 아닐 법하다 잔소리가 많았다 피곤하다 몇 시나 됐누 아아 어둡다 요란하다 여전한 우렛소리 번갯불 바람은 천지를 쓸어 가련 건가 구름은 우주를 뭉개 버리련 건가 파도 소리 저 파도 소리 절벽을 물어뜯는 저놈의 파도 소리 수십 길 절벽을 뛰어넘어 이 집을 쓸어 가려는 듯 차라리 쓸어 가 버려라 집까지 섬까지 한 모금에 삼켜 버려라 아침부터 진종일 이 바람소리 파도 소리 자연이 무심할쏘냐 그대만이 나를 알아주누나 내 마

* 객설스럽다 : 부기에 객쩍음 말이 많은 데가 있다.

지막을 일러 주누나 오늘의 그대의 이 뜻을 내 모를 바 아니요 이 어두운 천지의 조화가 무엇을 재촉하는지를 내 모를 바 아니다 오늘이 올 것을 마음속에 생각하고 있었고 기다리고 있었다 내 무엇을 모르랴 내 무엇을 겁내랴 차라리 이 불측한 곳을 한시바삐 떠나구 싶다 이 무례한 고장을 얼른 떠나구 싶다 시저도 결국 세상을 떠나구야 말지 않았던가 나 역 그의 뒤를 따르는 것이다 내 세상을 떠나면 다시 구라파로 돌아가 샹젤리제를 거닐고 센강가를 헤매며 부하들과 만날 것이다 쿨벨 데세 뷜셰엘 쥬룩 뮈러 마세나 이들이 와서 나를 반갑게 맞이할 것이다 옛적의 영웅 스키피오 한니발 시저 프리데릭 이들과 웃고 피차의 공을 이야기할 것이다 이제 마지막으로 내 머리맡에 모시는 자 단 여섯 사람밖에는 안 되누나 목사 비갸리와 의사 앤트말모 몬트론 아놀드 그리고 시녀와 시복과―이뿐이란 말이냐 단 여섯 사람 하기는 튈르리 궁중에서도 내 침실을 모시는 자는 여섯 사람이었다 그때의 여섯 사람과 오늘의 여섯 사람―오늘은 왜 이리도 쓸쓸하고 경(景)없는고 몬트론이여 아놀드여 왜 그리들 침울한고 가까이 와서 내 맥을 짚어 보라 몇 분의 시간이 남았나를 알아맞히라 목사 비갸리여 그대로 가까이 와서 나를 위해 기도하라 마지막 기도를 올리라 목숨이 떨어지자 주가 내 손을 이끌어 그의 왼편에 앉히도록 가장 신성한 복음의 구절로 기도를 올리라 그리고 내 진한 후에 모든 것을 구라파의 내 유족에게 전해 달라 어둡다 요란하다 바람소리 파도 소리 땅 위의 태양이 떨어지다 용기를 내라 탄환이 나를 뚫을 수는 없는 것이다 흠

흠으으……

1939년 7월, 《문장》

향수

　찔레순이 퍼지고 화초 포기가 살아났다고 해도 원체가 고양이 상판만큼밖에 안 되는 뜰 안이라 자복이 깔아 놓은 조약돌을 가리면 푸른 것 돋아나는 흙이라고는 대체 몇 줌이나 될 것인가. 늦여름에 해바라기나 솟아나고 국화나 우거지면 돌밭까지 가려 버려 좁은 뜰 안은 오종종하게 더욱 협착해 보인다. 우러러 보이는 하늘은 지붕과 판장에 가려 쪽보*만큼 작고 언덕 아래 대동강을 굽어보려면 복도에서 제기를 디디고 서야만 된다. 이 소꿉질 장난감 같은 베이비 하우스에서 집을 다스리고 아이를 돌보고 몸을 건사해야 하는 아내의 처지라는 것을 생각하면 별수 없이 새장 안의 신세밖에는 안 되어 보이면서 반날을 그래도

* '조각보'의 북한말.

밖에서 지울 수 있는 남편의 자리에서 보면 측은히도 여겨진다. 제 스스로 즐겨서 장안에 갇힌 '죄수'라면 이 역 하는 수 없는 노릇, 누구를 탄하려면 남편 된 입장으로서 나는 사실 같은 처지의 세상의 수많은 아내들에게 한 조각의 미안한 생각이 없지 않다. 기껏해야 한 달에 몇 번씩 영화 구경을 동행하거나 거리의 식당에서 점심을 먹거나 하는 것쯤으로 목이 흐붓이 축여질 리는 없는 것이요 서양 영화에 나오는 넓은 집 안과 사치한 일광실 속에서 환상에 잠기다가 일단 협착한 현실의 집으로 돌아올 때 차지 않는 속에 감질이 안 날 리가 없다. 현대의 무수한 소시민의 생활의 탄식은 참으로 부질없는 감질 속에 숨어 있는 듯싶다.

아내의 건강이 어느 때부턴지 축나기 시작해서 눈에 뜨이게 되었을 때 나는 놀라며 그 원인을 역시 이 감질에 구하는 수밖에는 없었다. 구미가 떨어지고 불면증이 생기고 그 어딘지 없이 몸이 조그라들면서 하루 세때 약그릇을 극진히 대한대야 하루 이틀에 되돌아서지도 않는 것이다. 의사도 이렇다 할 증세를 집어내지 못하는 것으로 보아서 나는 그 원인을 감질로 돌려서 도시 도회 생활에서 오는 일종의 피곤증이라고 볼 수밖에는 없었다. 삼십 평짜리 베이비 하우스에 피곤해진 것이며 협착한 뜰에 숨이 막히고 살림살이에 지친 것이다. 그 위에 그의 신경을 한층 피곤하게 만든 것은 남편의 욕심이라고 할까. 세상의 남편들 같이 고집스럽고 자유로운 욕심쟁이는 없다. 아내의 알뜰한 애정을 받으면서도 그 밖에 또 무엇을 자꾸만 구하는 것이다. 집에 들어서는 범사에 봉건 왕이요 폭군 노릇을 하면서 마음속에느 항상 한없는 꿈과 욕망을 준비해 가지고는 새로운 밖세상을 구해 마지않는다. 참으로 그리마*의 발보다도 많은 열 가닥 백 가닥의 마음의 촉수를 꾸미고 그 은실금실의 끝끝마다 한 개의 세상을 생각하고 손 닿지 않는 먼 데 것을 그리워하고 화려한 무지개를 틀어 본다. 그 자기의 마음 세상 속에 아내는 한 발자국도 못 들어서게 하고 엄격하게 파수 보면서 완전히 독립된 왕국을 몰래 다스려 간다. 일생에 있어서 가장 가까운 아내가 그 왕국에서는 가장 먼 것이다. 이것이 세상 남편들의 어쩌는 수 없는 타고난 천성머리니 나 역 그런 부류에서 빠진다고는 생각하기 어려우며 세상에서 꼭 한 사람밖에는 없다고 생각해 주는 아내의 정성의 백의 하나도 갚지 못하게 됨을 부끄러워하지 않을 수 없다. 남자 된 특권인 듯이도 부질없이 마음의 왕국을 세우면서 그것이 아내를 얼마나 상하게 하고 달게 하나를 눈으로 볼 때 날카로운 반성이 솟으며 불행한 것이 여자요 악한 것이 남편이라는 생각만이 난다. 삼십 평 속에서 속을 달리고 신경을 일으켜 세우고 하는 동안에 아내는 몸이 어느 때부턴지도 모르게 피곤해진 것 같다. 나는 남편 된 책임을 느끼고 과반의 허물을 깨달으면서 평화와 건강의 일을 생각하는 것이니―아무튼 도회의 삼십 평은 숨을 쉬기에는 너무도 촉박한 것이다. 이 촉박감이 마음을 한층 협착하게 하는 것이 사실이어서 어느 결엔지 막연히 그 무슨 넓은 것 활달한 것을 생각하게 되었을 때, 아내는 하루

* 지네와 가까운 종류의 절지동물.

아침 문득 계획을 말하는 것이었다.

"잠깐 시골이나 다녀오겠어요."

새삼스러운 뚱딴지같은 소리는 아니었다. 해마다 한 번쯤은 다녀오는 고향이었고 이번 길도 착상한지는 벌써 오래, 그동안에 현안 중에 걸려 있었던 문제이다.

"몸두 쉬이구 집안 형편도 살필 겸……"

그러나 막상 이렇게 현실의 문제로서 눈앞에 나타나고 보니 선뜻 작정하기도 어려워서,

"글쎄."

하고 어리뻥뻥하게 대답하는 수밖에는 없었다.

"제가 지금 제일 보고 싶은 게 무언데요. 울밑의 호박꽃, 강낭콩, 과수원의 꽈리, 바다로 열린 벌판, 벌판을 흐르는 안개, 안개 속의 원두꽃……"

"남까지 유혹하려는 셈인가."

"제일 먹구 싶은 건 무어구요. 옥수수라나요, 옥수수, 바알간 수염에 토실토실한 옥수수 이삭, 그걸 삐걱 하구 비틀어 뜯을 때 그 소리 그 냄새—생각나세요. 시골 것으로 그렇게 좋은 게 또 있어요? 치마폭에 그득이 뜯어 가지고 그걸 깔 때 삶을 때 먹을 때—우유 맛이요 어머니의 젖 맛이요 그보다 웃길 가는 맛이 세상에 또 있어요? 지금 제일 먹구 싶은 게 옥수수예요. 바다에서 한창 잡힐 숭어보다두 뒤주 속의 엿보다두 무엇보다두……"

"혼자 내빼구 집안은 어떻게 하라구."

그러나 마침 일가 아이가 와 있던 중이었고 아내의 시골행의 결심도 사실은 거기에서 생겼던 까닭에 이것은 하기는 헛걱정이기는 했다.

"나 혼자 남겨 두구 맘이 달지 않을까."

"에이구 어서 없는 새 실컷 군것질해두 좋아요. 얼마든지 하라지. 지금에 시작된 일인가 머. 이제 다 꿈만 하니."

"큰소리 한다. 언제 맘이 저렇게 열렸든구. 진작······."

장담은 해도 여린 아내의 마음이다. 두 마디째가 벌써 그의 마음을 호비는 것을 나는 안다. 눈썹을 찌푸리면서 그 말은 그만 그것으로 덮어 버리고 천연스럽게 말머리를 돌리는 아내의 눈치를 나는 더 상해서는 안 된다.

"또 한 가지 이번 길의 이유로는—."

다 듣지 않아도 나는 뜻을 짐작한다. 늘 말하는 일만 원 건인 것이다. 그의 어머니보다도 오빠가 용돈으로 일만 원을 약속한 것이다. 그것을 얻으러 가겠다는 말이다.

"만 원은 갖다 무얼 하게. 그까짓 남의 돈 누가 좋아할 줄 아나. 사람의 맘을 괜히 얽어 놀까 해서."

"아따 큰소리 그만둬요. 돈 보구 춤만 흘렸다 봐라."

"지금 내게 그리울 게 무어게."

"그까짓 피아노 한 대 사 놓고 장담 말아요."

"방 안에 몇 권의 책이 있구 뜰 안에 몇 포기 꽃이 있으면 그만이지 또 무어가 필요한데."

반드시 시인을 본받아 그들의 시의 구절을 외인 것이 아니라 사실 이런 청빈의 성벽이 마음속에 없는 바가 아니다. 때때로 사치를 원할 때가 없는 것도 아니나 뒤를 이어 청빈에 대한 결벽이 자랑스럽게 솟군 한다. 이 두 마음 중의 어느 것이 더 바른지는 헤아릴 수 없으나 두 가지 다 한몫씩 자리를 잡고 있는 것은 사실이며 지금에 있어서는 자사(恣肆)에 대해서 일종의 경멸과 반감을 가지고 있는 것도 속임 없는 사실인 것이다. 허나 아내의 말이 바른 것이라면 그가 또 내 마음을 곁에서 한층 날카롭고 정직하게 관찰하고 있는지는 모르는 것이기는 하다.

"만 원에 한 장도 어김없이 가져올게. 아서, 이리같이 약탈이나 하지 마세요."

"내 마음 제발 이리 되지 맙소서!"

합장하는 나의 시늉을 흘겨보고는 아내는 그날부터 행장을 꾸리기에 정신이 없다. 행장이라야 지극히 간단한 것이나 잘고 빈틈없는 여자의 마음씨라 간 뒤의 집안 살림살이의 요령과 질서까지를 일가 아이에게 퇴어 주고 거기에 맞도록 집 안을 온통 한바탕 치우고 정돈하기에 여러 날이 걸리는 모양이었다. 눈에 뜨이리만치 말끔하게 거두어진 것을 나는 신기하게 바라보았다. 그러나 집 안이 정돈된 것보다도 더 신기한 일이 생겼다. 떠나는 그날 저녁 거리에서 돌아온 아내의 자태에 일대 변혁이 생겼던 것이니 머리를 자르고 퍼머넌트를 건 것이다. 집 안이 정리된 이상의 정리였다. 말끔하게 추려서는 고슬고슬 지져 놓은 머리는 용모를 일변시켜 총명하고 개운한 자태로 만들어 놓았다. 굳이 펄쩍 뛰며 놀랄 것은 없었던 것이 퍼머넌트에 내한 의론도 오래전부터 있었던 것으로 충충대고 권한 장본인은 결국 내 자신이었던 까닭이다. 여자의 머리로서 퍼머넌트를 나는 오래전부터 모든 비판을 떠나 아름다운 것으로 생각해 왔다. 모방이니 흉내니 한다면 이 땅에 그럼 현재 모방이 아니고 흉내가 아닌 무엇이 있단 말인가. 살로메*가 요한**의 머리를 형용해서 에돔 나라의 포도송이 같다고 한 머리, 그것을 나는 남녀 간의 머리의 미(美)의 극치라고 생각해 왔던 까닭에 아내의 머리에 그 운치를 베풀자는 것이었다. 내가 놀란 것은 도리어 아내의 그 결단성이었다. 아무리 충충대도 오랫동안 주저하고 머뭇거리던 것을 그날로 단행한 그 결단성인 것이다. 그러나 거기에는 또 아내의 동무들의 실물교육이 직접 도와 힘이 된 모양도 같다. 집에 놀러 오는 그들이 하나나 그 풍습을 벗어난 사람이 없다. 아내가 그들이 보이는 모범에서 용기를 얻었을 것은 사실—어떻든 그날 저녁 그 변모로 나타난 아내의 자태에 비록 놀라지는 않았다고 해도 일종의 신기하고 청신한 느낌을 금할 수 없었던 것은 사실이다. 피곤하던 종래의 인상을 다소간이라도 떨쳐 버린 셈이요—그 모든 아내의 행사는 결국 고달픈 피곤증에서 벗어나자는 일종의 회복책이었던 것이다. 도회의 피곤에서 향수를 느끼고 잠깐 전원으로 돌아가기로 결심한 그의 해방의 의욕의 표시이었던 것이다. 머리를 시원스럽게 자르고 삼십 평을 떠나 넓은 전원의 천지에

---

* 성서에 나오는 헤롯왕의 딸. 투옥된 세례자 요한의 머리를 아버지에게 요구하여 그를 참수되게 만들었다.
** 세례자 요한(기원전 6~기원후 36). 예수의 친척이자 그에게 세례를 베푼 선지자로, 광야에서 예언자로 살다가 헤롯왕에게 투옥된 뒤 참수되었다.

메밀꽃 필 무렵

서 숨을 쉬자는 것이다. 바다로 열린 벌판에서 안개를 받고 원두
꽃을 보고 풋옥수수를 먹자는 것이다. 내 자신 도회에 지쳐 밤
낮으로 그것을 그리워하고 향수를 느끼고 하던 판에 원래부터
찬성하는 바이다. 아내의 전원행은 어느 결엔지 자연스럽게 응
낙되었다. 같이 떠나지 못하는 것이 한 될 뿐 별수 없이 나는 서
리는 향수를 가슴속에 포개 넣은 채 마음속으로 시골을 그리는
수밖에는 없게 되었다.

　이튿날로 아내는 짙은 옥색으로 단장하고 퍼머넌트를 날리고
홀가분한 몸으로 길을 떠나는 것이었으나 차창에서는 금시 눈
물을 머금고 쉬이 돌아올 것을 거듭 말한다. 차가 굽이를 돌 때
까지도 작아 가는 얼굴을 창으로 내놓고 손수건을 흔드는 것을
보고는 그럴 것을 그럼 왜 떠나는구 하는 동정도 솟았으나 한편
이왕 떠나는 것이니 어서 실컷 시골 맛이나 맡고 몸이나 튼튼해
져서 오라고 축수하는 나였다. 호박꽃 강낭콩 실컷 보고 옥수수
숭어 실컷 먹고 좀 거무잡잡한 얼굴로 돌아오기를 원하는 것이
었다. 아내가 간 후 집안이 텅 빈 것 같고 삼십 평이 좁기는커녕
넓게만 여겨지면서 휑휑한 느낌을 금할 수 없었으나 그가 돌아
오기를 기다리는 것도 또한 기쁨이 되었다.

　일만 원이니 무어니 도시 아내의 꿈이란 것이 좁은 삼십 평의
세계 속에 묻혀 있게 된 까닭에 포태된 것인데 그의 꿈의 실마
리도 이 집과 함께 시작된 것이다. 넓은 집을 바라는 곳에서 일
만 원의 발설을 알뜰히 명심하게 되었고 그것이 은연중에 여행
의 계획도 된 모양이었다. 행인지 불행인지 이내의 동무들이라

는 것이 어찌어찌 모여 다니니 거개 수십만 대 급(級)에 가는 유한부인들로서 퍼머넌트의 실물교육을 하듯이 이들이 어린 아내에게 사치의 맛과 속세의 철학을 흠뻑 암시해 준 모양도 같다. 이웃에서는 며느리를 가진 안늙은이들 입에 오르리만큼 소문이 나서 모범주부로 첫손을 꼽게 된 아내라고는 해도 아직 스물을 조금밖에는 넘지 않은 어린 나이인 것이라 속세의 철학에 구미가 안 돌 리가 없다. 물욕에 대한 완전한 초월 해탈이라는 것은 산속에 숨어 있는 도승에게나 지당할는지 속세에 살면서 그것을 무시하기는 어려운 노릇이어서 적어도 사치 아닌 것보다는 사치에 마음이 기우는 것은 여자—뿐이 아니겠지만—의 본성일 듯도 싶다. 그러나 사치의 한도란 대체 얼마인 것인가. 천에서 만족할 수 있으면 백에서도 만족할 수 있으려니와 천에서 만족하지 못할 때 만에선들 만족할 수 있을까. 필요한 것은 만이나 십만의 한계가 아니요 천에서라도 만족할 수 있는 심정이 아닐까. 십만대 급의 유한부인들의 철학을 나는 속으로 비웃으면서 아내의 일만 원의 일건을 위태하게 여기며 하회를 기다리는 것이었다.

아내와 친가는 결혼 당시만 해도 몇십만 대의 호농으로 시골서는 뽐내는 편이었으나 그 시기에 농가의 몰락이란 헐어지는 돌담을 보는 것같이 빠르고 가엾은 것이었다. 재산이라는 것이 대개는 농토나 산림인 것을 무엇을 하노라고인지 은행과 회사에 모조리 넣은 것이 좀체 빠지지는 않아서 우물쭈물하는 동안에 한몫이 패어 나가기만 했다. 낙엽송의 묘포를 하느니 자동차회사를 경영하는 동안에 불끈 솟아오르지는 못하고 점점 쓰러져

만 가는 것이다. 일찍 아버지를 여의고 어머니와 두 남매—아내와 오빠, 즉 이 오빠의 손에서 가산은 기우는 형세를 당했다. 눈에 보이지 않는 속에서 문덕문덕 나가기 시작한 것이 불과 몇 해가 안 지난 것 같은데 집안은 후출하게* 줄어들고 말았다. 도무지 때와 곳의 이를 얻지 못한 것이 보기에 딱할 지경이나 생각하면 등 뒤에 그 무슨 조화의 실이 이리 당기고 저리 끌면서 농간을 부리는 것만 같아 어쩌는 수 없다는 느낌도 난다. 부근에 제지회사가 되면서부터 벌목이 성하게 된 까닭에 한 고장의 산이 유망하다고 그것을 잔뜩 바라고 있는 것이나 그것이 십만 원에 팔릴 희망도 지금 같아서는 먼 듯하다. 아내는 오빠에게 이 산에서의 오만 원의 약속을 받은 것이나 어쩌랴. 아내의 꿈은 오빠의 운명과 발을 맞추지 않으면 안 되게 되었다. 지금 당장의 일만 원이란 것도 필연코 읍 부근의 토지의 매매에서 솟을 것인 듯하나 이 역 운이 대단히 이로워야 차례질 몫일 듯 골패 쪽의 장난같이도 허황한 것이다.

일만 원이나 오만 원의 꿈은 어서 천천히 꾸기로 하고 시급한 건강이나 회복해 가지고 오라고 마음속으로 축원하고 있을 때 대망을 품고 고향으로 내려간 아내에게서는 며칠 만에 간단한 편지가 왔다. 대망을 품은 폭으로는 흥분도 감격도 없는 담담한 서면이었다. 어머니의 흰 머리칼이 더 늘었다는 것과 둘째 조카딸이 어여쁘게 자란다는 것을 적어 보낸 것이다. 호박꽃 이야기

* 후줄하다 : 배 속이 비어서 매우 출출하다.

도 과수원 이야기도 옥수수 이야기도 한마디 없는 것이요 도리어 놀란 것은 진찰한 결과 신경쇠약의 증세로 판명되었다는 것이다. 도회의 병원에서는 증세를 바로잡지 못하는 것이 왜 하필 시골 병원에서 판명된단 말인가. 신경쇠약의 선언을 받으려고 일부러 시골을 찾은 셈이던가. 만약 말과 같이 신경쇠약이라면 그 원인을 만든 내 허물이 한두 가지가 아닐 듯해서 애처로운 생각조차 났으나 어떻든 병이 병인 만큼 일부러 전지 요양도 하는 판에 시골을 찾은 것만은 잘되었다고 안심도 되었다. 살림 걱정도 잊어버리고 활달한 자연과 벗하고 지내는 동안에 차차 회복될 것으로 생각한 까닭이다. 될 수 있는 대로 오랫동안 지니고 간 약이나 먹으면서 마음 편히 지내기를 나는 회답하면서 마음속으로는 과수원도 거닐고 풋콩도 까고 조카아이들과 놀고 거리의 부인들과도 휩쓸리면서 모든 것 잊어버리고 유유히 지내고 있을 그의 자태를 상상해 보는 것이었다.

뒤를 이어 사흘도리로 편지가 오는 것이 어느 한 고패를 번기는 법이 없이―한가한 전원의 풍경을 그려 보내느냐 하면 그렇지도 않고 멀리 이곳 집안의 걱정과 살림살이의 주의를 편지마다 세밀히 적어 보낸다 생선을 소포로 보내온다 편지봉투 속에 돈을 넣어 보낸다 하면서 면밀한 주의는 가려운 데 손이 닿을 지경이다. 그러고는 이곳에 대한 끊임없는 걱정과 조바심인 것이다. 향수를 못 잊어 고향을 찾는 그의 마음이니 응당 누그러지고 풀리고 놓여야 할 것임을 그같이 걱정이 자심하고야 누그러지기는커녕 도리어 안타깝게 죄어드는 판이니 그러다가는 병

메밀꽃 필 무렵

을 고치기는새로에 도리어 더치기가 첩경일 듯싶었다. 혹을 떼러 갔다 혹을 붙여 올 것도 같다. 하기는 걱정이라면 내게도 걱정이 없는 것이 아니었고 무엇보다도 그를 보내고 나니 일상의 불편이 이루 한두 가지가 아님을 당면하게 되었다. 아침저녁으로 대하는 음식상으로부터 주머니 속에 드는 손수건 하나에 이르기까지가 손이 달라지니 불편하고 맞갖지* 않은 것이다. 아내란 상 위의 찌개 그릇이요. 책상 위의 옥편이라고 할까. 무시로 눈에 띌 때에는 심드렁해서 대수롭게 여기지도 않으나 일단 그것이 그 자리에 빈 때에는 가지가지의 불편이 뼈에 사무치게 알려지면서 그 값을 비로소 깨닫게 된다. 아내 없는 불편을 더구나 집간을 거느리고 있을 때의 그 불편을 절실히 느껴 가면서 웬만큼 정양하고 그만 돌아왔으면 하고 내 편에서도 느끼게 되었다.

대체 세상에서 마지막으로 편안하고 마음 놓을 곳이 어디인지 아무도 모르는 것일까. 그립고 안심을 얻을 마지막 안식처가 어디요 고향이 어디임을 말해 주는 이 없을 듯싶다. 내가 아내 없는 불편으로 해서 그렇게 안달을 하고 갈망을 하지 않아도 아내 편에서 도리어 조바심을 하고 제 스스로 또다시 돌아온 것이다. 별안간 전보를 치고는 그날로 떠난 것이었다. 불과 한 달도 못 되어서 협착하다고 버리고 간 도회를 다시 찾아왔다. 그리 원하던 옥수수 시절도 채 못 맞이하고 우유 맛이요 어머니의 젖 맛 같다던 그 즐기는 옥수수 한 이삭 먹어 보지 못한 채 도회에

---

* 맞갖다 : 마음이나 입맛에 꼭 맞다.

서는 좀 있으면 피서들을 떠난다고 법석들을 할 무더운 무렵에
무더운 도회로 다시 돌아온 것이다. 향수에 복받쳐 고향을 찾
은 그에게 그리운 것이 또 무엇이었던가. 향수란 결국 마지막 만
족이 없는 영원한 마음의 장난인 것인가. 말할 것도 없이 아내는
고향에서 두 번째의 향수—도회에 대한 향수를 느낀 것이다. 도
회가 요번에는 고향같이만 보였을 것이 사실이다. 시골로 떠날
때와 똑같은 설레고 분주한 심정으로 집을 떠나 삼십 평을 찾아
든 것이다. 안타깝고 감질이 나던 삼십 평이 조촐하고 알맞은 안
식처로 보였을 것이다. 모든 것이—뜰의 꽃 한 포기까지가 새롭
고 귀하고 신기한 것으로 보였을 것이다. 집 안의 구석구석이 시
골보다도 나은 곳으로 보였을 것이다. 물론 한 해를 살아가는 동
안에 피곤해지면 또 시골이 그리워질 것이요 시골로 갔다가는
다시 또 이곳을 찾을 것이요 향수는 차례차례로 나루를 찾은
나룻배같이 평생 동안 그칠 바를 모르는 것이다.

　차에서 내리는 아내의 신색은 떠날 때보다 조금 나아진 것도
같고 도리어 못해진 것도 같다. 퍼머넌트를 날리고 옷맵시가 개
운하게 보이는 것은 떠날 때와 일반이나—어쨌든 올 곳에 왔다
는 듯 얼굴에는 안도의 빛이 떠오른 것은 사실이다.

　"고렇게 푸지게 있을걸 왜 그리 설레긴 했던구."

　"어때요, 이만하면 얼굴 좀 그슬렸소? 군것질 너무 할까 봐 걱
정이 돼서 뛰어왔죠."

　"그래 옥수수 먹을 동안두 못 참았어."

　"수염이 바알개지는 걸 보구 왔어요—익거든 철도편으로 두어

부대 뜯어 보내라구 일러는 두었지만."

"이 가방 속에는 이게 모두 지전으로—만 원이 들어찼으렷다."

"찰 뻔했어요."

아내는 조금 겸연쩍은 듯이 빙그레 웃으면서 재게 걷는다.

"일만 원의 꿈 깨뜨러지도다, 아멘."

"노상에서 자세한 이야기를 드릴 수는 없으나—거리에는 군대가 들어와 양식고가 선다구 땅 시세가 급작히 올라 발끈들 뒤집혔는데 철도를 가운데 두구 바른편 터가 군용지로 작정되구 왼편 땅이 미끄러질 줄을 누가 알았겠어요. 바로 작정되는 날까지두 어느 쪽으로 떨어질 줄을 몰라 수물들거리다가 그 지경이 되구 보니 한편에서는 좋아라구 뛰는 사람, 한편에서는 낙심해서 우는 사람—오빠는 사흘이나 조석을 굶구 헤매는 꼴 차마 볼 수 있어야죠."

"아멘!"

"운이 박할 때는 할 수 없는 노릇 같어요—다음 기회를 노릴 수밖에 어쩌는 수 있나요."

"안 되기를 잘했지. 옳게 떨어졌다간 그 만 원 때문에 또 무슨 걱정이 생겼게. 거저 없는 것이 제일 편하다나."

사실 당치 않은 꿈 깨어진 것이 도리어 마음 편하고 다행한 노릇이라고 생각한 것은 물질이 가져오는 자자부레한 근심을 잘 아는 까닭이었다. 현재 군이 만 원이 없어도 좋은 것이다. 아내가 돌아온 것만으로도 불편하던 집이 펴일 것 같아서 반가웠다. 고기를 놓친 것이 아끼울 것도 애틋할 것도 없이 빈손으로 간 이

내가 빈손으로 온 것이 얼마나 시원한 노릇인지 모른다.

"두구 보세요. 다음 기회는 영락없을 테니. 사람의 운이 한 번은 이로울 날 있겠지요."

"암, 꿈이란 자꾸 멀리 다가갈수록 좋은 것이라나. 그렇게 수월하게 잡혀선 값이 없거든."

집에 이르렀을 때 아내는 좁은 뜰 안에 한 걸음 들어서자 만면 희색을 띠고 우거진 꽃 숲을 바라보는 것이었다.

"어느새 이렇게 만발이야—카칼리아, 샐비어, 플록스, 애스터, 달리아, 국화, 해바라기—왼통 한창이니."

무지개를 보는 아이와도 같다. 조금 오도깝스럽게 수다스럽게—기쁨이란 그렇게 표현하는 것이 가장 정당한 듯도 싶다. 카칼리아의 꽃망울 하나를 뜯어 가지고는 손가락으로 문질러 물을 들이고 향기를 맡고 하는 것이다.

"호박꽃보다 못하지 않지."

"호박꽃두 늘 보니까 싫증이 났어요. 흡사 새집 새 세상에 처음으로 온 것만 같아요."

복도로 뛰어올라서는 공연히 방 안을 서성거리며 부엌을 기웃거리며 마루방을 쿵쿵거리며 현관문을 열어 보며 제기를 디디고 언덕 아래 강을 굽어보며—흡사 새집으로 처음 들어온 신부의 날뛰는 양이다. 집을 한 바퀴 휑하니 살펴보고야 비로소 안심한 듯이 방에 와 앉으면서 놓이는 마음에 잠시는 어쩔 줄을 모르고 멍하니 뜰을 내다본다.

"다시는 시골을 간다구 발설을 하구 법석을 안 하렸다."

메밀꽃 필 무렵

"시골을 다녀왔으니까 오늘의 이 기쁨이죠―맘이 이렇게 편하구 기쁠 때는 없어요."

그 즉시로 신경쇠약증이 떨어져 버린 듯이도 건강한 신색에 기쁨을 담고는 새로운 감동의 발견에 마음이 흐뭇이 차 있는 모양이었다. 그가 그날 찾아온 데는 삼십 평의 집이 아니라 삼만 평의 집이었던지도 모른다. 그날의 그보다 더 기쁠 사람이 또 있었을까.

1939년 9월, 《여성》

산협

공재도가 소금을 받아 오던 날 마을 사람들은 그의 자랑스럽고 호기로운 모양을 볼 양으로 마을 위 샛길까지들 줄레줄레 올라갔다. 새참 때는 되었을까 젠노리*가 지난 후의 깨나른한 육신을 잠시 쉬고 싶은 생각들도 있었다. 마을이라고는 해도 듬성한 인가가 산허리 군데군데에 헤일 정도로밖에는 들어서지 않은 평퍼짐한 산골이라 이쪽저쪽의 보리밭과 강낭밭에서 흰 그림자들이 희끗희끗 일어서서는 마을 위로 합의나 한 것같이 모여들 갔다.

"소가 두 필에 콩 넉 섬을 실구 갔었겠다. 소곰인들 흐북히 받어 오지 않으리."

---

* '곁두리(새참)'를 의미하는 강원도 방언.

메밀꽃 필 무렵

"반반으로 바꿔두 두 섬일 테니 소곰 두 섬은 바위보다두 무겁거든. 참말 장에서 언젠가 한번 소곰섬을 져본 일이 있으니까 말이지만."

"바닷물루 만든다든가. 바다가 멀다 보니 소곰은 비상보다 귀한걸. 공 서방두 해마다 고생이야."

봄이 되면 소금받이의 먼 길을 떠나는 남안리 농군들이 각기소 등허리에 콩섬을 싣고 마을길에 양양하게들 늘어서는 습관이던 것이 올해는 거반 가까운 읍내에 가서 받아 오기로 한 까닭에 어쩌다 공재도 한 사람이 남아 버렸다. 원주 땅 문막(文幕)은 서쪽으로 삼백 리나 떨어진 이웃 고을의 나루였다. 양구덤이를 넘고 횡성 벌판을 지나 더딘 소를 몰고는 꼭 나흘의 길이었다. 양구덤이를 넘는 데만도 너끈히 하루가 걸리는 데다가 굼틀굼틀 구불어 들어가는 무인지경의 영(嶺)은 깊고 험준해서 울창한 참나무숲에서는 대낮에도 도적이 났다. 썩은 아름드리 나무가 정정히 쓰러져 있는 개울가의 검게 탄 자리는 도적이 소를 잡아먹은 곳이라고 행인들은 무시무시해서 머리털을 솟구면서 수군거렸다. 문막 나룻강가에는 서울서 한강을 거슬러 올라온 소금섬이 첩첩이 쌓여서 산골에서 나온 농군들과의 거래로 복작거리고 떠들썩했다. 대개가 콩과 교환이 되어서 이 상류지방에서 바뀐 산과 바다의 산물은 각기 반대의 방향으로 운반되는 것이었다. 흥정이나 잘돼서 후하게 받은 소금 짐을 싣고 다시 양구덤이를 무난히 되돌아 넘어 멀리 자기 마을의 산골짝을 바라보게 될 때 재도는 비로소 숨을 길게 뽑았다. 내왕 열흘이나 걸리던 먼 길에서는 번번이 노독을 얻었고 육신이 나른히 피곤해졌다. 소금받이는 수월한 노릇이 아니었다.

강낭밭에서 풀을 뽑고 있던 안증근이 삼촌의 마중을 나가려고 호미를 던지고 골짝으로 내려와 사람들 틈에 끼었을 때에는 산 너머 무이리(武夷里)까지 마중 갔던 재도의 사촌 아우 공재실은 한 걸음 먼저 산길을 뛰어 내려오면서 얼마간 흥분된 낯빛이었다.

"저네들두 놀라리. 내 세상에 원—삼백 리나 되는 문막 길을 가서 재도가 무얼 실어오는 줄들 아나."

"소 두 필에 산더미 같은 소금바리를 실구 오겠지 별것 실구 오겠나. 소 등허리가 부러져라구 무거운 소금섬으로야 일 년을 먹구두 남겠지."

"두, 두 필이었겠다 확실히. 그 두 필의 소가 한 필이 됐다면 이건 대체 무슨 조화일 건가. 그리구 그 한 필의 잔등에두 무엇이 타구 오는 줄 아나?"

"소금섬 대신에 그럼 금항아리나 실구 온단 말인가?"

"금항아리? 또 똥항아리래라. 사실 똥 든 항아리를 실구 오는 폭밖에는 더 돼. 열흘 동안이나 윈처를 건들거리구 제일 바쁜 밭일의 고패를 버리구 떠나서 원 그런 놈의 소갈머리라니."

대체 무슨 곡절이기에 재실이 이렇게 설레누 하구들 있는 판에 바로 당자인 재도의 자태가 산길 위에 표연히 나타났다. 음— 옳지—들 하고 입을 벌리면서 사람들은 눈알을 굴렸다. 한 필 소의 고삐를 끌고 느실느실 걸어오는 재도의 모양은 자랑스러운 것

메밀꽃 필 무렵

인지 낙심해하는 것인지 짐작했던 것보다는 의젓한 데다가 끌고 오는 소 허리에는—한 사람의 여인이 타고 있는 것이다. 먼 눈에도 부유스름하게 흰 단정한 자태이다. 가까워 옴에 따라 얼굴 모습이 차차 뚜렷이 드러날 때 사람들은 모르는 결에 수선들거리며 소군소군 지껄이기를 시작했다. 재도는 여인을 위로나 하는 듯 연해 쳐다보면서 무엇인지 은은히 말을 던지는 꼴이 가깝게 보니 낙심해하는 것이 아니라 역시 자랑스러워해 함을 알 수 있었다. 조그만 소금섬이 여인의 발아래에 비죽이 내다보인다.

"새로 얻은 색시라나. 사십 중년에 두 번 장가라니 망령두 분수가 있지, 암만해두 마을 사람을 웃길 징조야."

재실은 좀 여겨들으라는 듯이 좌중을 휘둘러보면서 눈에 핏대를 세우고 빈정거린다.

"그럼, 기어쿠 소원성취네그려. 첩 첩 하구 잠꼬대같이 외더니. 자식 없는 신세가 돼 보면 무리는 아니렷다. 송 씨의 몸에서나 생긴다면 몰라두 후이 없는 것같이 서운한 일은 없거든."

이렇게 재도의 편을 드는 것은 같은 자식 없는 설움의 강 영감이었으나 그런 심정은 도대체 재실의 비위에는 맞지 않았다.

"지금부터래두 큰댁의 몸에서 늦내이로 생길지두 모르는 일이거니와 첩의 몸에서라구 어김없이 있으리라구는 누가 장담하겠나. 생겼댔자 그게 자라서 한몫을 볼 때까지 애비가 세상에 붙어나 있겠나?"

"증근이 너 삼촌댁 하나 더 생겼다구 좋은 모양이지. 너두 올에는 깅가들 나이에—네 색시하구 젊은 삼촌댁하구 까딱 하면 바꿔 잡을라."

"삼촌댁이구 쥐뿔이구 내 소는 어떻게 된 거야. 남의 황소를 끌구 가더니 지져 먹은 셈인가."

씨름으로는 면내에서 증근을 당하는 사람이 없었다. 단오날 창말서 열리는 대회에서는 해마다 상에서 빠지는 적이 없었고 지난해에는 황소 한 마리를 탔다고 이름이 군내에 떨쳤다. 그 황소를 빌려 가지고 떠날 때 애걸복걸하던 삼촌이 지금 터무니없이 맨손으로 돌아오는 것이다.

"황소와 색시와 바꿨단 말인가. 그럴 법이. 그게 어떤 황손데. 나와 동무하구 나와 잠자구 내가 타구 하던 것을 갖다가―지금 어디서 내 생각을 하구 있을꾸."

"이런 말버릇이라니. 삼촌댁을 그렇게 소홀히 여기면 용서가 없어. 소가 다 무어게. 씨름에서 이기면 또 얻을걸. 사내자식이 언제면 지각이 들꾸."

핀잔을 받고 증근은 쑥 들어갈 수밖에는 없었으나 삼촌이 사람들과 지껄지껄 하고 있는 동안 슬며시 소 잔등에 눈을 보냈다가 구슬같이 말간 색시의 행동에 그만 마음이 휘황해지면서 눈이 숙어졌다. 저렇게 젊은 색시가 왜 삼촌댁이 되는구 생각하니 이상스러운 느낌에 공연히 마음이 송송거려져서 이게 여간한 일이 아니구나, 얼른 삼촌댁에도 일러 주지 않으면 하고 총중을 빠져 나와 단걸음에 집으로 달려갔다.

뒤안 베틀에서 베를 짜고 있던 삼촌댁 송 씨는 곡절을 듣고 뜨끔해 놀라는 눈치더니 금시 범연한 태도로 조카 증근을 듬짓이 내려다보았다.

"삼촌은 입버릇같이 언제나 나를 둘소* 둘소 하고 욕 주더니 그예 계집을 데리고 왔구나. 내가 둘손지 삼촌이 병신인지 뉘 알랴만 나두 자식을 원하는 마음이야 삼촌에게 지겠니. 아무리 속을 태워두 삼신할머니가 종시 원을 들어주지 않는구나. 첩의 몸에서 자식이나 생기는 날이면 나는 이 집을 하직하는 날이야……. 앞대 여자는 인물두 좋다는데."

"그렇게 고운 여자두 세상에 있나 싶어. 달같이 희멀건 게……."

"어디 보구나 올까. 마중 안 나왔다구 또 삼촌께 책을 듣기 전에."

한숨을 지으면서 송 씨가 틀에서 내려서 앞뜰까지 나섰을 때 골방에서 삼을 삼고 앉았던 늙은 시모는 무슨 일이냐고 입을 벙긋벙긋했다. 증근이 큰소리를 질러 곡절을 말해도 귀도 안 들리고 말도 못 번기는 노망한 노파는 안타까워서 손만 휘휘 내저었다.

논길을 걸어 내려오는 행렬을 보고 송 씨는 휘황한 느낌에 눈이 숙어졌다. 소를 탄 색시의 자태는 사람들 위로 우뚝 솟아서 높고, 그 발 아래편에 남편과 마을 사람들이 줄레줄레 달려서 누구나가 슬금슬금 색시의 모양을 우러러보는 것이었다. 소 목에 단 방울소리가 떨렁떨렁 울리는 속으로 사람들의 말소리가 지껄지껄 들리는 것이 흡사 잔칫집 행렬이었다. 내 혼례 때에두

---

* 새끼를 낳기 못하는 소.

저렇게 야단스럽진 못했겠다. 눈을 감고 가마를 탔을 뿐이지 저렇게 자랑스럽지는 못했겠다. 송 씨가 그런 생각에 잠겨 있을 때 증근은 또 제 생각에 잠겨 내가 씨름에서 황소를 타 가지구 돌아올 때도 저렇게 야단스러웠던가, 마을의 젊은 축들이 뒤에서 떠들썩하고들 따라왔을 뿐이지 저렇게 의젓하지는 못했던 것 같다—고 작년 일을 생각하고 있었다. 따뜻한 볕을 잠뿍 받으면서 흔들흔들 가까워 오는 색시의 자태를 바로 눈앞에 바라보았을 때 그것이 꿈이 아니고 짜장 생시의 일임을 깨달으면서 송 씨는 아찔해짐을 느꼈다.

이튿날은 잔치라고 마을의 여자란 여자는 죄다 재도의 집에 모여들었다. 인가가 듬성한 마을 어느 구석에 사람이 그렇게도 흔하게 박혔던지 마당과 부엌과 방에 그득들 넘쳤다. 급하게 차리노라고 대단한 잔치도 아니었으나 그래도 국수 그릇과 떡 조각에 기뻐들 하면서 사내들을 탁주잔에 거나해지면서 각시의 평론으로들 와자지껄했다. 송 씨는 어젯날의 놀람과 탄식은 씻어 버린 듯 범상한 낯으로 부지런히 서둘렀다. 큰댁 앞에서 새 각시의 인물을 한정 없이 출 수도 없어서 여자들은 기연미연한* 말솜씨로 그 자리를 얼버무려 넘겼다. 저녁 무렵은 되어 외양간에 짚과 명석을 펴고 신방이 차려질 때까지도 돌아가려고들은 안 하고 외양간 빈지 틈으로 첫날밤의 풍습을 엿볼 양으로 눈알을 굼실굼실 굴리며들 설렜다. 소의 본성을 본받아 잘 낳고 잘

---

* 기연미연하다 : 그런지 그렇지 않은지 분명하지 않다.

　　　　　　　　　　　　　　　　메밀꽃 필 무렵

늘라는 뜻이기는 했으나 그 당돌한 첫날밤의 풍습에 색시는 얼굴을 붉히며 서슴거리는 것을 여자들은 부끄럽긴 무에 부끄러워서 소같이 튼튼한 아들을 낳아서 공 씨 일문의 대를 이어야만 장한 일인데라고 우겨서 외양간 안으로 밀어 넣는 것이다. 늙은 신랑이 이도 겸연쩍은 듯이 고개를 숙이고 그 뒤를 따라 들어간 후 빈지를 닫고 나니 사내들은 주춤주춤 헤어져 혹은 집으로 가고 혹은 다시 사랑으로들 밀렸으나 여자들은 참참스럽게 외양간 주위를 빙빙 돌면서 젊었을 시절의 꿈들을 생각해 내서는 벙글벙글 웃고 킬킬거리면서 수선들을 떨었다.

"얼른들 와 좀 봐요. 촛불이 꺼졌어."

"공 서방두 복 있는 사람이야. 평생에 두 번씩이나 국수를 먹이구. 그 둘째 각씨는 천하일색이니 죽어서 다시 저런 일색으로 태어난다면 열두 번 죽어두 한이 없겠다."

"여자는 인물보다두 거저 자식내이를 잘 하구야. 큰댁은 왜 색시 때 일색이 아니었나."

"큰댁두 속 무던히 상하겠다. 여식이래두 하나 낳드라면 이런 꼴 안 봤을 것을—어 어디를 갔는지 아까부터 까딱 자태가 안 보이니."

송 씨는 남모르는 결에 집을 나와 뒷골 우물둔치에 와 있었다. 칠성단에 정한 물을 떠놓고 그 앞에 무릎을 꿇고 요 십 년째 아침저녁 한 번도 번긴 적이 없는 기도를 올리고 있었다. 눈을 감고 합장하고 정성을 다해 치성을 드리는 단정한 얼굴이 어둠 속에 희끄무레 솟아 보인다.

"아침이나 저녁이나 이 자리에 무릎 꿇고 합장하구 삼신님께 비옵는 건 한 톨의 씨를 이 몸에 줍소사고 인자하신 삼신님께 무릎 꿇고 합장하구 아침이나 저녁이나……."

웅얼웅얼 외는 목소리는 산속에 울리는 법도 없이 샘을 둘러 싸고 있는 키 높은 갈대밭으로 꺼져 들어가면서 그 소리에 화하는 것은 얕은 도랑물 소리뿐이었다. 집 안의 요란한 인기척도 밭 건너편에 멀고 금시 어둠 속에 삼신의 자태가 우렷이 나타날 듯도 한 고요한 골짜기였다. 사시나무와 자작나무 잎새도 오늘 밤만은 살랑거리지도 않는다.

"……오늘은 혼인날에 요란히 기뻐하는 속에 내 마음 한층 쓰라리구 어지럽사오니 가엾은 이내 몸에두 여자의 자랑을 줍사 공가에 내 핏줄을 전하게 하도록 합소사구 삼신님께 한결같이……."

모았던 손을 풀고 손바닥을 비비면서 조용조용 일어섰다가는 엎드리면서 단 앞에 절을 한다. 항아리 속에 준비했던 백 낱의 콩알을 한 개씩 헤이면서 백 번의 절을 시작했다. 일어섰다가는 엎드리고 일어섰다가는 엎드리고 하는 그 피곤을 모르는 가벼운 거동이 점점 짙어지는 어둠 속에 사라지고는 나중에는 산신령의 속삭임과도 같은 웅얼웅얼하는 군소리만이 아련히 남았다. 외양간의 첫날밤의 거동보다도 한층 엄숙한 밤 경영이었다.

이렇게 남몰래 마음을 바수는 것을 송 씨 한 사람뿐이 아니라 재도의 종제 재실과 그의 아내 현 씨도 잔칫집 뒷설거지를 대충 마치고 삼밭 하나 사이에 둔 자기들 집으로 돌아왔을 때 처음으로 조용히 자기들의 처지를 돌보게 되었다.

"꼴이 다 틀린걸. 이렇게 될 줄은 몰랐다."

재실은 한숨과 함께 중얼거리면서 일득이 놈은 자는가 하고 아랫방을 내려다보고 어린 외아들이 때아닌 잔치등살에 피곤해 잠들어 있는 것을 보고는 다시 아내에게로 고개를 돌렸다.

"일이야 될 대로 됐지. 철없는 외자식을 양자로 주군 무얼 믿구 살아간단 말요."

"또 덜된 소리. 누가 주구 싶어서 주나. 이 살림 꼬락서니를 생각해 보면 알 일이지."

재실의 심보라는 것은 일득이를 큰집에 양자로 들여보내서 대를 잇게 하고 그 덕에 어려운 살림살이를 고쳐 보자는 것이었다. 부근 일대의 전토와 살림을 독차지하다시피 해서 재도가 마을에서 일등 가는 등급인데 비기면 근근 집 한 채밖에는 지니지 못하고 몇 자리의 형의 밭을 소작해서 지내 가는 재실의 처지는 고달프기 짝 없는 것이었다. 당초부터 그렇게 고달팠던 것이 아니라 조부 때에 분재를 받아 두 대째 온전히 지켜 오던 가산을 재실은 한때의 허랑한 마음으로 읍내에서 노름에 정신을 팔고 창말서 장사를 하느라고 흥청거리다가 밑을 털어 버린 것이었다. 다시 형의 앞에 나타날 면목조차 없었으나 목숨이 원수라 몇 자리의 밭을 얻어 생애를 다시 고쳐 시작하는 수밖에는 없었다. 마음을 갈아 놓았다고는 해도 어려운 살림에 시달리노라니 심사가 흐려지는 때도 많아서 형에게 후손 없는 것을 기회 잡아

외아들 일득을 종가로 들여보낼 계책이었던 것이다.

"형두 당초에는 그 요량으로 있었던 것이 웬 바람인지 알 수가 없어. 인물에 반했는지 원. 소 한 필과 바꿨다니 소금 대신에 계집을 사온 셈이지. 젊은 대장장이의 여편넨데 그 녀석 소가 탐이 나서 여편네를 팔게 됐다나."

"뭐, 뭐요. 소와 여편네를 바꾸다니. 계집두 계집이지 아무리 살기가 어렵기로 원 세상에 별일두 다 많지."

"후일 시비가 있어두 해서 사내는 쪽지를 다 써주었다니까 정말두 거짓말두 없어. 대장장이 여편네라두 앞대 여자는 인물이 놀랍거든. 녀석 지금쯤은 필연코 후회가 나렷다."

"숫색시가 아니래두 핏줄만 이으면 그만이야 그만이겠지. 양자를 들이긴 제발 제발 싫다구 하던 판에."

"그래 이 집 꼴은 무어람. 일득이를 준다구 해두 아래 윗집에서 영영 못 보게 될 처지두 아니구 내년 봄에는 창말 사숙에나 읍내 학교에두 넣어야 할 텐데―일 다 틀렸지. 남의 밭을 평생 부치면서야 헤어날 재주 있나."

재실이 밤 패이는 줄을 모르고 궁리해 보아야 하릴없는 노릇, 재도의 속심은 처음부터 빤한 것이었다. 큰댁 몸에서는 벌써부터 그른 줄을 알고 첩의 몸에서라도 자식을 얻어 보겠다고 벼르던 것이 이번 거사로 나타났던 것이다. 만약에 혈통이 끊어지는 일이 있다면 선조에 대해서 다시없는 죄를 지는 셈이 되는 까닭이었다.

조부의 대에 어딘지 북쪽 땅에서 이 산골로 옮아 왔을 때에도 아무것도 가지지 못한 맨주먹에 족보 한 권만을 신주같이 위해 가지고 있었다. 족보의 계도에 의하면 공문일가는 근원을 멀리 중국 창평 땅에 두고 만고의 성인을 그 선조로 받들고 있다고 기록되어 있었다. 기록한 옛 성인의 후손이라는 바람에 마을 사람의 공경과 우대를 한 몸에 모으고 부지런히 골짝과 산허리의 땅을 일구기 시작한 것이 자수 성공으로 당대에 수십 일 갈이의 밭과 여러 섬지기의 논을 장만하고 부근 일대의 산까지를 손안에 잡아서 마을에서는 일등 가는 거농이 되었다. 한번 일군 가산은 좀해 흔들리지 않아서 두 아들을 낳고 이 고을에서의 삼 대째 재도의 대에 이르게 되매 집안은 더욱 굳어졌다. 불미한 재실만이 두 대째 잘 이어 온 재산을 선친이 없어진 것을 기회로 순식간에 탕진해 버리는 것을 종형 재도는 아픈 마음으로 바라보고 있었다. 아나나 다를까 재실이 알몸으로 마을에 돌아왔을 때는 전토는 벌써 남의 손에 들어간 후였다. 비위 좋게 외아들의 양자봉양을 궁리해 왔으나 재도는 처음부터 마음이 당기지 않았다. 삼 대나 걸려 알뜰히 장만한 토지를 길이길이 다스려 가려면 아무래도 제 핏줄이 필요하다고 생각하고 있었다. 자기 한 몸이 없어진 후 행여나 재산이 다른 사람 손으로 넘어가게 되어 선조의 무덤을 돌보는 자손도 없이 그 제사를 게을리하게 된다면 사람의 자식 된 몸으로서 그보다 죄스러운 일은 없다고 생각하고 있었다. 일정한 땅에 목숨을 박고 그곳을 다스리게 됨은 그것을 다음 대에 물려주자는 뜻이라는 것을 굳게 믿고 있었다. 될 수만 있으면 먼 타관에서 인연을 구해 왔으면 히고 해마다 봄이 되어 소금받이를 떠날 때마다 그 궁리하던 것이 문막 나루터는 산에서 자란 그의 눈을 혹하기에 넉넉했다. 어쩌다가 올에는 바로 그 소원이 이루어진 것이었다.

혼례가 지나 며칠이 되니 새 각시는 집일이 익어서 서름서름 해하는 법도 없이 부지런히 일을 거들었다. 부엌에서 큰댁과 나란히 서서 심상하게 지껄거리며 거짓말같이 화목해하는 모양을 남편 재도는 만족스럽게 바라보았다. 시모와 남편을 섬김에 조금도 소홀이 없도록 하려고 하는 조심성스러운 마음씨도 그를 기쁘게 하기에 넉넉했다. 누가 부르기 시작했는지 원줏집이라고 불리게 되어서 이 칭호는 마을 사람들에서 일종 그리운 느낌을 주었다. 원주는 근방에서는 제일 개화한 읍이었다. 문명의 찌꺼기가 원줏집을 통해서 이 궁벽한 두메에까지 튀어 온 것이다. 원줏집은 세수를 할 때 팥가루 대신에 비누라는 것을 썼고, 동그란 갑에 든 향내 나는 분가루는 창말 장에서 파는 매화분 따위는 아니었다. 무명지에는 가느다란 쇠반지를 꼈고 시모의 눈 닿지 않는 곳에 숨어서는 뒤안 같은 데서 흰 권연(卷煙)을 태웠다. 엽초밖에는 모르는 마을 사람들에게 그 향기는 견딜 수 없이 좋아서 사랑에 머슴을 살고 있는 박동이는 증근을 추켜서는 그 하아얀 권연 한 개를 제발 제발 빌곤 했다.

재도의 누이의 아들 안증근은 삼십쯤 되는 산 너머 마을에 출가했던 누이가 죽은 후 남편마저 그 뒤를 좇아 떠나게 되니 의지가지 없는 신세에 하는 수 없이 삼촌의 집에 몸을 붙이게 되었다. 가까운 혈육이기는 하나 성이 다른 조카를 내 자식으로 들일 의사는 없었으나 송 씨가 물을 지워 기른 보람이 있어 어느 결엔지 늠름한 장정으로 자라서 머슴과 함께 밭일을 할 때에는 어른 한몫을 넉넉히 보았다. 안씨 문중의 몇 대조이든지 조상에 산속에서 범을 만나 등어리에 발톱자국을 받았을 뿐 맹수의 허리를 안아서 넘어트린 장골이 있었다는 이야기를 어릴 때부터 들어 온 증근은 자기도 그 장골의 피를 받았거니 하고 팔을 걷어 힘을 꼬나보곤 했다. 어릴 때부터 익어 온 송 씨를 백모라고 부르기는 당연하고 자연스러웠으나 생판 초면인 젊은 원줏집을 향해서는 쑥스러운 생각이 먼저 들면서 아무리 해도 같은 말이 입으로 나오지 않을뿐더러 자기의 황소와 바꾸어 왔다는 생각을 하면 화가 나는 때조차 있었다. 날이 지날수록 송 씨는 기운을 못 차리면서 진종일 안방에 박혀 있거나 그렇지 않으면 베틀에 올라서 북을 덜거덕거리면서 길쌈내이로 날을 보내곤 했다. 그 쓸쓸한 자태가 증근의 가슴을 에우는 듯도 해서 원줏집 잔소리나 삼촌의 책망을 받을 때마다 백모를 막아 주고 싶은 생각뿐이었다.

어느 날 저녁 무렵 증근이 나뭇짐을 지고 돌아와 보니 부엌에서는 백모와 원줏집이 한바탕 겨루고 있었다. 저녁 준비로 그릇들이 어지럽게 놓인 부엌 바닥에 산발한 머리채를 마주 잡고 떠들썩하고 노려댔다. 아침저녁으로 시중을 들러 오는 현 씨는 어쩔 줄을 모르고 서성거리면서 아궁 밖에 기어 나온 불 끄트머리도 건사하지 못하고 일득아, 얼른 가서 삼촌들을 데려오지 못하구 무얼 하니 하며 쉰 목소리로 어린것을 꾸짖을 뿐이었다. 누가 소처럼 일하려구 이 두메로 왔다든? 넌 종일 베틀에만 올라 엎드리구 있으니 물을 긷구 여물을 끓이구 부엌 설거지를 하구 혼잣손으로 이 큰 살림을 어떻게 보란 말이야 하고 원줏집이 입술을 파랗게 떨면서 소리를 치는 것을 보면 일이 고되다는 불평인 듯싶었다. 호강하자는 첩이더냐. 잘난 체 말구 너두 좀 시달려봐야 두메 맛을 아느니라. 나도 놀구만 있는 게 아닌데 일끝마다 남의 맘을 콕콕 찌르는 이 가살이* 같으니 하고 백모는 대꾸하면서 한데 얼려서는 함께 나무검불 위에 쓰러졌다. 찬장을 다친 바람에 기명들이 왈그렁 뎅그렁 바닥에 쏟아졌다.

년이 둘소면서 심술은 고작이지 큰댁이라구 장한 체 나둥그러진 건 너지 누구야. 이럴 줄 알았으면 누가 이 산골로 올까. 삼백 리나 되는 이 두메산골로. 이 말에 백모는 불같이 발끈 달아서 잇몸에서 피를 뱉으면서 무엇이 어쩌구 어째 또 한번 지꼴여봐라 또 한번 그 혓바닥을 빼 버릴 테니. 소리소리 지르며 법석을 치기는 했으나 제 분에 못 이겨 제 스스로 탁 터지고야 말았다. 둘소라는 말같이 그에게 아픈 욕은 없었다. 더 싸울 기력도 잃어버리고 자기 설움으로 흑흑 느껴 우는 소리를 듣고 시모가 방문턱까지 기어 나와 그 아닌 꼴들에 놀라 입을 벙긋벙긋 열면서 손을 내저으나 흥분된 두 사람에게는 벌써 어른의 위엄도 헛것이었다. 증근이 쫓아 들어가서 두 사람을 헤쳤을 때에는 널려진 부엌 바닥도 볼만은 했지만 산발하고 옷을 찢고 피를 흘린

* 말씨나 행동이 얄밉고 되바라진 사람.

　　　　　　　　　　　　　　　　　메밀꽃 필 무렵

두 사람의 꼴은 차마 보기 어려운 것이었다. 현 씨도 덩달아 울면서 코를 훌쩍거렸다.

그날 밤 송 씨의 자태가 없어진 채 늦도록 나타나지 않았다. 원줏집만을 달래고 있던 재도도 비로소 웬일인가 하고 집안은 또 설레기 시작했다. 베틀에도 없고 방앗간에도 없다면 대체 어디로 간 것일까 하고 재도와 증근은 물론 재실 부부와 박동이까지도 나서서 초롱에 불을 켜 들고 샘물 둔치부터 뒷산을 더듬어도 안 보인다. 점점 불안해져서 패를 노나 가지고 묘지 근처와 골짝 개울가를 샅샅이 찾아보기로 했다. 증근은 혼자서 어둠 속에 초롱을 휘저으면서 행여나 나뭇가지에 드리운 식은 시체를 만나면 어쩌누 겁을 잔뜩 집어먹고 슬금슬금 통물방앗간 안을 엿보았을 때 깊은 구석 볏섬 앞에 웅크리고 앉은 백모의 모양을 보고 주춤 뒷걸음질을 쳤다. 마음을 다구지게 먹고 달려가 보니 나뭇가지에 목은 안 맸을망정 꼼짝 요동 안 하고 눈을 감은 채 숨결이 가쁜 모양이다. 조그만 항아리가 구르고 독한 간수* 냄새가 코를 찔렀다. 소금섬 아래에 받쳐 두었던 항아리의 간수를 먹은 것임을 알고 증근은 끔찍한 짓두 했지 하고 황망히 설레면서 무거운 몸을 일으켜 등에 업고 급히 방앗간을 나왔다. 건너편 뒷산 허리에 번쩍번쩍 움직이는 초롱불들이 보였으나 소리를 지르지 않고 잠자코 논두덩 길을 걷고 있으려니 몸더위로 등어리가 후끈해 오면서 그 무릎 아래에서 이십 년 동안이나 양육을

* 습기가 차 소금에서 저절로 녹이 흐르는 께고 쓴 물. 두부를 만들 때 씀.

받아온 백모를 이제 자기 등어리에 업게 된 것을 생각한즉 이상스러운 느낌이 생기면서 알 수 없이 잔자누룩해지는* 마음에 엉엉 울고도 싶었다.

"……그게 즈 증근이냐?"

밤바람에 얼마간 정신을 차렸는지 백모는 가느다란 목소리로 간신히 지껄였다.

"왜 아직 목숨이 안 끊어졌을까……. 둘소 둘소 하지만 난 둘소가 아냐. 아무에게두 말할 수는 없지만 알구 보면 삼촌이 불용이란다. 무이리 무당이 내게 가만히 뙤어 주었어."

"아주머니야 왜 나쁘겠수. 원줏집의 소갈머리가 글렀지. 앞대서 왔다구 독판 잘난 척하구 툭하면 싸움을 걸군 하면서."

"원줏집이 아일 낳을 줄 아니. 두구 보렴. 삼촌이 불용이야. 다 삼촌의 허물이야. 아무두 그런 줄 모르니 태평이지……. 아이구 가슴이야 배야. 아마두 밸**이 끊어졌나 부다. 이렇게 뒤틀릴 젠 <u>으으 으응</u>……."

"맘을 든든히 잡수세요. 세상이 다 알게 될 일이니."

간수가 과했던 까닭에 송 씨는 몹시 볶이고 피를 토하며 자리에 눕게 된 것이 반달가량이 지나니 차차 누그러지는 날씨와 함께 의외에도 속히 늠실하고 일어나게 되었다. 허전허전해는 하면서도 별일 없었던 듯이 시침을 떼고 원줏집과 심상하게 지껄이

---

* 잔자누룩하다 : 소란하거나 시끄럽지 아니하고 진정되어 잔잔하다.
** '배알'의 준말. 창자를 비속하게 이르는 말.

메밀꽃 필 무렵

면서 일을 거드는 품이 또다시 평온한 날로 돌아가는 듯이도 보였으나 뒷동산 밤꽃이 피기 시작할 무렵은 되어 송 씨에게는 이로 쇠약한 몸 걱정이 아니라 한꺼번에 마음을 잡아 흔들고 속을 뒤집히게 하는 일이 생겼다. 어느 결엔지 원줏집의 몸이 무거워진 듯 음식도 잘 받지 아니하고 게욱질만 하면서 자리에 눕는 날이 많아진 것이었다. 설마 그럴 수야 있을까 하고 마음을 태평히 먹고 있었던 것만큼 송 씨는 벼락이나 맞은 듯 정신이 휘둘리면서 멍하니 한자리에 주저앉아 일어날 기맥조차 없어지는 때가 있었다. 현 씨가 달래면 간신히 일어나서 원망하는 듯이 하늘을 우러러보는 그 초췌한 자태는 차마 볼 수 없어서 재실은 하루는 창말서 용하다는 점쟁이 한 사람을 데리고 왔다. 반백이 된 수염을 드리운 판수는 장한 상 위에 동전을 굴리고 산죽 가지를 놓고 하면서 음성을 판단하고 사주를 풀어 길흉을 점쳤다. 괘가 좋소이다 걱정할 것이 없어 하고 한참 후에 감은 눈을 꿈적거리고 비죽이 웃으면서 결과를 고했다. 길한 날을 받아 동쪽으로 칠십 리를 가 백날 동안 고산치성을 드리면 그날부터 서조(瑞兆)가 있어 옥 같은 동자를 얻는다는 괘외다 길사는 빠를수록 좋은 법이니 하루라도 속히 내 말을 좇으소 판수는 자랑스러운 낯으로 수염을 쓰다듬었다. 지금까지 아무 관상쟁이도 사주쟁이도 안 하던 말을 이렇게도 수월하게 쏟아 놓을 제는 필연코 팔자에는 있나 부다고 송 씨는 반생 동안 그날같이 반가운 적이 없었다. 판수의 한마디로 순간에 병도 떨어진 듯이 기운이 나면서 기쁜 판에 정성을 다해 판수를 대접했다. 돈 열 냥과 쌀 한 말을 젊어지고 판수는 벙글벙글 하는 낯으로 재실에게 끌려 창말로 돌아갔다.

뜻밖인 길보에 남편인 재도도 반갑지 않지도 않은 듯 여러 가지로 길 떠날 준비를 거든다. 택한 날에는 외양간의 거동도 치른 후 기쁜 낯으로 아내를 떠나보냈다. 동쪽으로 칠십 리를 간 곳에는 이름난 오대산이 있고 그 중허리에 유명한 월정사가 있었다. 석 달분 양식에다 기명과 옷벌까지도 소등에 싣고 증근은 기쁘게 백모를 동무해 떠났다.

송 씨들이 떠난 후 농사가 바쁜 때이라 집안은 어지럽고 복작거리기는 했으나 큰댁과의 옥신각신이 뻔 것만으로도 원줏집은 시원해서 아무데서나 권연을 푹푹 피우면서 기할 것 없이 내로라고 활개를 폈다. 재실의 한 집안이 죄다 오다시피 해서 일을 거드는 까닭에 부엌일도 송 씨와 으릉대고 있었을 때같이 고된 것은 아니었고 송 씨 앞에서는 어려워하는 현 씨도 원줏집과는 허름한 생각에 뜻을 잘 맞추어 주는 까닭에 모든 것이 탈 없이 되어 나갔다. 단지 밭일이 너무 고돼서 조밭에 풀 뽑기, 삼밭에 손질, 논에 갈 꺾기 등으로 손이 부족해 재도와 박동이는 죽을 지경이었으나 고대하고 있던 증근은 의외에도 빠르게 떠난지 열흘 만에 돌연히 돌아와서 장정들을 반갑게 했다. 떠날 때보다는 풀이 죽어서 맥이 없어 보임은 필연코 노독의 탓이거니 생각하고 어떻던가 먼 길이라 되지 박동이가 물으면 돌아다보지도 않고 경없는 듯이 딴전을 보는 것이었다.

"산 산 하니 오대산같이 큰 산이 있을까. 아름드리 박달나무

메밀꽃 필 무렵

와 참나무가 빽빽이 들어서서 낮에도 범이 나올 지경이여. 절에
는 불공 온 사람들이 득실득실 끓어서 산속이래두 동네와 진배
없구. 스님이 여러 가지로 돌보아 주는 덕으로 방두 한 간 얻고
새벽 첫닭이 울 때 일어나서 새옹에 메를 지어 가지구는 불당에
올라가 부처님 앞에 백 번 절을 한다나. 백 번씩 백 날 백 일 불
공을 드린대……. 내가 아는 건 그것뿐이야."

"타관물 먹더니 너 아주 어른 됐구나. 올 때 진부 장터 봤겠
지. 강릉 가는 신작로가 나서 창말보다두 크다는데."

"크구 말구. 신작로는 한없이 곧게 뻗친 위를 우차가 늘어서구
자동차가 하루에두 몇 번씩 달아난다네. 자동차 첨 보구 뜨끔해
서 길가에 쓰러졌다네. 돼지같이 새까만 놈이 돼지보다두 빠르
게 달아나거든. 우레 같은 소리를 지르면서……. 세상이 넓지.
마당 같은 넓은 길을 걷구 있노라면 이 산골로 다시 돌아올 생
각이 없어져. 어디든지 먼 데루 내빼구 싶으면서."

"너 말두 늘구 생각두 엉큼해졌구나. 수작이 아주 어른이야.
어느 결엔지 어른 됐어. 목소리까지 굵어진 것이."

박동이가 어깨를 치는 바람에 정신없이 지껄이던 증근은 주
춤하면서 몸을 비틀고 외면한 채 밭 있는 쪽으로 달아났다. 그
뒷모습을 바라보며 정말 녀석이 달라졌어 전에는 저렇게 수줍어
하고 어색해하지 않더니 얼굴두 좀 빠진 것 하고 박동이는 모
를 일이라는 듯 고개를 갸웃거렸다.

단오절도 올에는 증근에게는 그다지 신명나는 것이 아니어서
어지로 끌려가 씨름을 헤도 헤미디 만만시 지우던 턱수에게

보기 좋게 넘어가 황소를 타기는커녕 신다리에 멍까지 들었다. 박동이는 그 꼴이 보기 딱해서 제 무릎을 치면서 저런 놈의 꼬락 서니 봐라 정신이 번쩍 나게 좀 때려 줄까 부다 하고 홧김에 벌떡 일어서기까지 했다. 이날 증근은 생전 처음으로 장판 술집에 들어가 대중없이 술을 켜고 잠뿍 저물어서야 집으로 돌아왔다. 삼촌 재도가 너 요새 웬일이냐 잔뜩 주렴이 들어 기운을 못 차리는 것이 말 못할 걱정이나 있느냐고 물어도 대답도 없이 고개를 숙인 채 어두운 길을 더듬어 뒷산으로 올라가 버렸다. 밤새도록 돌아오지 않더니 이튿날 낮쯤은 돼서 햇개만 한 노루새끼 한 마리를 가슴에 부둥켜안고 너슬너슬 내려왔다. 산에서 밤을 새운 것이었다. 한잠을 자려고 싸리나무 수풀 속으로 들어갔을 때 마침 그 자리가 노루 집이어서 놀란 새끼들이 소리를 치면서 껑청껑청 뛰어났다는 것이었다. 어둠 속을 쫓아가서 기어코 한 마리를 잡아 안고 숲 속에서 하룻밤을 새웠다는 것이다. 잃어진 새끼를 찾는 어미 노루의 울음소리가 밤새도록 골짝에 울렸다고 한다. 증근은 그날부터 뜻밖에 노루새끼로 말미암아 얼마간 기운을 차린 듯 사람의 새끼보다두 귀엽거든 잘 먹여서 기를 테야 하고 외양간 옆에 조그만 울을 꾸민다 싸리잎을 뜯어다 먹인다 하면서 반나절을 지우곤 했다. 겁을 먹고 비슬비슬하던 노루도 점점 사람을 가리지 않으며 저녁때쯤 되니 싸리도 잘 받아먹게 되었다.

일에서 돌아온 박동이는 그 꼴을 보고 어이없어서 산에서 자는 녀석이 어디 있니 밤새도록 얼마나 걱정을 했게 책망하면서,

"씨름에 진 녀석이 노루새낀 무어야. 노루보단 소를 타 오진

못하구. 이까짓 노루새끼를 무엇에 쓰겠게."

"짐승을 다쳤다간 그냥 두지 않을 테다. 네까짓 게 열 번 죽었다 나 봐라. 이렇게 귀엽게 태어날까."

"분이보다두 귀여우냐. 가을에는 잔치를 내고 임 서방의 사위가 될 녀석이 언제까지나 그렇게 지각없는 짓만 할 테냐. 분이 얼굴을 넌 아직 똑똑히는 못 보았겠다. 여름이 되면 건넛산에 딸기를 따러 갈 테니 밭이랑에 숨었다가 가만히 여겨 보렴. 첫눈에 홀짝 반할라."

"잔소리 작작해. 분이를 누가 얻는다던. 그렇게 탐나거던 왜 네 색시나 삼으렴."

"두멧놈이 큰소리 한다. 욕심만 부리면 누가 장하다든. 그렇지 않으면 맘에 드는 사람 따로 생겼니. 너 요새 눈치가 수상하드구나……. 어디 좀 만져 보자. 얼마나 컸나. 언제 색시를 얻게 되겠나."

"이 미친 녀석이. 이놈이 지랄이야."

박동이가 데설데설 웃으면서 희롱 삼아 손을 벌리고 달려드니 증근은 얼굴이 새빨개져 뒤로 물러서면서 금시 울상이었다. 망신 주면 이놈 너 죽일 테다 떨리는 손으로 진정 낫을 쥐어 드는 것을 보고는 박동이도 실색해서 이번에는 자기 편에서 되 도망을 쳤다. 살기를 띤 증근이의 눈을 보니 소름이 치고 겁이 났다.

산골의 여름은 빨라서 모가 끝난 후 보리를 걷어 들이고 나니 골짝에는 초목이 울창해지고 산에는 나무가 우거져서 한결 담담하게 되었다. 옥수수 이삭에서는 붉은 수염이 지리고 싶은 사람의 키를 훌쩍 넘게 되어서 마을은 깊은 그림자 속에 잠기고 공씨 일가는 밤나무와 돌배나무 그늘에 왼통 덮일 지경이었다. 장마가 져서 큰물이 난 후로는 볕이 따갑게 쪼이기 시작해서 마을 사람들은 쉴 새 없는 일에 무시로 땀을 철철 흘렸다. 재실은 피곤할 때에는 모든 것이 성가시고 귀치않아서 밭둑에 하염없이 앉아서는 생각에 잠기곤 했다. 원줏집이 몸이 무겁다면 벌써 일득이에게 소망을 걸 수도 없게 되어서 앞으로의 근 반생 동안을 어떻게 고달프게 지낼 것인구 하고 눈앞이 막막해졌다. 차라리 다 집어치우고 금전판엘 가든지 그렇지 않으면 앞대에 가서 뜬벌이를 하든지 하는 것이 옳겠다고 박동이와 마주 앉아서는 한없는 궁리에 잠겼다. 아내 현 씨는 그런 남편의 심중을 헤아릴 까닭도 없어서 큰집에 박혀서는 원줏집과 부산하게 서두를 뿐이었다. 재도는 장마 때 터지는 봇살을 막노라고 덤비다가 흙탕물 속에서 가시를 밟은 것이 덧나 부은 발로 꼼짝 못하고 누워 있던 것이 바쇠*를 달궈서 지진다. 풀뿌리를 이겨서 바른다 하는 동안에 차차 낫기 시작해 지금에는 일어나 걸어다니게까지 되었다. 달포 동안 방에 번듯이 누워 점점 불러가는 원줏집의 배를 바라보는 것은 더없는 기쁨이기는 했으나 다시 일어나 근실거리는 두 팔로 몰킨 일을 시작하는 것도 또 없는 기쁨이었다. 밭 속에서 혹은 산 위에서 멀리 집안에 움직이고 있는 아내의 모양을 바라보는 것도 흥겨운 일이었다.

* 바소. 곪은 데를 쨰는 침.

메밀꽃 필 무렵

홍이 과해서 하루는 아닌 변이 생기고야 말았다. 수상한 아내의 모양을 보고 황겁지겁 산을 뛰어내린 것이었다. 건넛산 골짝에 칡넝쿨을 뜯으러 가 있었던 재도에게는 점심이 지나고 사내들은 밭으로 나간 후에 조용한 집 안이 멀리 내려다보였다. 문득 안뜰에 조그만 그림자가 움직이더니 주위를 살피는 듯 슬금슬금 안방으로 들어가는 것을 보고 그것이 박동이인 줄을 알았을 때 뒤편 조밭에 가 있어야 할 녀석이 아닌 때 무슨 까닭일구 하고 재도는 숨을 죽이고 바라보았다. 한참이나 있다가 박동이가 늠실하고 방에서 나오는 뒤로 윈줏집이 권연을 물고 따라 나오는 것을 보고는 재도는 눈이 뒤집힐 듯 노기가 솟아 부르르 육신을 떨면서 지게도 칡넝쿨도 내버린 채 허둥지둥 골짝을 뛰어 내렸다.

아내를 믿고 지내 오지 않은 것은 아니었으나 한번 의심하기 시작하니 환장이나 할 듯이 마음이 뒤집히는 것이었다. 둘이 아무리 방패막이를 해도 마음이 듣지를 않아서 물푸레 나뭇가지로 번갈아 물매를 내리나 아내는 청하길래 적삼을 잡아 매 주고 내친 김에 권연을 한 개 주었다는 것 이상으로는 입을 열지 않았다. 나중에는 도리어 짜증을 내면서 이렇게 욕을 받으려면 차라리 고향으로 나가겠노라고 주섬주섬 세간을 거두는 것이었다. 그래도 재도는 노염이 풀리지 않아서 기어코 여물을 써는 작두날에다 박동이의 목을 밀어 넣고 다짐을 받을 때 박동이는 비로소 손을 빌고 눈물을 흘리면서 고했다─사실은 그렇게 허물을 지은 듯이 보여서 윈줏집에다 어울한 죄를 씌워 그를 집에서 내쫓자는 계책이었다는 것 그 계책에 재도가 옳게 걸려 왔다는 것 그 모든 계책은 재실의 뜻과 지칭에서 나왔다는 것이었다. 재도도 놀랐지만 원줏집도 그런 흉책(譎策) 속에 감쪽같이 옭혀들어 갔음을 알고 어이가 없어서 못된 녀석들 하고 이번에는 박동이를 책하기 시작했다. 재도는 겨우 마음이 가라앉으면서 밤낮 남모를 궁리에만 잠겨 있는 재실이 녀석이니 그럴 법도 하겠다고 박동이를 시켜 곧 불러 보았으나 재실은 그렇게 될 줄을 예료하고서인지 밭에도 집에도 자태가 보이지 않았다.

그날부터 종시 집에 돌아오지 않았다. 아마도 어느 금전판이나 먼 앞대로나 간 것이려니 생각할 수밖에는 없었던 것이, 며칠 후 창말로 장 보러 갔다 온 사람 말을 들으면 술집에서 여러 날이나 곤드레만드레 뒹굴고 있더니 깊은 산에 가 치성을 드리고 삼을 찾아보겠다고 하루는 표연히 흥정리(興亭里) 심산으로 들어가겠다는 것이었다. 삼을 캐서 단번에 천금을 쥐자는 생각이지만 그런 바르지 못한 심청머리에 삼신산의 불사약이 그렇게 수월하게 눈에 띌 줄 아나 하고 재도는 도리어 측은히 여겼다. 남편을 잃어버린 현 씨의 설움은 남모르게 커서 개일 줄 모르는 눈자위를 벌겋게 해 가지고는 어린것을 데리고는 큰집에 들어박히다시피 했다. 박동이는 재실의 입바람에 당치않은 짓을 했던 것이 겸연해서 이도 여러 날 동안이나 창말을 빙빙 돌면서 돌아오지 않는 것을 왕사는 왕사로 하고 바쁠 때 그대로 둘 수만도 없다고 재도가 손수 가서 데려온 까닭에 다시 사랑에서 거처하게 되었다.

이 의외의 변에 누구보다도 놀라고 겁을 먹은 것은 증근이었다. 삼촌이 박동이의 목을 자르겠다고 작두날 아래에 넣고 금시 발로 밟으려던 순간을 생각만 해도 몸서리가 치고 무릎이 떨렸다. 일상 때에 용하기만* 하던 삼촌이 그렇게도 담차고 무서운 사람이었던가 싶었다. 견디기 어려운 무더운 날 백낮이면 나무그늘에 쉬면서 흡사 재실이 하던 것과 하염없이 생각에 잠기곤 했다. 한층 마음이 서글프게 된 것은 하루아침 우리 속에 기르던 노루가 달아났음이다. 길이 들었다고만 여기고 우리 빈지를 빼꼼히 열어 놓은 것이 마당 앞을 어정대는 줄만 알았더니 어느 결엔지 뒷산으로 날쌔게 달아나 버린 것이었다. 울화가 나서 일도 잡히지 않는 동안에 더위도 가고 여름도 지났을 때 월정사에서 송 씨가 돌아왔다. 백일불공의 효험이 있어 석 달이나 되는 무거운 몸으로 나타났다. 증근은 반가운지 두려운지 가슴이 떨리기만 하는 바람에 이날부터 산에서 어두워진 다음에야 내려왔다.

원한을 풀고 돌아온 송 씨의 소문이 마을에 자자해지자 사람들은 창말 판수의 공을 신기하게 여기고 금시에 아들 복을 누리게 된 재도의 팔자를 부러워들 했다. 아들 없음을 누가 한할까 창말 판수에게 점치면 그만인 것을 하고 여자들은 지껄거렸다. 재도는 지금 같아서는 세상에 더 부러운 것이 없어 얼굴에 웃음을 머금고 사람들의 말시답을 하기에 겨를이 없었다. 마당 앞에 서서 터 아래로 골짝까지 뻗친 전토, 전토를 바라보면서 자자손

* 용(庸)하나 . 성실이 눈아고 어리석나.

손이 그를 잘 다스려 먼 후세까지 일가가 번창해 조상의 이름을 날릴 것을 생각하면 지금 눈을 감아도 한이 없을 듯싶었다. 다시 시작된 두 아내의 옥신각신을 말리기는 남편으로서 두통거리였으나 큰 기쁨 앞에서 그것도 대단한 일은 아니었다. 작은집이 거만하게 배짱을 부리면 큰집도 질 사람이 어디 있느냐는 듯 펀둥펀둥 게으름을 부리면서 앙알거리는 두 사람의 자태를 차라리 대견한 낯으로 바라보는 때도 있었다.

그해 가을은 예년에 없는 풍년이 들어 추수는 어느 때보다도 흡족했다. 마당에는 볏단과 좃단의 낟가리가 덤덤이 누른 산을 이루었고 뒤주간에는 잡곡이 그득 재어졌다. 날이 굵은 콩도 여러 섬이 되어서 내년 봄 소금받이에도 흔하게 싣고 갈 수 있을 것이다. 밤 대추의 과실도 제사에 쓰고도 남으리만치 뜯어 들였고 현 씨는 마을 여자들과 날마다 먼 산에 가서는 서리 맞은 머루 다래 돌배에다 동백을 몇 광주리고 따 왔다. 집 안에는 그 열매 냄새와 함께 잘 익은 오곡 냄새가 후끈후끈 풍기고 두 사람의 아내는 부를 대로 부른 배에 진종일 머루를 먹었다. 반년 동안 신공한 덕이라고 해도 배를 두드리며 지낼 한가한 겨울이 온 것을 생각할 때 재도는 몸을 흐붓히 적시어 주는 행복감에 마음이 깨나른해짐을 느꼈다. 이 가장 행복스러울 때 불행도 왔다. 그 불행이 오려고 그때까지의 행복이 준비되어 있었던지도 모른다. 어이없는 커다란 불행이 재도에게는 그렇게밖에 여겨지지 않았다. 안온하던 마음이 뒤집힐 듯 번져지면서 한 몸의 불운을 통곡하고 싶었다.

메밀꽃 필 무렵

밭에서 남은 좃단을 묶고 있을 때 뒷산에 참새 모는 소리가 요란히 나면서 증근이 숨이 가쁘게 뛰어와서 전하는 말이 웬 타관 놈 같은 낯모를 사내가 와서 원줏집과 호락호락 말을 걸고 있다는 것이었다. 그것이 제 아내를 찾으러 문막서 온 대장장이일 줄야 꿈에나 알았으랴. 마당으로 내려와 행장을 한 그 젊은 사내를 물끄러미 바라보는 동안에 재도의 안색은 푸르게 질리면서 입까지 더듬어졌다.

"당신두 놀라겠지만 처를 찾으러 왔소이다. 공연한 짓을 하구 얼마나 뉘우쳤는지. 동네를 안 대 준 까닭에 이곳을 찾느라구 큰 고생을 했소. 문막을 떠난 지 한 달이 넘었는데 군내를 구석 구석 모조리 들칠 수밖엔 있어야죠."

"지금 새삼스럽게 그 그게 무슨 소린가. 사람들 보구 있는 속에서 작정한 일이 아닌가."

"소와 사람을 바꾸다니 그럴 데가 세상에 어디 있겠수. 사람들한테서 내가 얼마나 욕을 받구 조롱을 받았는지. 소는 그 뒤 얼마 안 가 죽었구. 값을 치러 드리죠. 장만해 가지구 왔으니."

"쪽지는 무엇 때문에 썼나. 지장까지 도두라지게 찍구. 여기 다 있어. 재판소엘 가두 누가 옳은가 뻔한 일이야."

"그땐 여편네와 싸운 후라 내가 환장했었어유. 바른 정신으로야 누가 지장을 찍겠수."

"지금 와서 될 말인가. 반년 동안이나 한집에서 같이 산 사람을 지금 와서."

"아무래도 데려가야겠어요. 우리끼리 징하기 어려우면 네편네

더러 정하라구 그러죠. 되로 가든지 여기 있든지."

사내는 자신 있는 듯이 여자 편을 보았으나 지난날의 아내는 반드시 그 뜻을 받아들이려고 하는 것도 아니었다. 변변치 못하고 게으른 대장장이에게 시집 가 몇 해 동안에 맛본 신고란 이루 헤아릴 수 없었다. 그렇다고 그 자리에서 재도에게 두말없이 몸을 맡길 수도 없는 노릇, 그도 난처한 경우에 서게 되어 그 의외의 변에 재도와 함께 안색이 푸르게 질리고 벙어리같이 입이 열리지 않았다.

"나두 차차 자식 생각두 나구요. 내 자식 내 얻어 가는 데야 무슨 말 있겠수. 제 핏줄이야 아문들 어떻게 한단 말요."

"누 누구 자식이라구. 농이냐 진정이냐. 괜히 더 노닥거리다간 큰일 날라."

"거짓말인 줄 아시우. 쪽지를 쓸 때엔 벌써 두 달째 됐을 때라우. 아이 어미에게 물어보시우. 어디—나 같은 죄인은 천하에 없어요."

"머 멋이라구? 머. 대체 그게. 놈이……."

재도는 금시에 피가 용솟음치며 앞뒤 분별을 잃고 사내의 옷섶을 쥐어 잡는 동안에 원줏집은 고개를 숙인 채 한마디도 없이 안으로 뛰어들어가 버렸다. 이게 대체 무슨 일이란 말인구 하고 재도는 사내를 때려눕힐 기력도 없이 제 스스로 그 자리에 쓰러질 듯도 했다. 모든 것이 꿈이었구나 하고 미칠 듯이 마음이 뒤집혔다.

등신같이 허전허전한 몸으로 이튿날 사내와 함께 창말로 제

메밀꽃 필 무렵

판을 갔으나 주재소에서도 면소에서도 낡은 쪽지를 펴 들고 두 사람을 바라볼 뿐 그 괴이한 사건을 쉽사리 마르지 못했다. 한 사람의 아내를 누구에게 돌려보냄이 옳을지 바른 재판을 하기가 어려웠다. 고개를 갸웃거리면서 반나절을 궁리해도 좋은 판결이 안 나서 두 사람은 실망할 뿐이었다. 급작히 결말이 나지 않을 듯함을 알고 대장장이는 창말에 숙사를 정하고 날마다 조르러 오기 시작했다. 재도는 기운을 못 차리고 살고 있는 성싶지도 않았다. 송 씨에게만 희망을 걸기로 하고 아내는 단념한다고 해도 한번 맺어진 원줏집과의 인연을 끊기는 몸을 에는 것보다도 아픈 일이었다. 원줏집도 같은 느낌 같은 생각이었으나 자식의 권리를 주장하는 전 남편에 대한 의리도 있고 해서 한숨만 짓고 있는 동안에 사내의 위협이 날로 급해짐을 어쩌는 수 없어 잠시 몸을 풀 때까지 창말에서 사내와 함께 지내기로 했다. 방한 간을 빌려서 궁색한 대로 조그만 살림을 차리게 되었다. 아내의 뜻이라면 하는 수 없는 노릇이라고 재도는 잠자코 있는 수밖에는 없었으나 저러다 몸이나 푼 후엔 그대로 눌러 술장수를 하지 않나 두구 보게 사내두 벌써 고향으로 나가기가 싫다구 창말에 눌러 있을 작정인 모양인데 하고들 사람들의 수군거리는 것을 듣고는 치가 떨려서 견딜 수 없었다. 원줏집이 창말로 떠나는 날 그래도 그동안 정이 든 현 씨는 작별의 눈물을 흘리고 박동이도 논둑까지 걸어 나오면서 왜 이리 사람 일이 변하는고 싶어서 눈시울이 뜨거워졌다. 삽시간에 일어난 변화를 생각하고 재도는 세상일 알 수 없다고 스며드는 기 을바람에 목이 메이었다.

흡족한 추수도 넓은 전토도 지금엔 그다지 마음을 즐겁히는 것이 못 되었다. 빈 방에 앉으니 장부답지 못하게 눈물이 솟았다.

그러나 그것으로 부족한 듯 재도에게는 참으로 가을바람은 살을 에는 듯 모질었고 몸과 마음을 한꺼번에 쓰러 눕힐 날이 기다리고 있었다. 내 몸의 서글픔을 깨닫고 건질 수 없는 쓰라림에 통곡하게 될 날이 기다리고 있었다.

원줏집이 간 후 집 안이 쓸쓸해지고 손도 부족해진 탓으로 재도는 증근에게 봄부터 말이 있던 임 서방의 딸 분이를 짝지어 주려고 했으나 증근은 고집스럽게 사절하면서 종시 말을 안 듣는 것이었다. 겨울 동안 매사냥도 하고 창애*로 꿩이나 족제비를 잡아서 농사보다 사냥으로 살아가는 임 서방은 고달픈 살림살이에서 한 사람이라도 좋으니 얼른 식구를 떨어 버렸으면 하는 생각을 함 속에는 단벌의 치마저고리까지 준비해 주어 가지고 잔칫날만 기다리고 있었던 것이 증근의 고집스러운 반대를 알고 적지 아니 황당해했다. 분이가 낙망해서 딴짓이나 하지 않을까 괜한 걱정까지 얻어 가지고 아내와 마주 앉으면 밤낮으로 그 이야기뿐이었다. 증근이만큼 장골이고 민첩하고 무슨 일을 시키든지 한몫을 옳게 보는 총각은 마을에는 없었다. 왜 싫단 말이냐 네 주제엔 과하단다 바느질은 물론 길쌈으로도 마을에서 분이를 당하는 처녀가 없는데 재도도 임 서방에게 말을 주었던 터에 좀 황당해서 조카를 책망해도 증근은 여전히 소귀에 경 읽기였

* 짐승을 꾀어서 잡는 틀의 하나.

다. 밤에 사랑에 아무도 놀러 오는 사람이 없고 박동이와 단둘이 마주 앉아서 새끼를 꼴 때 증근은 문득 손을 쉬이고는 재실 아저씨는 지금 어디 가 있을까 동삼 한 뿌리만 캐면 그 한 대로 돈벼락을 맞으렸다. 나두 아무 데나 가 봤으면 마당같이 넓은 신작로가 그립구나 동으로 가면 강릉이요 서로 가면 서울인데 아무 데두 좋으니 가고 싶어 하면서 중얼거렸다. 너 재실이같이 내 뺄 작정이구나 그래서 분이도 안 얻겠단 말이지. 박동이가 가슴을 보면 증근은 그렇다고도 그렇지 않다고도 말하지 않고 멍하니 잠자코만 있었다. 그럴 때의 그 근심을 띤 부드러운 눈동자에 박동이는 말할 수 없는 감동을 받으면서 그렇게 고운 눈은 지금까지 본 적이 없었던 것같이 느껴졌다.

임 서방이 사윗감으로 증근을 원하는 이유가 또 하나 있었다. 사냥의 재주가 자기도 못 미치게 놀라웠던 까닭이었다. 같은 눈속에 창애를 고여 놓을 때에도 증근에게는 남모를 특수한 묘리가 있는 듯 모이를 다는 법이며 창애를 묻는 법이며 꿩이 흔하게 내릴 듯한 자리를 겨냥대는 법을 임 서방은 오랜 경험으로도 알아낼 수가 없었다. 해마다 잡아들이는 꿩의 수효는 임 서방보다도 훨씬 많았다. 증근은 그것을 장에서 팔아다가는 한겨울 동안 모으면 도야지 한 마리 살 값이 되었다. 그런 증근에게 자기의 묘리까지도 가르쳐 주어 그 고장에서 제일가는 사냥꾼을 만들겠다는 것이 임 서방의 원이었다. 그해 겨울만 해도 증근은 뜻밖에 큰 사냥을 해서 임 서방을 놀랬을 뿐 아니라 마을 사람들을 탄복 시키게 되었다. 흥정리로 넘어가는 산비탈에 함정을 파고 커다란 곰 한 마리를 잡은 것이었다. 홍정리 산골에서 곰이 간간이 산을 넘어와서는 밭곡식을 짓무지르고 가는 것을 알면서도 창말서 포수가 몰이꾼을 데리고 와도 한 번도 옳게 쏘지는 못했다. 증근은 여러 날이 걸려 거의 우물깊이나 되는 함정을 파고 그 뒤에 검불을 덮어 두었을 뿐으로 그 사나운 짐승을 여반장으로 잡은 것이었다. 곰 다니는 길을 잘 살펴 두었던 것이요 함정 위에는 옥수수 이삭을 묶어서 달았다. 실족을 한 짐승은 깊은 함정 속에서 밤새도록 구슬프게 울었다. 아침에 증근은 사람을 데리고 커다란 돌을 함정 속에 굴러 떨어뜨려서 짐승의 한 목숨을 끊었다. 마을은 그날 개력이나 한 듯이 요란하게 떠들썩들 했다. 죽은 짐승을 끌어내 집 마당까지 들어왔을 때 십 리나 되는 무이리 꼭대기에서까지 농군들이 몰려왔다. 조상에 범과 싸워서 이긴 장사가 있었다더니 그 후손은 곰을 잡았구나 하면서들 반나절을 요란들이었다. 곰은 당일로 창말 소장수가 사다가 도수장에서 헤쳐 본 결과 커다란 웅담이 나왔다고 증근은 거의 소 한 필 값을 받았다. 곰 한 마리 잡는 편이 일 년 농사짓기보다도 낫다고 남안리 젊은 축들은 부러워들 했다.

증근의 자태가 사라진 것은 그날부터였다. 홍정이 잘됐으니 성애술* 한턱 쓰라고들 졸라도 그날만은 한 모금도 술을 안 먹고 눈이 희끗희끗 날리는 장판을 오르내리면서 집으로 갈 생각은 안 하더니 그길로 사라져 버렸다. 여러 날이 지나도 안 돌아왔

* 홍정을 도와준 대가로 대접하는 술.

다. 기어코 내뺐구나 신작로로 나서 필연코 강릉이나 서울로 갔으렷다. 박동이는 마치 기다리고 있던 당연한 일이 온 것같이 별반 놀라지도 않고 맥이 없어 보였다. 오랫동안 궁리하고 있었던 계획이요 그 때문에 이것저것 준비하고 있는 눈치도 박동이는 대강 눈치채고 있었다. 곰을 잡아서 노자를 만든 것이 좋은 기회가 되었을 뿐이다. 곰을 못 잡았다면 아마도 꿩 사냥이 끝날 때까지 기다렸을 것이다. 박동이는 사랑에서의 가지가지의 이야기와 눈치를 생각해 내면서 그렇다고는 해도 어릴 때부터 정들어 온 마을을 왜 지금 와서 버리지 않으면 안 되었을까 남모르는 사정이 있으련만 거기에 대해서는 까딱 한마디도 못 들었음이 한 되게 여겨졌다.

송 씨는 방 안에 누운 채로 증근의 실종에 대해서는 한마디도 말이 없었다. 남편이 사연을 말하면서 무엇을 걱정하고 무엇이 불만이고 무엇 때문에 집이 싫어졌는지 도대체 알 수가 없다고 의심쩍어 할 때 송 씨는 얼굴빛도 동하지 않고 묵묵히 벽 쪽으로 돌아눕더니 괴로운 듯 신음하면서 옷소매에 얼굴을 묻어 버렸다. 오대산에서 돌아왔을 때부터 그렇게 경없어 하고 수심이 있어 보였는데 알 수 없는 일이야 혹시나 눈치채지 못했느냐고 나다분히* 곱씹어 말하는 것이 귀치않은지 송 씨는 벌떡 자리를 차고 일어나서는 일도 없는데 부엌으로 나가 버렸다. 그런 아내의 거동조차 알 수 없는 것이어서 제기 집안이 모두 이렇게

---

*나다분히 : 말이 떠들이게 수더스럽고 말끄 또다가 시시 아니하나.

화를 내구 틀어지니 다 내 죄란 말인가 하고 재도 자신까지 화를 내는 것이었다.

겨울도 마저 가 그해가 저물려 할 때 원줏집은 창말 한 간 셋방에서 여식을 낳았다. 재도는 그다지 감동도 보이지는 않았으나 그래도 산모의 수고를 생각하고는 쌀과 미역을 지고 가서 위로하기를 잊지 않았다. 변변치 못한 대장장이는 별반 벌이도 없이 허송세월 하노라고 나날의 양식조차 걱정이 되어서 재도의 베푸는 것을 사양하려고도 하지 않았다. 이 꼴이다가는 짜장 이제 술장사나 하는 수밖엔 없으렷다 하고 재도는 원줏집의 신세가 가여워졌다. 이제는 벌써 큰댁의 몸에밖에는 희망을 걸 데가 없었다. 무어니 무어니 해도 조강지처만이 나를 저버리지 않누나 하고 느지막이 깨닫게 되었으나 그 깨달음조차 자기를 저버릴 줄이야 어찌 알았으랴.

원줏집보다는 석 달이 떨어져 다음 해 춘삼월 날씨가 활짝 풀리기 시작했을 때 송 씨도 몸을 풀었다. 창말 판수가 장담한 것같이 옥 같은 동자였다. 이날 재도는 아랫마을 강 영감 집에서 암소가 새끼를 낳는다는 바람에 불려 가 있었다. 이해 소금받이에는 그 집 소를 빌려갈 작정이었다. 박동이가 달려와서 고하는 바람에 소를 돌볼 겨를도 없이 집으로 뛰어갔다. 햇볕이 짜랑짜랑 쪼이는 첫참 때는 되었을 때 갓난애의 목소리라고는 할 수 없는 굵은 울음소리가 마당 안에 가득히 넘쳐흘렀다. 모이를 쪼던 수탉들이 시뻘건 맨드라미를 곧추세우고 그 울음소리에 귀를 기울이고 있는 듯도 한 정경이었다. 대강 손 익음이 있는 현 씨

메밀꽃 필 무렵

가 산모 옆에서 몽실몽실한 발가둥이를 기저귀에 받아내는 한편 부엌에서는 노망한 늙은 어머니가 벙글벙글 웃으면서 서투른 솜씨로 불을 때면서 미역국을 끓이고 있었다. 중년을 잡아서의 초산인지라 아내는 정신을 잃은 듯이 짚단 위에 나른히 누워 있었으나 현 씨의 말에 의하면 초산인 푼수로는 비교적 수월해서 모체에는 별 탈이 없다는 것이었다. 아이가 이렇게 크구야 잘 익은 박덩이 한 개의 무게는 되니, 현 씨의 말에 재도는 저절로 얼굴이 벌어졌다. 애비보다 열 곱 윗길이다 동네에서 제일가는 장골이 되렷다 기쁘겠다고 층층대는 바람에 웬일인지 거짓말 같은데 이렇게 끔찍한 복이 정말일까. 하늘에서 떨어진 것같이 지금 와서 이런 복덩어리가 굴러들다니 꼭 거짓말만 같아 하고 재도는 아이같이 지껄였다. 경사든 날에 쓸데없는 말을 하는 법이 아니라우 정말이구 말구 요런 몽실몽실한 애기가 왜 정말 핏줄이 아니겠수 불공을 드린 효험이 있어서 삼신할머니가 주신 거지 받은 이상은 정성껏 공들여 길러야만 해. 현 씨는 익숙한 말씨로 일러 듣기면서 삼신께 바치는 삼신주머니라고 흰 무명자루에 정미 한 되를 넣어서는 벽 구석에 걸어 두었다.

재도는 늦게 얻은 그 외아들을 만득이라고 이름 짓고 마을로 돌아다니면서 자랑스럽게 외곤 했다. 강 영감들의 지시로 하루는 사랑에 사람들을 청하고 득남턱을 차렸다. 도야지까지 잡고 혼례 때 잔치에 밀지지 않게 놀랍다고 얼굴들을 불그레 물들여 가지고 칭찬들이 놀라웠다. 글줄이나 읽은 축들은 적선지가에 필유여경이라고 외면서 칭송을 하면 재도는 마음이 흠족해서 짜장 앞으로는 경사도 더러는 있어야 할 때라고 독판 착한 사람인양 스스로 느껴졌다. 그러나 그런 기쁨도 삽시간에 꺼지고 무서운 날이 닥쳐왔다.

사월이 되니 재도는 문막으로 소금받이를 떠나려고 빌려온 소를 걸려도 보고 섬에 콩도 되 넣고 하면서 문득 원줏집을 생각해 보곤 하는 때였다. 산후 한달이 되어 간신히 일어나 앉게 된 아내가 어느 날 무엇을 생각했는지 또 간수를 먹은 것이었다. 일상 때에 늘 걱정스러워하던 태도와 두 번째의 그 과격한 거동으로 재도는 비로소 심상치 않은 아내의 괴롬을 살피고 문득 무서운 고비에 생각이 이르렀다. 그러나 그것을 밝혀 볼 겨를도 없이 겨우 달이 넘은 아이가 돌연히 목숨을 잃었다. 아내가 다시 소생되어 난 것쯤으로는 채울 수 없는 커다란 상처를 주었다. 그 하루살이 같은 목숨을 받은 내 자식을 바라보고 한편 겨우 한 달로서 어미로서의 생애를 마치고도 그다지 슬퍼하는 양이 없이 차라리 개운해하는 듯이 누워 있는 아내를 바라보는 동안에 재도에게는 어찌 된 서슬엔지 문득 한 가지 무서운 의혹이 솟아올랐다. 어미가 말하는 것같이 정말 병으로 급히 목숨을 버린 것일까 하는 밑도 끝도 없는 당돌한 생각이 솟자 그 자리로 슬픔도 사라지면서 무서운 느낌에 소름이 쪽 끼치면서 정신없이 방을 뛰어나와 버렸다. 그 무서운 것에 다치지 말자는 요량이었다. 다쳤다가는 그 자리로 목숨이 막혀 쓰러질 것도 같았다. 소 등어리에 콩섬을 싣고 그길로 문막을 향해 마을을 떠났다. 어느 해와도 다름없는 같은 차림이기는 했으나 지난 한 해 동안의 번

거로운 변동을 치르고 난 오늘의 심증은 찢어질 듯이 아팠다. 한시도 참고 있을 수가 없는 까닭에 길을 뚝 떠난 것이다. 다른 해와 다름없이 올에도 또 소금을 받아 가지고 돌아올 것인가—재도 자신에게도 그것은 모를 일이었다.

"무슨 까닭으로 올엔 이렇게 담 떨어지는 일만 생길까. 꼭 십년감수는 했어—이 집은 대체 어떻게 된단 말인구. 사내꼬치라군 없는 이 집은……. 일찍이 애비라구 돌아왔으면 좋으련만."

방에 송 씨와 단둘이 남게 된 현 씨는 거듭 당하는 괴변에 등골수라도 얻어맞은 듯 혼몽한 정신에 입을 벌리기도 성가셨다.

"내가 얼른 죽어야 끝장이 나련만 이 목숨이 왜 이리두 질긴지 끊어지지 않는구료. 지금 와선 목숨이 원수 같아."

송 씨는 혼잣말같이 중얼거리고는 동서의 손목을 꼭 쥐면서 애끊는 눈으로 그를 바라본다.

"……우리끼리니 말이지만—동세, 세상에 나같이 악독한 년은 없다우……. 동세가 들으면 이 자리에서 기급을 하구 쓰러질 것 같아서 말할 수가 없구료."

현 씨도 윗동서의 손을 같이 뿌듯이 잡으면서 말하지 않아도 다 안다는 듯도 한 침착한 낯으로,

"쓸데없는 말을 지껄이지 않는 것이 좋을지 몰라. 내 생각하구 있는 것과 같을는지두 모르니깐."

"……동세. 저 자식은 잘 죽었다우. 세상에 이 집 가장같이 불쌍한 사람은 없어……. 저 자식은—저 자식은 남편의 자식이 아니있이."

"그만둬요. 말하지 않아두 다 안다니깐―증근이 내뺀 곡절이며 머며 다 알아요."

"알구 있었수, 동세. 불륜의 씨로 가장을 기쁘게 할래두 소용이 없나 부. 팔자에 없는 건 어쩌는 수가 없나 봐. 난 죄 많은 계집이요. 왜 얼른 벼락이 떨어져 이 목숨을 차 가지 않는지 이상해 죽겠구료. 그렇게 되기만을 기다리구 있는데……."

말하다 말고 쓰러져 탁 터져 버렸다. 현 씨도 젖어 오는 눈썹을 꾹 짜면서 동서의 애꿎은 팔자에 가슴이 휘답답해 왔다.

소를 몰고 뒤도 돌아보지 않고 소금받이를 떠난 재도의 심중에 번쩍인 무서운 생각도 이와 같은 것이었을까. 아내의 입으로 군이 듣지 않아도 다 느끼고 있었던 까닭에 더 파묻지도 않고 황망히 집을 버리고 마을을 떠난 것이었을까.

며칠이 되어 재도의 소문이 마을에 퍼지자 젊은 축들은 모여서서,

"올에두 작년처럼 또 소 잔등에 젊은 색시를 얻어 실구 올까."

"그 성품으로 다시 이 마을에 발을 들여놓을 줄 아나. 근본 있는 가문이더니 단지 하나 후손이 없는 탓으로 재도두 고생이 자심해."

"그럼 그 집은 대체 어떻게 된단 말유. 알뜰히 장만한 밭과 산과 소 돼지는 다 어떻게 된단 말유."

하고들 남의 일 같지 않게 궁금해하는 것이었다.

1941년 5월, 《춘추》

메밀꽃 필 무렵

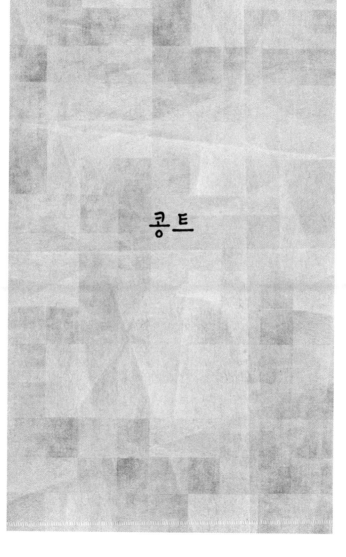

콩트

누구의 죄

'또 헛걸음이나 안 하나?'

그의 얼굴에는 암담한 기색이 돌았다. 무서운 피로와 주림을 의식한 그는 결과를 예감한 듯이 혼자 중얼거렸다. 그의 발은 다만 본능적으로 움직일 따름이다. 오늘까지 수일간 먹지 못한 그는 말하지 못할 만큼 피로하였다—몸도 마음도.

분주하게 가고 오는 사람 속에 섞여 힘없이 걸어간다. 그는 벌써 수주일 동안 직업을 구하러 다녔다. 그러나 간 데마다 거절을 당했다.

직업소개소에도 여러 번 갔었고 또 매일 아침마다 가두에 게시되는 각 신문의 직업 안내란을 끝까지 일일이 살폈다. 혹시 잘못 보지나 않을까 놓치지나 않을까 하여 충분한 주의를 다하여 보았다. 그리고 즉시 찾아가거나 혹은 이력서를 제출하였다. 그

메밀꽃 필 무렵

러나 결국은 불채용이다. 피눈물 흐르는 수수료만 뺏기고 생에 대한 용기만 소진해졌다. 나중에는 근육노동을 하려고 철도공사, 수도관 매설…… 등 노동을 원했으나 역시 거절이다.

요번에는 최후로 유일의 희망인 ××공장에 가 보기로 했다. 그러나 역시 의문이다.

'밝아 가야 할 나의 생의 서광이 왜 점점 어두워져 가나. 나에게는 살아갈 권리가 없을까. 혹 무슨 죄를 겼는가? 게을리했는가? 화려한 생활을 했는가……? 아니다. 내 기억 속에 그런 적은 조금도 없다. 나는 일하기를 싫어하지 않았다. 그러나 세상은 일을 시키지 않았다. 직업을 주지 않았다.'

극도로 피로한 발을 옮기면서 그는 이런 생각에 잠겼다. 그러나 피로보다도 그를 더 협박하는 것은 견딜 수 없는 주림이다. 주림! 그것이 목전의 가장 통절한 문제이다. 억지로 침을 삼키며 방금이라도 졸아드는 창자의 공허만 면하려 하였다. 고기와 기름 타는 냄새가 코를 찌르자 그의 발은 본능적으로 머물렀다. 신선한 양식옥(屋)이다. 들여다보이는 것은 흰 벽, 흰 테이블, 그 위에는 죄 될 만큼 아름다운 음식, 양기 있는 웃음소리.

'요것이 소위 포식가의 천국이지.'

그가 중얼거리자 속에서 사람 나오는 기척이 난다. 그는 곧 그곳을 등지고 달아나는 듯이 걸음을 계속했다—저주의 눈초리를 남겨 놓고.

몇 시간이나 되었는지 무거운 몸을 끌고 ××공장에 다다랐다. 그러나 그는 잠깐 주저했다

'이런 경우에 조금도 주저할 것은 없다—사활 문제이니까.'

이렇게 마음을 분려시켰을 때에 그는 대담해졌다. 용기가 났다. 문을 선뜻 들어서는 순간에 몸에 전기나 끼얹은 듯하다. 고개를 들고 약한 몸을 굳세게 보이려고 힘을 담뿍 주고 주먹을 부르쥐고 가슴을 쑥 내밀었다. 소위 일 본다는 자는 차디찬 태도와 털끝 하나 놓치지 않을 만한 독한 눈초리로 발끝까지 훑어본다. 그 냉각한 태도에서 생기는 불유쾌한 기분은 참 말할 수 없다. 곧 단념하여 뛰어나오려고 하였으나 그래도 혹…… 하면서 억지로 꾸역꾸역 참았다. 그러나 결국은?

'오! 하느님. 너무도 심합니다. 불서럽다. 또 거절? 죽으란 말이지요?'

그는 이제 절망이다. 가늘게 타오르는 생의 불꽃이 마저마저 꺼지려 한다. 발길로 차서 불비 오는 지옥 속에 떨어뜨리고 싶은 야속한 운명의 신이다!

'나는 살아가려고 모든 수단, 방책을 다했다. 그러나 결국은 죽어 가나? 나에게 노력과 근면의 도덕을 가르친 놈은 누구이던가?'

그는 무의식적으로 손가락을 입에 넣고 빨기 시작했다.

'나는 어떡하면 좋을까? 이 자리에서 얌전하게 죽어야 할까?'

좀 더—일순간이라도 좀 더 살아가려고 그는 싸움하고 애썼다. 눈물은 벌써 안 난다. 푸른 얼굴에는 광적 웃음을 띠고 부르짖었다.

'누구의 죄이냐?'

　　　　　　　　　　　　　　　　　메밀꽃 필 무렵

경련적으로 떨리는 발은 어디로? 왜? 가는지도 모르고 한 걸음 두 걸음 떼어 놓았다.

1925년 8월, 《매일신보》

홍소洪笑

외투—라고 하여도 우스우리만큼 다 떨어져서 몸 하나 쌀 여지도 없는—섶(襟)에 목을 될 수 있는 대로 깊이 싸고 쌀쌀한 바람에 대항하면서 그는 골목을 벗어져 나온다.

주인 없는 듯이 쓸쓸한 거리는 점점 깊은 침묵 속에 끌려 들어가고 찬바람에 잠 못 든 전등은 눈을 더 밝게 뜨고 있다.

"뭐 으째! 물이나 먹으라구?"

그는 술집 주인에게 모욕을 당한 생각을 하니 이가 부르르 갈린다.

"망할 놈의 늙은이 같으니 술 좀 달라니 물을 먹으라?"

흰 입김을 불면서 중얼거린다.

"요런, 가난뱅이 주제에 술이 다 뭐야? 하하하하하."

그러나 그 웃음 속에는 참을 수 없는 울분이 가득하였다. 더구나 애써서 외상을 말한 노력도 주인의 한 번 웃음에 깨뜨러진 생각을 하니 더욱 분한 마음이 솟아오른다. 그는 몽롱한 눈앞에 나타난 술집 주인의 환상에 침을 탁 뱉었다.

"돈 좀 있는 놈들은 다 그 모양이지, 어디 보자 요놈의 늙은 이!"

하면서 골목을 다 벗어져 나오자 웬 양복장이 하나가 비틀거리면서 저쪽 길을 간다. 그러자 또 하나 시커먼 것이 그 건너편에서 굴러 온다. 확실히 빈 인력거다. 둘이 한데 다닥치자 잠깐 머무르더니 또다시 한 동체(動體)가 되어 양복장이가 가던 방향으로 굴러 간다.

"흥, 잘 먹고 잘 탄다."

하면서 그 자리까지 오자 시커먼 것이 번뜻 눈에 띄었다. 그의 호기심은 그만 그의 보조를 머무르게 하였다.

집어 보니 돈지갑, 그의 호기심은 오히려 냉담하여 집기는 하였으나 그것을 열어 보기에는 아무 주저도 안 주었다.

'지화가 한 장, 두 장……'

그의 눈은 무섭게 빛났다. 그러나 태연히 양기 있게 웃는다.

"너도 이것 가지고 한껏 요릿집밖에 더 가겠니. 어디 가서 경 좀 쳐 보아라. 하하하하."

그는 발꿈치를 돌려서 오던 골목을 도로 들어섰다. 밝은 빛과 어두운 빛이 번차례로 그의 얼굴을 덮었다. 그러나 마침 결단한 듯이,

"못생기게 주저할 것은 없다. 하늘이 쥰 것이니까. 술 먹으라

구 당연히 줄 것을 인제야 주었을 뿐이지만…… 그래 그래, 하하 하하, 너는 가야 혼자 먹을 터이지? 나는 우리 동료들과 함께— 가만있거라, 몇 사람이냐? 하나, 둘, 셋…… 오라! 김 서방까지 넣어서 여섯 사람. 한 장 어치씩 먹으면 꼭 알맞는구나. 지금 가 서 깨울까? 아니 좋은 수가 있다. 먼저 먹고 가서 술값으로 노나 주면 되지. 하하하."

쩨 긴 골목을 다 지나서 술집에 다다르자 그는 결심이 식어지 는 것을 두려워하는 듯이 조금도 주저 않고 대담스럽게 술집에 쑥 들어갔다.

"술을 다우, 술!"

주인의 코밑에 지갑을 쑥 내밀면서 명령하는 듯이, 선언하는 듯이 부르짖었다. 미리 맘먹었던 대로 목소리도 위엄 있게 잘 나 온 것을 그는 속으로 기뻐하였다. 주인은 그를 '가난뱅이'라고 조 소하였던 때와는 아주 딴판이요 마치 새로 탄생한 듯도 하였다. 굴복한 듯이 쪼그라들어 갖은 아양을 다 떠는 주인의 태도가 그 에게 무한한 우월감을 주었다.

"더 부어라. 더."

"네, 네."

그는 마시고 또 마셨다. 얼굴은 빛 좋게 붉어지고 마음은 활 연하여졌다. 불과 술 몇 잔에 그는 지배감을 훌륭히 맛보았다.

"이놈! 가난뱅이라구, 날더러? 하하하."

"……"

"엣다 돈!"

그는 지폐 한 장을 홱 던지고 술집을 나왔다. 적에게 도전하여 그것을 정복하였다는 오긍*과 만족에 얼굴이 보기 좋게 빛났다. 그리고 술로 인하여 생기는 체열과 쌀쌀한 외기가 알맞게 조화하여 무상의 쾌감을 그에게 주었다. 거리는 죽은 듯이 고요하고 뾰족이 빛나는 달이 구름 사이를 달리고 있다.

"하하하하, 하하하, 이만하면 훌륭하게 갚았지!"

그는 커다랗게 커다랗게 마치 승리자의 그것과 같이 거리 한복판에서 홍소하였다.

1926년 1월, 《매일신보》

---

* 傲矜. 오만함과 거만.

맥진[*]驀進

　짧은 비명에 그는 문득 뛰어올랐다. 기계 소제에 밤을 새우노
라고 극도의 피곤에 술 취한 듯이 꿈꾸는 듯이 의식이 몽롱한
그는 가벼운 전류나 받은 듯이 뛰어올랐다.

　전신은 부르르 떨리고 숨도 크게 아니 나온다.

　전 능률과 속력을 다하여 회전하는 모터 앞에는 직공들이 벌
써 담을 쌓고 있었다.

　'또—?'

　그의 결론은 전류와 같이 빠르다—또 기계의 희생이 된 것이
다.

　'그러나 누가?'

---

* 좌우를 돌아볼 겨를이 없이 힘차게 나아감.

순간 호기심보다도 불안과 공포의 정(情)이 그를 꽉 잡았다.

직공들은 물론 기사들도 감독들도 벌써 모여 있었다. 그도 간신히 그 틈에 끼어서 그 희생자를 목격할 수 있었다.

그는 또다시 가벼운 전류를 받았다. 전신은 잠깐 동안 화석이 되었었다.

'K, 그인 줄이야!'

그는 그의 마음의 착각이나 아닌가 의심하고 또 한번 들여다보았다.

그러나 어찌할 수 없는 현실! 너무도 무서운 현실! 또다시 거대한 현실의 힘이 그를 꽉 잡았다.

피의 세례를 받은 듯이 그는 전신 피투성이를 하고 엎어져서 고통에 신음하고 있다.

푸른 얼굴은 해쓱하여지고 눈은 움푹 빠졌다.

전속력으로 돌아가는 바퀴에 쏠려 들어가서 넘어진 것인 줄은 즉시 알았다.

그 지옥의 고통을 목격하였을 때 그는 등날에 새파란 칼날이나 받은 듯한 촉감을 느꼈다.

누구나 그 국면을 어떻게 대처하면 좋을까도 아무 선후책도 모르고 그의 고통을 인용하는 듯이 묵묵히 목격하고 있을 따름이다.

무서운 불안과 동요가 주위를 둘러싸고 그들도 이제 숙명적으로 저렇게 될 것이요 그것도 멀지 않다는 것을 의식하였을 때에는 심심힌 절망의 빛이 돌았다.

마수(魔獸)같이 괴물같이 공장 한복판에 군림하고 있는 시커먼 모터는 아무 변화도 안 일어난 듯이 여전히 밉살스러우리만큼 태연히 돌고 있다―신경을 가리가리 찢고 정신을 산란케 할 만한 음향을 요란하게 내면서. 그리고 사람 피로 포만하였다는 만족과 과긍*의 잔인한 웃음을 무섭게 띠고 있다.

'무서운 마수!'

'도살자!'

그는 모든 기계를 저주하였다. 아니, 기계를 만들어 놓은 사람을, 그것을 부리는 현대 문명을……. 그리고 거기에 부딪쳐서 모든 고통을 다 받고 마침내는 그 희생이 되어 버리고 마는 그들의 운명을 저주하였다.

K는 벌써 기력이 다 빠진 듯이 팔을 쭉 뻗치고 단말마의 고통에 신음하고 있다. 견디지 못할 고통보다는 차라리 일각이라도 속히 죽음 오기를 애원하는 눈을 벙긋이 뜨고. 그는 더 참을 수 없었다―동료의 무한한 고통과 초조를 직면으로 더 들여다볼 수 없었다. 불이 처르르 흐르는 시선이 또다시 앞 모터를 향하더니 얼굴은 무서우리만큼 엄숙하여졌다.

그는 미쳤다―고 모두 생각하였다.

그는 주먹에 힘을 불끈 주고 가슴을 쑥 내밀었다. 그리고 단번에 부셔 치우겠다는 듯이 모터를 노란 눈동자로 노리더니 다음 순간에는 그리로 향하여 성난 사자같이 앞장선 영웅같이 일직

* 誇矜. 뽐내고 자랑함.

선으로 맥진하였다.

"위험하다!" 하는 동료의 소리에는 귀도 안 기울이고.

1926년 1월, 《매일신보》

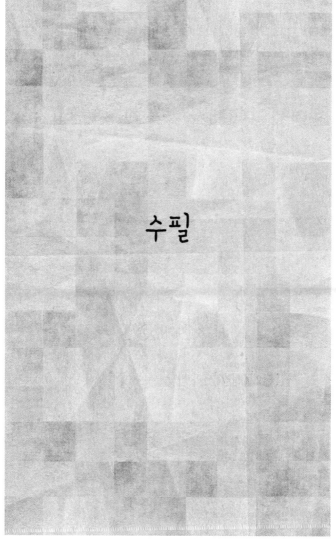

수필

이등변삼각형의 경우

사람이 평생에 몇 번이나 로맨스를 겪는지 만인의 경우를 알 바 없으나 비록 돈 후안*이 아니라도 로맨스—적어도 로맨스다운 것은 누구나 일생에 무수히 경험하리라고 생각한다. 철모르는 보통학교 시절에 같은 급 소녀와 단짝으로 몰려 동무들에게 놀리우던 기억—이것을 로맨스라고 부르기에 너무도 어리다고 하면, 자란 후 앞집 각시와 마을 뒤편 헛간에서 만나 황급하게 입술을 서로 스치던 이야기—이것은 확실히 한 장의 로맨스일 것이며, 청년회 발기의 소인연극을 한다고 뒤끓는 판에 보통학교 교실 한구석에서 교장의 딸과 은근히 몸을 맞대이게까지 된 곡절—이것도 로맨스의 한 구절일 것이다. 이 정도의 것은 희미

* 전 유럽에 전파되어 있던 전설상의 인물로 오늘날 여성편력의 대명사로 쓰임.

메밀꽃 필 무렵

한 기억 속을 공들여 들치면 얼마든지(?) 나온다. 그러나 '피서지의'라는 제한이 있는 까닭에 여기서는 다음의 이야기쯤을 적을 수밖에 없다. 로맨스라고 하기에는 너무도 서글픈 것일는지 모르나 기절*은 같은 기절의 기억을 부르는 탓인지 과제를 받고 문득 다음 이야기가 떠오른 것이다.

사 년 전의 이맘때─첫여름이었다.

미흡하고 어리석은 일신상의 실책으로 인하여 주위로부터의 오해 험구 욕설을 받아 우울의 절정에 있을 때였다. 답답한 심사를 견딜 수 없어 쇠약한 건강도 회복할 겸 한약을 한 제 지어가지고 혼자 주을(朱乙) 온천을 찾았다. 물론 그 길이 스스로 피서차도 되었던 것이다.

지금에는 조선 여관도 많이 섰으나 당시에는 거의 일본 여관뿐이었다. 온천에서도 으뜸가는 S각에 들게 된 것이 인연의 시초였다. 이것은 후에 들은 말이나 S각에는 주로 중앙에서 오는 소위 고관줄이 든다고 한다. 여관의 여급이 둘이나 다 손쉽게 내차지가 된 것은 당시에 다행히 그런 줄의 인물이 유숙하고 있지 않았던 것이 한 가지의 이유라면 이유일까. 이웃 방에는 연대(聯隊)에서 온 군인이 몇 사람 들었고 딴채에는 상인인지 실업가인지 한 중년의 사나이가 들어 있을 뿐이었다.

키가 크고 살결이 희끔하고 허벅진** 편이 쓰야코였다. 하루코는 그와 반대로 얼굴이 작고 눈이 옴폭 빠지고 새침한 여자였

* 期節. 시절이나 계절.
** 허벅지다. 탐스럽게 두 툼하고 부드럽다.

다. 나의 방을 맡은 이가 쓰야코임을 나는 그다지 즐기지 않았다. 하루코의 용모가 훨씬 나의 흥미를 끌었던 까닭이다. 그러나 슬퍼할 것은 없었다. 그날 밤이 되기 전에 벌써 하루코는 나와 친밀해져서 내 방에까지 오게 되었던 것이다. 친밀하게 된 동기라고 할까─이야기가 조금 부정한 듯하나─변소에서부터 시작되었다. 온천에 갈 때마다의 버릇으로 나는 소변소 출입이 잦았다. 그때마다 공교롭게 측간에는 하루코가 들어 있거나 혹은 들어오는 그와 마주치거나 하였다. 삼사 차나 그러므로 나는 그 이유를 직각하고 마침 측간에서 나오는 그를 괴덕스럽게 가로막고 "이렇게 자주 드나들 젠 아마 그것인 게로군." 하고 웃었다. 하루코는 얼굴을 붉히고 그러나 깔깔 웃으며 꾀바르게 나의 겨드랑 밑을 빠져 달아났다. 그날 밤이 되기 전에 그는 나의 방에 찾아왔다.

처음부터 하루코와의 관계만이 진전되어야 할 것을 이 역 처음부터 호의를 보이는 쓰야코가 쐐기같이 진득스럽게 하루코와 나와의 사이를 틀고 들어왔다. 귀치않은 것이라고 생각하였으나 냄새 진한 탕약도 두 사람이 번차례로 공들여 달여다 주었다. 물론 그 귀치않은 시중은 날마다의 비싼 숙박료가 시키는 것이었겠지만 그러나 두 사람의 태도에는 정성스러운 것이 있었다. 쓰야코가 없을 때에는 하루코가 내 곁에 있었고 하루코가 없을 때에는 쓰야코가 있었고 때로는 두 사람이 한꺼번에 습격하여 왔다. 쓰야코 혼자 때에는 그는 나에게 몸을 너무도 가까이하고 숨결을 나의 얼굴에 끼얹었다. 어떤 때에는 허벅진 몸을 뒤틀면서 사춘기의 짐승과도 같이 태도가 노골적이었다. 그리고 주인 노파가 눈치를 채고 그를 불러가기 전에는 어느 때까지든지 나의 방을 나가지 않았다. 그의 태도가 진하면 진할수록 나의 흥은 엷어지고 마음은 도리어 하루코를 구하였다. 그러나 하루코와의 정서는 서로 은근할 뿐이었지 쓰야코의 눈치 밑에서 그것을 표현할 수는 없었다. 결국 십여 일을 유숙하고 있는 동안에 쓰야코의 쐐기 때문에 세 사람의 관계는 세 귀를 실로 팽팽하게 얽은 것과도 같이 움직이지도 아니하고 발전도 없는 균등하게 긴장된 것이었다. 이등변삼각형의 절정에 있는 나는 한편 실을 버티고 한편 실을 늦출 수는 없었다. 단정한 삼각형이 이지러지면 좋지 못한 결과를 일으킬까를 생각하였었다. 나는 나의 감정과 의지를 주장하여서는 아니 되었다. 그러므로 모처럼의 두 개의 능금을 앞에 놓고도 정지된 연애 풍경이었다.

두 사람의 고향 이야기 일신상 형편 이야기를 들은 후이니까 아마 이튿날인가 보다. 밤늦게 내가 이미 잠자리에 누운 후에 두 사람은 일제히 달려들었다. 쓰야코의 제의로였던지 두 사람은 한꺼번에 나의 이불 속으로 들어와 한쪽에 한 사람씩 양편에 누워 버렸다. 하루코는 생리적 변화의 탓으론지 고요하고 점잖았으나 쓰야코는 말괄량이같이 경충대면서 장난쳤다. 벗은 몸을 간질이며 문지르며 어린아이 모양으로 가댁질을 쳤다. 그러나 나는 똑바로 천장을 향한 채 어느 편으로 돌아누웠으면 좋을지를 몰랐다. 노파가 두 사람을 불러 갈 때까지 나는 두 손을 한 사람에게 한편씩 준 채 부처님 같은 고집으로 똑바루 누워 있을 수밖에는 없었다.

한번은 목욕탕에 갈 때에 하루코가 수건을 들고 층층대로 된 복도를 따라 내려왔다. 옷 벗는 데까지 따라 들어온 그는 같은 목욕탕에 들어가서 나의 등을 밀어주기를 주장하였다. 그러나 나는 그것을 거절할 수밖에 없었다. 하기는 쓰야코의 눈치도 눈치나 여읜 나의 전신을 보이기를 꺼린 까닭도 있기는 있었지만 이러한 소극적 태도가 하기는 안전하기는 하였다. 나의 건강에도 안전하였고 두 여자의 정의에도 안전하였다. 그렇다고는 하여도 두 여자의 서로 경계하는 듯한 게염스러운 눈은 나에게 똑똑히 알렸다.

며칠이나 지났던지 그날은 마을의 운동회라고 아침부터 여관이 떠들썩하였다. 쓰야코는 새 옷을 갈아입고 기뻐하면서 경주에 상을 많이 타 올 것을 언명하였다. 운동회는 시냇물 건너 언덕 뒤 솔밭 속에서 거행되었다. 나도 낮쯤 해서 구경차로 시냇물의 외나무다리를 건넜다. 오목한 솔밭에는 마을 사람이 남녀노소 백여 명이나 모였을까. 닫기 싫은 하루코는 나와 같이 풀 위에 앉아 운동회를 바라보았다. 쓰야코는 번번이 일등상을 탔다. 그는 여관방에서 내가 권하는 맥주를 사양하지 아니하고 들이켜듯이 씨근씨근하고 남을 밀치고도 돌아보는 법 없이 잘 달렸다. 보고만 앉았기도 멋쩍은지 운동회가 반쯤 진행하였을 때에 벌써 하루코는 일어나서 나의 손을 끌었다. 우리는 쓰야코를 남겨둔 채 돌밭을 거쳐 마을로 건너왔다. 그러나 여관에 와서 옷을 갈아입고 기분을 가다듬었을 때에는 어느 틈엔지 쓰야코도

메밀꽃 필 무렵

씨근거리며 쫓아와서 두 사람 틈에 끼었던 것이다. 수건 화장품 등속의 타온 상품을 자랑하면서 둔한 척하면서도 약빠른 눈치로 하루코와 나를 관찰하였다. 세 사람의 사이는 심히도 열없고 겸연쩍은 것이었다.

신문과 잡지에도 싫증이 난 나는 하루는 날이 흐린 것도 돌보지 아니하고 조금 먼 산보를 나섰다. 하루코와 쓰야코도 물론 동행을 자청하였다. 일신에 모이는 마을 사람들의 시선이 귀치 않기는 하였으나 나는 그것을 승낙하고 세 사람은 마을을 지나 산모퉁이를 돌아 깊은 골 속으로 들어갔다. 담담한 심경으로 자연 풍경을 관상하려던 나의 마음은 다시 인간관계로 돌아와서 앞서락 뒤서락 하는 두 여자의 태도와 마음속을 관찰하고 살폈다. 양코스키의 별장 지대를 지날 때에 밭 가운데에서 일하던 로서아 청년이 흘금흘금 우리를 바라보았다. 그 지대를 훨씬 지나 산비알이 높게 솟은 험한 낭떠러지 밑을 걸어 그윽한 산 모양과 맑은 물소리를 들으면서 거의 십 리가량이나 산속으로 들어갔을 때에 흐린 하늘은 기어코 비를 뿌리기 시작하였다. 시남하게* 솔솔 내리는 비는 도저히 쉽게 그칠 것 같지 않았다. 하는 수 없이 세 사람은 길을 돌려 뛰어내려오다가 언덕 위 조그만 초가 처마 밑에 들어서 비삠**을 하지 않을 수 없었다. 길은 멀고—별안간 비가 오고—마음에 없지 않은 여자가 있고—으슥한 초가조차 있는데—소설적 조건은 온전히 구비되어 있으나 나열된 소재

* '조금씩 천천히'라는 뜻의 방언.
** 비를 피함.

그뿐이지 관계는 그 이상 더 발전할 수 없었다—사람이 셋인 것이다. 이때에도 역시 나는 이등변삼각형의 꼭대기에서 두 여자를 점잖게 내려다볼 뿐이었다. 정지된 연애 풍경이었다.

나의 욕망이 그다지 날카롭지 않았던 탓도 있었겠지만 내가 온천을 떠날 때까지 십여 일의 여유가 있었으면서도 여전히 미적지근한 관계 그뿐이었다. 온천에 묵는 마지막 날에 하루코는 세 사람이 사진을 같이 박기를 원하였으나 마을에는 마침 사진사가 없었던 까닭에 하는 수 없이 서울 가서 나의 독사진을 부쳐 달라는 그들의 간청을 나는 거절할 수 없었다. 그러나 물론 두 사람에게 똑같이 사진과 편지를 보내지 않으면 안 되겠기에 시침 떼고 아무에게도 보내지는 않았으나.

떠나는 날 그때는 새 손님이 들어 여관이 바쁠 때면서도 두 사람은 이십 리나 되는 정거장까지 나를 전송하기를 자청하였다. 마침 수중의 경제가 없는 관계로 두 사람에게 보낸 십여 일간의 사례도 엷음을 미안히 여겨 나는 그들의 청을 굳게 사절하였으나 자동차 속에 앉았을 때에는 어느 틈엔지 몰래 차표를 사 가지고 양편 곁에 문을 열고 들어오는 것이었다. 끝까지 변함없이 나에게 보여 주는 그들의 진한 애정을 너무도 고맙게 여겨 나는 여러 번 감사의 말을 주었다. 공교롭게 자동차 안에는 우리 세 사람뿐이었다. 일렬로 뽀듯이 앉은 나는 마지막으로 두 사람에게 보내는 균등한 애정의 표현으로 될 수 있는 대로 육체의 접촉면을 넓게 하여 필요 이상으로 몸을 흔들고 문지르고 거들거들 이야기하고 뒤슬뒤슬 웃고 하였다. 움직이는 풍경이며 상쾌한 바람이며 심히도 유쾌한 드라이브였다.

주을역 플랫폼에 우줄우줄하고 걷는 많은 사람의 시선이 나에게만 쏠렸다. 이런 경우의 행운아는 좀 거북스러운 것 같다. 나는 열적어서 두 사람과 정답게 이야기하기보다도 도리어 항구로 나가는 양코스키의 일족인 듯한 로서아 미인의 초초한 자태를 바라보는 것이 더 흥미 있는 일이었다.

내 탄 차가 떠날 때에 두 여자는 이별의 눈물을 흘렸는지 어쨌는지는 차창으로 확실히 알 수는 없었으나 그러나 차가 멀어질 때까지 오래도록 손을 흔들고 선 것은 저무는 공기 속에 희끔히 보였다.

이러한 이등변삼각형의 경우를 사람들은 어떻게 처리하는지 모르겠으나 그때의 나로서는 그렇게밖에는 처리할 수 없었다. 그런고로 이 종류의 로맨스는 나의 즐기는 바가 아니다. 될 수 있다면 단 한 사람과 진득하고 면면한 로맨스를 가지고 싶다. 이런 로맨스도 앞으로 차차 경험하게 되겠지. 병상에서 금방 일어난 지금의 나의 원은 속히 건강이 왕성해져야 할 것, 좋은 글 많이 써야 할 것, 또 한 가지 사치한 생각인지는 모르겠으나 가지가지의 로맨스를 많이 많이 가져야 할 것—이 세 가지다.

1934년 7월, 《월간매신》

사랑하는 까닭에
××에게 보내는 글발, 순정의 편지

　번번이 잘도 끊어지는 기타의 높은 E선을 새로 갈고 메르츠의 〈바르카롤〉을 익혀 갈 때 한 소절 한 소절에 열정이 담겨지고 E선은 간장을 녹일 듯한 애끊는 멜로디를 지어 갑니다. 나는 그 멜로디 속에 아름다운 뱃노래를 듣는 것이 아니라 항상 고요한 정경을 그리고 그대의 환영을 그려 보곤 하오. 그러나 이상스러운 것은 가장 잘 기억하고 있어야 할 그대의 얼굴이 깜박 잊혀 아무리 애써도 생각나지 않은 때가 있는 것이오. 애쓰면 애쓸수록 마치 익히지 못한 곡조와도 같이 얼굴의 모습은 조각조각 부서져 마음속에 이지러져 버려―문득 눈망울이 똑똑히 솟아오르나 코 맵시는 물에 풀린 그림같이 흐려지고 턱의 윤곽이 분명히 생각날 때에는 입의 표정이 종시 떠오르지 않는구료. 코, 입,

　　　　　　　　　　　　　메밀꽃 필 무렵

눈, 이마, 턱, 귓불—이 모든 아름다운 것은 한군데 모여 똑똑히 조화되는 법 없이 장장이 날아 떨어진 꽃잎과도 같이 제각각 흩어져 심술궂게도 나의 마음을 조롱합니다. 흩어진 조각을 모아 기어코 아름다운 꿈의 탑을 쌓아 보려고 안타깝게 애쓰나, 이렇게 시작된 날은 이지러지기 시작하는 〈바르카롤〉의 곡조와도 같이 끝끝내 헛일예요. 어여쁜 님이여, 심술궂은 얼굴이여! 나는 짜증을 내며 악기를 던지고 창 기슭을 기어드는 우거진 겨우살이를 바라보거나 뜰에 나가 화초 사이를 거닐거나 하면서 톡톡히 복수할 도리를 생각하지요. 요번에 만날 때에는 한시라도 그대를 내 곁에서 떠나게 하나 보지. 하루면 스물네 시간, 회화할 때나 책을 읽을 때나 풀밭에 앉아 생각에 잠길 때나 내 눈은 다만 그대의 얼굴을 위하여 생긴 것인 듯이 그대의 얼굴에서 잠시라도 시선을 옮기나 보지. 한 점 한 줄의 윤곽을 끌로 마음 벽에 새겨 놓거든—그것이 유일의 복수의 방법이라고 생각하니까 말요.

화단의 꽃이 한창 아름다울 제는 여름도 아마 거의 끝나나 보오. 올에는 그리운 바다에도 산에도 못 가고 무더운 거리에서 결국 한여름을 다 지나게 되었소그려. 화단에는 조개껍질이 없으니 바닷소리를 들을 바 없고 뜰 가운데 사시나무 없으니 산속의 숨결은 느낄 수 없으나, 다만 그대를 생각함으로써 나는 시절 시절을 결코 무료하게는 지내지 않는 것은 그대를 그리워함으로써의 모든 안타까운 심정이지 시절의 괴롬쯤이 나에게 무엇이겠소. 그러나 가을, 가까워 오는 가을! 아름답게 빛나면서두 안타깝게 뼈를 찌르는 가을. 새어 드는 가을과 함께 그대를 그리워하는 회포가 얼마나 나의 간장을 찌를까를 나는 겁내는 것이오. 물드는 나뭇잎도 요란한 벌레 소리도 그대의 자태가 내 곁에 없고야 무슨 값있는 것이겠소. 나는 그대를 생각지 않고 자연을 그리워한 적은 한 번도 없었소. 벌레 소리 그친 찬 새벽 침대 위에서 눈을 뜬 채 나는 필연코 울 것이오. 자칫하다가는 어린애같이 엉엉 울 것이오. 이 큰 어린아이를 달래 줄 어머니는 세상에 없을 법하오. 사랑은 만족을 모르는 바닷속과도 같다 할까. 가령 나는 진달래꽃을 잘강잘강 씹듯이 그대를 먹어 버린다고 하여도 오히려 차지 못할 것이며, 사랑은 안타깝고 아름답고 슬픈 것—아름다우니까 슬픈 것—슬프리만치 아름다운 것입니다. 내가 우는 것은 그 아름다운 정을 못 잊어서지요. 사랑 앞에 목숨이란 다 무엇 하자는 것일까. 희망과 야심과 계획의 감격이 일찍이 사랑의 감동을 넘은 때가 있었던가. 나는 사랑 때문이라면 이 몸이 타서 금시에 재가 되어 버린다 하여도 겁나지 않으며 도리어 그것을 원하고자 하오. 사랑하는 님이여! 나를 태우소서. 깨뜨리소서. 와싹 부숴 버리소서. 그 순간 나는 얼마나 아름답게 빛날 것인가. 흩어지는 불꽃같이도 사라지는 곡조같이도 아름다운 것은 미의 특권. 그대의 특권같이 세상에서 장한 것이 있겠소. 그 특권의 종 됨이 내게는 도리어 영광인 것이오.

사랑을 말할 때에 수백 마디인들 족하겠소. 수천 줄인들 많다 하겠소. 고금의 시인의 노래를 다 모아 보아야 그대를 표현하고 내 회포를 아뢰기에는 오히려 부족한 것을 어찌 하겠소. 나는 다

메밀꽃 필 무렵

만 잠자코 그대를 생각하는 수밖에는 없소. 생각하고 그리고 꿈꾸고—이것이 나의 지금의 단 하나의 사랑의 길인 것이오. 이 뜨거운 생각의 숨결은 모르는 결에 허공을 날아가 스스로 그대의 가슴을 덥히고 불붙이리라고 생각하오.

이 밤도 나는 촛불을 돋우고 한결같이 님을 생각하려 하오. 초가 진하면 다른 가락을 켜고 마저 진하면 창을 열고 달빛을 받지요. 그대를 생각할 때만은 나는 끈기 있게 책상 앞에 몇 시간이든지 잠자코 앉을 수 있는 재주를 가졌지요. 아무것도 하는 법 없이 천치같이 돌부처같이 말 한마디 없이 똑같은 모양으로 언제까지든지 앉았을 수 있어요. 나는 언제부터 이 놀라운 재주를 배웠는지는 모르오. 가난은 하나 세상에서 따를 사람 없을 이 놀라운 재주를!

청명한 품이 오늘 밤에는 벌레 소리도 어지간히는 요란할 것 같으오. 가슴속이 한층 어지러워는 질 것이나 그러나 그대를 향하여 뻗치는 생각의 열정은 공중을 달아나는 외줄의 쇠줄과도 같이 곧고 강하고 줄기찰 것이오. 생각에 지쳐 자리에 쓰러지면 부드러운 달빛이 왼통 내 전신을 적셔 줄 것이니 부디 님이여, 달빛을 타고 이 밤에 내 꿈속에 숨어드소서. 그대의 날개가 자유롭게 들어오도록 나는 벽마다의 창을 모두 활짝 열어젖히리다. 뜰 앞에는 장미 포기가 흔하니 가시에 주의하시오. 꿈속에서 붉은 피를 본다면 내 얼마나 놀라서 기급을 하고 눈을 뜰 것을 생각해 보시오.

답장은 길고 두툼하게, 우표를 두 장 석 장 붙이도록—우표를 한 장만 달랑 붙이는 사랑의 편지란 세상의 웃음거리일 것이오. 다음 편지까지 부디 안녕히 계시오. 편지 속에는 쌀 것이 없으니 또 이 눈물을 싸리다. 아무 이유도 없는 다만 아름다운 내 이 눈물을.

1936년 10월, 《여성》

인물 있는 가을 풍경

　삼십 평가량의 화단이나, 씨값 품값 합해서 십 원 남짓이 먹인 것이 지금 한창 만발한 것을 바라보면 도저히 십 원쯤으로는 바꿀 수 없음을 새삼스럽게 느끼며 만족을 금할 수 없다.

　아름다운 화단은 하루를 보아도 좋고 한 달을 두고 보아도 좋으며 하루를 보면 하루만큼의 보람이 있다. 단 하루를 보더라도 들인 품은 아까울 것이 없다. 초목과 사는 기쁨—인간사에 지쳤을 때 돌아올 곳은 여기밖에 없는 듯하다. 한 송이 한 송이의 꽃에는 표정과 동감이 있는 듯하다. 일제히 만발하고 보니 제철 제철의 성격을 가릴 수 없기는 하나 실상인즉 각각 철을 생각하고 심은 것이다. 마가렛과 양귀비는 봄에 피라는 것이었고, 캘리포니아-포피 채송화 봉선화 플록스 석죽 달리아 글라디올러스 백일홍은 여름을 의미하였고, 까길리아 비연초 불란서 국화는 가을에 피어 달라는 뜻이었다. 그런 것이 카칼리아는 벌써 한 고패 지나고 비연초가 한창이요 불란서-국화도 포기 포기 피기 시작하였다. 꽃이 시절을 재빠르게 당겨 온다.

가을꽃으로 비연초 이상 가는 것을 나는 모른다. 대체 푸른 꽃이라는 것이 그다지 흔한 것이 아니니 도라지꽃 시차국(矢車菊), 비연초—쓸쓸한 것으로는 여기에 그치는 듯하다. 누르고 붉은 꽃들이 모두 여름까지의 것이라면 푸른 꽃이야말로 바로 가을의 것이어야 될 듯하다. 푸른 꽃 중에서 비연초만큼 가을다운 조촐한 꽃은 없다. 투명한 그 푸른빛은 그대로가 바로 가을 하늘의 빛이요 가을 바다의 빛이다. 그 흔한 푸른 떨기 속에 붉은 카칼리아의 애련한 몇 송이를 듬성듬성 섞어 놓고 그 배경으로 새풀이나 군데군데 심어 놓으면 가을 화단으로는 거의 만점이요 가을 풍경으로 그 한 폭에 미칠 만한 것이 드물다.

가을 풍경이라고 하여도 이것은 아직도 첫가을의 따뜻하고 귀여운 풍경이요 가을이 짙어 갈수록에 풍경은 더 차지고 쓸쓸하여 간다. 저녁 바다를 등진 야트막한 풀언덕 위에 활짝 피어난 억새 이삭이 바람에 간들간들 흔들리는 정경이란 이슬같이 찬 느낌을 준다. 자작나무 백양나무의 잎도 거의 다 떨어진 수풀 속 물이 잦아들어 돌이 불쑥불쑥 솟아난 개울녘을 한 쌍의 남녀가 하염없이 거닐고 있는 풍경—에는 더한층 찬 것이 있다. 낙엽이 뒤숭숭하게 휘날리는 강변에 안개가 자욱이 긴 속으로 햇밤 굽는 냄새가 솔솔 흘러오는 한 폭도 가을의 풍경이어니와 별안간 바람이 불어와 떨어지는 낙엽을 휩쓸어 걸어가는 여인

메밀꽃 필 무렵

의 치맛자락에 던지는 풍경도 가을의 것이다.

인물을 배치한 가을 풍경으로 나는 가장 인상적이고 대립되는 두 편의 작품을 생각한다. 닐센*의 영화 〈가을의 여성〉과 부닌**의 소설 『가을』이다. 가을은 차고 이지적이면서도 그 속에는 분화산 같은 열정을 감추고 있어서 그 열정이 이지를 이기고 기어코 폭발하는 수도 있고 이지 속에 여전히 싸늘하게 숨어 있는 수도 있다. 열정과 이지가 무섭게 대립하여 폭발의 일선을 위태스럽게 비치고 있는 것이 가을의 감정이요 성격이다. 열정이 폭발되고 마는 곳에 부닌의 『가을』이 있고 안타깝게도 이지의 등 뒤에 자취를 감추는 곳에 닐센의 〈가을의 여성〉이 있으니 가을을 그린 작품으로 이 두 개같이 선명한 인상을 주는 것은 드물다.

바람 불고 소슬한 늦가을 저녁때 나뭇잎 휘날리는 병원 뜰 앞을 비련의 쓸쓸한 가슴을 부둥켜안고 홀로 초연히 걸어가는 여인의 자태—이것이 쓰라린 〈가을의 여성〉의 풍경이다. 젊어서 남편을 여의고 홀몸으로 상점 조각부의 일을 보면서 베라 홀크는 다만 두 사람의 딸을 기르기에만 정성을 들이며 십오 년의 장구한 세월을 쓸쓸하게 살아 왔다. 딸들은 각각 자라서 이제는 벌써 어른 구실을 하게 되고 베라도 겨우 생활의 안정을 얻게 되자 오래간만에 이 사십 줄의 여인은 자기 자신의 신세와 생활이라는 것을 돌아보게 되었다. 오로지 생활과 싸우노라고 누르고 눌

* 아스타 닐센(1881~1972), 덴마크의 여배우.
** 이반 알쩨 에비치 부닌(1870~1954), 러시아의 작가.

러만 왔던 열정이 드디어 조각가 슈타인캄프에게로 불길같이 뻗치게 되었다. 그러나 불행한 것은 슈타인캄프에게는 이미 조강지처가 있었음이다. 다만 남편만을 믿고 그의 사랑에 의지하여서만 살아가는 그 부인의 자태를 볼 때에 베라는 안타까운 번민에 빠질 뿐이었다. 남을 희생해서까지 자기 자신의 사랑을 살려야 옳을까 그렇지 않으면 불측한 열정을 죽여야 옳을까. 무서운 싸움 끝에 불붙는 열정을 드디어 싸늘한 이지의 발끝으로 짓밟아 끌 수밖에는 없었다. 바람 불고 소슬한 늦가을 저녁때 나뭇잎 휘날리는 병원 뜰 앞을 비련의 쓸쓸한 가슴을 부둥켜안고 베라 홀크는 처연히 떠나는 것이다.

그러나 애타는 감정을 참혹하게 죽여 버리는 것만이 가을의 성격은 아니니 부넌의 여주인공은 드디어 파도가 요란히 수물거리는 깊은 밤 가을 바닷가에서 사랑하는 사람에게 열정을 바치고야 만다. 희미한 별빛 아래에서 그의 연백(蓮白)한 행복의 향기에 숨찬 피곤한 얼굴이 불멸의 천녀의 얼굴과도 같이 맑고 아름답게 보인다. 여기에 나타난 가을 풍경은 장엄하고 깊고 어둡고 처량하면서도 무덥다. 언덕 아래에서는 바다가 무섭게 수물거리고 건너편 바위 위의 울창한 백양나무 숲이 소란하게 웅성거리며 푸른빛을 띤 별들은 검은 구름 사이에 명멸하고 있다. 바다가 차차 훤하게 수평선을 드러내게 되자 모진 파도는 요란하게 언덕을 물어뜯으며 흰 물결을 날린다.

그날 밤 거의 자정이 되어서 그 집 객실을 나올 때에 '그 여자'의 눈동자 속에 간직한 열정의 불꽃을 보고 온 '나'는 마침내 '그 여자'와 손쉽게도 뜻이 맞게 되었다. 처음으로 사랑을 알기 시작한 소녀와도 같이 서먹서먹한 표정을 띤 여자는 밖으로 나왔을 때 벌써 사흘 밤이나 집을 비워서 남편에게 미안하다는 뜻을 말하면서도 '내'가 바다로 가자고 권고하였을 때 첫마디에 응낙하고 마차를 탔다. 어둠 깊은 가을밤의 열정이다. 여자는 남편이 있으나 넘치는 열정을 어쩌는 수 없이 그도 모르는 결에 어둠 속에서 정리(整理)의 길을 찾는 것이다.

오래전부터 두 사람의 마음을 잡아 흔들던 그것이 그날 밤 돌연히 두 사람 앞에 나타난 것이다. 마차 속에서 두 사람은 때때로 얼굴을 마주칠 뿐 별로 말도 없이 '그 여자'의 손을 집어 올려 '내' 입술에 대었을 때 그는 말없는 가운데에서 굳은 악수 속에 은근히 감사의 뜻을 보냈다.

남풍이 불고 와사등이 떨리는 거리를 지나 인기척 드문 행길을 달릴 때에 마차 바퀴 밑에서 별안간 행길의 널판이 부서지며 그 서슬에 마차가 출렁거렸다. 흔들리며 쓰러지는 '그 여자'를 '나'는 모르는 결에 팔 안에 안았다. 한참이나 앞을 노리더니 이윽고 '나'에게로 향하였다. 두 얼굴이 마주쳤으나 그의 눈에는 벌써 조금도 수물거리는 표정은 없고 다만 긴장된 미소에 서먹한 빛이 약간 드러나 보일 뿐이었다. '나'는 거의 무의식 속에서 그의 입술을 구하였다. 그 또한 '내' 손을 굳게 잡은 채로 번갯불같이도 날쌔게 '내' 입술에 대꾸하였다.

어느덧 멀리 바다가 짐작되며 근처에는 모진 바람이 불어 메마른 옥수수 잎새를 요란하게 울렸다.

어디로 가요 묻는 눈동자가 밝게 빛나며 행복의 표정이 넘쳤다.

"등대 저쪽 별장으로." 대답하고 '나'는 말을 잇는다.

"당신을 사랑합니다. 당신과 단둘이 숫제 이 어둠 속에 꺼져 버렸으면……. 어떻게 된 연유로 대체 이렇게 이런 사이가 되었을까."

"그것보다도 꼭 들려주실 것이 하나 있어요—지금까지도 오늘 밤 이전에도 저를 생각해 주신 적 있으세요—아니 그것보다도 우리는 대체 어디로 가는 것인가요. 내일은 모레는 대체 어떻게 되나요. 당신은 어떤 분이며 어디서 오셨어요. 저는 지금 초면으로 대하는 것 같아요. 그렇듯 마음이 즐겁고 마치 꿈꾸는 듯도 해요."

'나'는 모진 바람을 한껏 마시며 그 깊은 밤과 어둠이 대담한 용기를 줌을 깨닫는다. 어둠과 바람 속에 그 무슨 큰 위력이 숨어 있었다. (이것이 두 사람의 열정에 뜻밖에도 불을 지른 가을의 마력인 것은 물론이다.) 두 사람은 드디어 바다로 와서 별장을 지나 높은 언덕에 이르렀다. '나'는 그의 손을 붙들고 위태한 언덕을 내려가 파도 전(前)에 선다. 단 두 사람뿐이다. 내일, 내일이야 어떻게 되거나 말거나.

"저는 어릴 때에 한없이 행복이라는 것을 꿈꾸었지요. 그러나 한번 결혼해 본즉 날마다 날마다가 똑같고 모든 일이 싫증이 나서 견딜 수 없게 되었어요. 제 평생에 꼭 한 번의 기회인 오늘 밤의 행복이 그러기에 도리어 죄 많은 것으로 생각되어요. 내

메밀꽃 필 무렵

일이 되면 오늘 밤 일이 얼마나 무섭게 생각날까요. 그러나 지금은…… 그까짓 아무렇게 되거나 말거나…… 이렇게 당신을 사랑해요."

먼 하늘에서 별이 깜박거렸다. 바다는 점점 훤해지면서 수평선이 드러나고 모진 파도가 요란하게 수물거린다. 여자의 창백한 행복의 향기에 숨찬 피곤한 얼굴이 별빛 아래에서 불멸의 천녀의 얼굴과도 같이 맑고 아름답게 보였다.

순전히 폭발된 사랑이다. 한번 폭발한 열정은 물도 불도 헤아리지 않는다. 그 무더운 열정 앞에 이지는 조각조각 부서진 창백한 파편이다. 그 열정이라는 것이 참으로 마음의 탓이다. '어둠과 바람의 위력'에서 솟은 것이다. 늦가을의 열정은 처량하면서도 무덥다.

부닌의 『가을』은 가을의 성격의 무더운 면이며 어두운 바다를 배경으로 하고 선 '그 여자'의 자태는 유난하게도 인상 깊은 것이다.

1937년 9월, 《조광》

낙랑다방기

운동 부족이 될까를 경계해서 학교에서 나가는 시간을 이용해 다방까지 걸어가고 다방에서 다시 집까지 걸어가는 이 코스를 작정하고도 날씨가 추워지기 시작하면서부터는 여행(勵行)의 날이 차차 줄어져 간다. 집에서 학교까지 십 분, 학교에서 다방까지 이십 분, 다방에서 집까지 삼십 분가량의 거리―이만큼만 걸으면 하루의 운동으로 족하리라고 생각한 것이다. 동경서 온 소설 쓰는 이에게서 일일 두 시간 산보설을 듣고 착상한 계획이었으나 그의 반인 한 시간 산보도 여의치 못한 것이다.

다방에를 간다고 해도 오후 네 시 전후 시각에는 먹을 것도 만만치 않다. 반지빠른* 때라서 이 시각에 배를 채우면 저녁이

* 반지빠르다 : 어중간하여 알맞지 아니하다.

메밀꽃 필 무렵

맛없어진다. 커피에다 핫케이크나 먹고 나면 저녁 구미는 아주 똑 떨어져 버린다. 공복에 커피는 위험한 것이나 홍차를 마시자니 향기 없는 뜨물이 속에 차지고 레몬스카치를 마시자면 날마다의 음료로는 지나쳐 사치하다. 대체 요새의 다방이라는 것이 커피의 미각에는 섬세한 주의를 베풀면서도 홍차는 아주 등한시해 버린다. 홍차의 진의라는 것은 립톤의 새 통을 사다가 집에서 우려내는 근근 수삼 일 동안에 있는 것이지 아무리 저장에 주의해도 그 시기를 지나면 풍미는 완전히 달아나 버린다. 호텔에서 먹는 것이나 다방에서 청한 것이나 집에서 우린 것이나 다같이 들큼한 뜨물이 되어 버리고 만다.

평양에 다방이 생기기 시작한 것이 요 수년간의 일이다. '히노토리'와 '마주르카'만 있을 때에는 적막한 감이 없지 않더니 별안간 올해를 잡아들면서 '야마토' '세르팡' '브라질'의 세 집이 우후의 죽순같이 솟아나 다객의 목을 적시어 주게 되었으나 아직도 그 어느 곳이나 설비, 의장 등 부족한 점이 많다. 들으니 연내로 또 두 집이 생긴다는 소식이다. 그렇게 되면 합 일곱 곳의 다방이 앉는 셈으로 일 년 동안에 이렇게 수다스럽게 늘어가는 장사는 이 외에 볼 수 없는 것이나, 당업자끼리는 피차에 눈의 적일지 몰라도 다객의 편으로 볼 때에는 다방의 격식도 점점 나아질 터이니 이런 반가울 데는 없다. 일곱 곳 아니라 칠의 칠 배가 는다 하더라도 좋은 것이 각각 특색을 나타내고 풍격을 갖추어 간다면 다객의 유별도 저절로 나누어지고 각각 갈 곳이 스스로 작정될 것이다. 사실 지금 같아서는 꼭 가고 싶은 한 곳이라는 곳이 아직 없다. 그만큼 모든 범절이 설피다*.

　음악에 자신 있는 다방은 방 안이 휑뎅그렁해서 기분이 침착
해지지 못하고 안온한 집이라도 찾아가면 음악이 설피고 다랑
(茶娘) 있는 곳을 들어가면 언제나 속배(俗輩)가 운집해 있고 도
무지 마땅한 곳이 없다. 그러나 역시 음악을 안목에 두고 '세르
팡'을 찾는 것이 가장 유익한 듯하다. 네 시 전후면 다객의 그림
자가 삐일 뿐 아니라 때로는 혼자 앉게 되는 적도 있다. 차 한 잔
을 분부하고 삼사십 분 동안 앉아 있노라면 웬만한 교향악 한
편쯤은 완전히 들을 수 있다. 차이코프스키의 〈파세티크〉도 좋
고 베토벤의 트리오 〈대공(大公)〉 같은 것도 알맞은 시간에 끝난
다. 대곡(大曲)이 너무 세찰 때에는 하와이안 멜로디도 좋은 것이
며 재즈 음악도 반드시 경멸할 것은 못 된다.

　어떻든 이 산보의 시각 전후가 다방을 찾기에는 가장 고요하
고 적당한 때이지 밤에는 아예 갈 곳이 못되는 것이 사람들이
웅성거리는 데다 까닥하다가는 문하(門下)의 학생들을 만나기
가 일쑤다. 개중에는 한 탁자에 청해 와도 좋은 사람도 있기는
하나 거개는 저쪽도 거북스럽고 이쪽도 편편치 못하다. 서울서
는 학생들의 다방 출입을 금한다는 소문이나 평양에는 아직 그
런 엄격한 율도는 서지 않았고, 사각모패라야 단 두 교뿐이니 관
대하게 취급은 하나 그만큼 그들의 자태는 더 눈에 띄게 되고
한 다방에서 마주칠 때에는 피차에 편안치 못한 느낌을 가지게

---

* 솜씨가 거칠고 서투르다.

된다. 그러기 때문에 차라리 밤에는 다방 출입을 삼가게 된다.

다방행에도 이 정도의 조그만 수난은 있는 것이다. 세상에 편편한 일 한 가지나 있으리. 속히 이곳에도 서울만치 다방이 자꾸자꾸 늘어서 좋은 음악 많이 들리고 좋은 차 많이 먹게 하고 웬만한 구석목 다방에 들어가서쯤은 학생의 그림자 눈에 안 띄게 될 날을 기다린다.

1938년 12월, 《박문》

낙엽을 태우면서

  가을이 깊어지면 나는 거의 매일과 같이 뜰의 낙엽을 긁어모으지 않으면 안 된다. 날마다 하는 일이언만 낙엽은 어느덧 날으고 떨어져서 또다시 쌓이는 것이다. 낙엽이란 참으로 이 세상의 사람의 수효보다도 많은가 보다. 삼십여 평에 차지 못하는 뜰이언만 날마다의 시중이 조련치 않다. 벚나무 능금나무—제일 귀치않은 것이 벽의 담쟁이다. 담쟁이란 여름 한철 벽을 온통 둘러싸고 지붕과 연돌의 붉은 빛만을 남기고 집안을 통째로 초록의 세상으로 변해 줄 때가 아름다운 것이지 잎을 다 떨어뜨리고 앙상하게 드러난 벽에 메마른 줄기를 그물같이 둘러칠 때쯤에는 벌써 다시 지릅떠 볼 값조차 없는 것이다. 귀치않은 것이 그 낙엽이다. 가령 벚나무 잎같이 신선하게 단풍이 드는 것도 아니요 처음부터 칙칙한 색으로 물들어 재치 없는 그 넓은 잎이 기름길

메밀꽃 필 무렵

위에 떨어져 비라도 맞고 나면 지저분하게 흙 속에 묻히는 까닭에 아무래도 날아 떨어지는 쪽쪽 그 뒷시중을 해야 한다.

　벚나무 아래에 긁어모은 낙엽의 산더미를 모으고 불을 붙이면 속에 것부터 푸슥푸슥 타기 시작해서 가는 연기가 피어오르고 바람이나 없는 날이면 그 연기가 얕게 드리워서 어느덧 뜰 안에 가득히 담겨진다. 낙엽 타는 냄새같이 좋은 것이 있을까. 가제 볶아 낸 커피의 냄새가 난다. 잘 익은 깨금 냄새가 난다. 갈퀴를 손에 들고는 어느 때까지든지 연기 속에 우뚝 서서 타서 흩어지는 낙엽의 산더미를 바라보며 향기로운 냄새를 맡고 있노라면 별안간 맹렬한 생활의 의욕을 느끼게 된다. 연기는 몸에 배서 어느 결엔지 옷자락과 손등에서도 냄새가 나게 된다. 나는 그 냄새를 한없이 사랑하면서 즐거운 생활감에 잠겨서는 새삼스럽게 생활의 제목을 진귀한 것으로 머릿속에 떠올린다. 음영과 윤택과 색채가 빈곤해지고 초록이 전혀 그 자취를 감추어 버린, 꿈을 잃은 훤칠한 뜰 복판에 서서 꿈의 껍질인 낙엽을 태우면서 오로지 생활의 상념에 잠기는 것이다. 가난한 벌거숭이의 뜰은 벌써 꿈을 배기에는 적당하지 않은 탓일까? 화려한 초록의 기억은 참으로 멀리 까마득하게 사라져 버렸다. 벌써 추억에 잠기고, 감상에 젖어서는 안 된다. 가을이다. 가을은 생활의 시절이다. 나는 화단의 뒷자리를 깊게 파고 다 타버린 낙엽의 재를—죽어 버린 꿈의 시체를—땅속 깊이 파묻고 엄연한 생활의 자세로 돌아서지 않으면 안 된다. 이야기 속의 소년같이 용감해지지 않으면 안 된다

전에 없이 손수 목욕물을 긷고 혼자 불을 지피게 되는 것도 물론 이런 감격에서부터이다. 호스로 목욕통에 물을 대는 것도 즐겁거니와 고생스럽게 눈물을 흘리면서 조그만 아궁으로 나무를 태우는 것도 기쁘다. 어두컴컴한 부엌에 웅크리고 앉아서 새빨갛게 피어오르는 불꽃을 어린아이의 감동을 가지고 바라본다. 어둠을 배경으로 하고 새빨갛게 타오르는 불은 그 무슨 신성하고 신령스러운 물건 같다. 얼굴을 붉게 태우면서 긴장된 자세로 웅크리고 있는 내 꼴은 흡사 그 귀중한 선물을 프로메테우스에게서 막 받았을 때의 그 태곳적 원시의 그것과 같을는지 모른다. 나는 새삼스럽게 마음속으로 불의 덕을 찬미하면서 신화 속 영웅에게 감사의 마음을 바친다. 좀 있으면 목욕실에는 자옥하게 김이 오른다. 안개 깊은 바다의 복판에 잠겼다는 듯이 동화의 감정으로 마음을 장식하면서 목욕물 속에 전신을 깊숙이 잠글 때 바로 천국에 있는 듯한 느낌이 난다. 지상 천국은 별다른 곳이 아니라, 늘 들어가는 집 안의 목욕실이 바로 그것인 것이다. 사람은 물에서 나서 결국 물속에서 천국을 구하는 것이 아닐까?

물과 불과—이 두 가지 속에 생활은 요약된다. 시절의 의욕이 가장 강렬하게 나타나는 것은 이 두 가지에 있어서다. 어느 시절이나 다 같은 것이기는 하나 가을부터의 절기가 가장 생활적인 까닭은 무엇보다도 이 두 가지의 원소의 즐거운 인상 위에 서기 때문이다. 난로는 새빨갛게 타야 하고 화로의 숯불은 이글이글 피어야 하고 주전자의 물은 펄펄 끓어야 된다.

메밀꽃 필 무렵

백화점 아래층에서 커피의 낱을 찧어 가지고는 그대로 가방 속에 넣어 가지고 전차 속에서 진한 향기를 맡으면서 집으로 돌아온다. 그러는 그 내 모양을 어린애답다고 생각하면서 그 생각을 또 즐기면서 이것이 생활이다고 느끼는 것이다.

싸늘한 넓은 방에서 차를 마시면서 그제까지 생각하는 것이 생활의 생각이다. 벌써 쓸모 적어진 침대에는 더운 물통을 여러 개 넣을 궁리를 하고 방구석에는 올겨울에도 또 크리스마스 트리를 세우고 색 전기로 장식할 것을 생각하고 눈이 오면 스키를 시작해 볼까 하고 계획도 해보곤 한다. 이런 공연한 생각을 할 때만은 근심과 걱정도 어디론지 사라져 버린다. 책과 씨름하고 원고지 앞에서 궁싯거리던 그 같은 서재에서 개운한 마음으로 이런 생각에 잠기는 것은 참으로 유쾌한 일이다.

책상 앞에 붙은 채 별일 없으면서도 쉴 새 없이 궁싯거리고 생각하고 괴로워하고 하면서, 생활의 일이라면 촌음을 아끼고 가령 뜰을 정리하는 것도 소비적이니 비생산적이니 하고 멸시하던 것이 도리어 그런 생활적 사사(些事)에 창조적 생산적인 뜻을 발견하게 된 것은 대체 무슨 까닭일까. 시절의 탓일까. 깊어 가는 가을 이 벌거숭이의 뜰이 한층 산 보람을 느끼게 하는 탓일까.

1938년 12월, 《조선문학독본》

첫 고료

신문소설 고료의 규정이 어느 때부터 어느 정도로 정연하게 섰던지는 모르나 잡지 문학의 고료의 개념이 확호하게* 생긴 것은 사오 년 전부터라고 기억한다. 《조광》《중앙》《신동아》《여성》《사해공론》 등이 발간되자 소설로부터 잡문에 이르기까지 일정한 고료를 보내게 되었고, 이후부터 신간되는 잡지도 그 예를 본받게 되어 어떤 잡지는 종래의 관습을 깨뜨리고 새로운 개념을 수립하기 위해서 원고를 청하는 서장(書狀) 끝에 반드시 "사(社) 규정의 사례를 드리겠습니다."의 한 줄을 첨가하게 되었다. 이 한 줄이 문학의 새 시대를 잡아들게 된 첫 성언(聲言)이 아닐까도 생각된다. 이 일군(一群)의 잡지 이전에도 《해방》《신소설》 등에

---

* 확호(確乎)하다 : 아주 든든하고 굳세다.

메밀꽃 필 무렵

서 고료라고 이름 붙는 것을 보내기는 했으나 극히 편파적인 것이었다. 그 이전《개벽》시대의 경우는 알 바가 없으나 어떻든 불규칙하고 편벽된 것이 아니고 본식(本式)으로 고료의 규정이 생긴 것은《조광》등 일련의 잡지로부터 비롯해진 것이며 그런 의미로만도 차등지(此等誌)의 공헌은 적지 않다고 본다.

두말할 것 없이 문학의 사회적 인식이 커지자 수용(需用)이 더하고 상품가치가 는 결과, 작품에 처음으로 시장가격이 붙게 된 것이니 이런 점으로 보면 고료의 확립이 시대적인 뜻을 가진다. 한 좌석의 술이나 만찬으로 작가의 노고를 때워 버리는 원시적인 방법이 청산되고 원고의 매수를 따져 화폐로 교환하게 된 것이니 여기에 근대적인 의의가 있고 발전이 있다. 고료의 확립을 계기로 해서 문학 성과에 일단의 진전이 시작되었다고는 볼 수 없으나, 작품이 작품으로서 취급되게 되고 그것을 창작하는 작가의 심정에 변화가 생겼음이 자연의 이(理)일 때 문학에 격이 서고 문단의 자리가 잡힌 것도 사실이다. 이 고료 확립의 일행(一行)이 조선문학사의 측면적 고찰의 한 계점(契點)이라고도 볼 수 있다.

물론 현 삼십대 작가의 고료의 경험은 반드시 사오 년 전 즉《조광》등의 창간부터 시작되지는 않으며 좀 더 일찍이—가령 나의 예로 말하더라도 첫 고료의 기억은 십오륙 년 전까지 올라간다. 고료라기에는 격에 어그러질는지는 모르나 원고지에 적은 조그만 소설이 화폐로 바뀐 것은 사실이다. 중학 사오 년 급의 시절《매일신보》에는 일주일에 한 번씩 증간되는 2면의 일요부

록의 문예면이 있었다. 거의 일요일마다 사백 자 오륙 매의 장편 (掌篇) 소설을 투고해서 그것이 번번이 활자화되는 것이 주간마다의 숨은 기쁨이었다. 근 반년 동안에 수십 편의 소설을 던졌고 그것이 거의 모조리 실리어졌다. 상금 제도였던 듯 갑상(甲賞) 십 원, 을상(乙賞)이 오 원—「홍소(哄笑)」라는 한 편이 을상에 들어 오 원을 얻었을 때 이것이 최초의 고료의 기억이었다. 가난한 인력거꾼이 노상에서 돈지갑을 줍게 되어 그것으로 술을 흠뻑 먹고 친구들에게도 선심을 쓰는—조그만 장면을 그린 소설이었다. 발표된 지 며칠 만에 문예부 주임 이서구(李瑞求) 씨가 오 원을 들고 일부러 무명의 학동의 집을 찾아 준 것이다. 마침 밖에 나갔던 관계로 그를 만나지는 못했으나—따라서 지금껏 씨와는 일면식이 없으나—집에 돌아와 그 소식을 듣고 송구스러운 마음을 금하지 못하며 그 첫 오 원의 값을 대단히 귀중한 것으로 여겼다. 동(同) 부록에는 시와 소설을 무수히 보내었으나 고료로 바뀐 것은 단 그 한 번이었고 외(外)는 실어 주는 것만으로도 고맙지 않느냐는 눈치였다.

이 실어 주는 것만으로도 고맙지 않느냐는 눈치는 그 부록뿐만이 아니라 그 전후의 잡지가 다 그래서 그 후 《조선지광》《현대평론》《삼천리》《조선문예》 등이 이 예를 벗어나지 않았고, 《신소설》이 고료라고 일원기전야(一圓幾錢也)를 몇 번 쥐어 준 일이 있었고, 《대중공론》은 고료 대신에 완전히 주정(酒情)의 향연으로 정신을 뺏으려 들어 사실 지금 술이 이만큼 는 것은 동지 (同誌)의 편집장 정(丁) 대장의 공죄(功罪)인 듯하다. 《동아》《조선》양지(兩紙)가 단편과 연재물에 대해서 또박또박 횟수를 따져서 지불했을 뿐이요 잡지로는《조광》의 출현까지는 일정한 규정이 없었다. 이전《매신(每日申報)》의 부록 다음 시대에《동아일보》신춘문예에 두 번 선자(選者)를 괴롭혀 이십 원과 오십 원을 우려낸 일이 있었으나 이도 물론 떳떳한 고료라기는 어렵다.

《조광》이후 소설이든 수필이든, 잘되었든 못되었든 간에 일 매에 오십 전의 고료를 받아 오는 것이 많지도 않고 적지도 않은 현금(現今)의 시세인 듯하며 앞으로 당분간은 아마 이 고료의 운명과 몸을 같이할 수밖에는 없을 듯하다.

「작가생활의 회고」, 1939년 10월,《박문》

이효석 연보

1907. 2월 23일 강원도 평창군에서 부친 이시후와 모친 강홍경의 1남 3녀 중 장남으로 출생. 아호는 가산(可山).
1910. 부친을 따라 서울로 이주.
1912. 다시 평창으로 내려와 사학(私塾)에서 한학을 배움.
1914. 평창공립보통학교 입학.
1920. 경성제일고등보통학교(현 경기고등학교) 입학.
1925. 경성제국대학(현 서울대학교) 예과 입학.
     예과 학생회 기관지인《문우》간행에 참가.《매일신보》신춘문예에 시 「봄」입선. 유진오, 이희승 등과 사귀며 콩트 「여인(旅人)」을 예과 학생 지인《청량》에 발표. 콩트 「누구의 죄」를《매일신보》에 발표.
1926. 콩트 「달의 파란 웃음」「홍소(哄笑)」「맥진(驀進)」「노인의 죽음」「가로 (街路)의 요술사」등을《매일신보》에 발표.
1927. 예과 수료 후 경성제국대학 법문학부 영어영문학과 편입.
1928. 경성제국대학 재학 중 단편 「도시와 유령」을《조선지광》에 발표하며 문단의 주목을 받음. 유진오와 함께 '동반자작가'로 불림.
1929. 단편 「기우(奇遇)」를《조선지광》에, 「행진곡」을《조선문예》에 발표.
1930. 경성제국대학 영어영문학과 졸업.
     단편 「노령근해(露領近海)」를《조선강단》에, 「깨뜨러지는 홍등(紅燈)」과 「상륙」을《대중공론》에, 「추억」을《신소설》에, 「북국사신(北國私信)」을 《매일신보》에 발표. 중편 「마작철학」을《조선일보》에 발표.
     시나리오 「화륜(火輪)」을《중외일보》에 발표.
1931. 함경북도 경성(鏡城) 출신의 미술 작가 지망생 이경원과 결혼. 일본인 은사인 구사부카 조지(草深常治)의 추천으로 조선총독부 검열 계에 취직했으나 보름 만에 사임.
     첫 창작집 『노령근해』를 동지사에서 발간. 영화 〈화륜〉 개봉.
1932. 장녀 이나미 출생. 부인의 고향인 함경북도 경성으로 이주. 경성농업학 교에 영어 교사로 취직.
     단편 「오리온과 능금」을《삼천리》에 발표.

1933. 순수문학을 표방하는 문학동인 구인회를 창립. 창립 멤버는 김기림, 김
유영, 유치진, 이무영, 이종명, 이태준, 이효석, 정지용, 조용만. 이후 이
상, 조벽암, 박태원, 박팔양, 김유정, 김환태, 김상용 등의 문인이 추가
로 가입했으나 항상 아홉 명의 회원 수를 유지함.

　　　단편 「약령기(弱齡記)」를 《조선일보》에, 「돈(豚)」을 《조선문학》에 발표.
1934. 단편 「일기(日記)」를 《삼천리》에, 「수난(受難)」을 《중앙》에 발표. 수필
「이등변삼각형의 경우」를 《월간매신》에 발표.
1935. 차녀 이유미 출생.

　　　단편 「수탉」을 《삼천리》에, 「계절」을 《중앙》에 발표. 중편 「성화(聖畵)」
를 《조선일보》에 연재. 시나리오 「달밤」을 《영화시대》에 발표.
1936. 평양 숭실전문학교 교수로 부임. 평양시 창전리의 '푸른집'으로 이사.

　　　단편 「산」을 《삼천리》에, 「분녀」를 《중앙》에, 「들」을 《신동아》에, 「인간
산문(人間散文)」을 《조광》에, 「석류」를 《여성》에, 「메밀꽃 필 무렵」을
《조광》에 발표. 수필 「사랑하는 까닭에」를 《여성》에, 「고요한 '동(DON)'
의 밤」을 《조광》에 발표. 왕성한 활동을 하며 한국의 대표적인 단편 작
가로서의 입지를 다짐.
1937. 장남 이우현 출생.

　　　단편 「낙엽기」와 「삽화(揷話)」를 《백광》에, 「성찬(聖餐)」을 《여성》에,
「개살구」를 《조광》에 발표. 수필 「마음에 남는 풍경」을 《조선문학》에,
「쇄사(瑣事)」를 《백광》에, 「주을(朱乙)의 지협(地峽)」과 「인물 있는 가을
풍경」을 《조광》에 발표.
1938. 숭실전문학교 폐교에 따라 교수직 퇴임.

　　　단편 「장미 병들다」를 《삼천리문학》에, 「공상구락부(空想俱樂部)」를 《광
업조선》에, 「해바라기」를 《조광》에, 「가을과 산양(山羊)」을 《야담》에 발
표. 장편 『거리의 목가(牧歌)』를 《여성》에 연재. 수필 「낙랑다방기(樂浪
茶房記)」를 《박문》에, 「낙엽을 태우면서」를 《조선문학독본》에 발표. 「환
무곡(幻舞曲)」(최금동 원작)을 각색한 시나리오 「애련송(愛戀頌)」 탈고.
1939. 평양 대동공업전문학교 교수 취임. 차남 이영주 출생.

단편「산정(山精)」과「황제」를《문장》에,「향수」를《여성》에,「일표(一票)의 공능(功能)」을《인문평론》에 발표. 중편「여수(旅愁)」를《동아일보》에 연재. 장편『화분(花粉)』을 인문사에서, 단편집『해바라기』를 학예사에서,『성화』를 삼문사에서 출간. 수필「첫 고료」를《박문》에 발표. 시나리오「역사(歷史)」를《문장》에 발표. 영화〈애련송〉개봉.

1940. 부인 이경원과 사별. 차남 이영주를 잃음.

장편『창공(蒼空)』을《매일신보》에 연재. 단편「은은한 빛(ほのかな光)」을《문예》에, 장편『녹색의 탑(綠の塔)』을《국민신보》에 일본어로 발표.

1941. 단편「라오콘의 후예」를《문장》에,「산협(山峽)」을《춘추》에 발표.『창공』을 개제(改題)한 장편『벽공무한(碧空無限)』과 단편집인『이효석단편선』을 박문서관에서 출간.

이해 말 중국, 만주, 하얼빈 등지를 여행한 후 병마에 시달림.

1942. 5월 초 결핵성 뇌막염을 진단받고 평양 도립병원에 입원. 언어 불능과 의식불명의 상태로 병원에서 퇴원한 후 5월 25일 오전 7시 자택에서 35세를 일기로 작고.

1943. 유고 단편「만보」가《춘추》에 발표됨. 단편선집『황제』가 박문서관에서 간행됨.